rororo

«Die Straße der kleinen Ewigkeit wirkt heute wie eine Schneekugel, in der Menschen und Geschichten wie Flocken wirbeln.» (Süddeutsche Zeitung)

Martin Beradt kam 1881 als Sohn einer orthodoxen jüdischen Familie in Magdeburg zur Welt. Bis 1939 lebte er als Anwalt in Berlin; in letzter Minute gelang ihm die Flucht nach London und New York. Halb erblindet ist Beradt 1949 gestorben. 1965 erschien erstmals der Roman Die Straße der kleinen Ewigkeit. Das Manuskript, an dem der Autor, wie er selbst sagte, zwanzig Jahre lang gearbeitet hatte, konnte er in seinem Gepäck versteckt auf der Flucht aus Nazi-Deutschland retten. Der Erstausgabe 1965 war wie auch der von Joachim Mackensen 1993 besorgten Neuedition kein großes Echo beschieden. Erst im dritten Anlauf erhielt der Roman die Aufmerksamkeit und Anerkennung, die er verdient.

Martin Beradt
Die Straße der kleinen Ewigkeit

Roman
Mit einem Essay und einem Nachruf von Eike Geisel
Rowohlt Taschenbuch Verlag

Veröffentlicht im Rowohlt Taschenbuch Verlag GmbH, Reinbek bei Hamburg, Oktober 2003
Copyright © 2003 by Eichborn AG, Frankfurt am Main
Die Erstausgabe dieses Buches hat Heinrich Scheffler 1965 in Frankfurt am Main verlegt. Eine vollständige Fassung hat Joachim Mackensen 1993 in Berlin unter dem Titel *Beide Seiten einer Straße* vorgelegt. Aus dieser zweiten Auflage stammt auch das Nachwort von Eike Geisel, der bereits 1981 unter dem Titel *Im Scheunenviertel Bilder, Texte und Dokumente* gesammelt und bei Serverin und Siedler Berlin veröffentlicht hat. Diesem Sammelband ist auch Geisels historischer Essay zu verdanken.
Umschlaggestaltung any.way, Cathrin Günther/Andreas Pufal
(Foto: Walter Gircke, 1928 © Bildarchiv Preußischer Kulturbesitz, Berlin)
Typographie und Herstellung Holger Trepke, Hamburg
Satz aus der ITC Century Postscript, PakeMaker bei Pinkuin Satz und Datentechnik, Berlin
Druck und Bindung Druckerei C. H. Beck, Nördlingen
Printed in Germany
ISBN 3 499 23464 5

Inhalt

Das Scheunenviertel
Beschreibung eines Zenotaphs von Eike Geisel
Seite 7

Martin Beradt
Die Straße der kleinen Ewigkeit
Seite 57

Nachruf zu Lebzeiten
von Eike Geisel
Seite 347

Das Scheunenviertel
Beschreibung eines Zenotaphs von Eike Geisel

«Vom Morgen bis zum Abend kann die Welt zerstört werden.»
Martin Beradt

Kaum daß sich einer hierher verirrt. Wie von einer unsichtbaren Hand gelenkt, trotten die Menschenmassen, Einwohner wie Besucher der Hauptstadt, diszipliniert durch die gleichförmigen Straßen. Nirgendwo schlendernde Zerstreuung, nur das bloße Vorwärts, die leere Betriebsamkeit in einem Labyrinth ohne Geheimnis. Am Ende dieses überschaubaren Irrweges durch überirdische Unterführungen, wo nichts zum Verweilen auffordert, durch Straßen, die nicht zum Flanieren einladen, sondern zum Paradieren zwingen, gelangt man durch unterirdische Gänge nicht zu einem menschenfressenden Minotaurus, sondern in die troglodytenhafte Atmosphäre eines U-Bahnhofs. Über ihm breitet sich das Stein gewordene Entsetzen der Menschen vor sich selbst aus: der Alexanderplatz. Ihn hat wie kaum einen anderen Ort, welcher zum Schauplatz der Niederlage gegen die Barbarei wurde, die wahrhaft systemübergreifende Einsicht geprägt, daß es auf die Menschen zuallerletzt ankommt. Deshalb säumen den Weg dorthin auch keine Passagen; er wird flankiert von Windkanälen. Wer dennoch vom verordneten Weg abweicht und nicht in jenem Erschrecken erstarrt, das derlei monumentale Öde auslöst – und auslösen soll –, wer versucht, durch die wenigen und schon überfälligen Schlupflöcher auszubrechen, um nicht auf die Ausfallstraßen getrieben zu werden, der gerät unversehens ins Gestern; so scheint es. Alles deutet darauf hin: die oft enge und nicht dem tradierten Primat der inneren Sicherheit folgende

Straßenführung, die Gasse, oder doch eher ihre beschädigte Andeutung, die oft niedrigen und im letzten Jahrhundert errichteten Häuser und schließlich die Menschen, die wie unlebendige Botschafter mit einem vergessenen Auftrag durch das Viertel ziehen. Anders als die Untoten fürchten sie die Dämmerung und verstecken sich bei ihrem Einbruch, um tagsüber, mit schleppendem Gang zur nächsten grünen Schneise, die der Krieg geschlagen hat, sich aufzumachen und sich auf einer Bank niederzulassen. Einen Augenblick lang mag man denken, die Zeit sei stehengeblieben, und der bukolische Name des Viertels leistet dieser Wahrnehmung, die nur sentimentaler Wunsch ist, Vorschub. In Wirklichkeit ist die ganze Szenerie ein Täuschungsmanöver, das der Wahrheitsfindung dient. Die ausdruckslosen Alten, die zu den Sitzvorrichtungen im Freien trotten oder mit starrem Blick hinter den Fenstern kauern, sind nicht nur die Chargen, die ihren Text vergessen haben; die ramponierten Häuser sind nicht die Kulisse, aus welcher das Spiel einer vergangenen Epoche entzifferbar wäre. Nicht die Zeit sei stehengeblieben, ist die geheime Auskunft des Quartiers, sondern alles sei, wie in jener fiktiven «Stadt hinter dem Strom», nur geronnene Dauer, abstrakter Verlauf. Ohne von sich mehr zu enthüllen als die Physiognomie eines entleerten Schreckens, der seine Herkunft nicht mehr kennt, von seiner Gegenwärtigkeit nichts weiß und von seiner Zukunft nichts ahnt, teilt das Viertel eine alte Charta mit, die wie ein unsichtbares Manifest an den Häusern angeschlagen ist: ich war, ich bin, ich werde, lautet die nun absurde Botschaft.

Und gerade bestätigt wird dieser auf der Stelle verharrende Dreischritt dadurch, daß er dementiert wird durch Demontage: was in schäbiger Form ein allgemeines Unglück beherbergt, ist nämlich nur Planungsrückstand, von der Spitzhacke auf Abruf verschont. Ihr stellt sich neuerdings entgegen, was den alten Charakter modisch konserviert: die Instandsetzung durch aufgetünchte Geschichte. Sie ist die letzte praktische

Antwort auf die Behauptung jenes Manifestes und folgt, ebenfalls im Dreisatz, auf die Politik der verbrannten Erde und des betonierten Raumes.

In einem unlängst erschienenen, akribisch verfaßten literarischen Reiseführer ist über die Grenadierstraße, die heute nach einem Widerstandskämpfer Almstadtstraße heißt – was wiederum von den Anwohnern als geographische Bezeichnung gedeutet wird –, folgendes nachzulesen: «Noch heute ist das jiddische Lokalkolorit, das dieses ghettoartige Viertel bis zur Ausrottung seiner Bewohner prägte, erhalten.» Der Verfasser, der zerfallene Abtritte im Hinterhof offensichtlich für jiddisches Kolorit hält, mag durch die Literatur spaziert sein, aber nicht durch den Berliner Osten. Nichts, was die Juden im Haus des Henkers zum bunten Völkchen machen könnte, ist erhalten, nichts, was solche Gesinnung in der Operette belächeln darf, wo dem jiddischen Witz der Esprit ausgetrieben wird, nachdem die Helden Scholem Alejchems umgebracht worden sind.

Zum Lokalkolorit wird, was in den Händen eines geschichtslosen Historismus aus Schandmalen der Epoche in ihr neckisches Beiwerk sich verwandelt. In Zukunft mag es dort eine Altstadt geben, wo heute den Besucher in leergefegten Straßen unwillkürlich ein haltloser Gedanke überfällt: Tausend galizische Juden – und die Straße wäre gerettet. Punktuelle Nostalgie und flächendeckender Optimismus, der aus Ruinen sich erhebt, das sind die Markenzeichen der neuen Vergeßlichkeit, in welcher die Geschichte und damit das Grauen verschwinden. Und deshalb will es eine besondere Ironie, daß sich am Eingang des Viertels, auf dem Friedhof der Sophienkirche, das Grab des großen Historikers Ranke befindet.

Der jüdische Aufklärer Mendelssohn hat nicht das Scheunenviertel gemeint, wohl aber von vulgärer Theorie gesprochen, als er geschrieben hat, daß es angesichts lebender Leichname besser sei, unter toten Gespenstern zu verweilen. Dorthin führt dieses Buch. Daß es erscheint, ist kaum ein Trost; es gehört zu jenen Büchern, zu denen besser niemals Veranlassung bestanden hätte. Nicht einmal der Gedanke ist mehr tröstlich, daß es hätte anders kommen können.

«Wer in aller Welt kommt freiwillig nach Berlin?»

Joseph Roth, Juden auf Wanderschaft

War Paris die Metropole Europas, so Berlin dessen Mietskaserne. Die Geschichte des Scheunenviertels hinter dem Alexanderplatz wäre rasch erzählt, ginge sie in jenem Vergleich restlos auf, hätte es nicht die Ostjuden gegeben. Wir würden in einem durchschnittlichen Kapitel über die Gestehungskosten der Moderne blättern und von der Entwicklung eines Stadtviertels vom Vorhof zum Hinterhof berichten.

Weder die ostjüdischen Flüchtlinge noch die gemischte Gesellschaft, die sie dort vorfanden, hatten im Scheunenviertel freiwillig Quartier bezogen, welches man in der nämlichen Umgebung gut zweihundertfünfzig Jahre zuvor noch selbst aufschlagen konnte. Rund um die vor die Stadttore verlegten Scheunen, Ställe und Lagerschuppen, welche dem Viertel den Namen und bis weit in die Gegenwart manchen Straßen und Gassen, in deren Höfen Vieh gehalten wurde, das schäbige Aussehen eines überlebten Dorfes verliehen haben, zwängten sich seit Beginn des 19. Jahrhunderts jene noch halbbäuerlichen Massen zusammen, wie man sie überall in den Vorhöfen der Industrialisierung antraf. Meist mit roher Gewalt vom Land vertrieben und durch Runkelrüben ersetzt, sammelte sich im Scheunenviertel eine amorphe und gesichtslose Masse von Existenzen an, bis nach Jahrzehnten der stumme Zwang der ökonomischen Verhältnisse aus ihnen das disziplinierte Heer williger und gehorsamer Industriearbeiter geformt hatte. In diesem habituellen Abrichtungsprozeß spielte das Scheunenviertel die Rolle des Vorhofs und der Vorschule, unterstützt vom nahegelegenen Militär. Die Straßennamen sind deshalb auch Programm: Artilleriestraße, Grenadierstraße, Dragonerstraße.

Wer die Einübung auf die modernen Produktions- und Verkehrsverhältnisse überlebt hatte, war reif für den Großbetrieb und den Umzug in die Mietskaserne; der Ausschuß jedoch nistete sich in die Schlupfwinkel des Quartiers ein und sorgte schon früh dafür, daß Scheunenviertel synonym gebraucht wurde für Elend, Anrüchigkeit und Verbrechen. Es ist die Aufgabe der Polizei, zu Knüppel und Revolver zu greifen, sonst wäre sie keine, und zur Feder nur, wenn sich ein Protokoll nicht vermeiden läßt. Wie um diesen trüben Sachverhalt in einer zufälligen und freundlichen Verkehrung zu bestätigen, gibt es in der Geschichte der Berliner Polizei den Glücksfall eines Beamten, dem der feuilletonistische Kunstgriff mehr lag als der Knüppelschlag. Gewähren wir ihm, dessen aufhellende Skizzen in der Regel den dunklen Bezirken der zwanziger Jahre galten, einen retrospektiven Lokaltermin am Anfang des Jahrhunderts: «Unter Scheunenviertel versteht man die Straßen und Gassen, die sich zwischen Alexanderplatz und dem Rosenthaler Platz von der Lothringer Straße bis zur Stadtbahn um die Münz- bzw. Weinmeisterstraße herumgruppieren. Hier wohnten im alten Berlin die armen Leute, und hier befanden sich schon früh die Quartiere der Armut und die Schlupfwinkel der Verworfenheit. Hier wohnten damals Holzhauer, Torfträger und die ‹Unratweiber›, deren wichtige Tätigkeit mit der Einführung der Kanalisation ein Ende gefunden hat. Dazu natürlich Dirnen und alles mögliche andere Gesindel, das sich hier schreiend herumzankte und -prügelte. Im Jahre 1846 wies Berlin nach einer statistischen Aufstellung ja schon 2000 Verbrecher, ebensoviel Obdachlose sowie etwa 8000 Bettler und andere fragwürdige Existenzen auf, und im Laufe dieser Zeit wurden die engen Gassen und die schmuddeligen Häuser des Scheunenviertels immer mehr zum Schlupfwinkel des Verbrechertums.» Es wird nicht so drastisch gewesen sein, wie der biedere Sinn es hier rückblickend entworfen hat. Denn so groß die Anstrengung des kaiserlichen Berlin auch war, einen Platz unter der Sonne zu erwerben, so gering war andererseits die Chance für ein Abonnement der Hauptstadt auf die Hölle: die Verruchtheit hielt sich in Grenzen.

Wenige Jahre vor dem Ersten Weltkrieg sucht ein französischer Autor nach dem Berliner Whitechapel, nach Räuberhöhlen wie auf dem Montmartre, nach feuchten und dreckigen Elendsvierteln wie in Rom oder in St. Petersburg. Der Polizeipräsident nennt ihm schließlich eine Gegend, in welcher seit 1906 abgerissen wird: das Scheunenviertel. «So begab ich mich denn», beschließt Jules Huret seine Streifzüge durch die Viertel des gesellschaftlichen Abhubs, «hinter den Alexanderplatz in der Umgebung der Grenadierstraße auf die Suche und fand einige schon halb zerfallene Häuser vor. Wohl gewahrte ich hier und da eine Gruppe junger Zuhälter, reichlich verdächtige Gestalten, aber ohne jenes aufdringliche und liederliche Gebaren, das die unsrigen kennzeichnet. Ich gewann auf meiner Forschungsreise nur einen blassen Eindruck und sah nicht einen typischen Zug von deutscher Verkommenheit.» Er hat ihn woanders gefunden, diesen typischen Zug: den Antisemitismus; nicht unter ehrlosen Ganoven, sondern unter ehrbaren Bürgern, nicht unter den Zersetzern, sondern unter den Stützen der wilhelminischen Ordnung, nicht im Milieu, sondern in der gehobenen Unterwelt aus Militärs, Akademikern und Beamten. Zwar wurde 1906/07 der desolate Kern des Viertels abgerissen, der auf alten Stadtplänen deutlich als Geviert von Scheunengassen sich abzeichnet, aber dieser halbherzige Versuch kam schon mit einem großspurigen Bau, der Volksbühne, zu Ende und konnte den fortschreitenden Verfall rund um den Babelsberger Platz, wie das freigehauene Dreieck hieß, das mit seiner Spitze auf dem nördlichen Ende der damals verlängerten Kaiser-Wilhelm-Straße stand, nicht aufhalten. Dem Platz gab man verschiedene Namen, aus Babelsberger Platz wurde Bülowplatz, dann Horst-Wessel-Platz, schließlich, als wollte man ihr im nachhinein noch etwas antun, Rosa-Luxemburg-Platz; doch die Gegend behielt das nämliche Gesicht, die Heraufkunft jeder vorgeblich neuen Zeit sah das gleiche heruntergekommene Viertel. Einen letzten Vorstoß zur Neugestaltung machte Ende der zwanziger Jahre der Architekt Hans Poelzig, dessen metropolisähnlicher Entwurf aber nur in einer Handvoll Wohn- und Geschäftshäuser im Stil der Neuen Sachlichkeit realisiert wurde. Sie verbreiteten, steinerne Repräsentanten der Angestelltenkultur im Vergleich zum halbproletarischen Umfeld, aber doch nur die alte Öde.

Was davon nach dem Krieg, der Fortsetzung der Sanierung mit anderen Mitteln, übriggeblieben ist, hat sich mimetisch der auskunftsarmen Unansehnlichkeit hinter dem Alexanderplatz angenähert. Nur das Kino, in dessen Nähe im Sommer 1931 die beiden uniformierten Polizeihauptleute Anlauf und Lenk erschossen wurden, die im Viertel nur als «Schweinebacke» und «Totenkopf» bekannt waren, verspricht trotzig bis heute unter dem Namen «Babylon» exotische Träume. Warum ein Stadtviertel zum Slum wird, ist kein Geheimnis mehr: in den zerbröckelnden Fassaden befestigt sich die Renditehoffnung des Eigentümers, die unheizbar gewordenen Wohnungen sind wie Feuer unter den Bodenpreisen.

Das rapide Wachstum der Berliner Bevölkerung um die Jahrhundertwende bei gleichzeitiger Entvölkerung der Innenstadt, die zur City wurde, drängte die Bewohner in den Randbezirken zusammen und die Grundstückspreise im Zentrum in die Höhe. Zentral gelegene Wohnquartiere wie das Scheunenviertel verfielen deshalb immer mehr. Sie wurden zum Alptraum der Bewohner wie zum Traum der Spekulanten, der für die letzteren in der Inflation jäh, aber nur kurz unterbrochen wurde, um heute endgültig ausgeträumt zu sein. Durch solche Hoffnungen machte eine Mauer nun einen Strich. Daß die Eigner von Grund und Boden mit zukunftsträchtiger Rendite nicht nur magisch den Auftrieb der Grundstückspreise verfolgt und untätig auf das große Geld gewartet haben, das nach der Sanierung winkte, sondern schon durch das Eintreiben des Kleingelds auf ihre Kosten gekommen sind, wird belegt durch die Belegung des Viertels: nirgendwo ist die Wohndichte so hoch wie hier.

Dem Elendsquartier neben einem der belebtesten Plätze der City widmet das Statistische Amt der Stadt Berlin deshalb 1929 auch einen besonders aufmerksamen Bericht mit dem Titel: «Die Siedlungs-, Wohnungs- und Bevölkerungsverhältnisse in der Dragoner-, Grenadier-, Linien-, Rücker- und Mulackstraße». Das sind nicht alle Straßen des Quartiers, aber genug, daß an ihnen dessen Charakter und die Befürchtungen der Verwaltung demonstriert werden könnten: die Wohndichte ist fünfmal höher als in der ganzen Stadt, die hygienischen Verhältnisse sind katastrophal, weil weniger als die Hälfte aller Wohnungen über eine eigene Toilette verfügt. «Man kann einen Menschen mit einer Wohnung gerade so gut töten wie mit einer Axt» war das Motto, welches ein sozialdemokratischer Abgeordneter schon 1908 einer Untersuchung über «Großstädtisches Wohnungselend» vorangestellt hatte. Wenn einer im Scheunenviertel daran nicht starb, dann besaß er, befürchteten die Behörden, gerade noch die Energie, sich auf schmutzige Weise wiederzuholen, was ihm dreckige Verhältnisse versagt hätten, mit einem Wort, hier hauste nun, wonach jener französische Reiseschriftsteller zwanzig Jahre zuvor vergeblich gesucht hatte: die Verkommenheit.

So sähe die Skizze des Viertels ohne die Ostjuden aus; sie wären ein Rückblick auf die unrühmlichen, aber banalen Reibungsverluste fortschreitender Geschichte. In den kodifizierten Geschichtsbüchern, hier wie dort, kommen die Ostjuden nicht vor; die offiziöse «Geschichte der deutschen Arbeiterbewegung» kennt den Bülowplatz wegen der dort befindlichen Parteizentrale der KPD, aber nicht die Ostjuden. Als anachronistisches Kuriosum, als exotisches Beiwerk, als skurrile Ausläufer eines überwundenen Zustands dürfen sie in Autobiographien erscheinen, immerhin. «Vom Ghetto in die Welt» heißt es da, und gemeint ist ein Aufstieg. Wohin? Wo die Ostjuden die Rolle belletristischer Rosinen im trockenen historischen Kuchen spielen, den man unverdrossen weiter kaut, da ist die Frage entschieden.

Und im Westen? Auch nichts Neues. Der gewissenhaften Vernichtung der Juden folgte die ebenso betriebsame Eingemeindung der Ausgestoßenen, in «Wochen der Brüderlichkeit» und Festschriften. Kaum eine Stadt, die nicht auf einmal «ihrer» Juden durch einen eigens bestallten Historiker gedächte. Der Verlust, den niemand bemerkt hat, soll plötzlich außerordentlich gewesen sein, das ist der Tenor in der Aufzählung großer Juden. Der geschäftige Philosemitismus gleicht darin seiner mörderischen Kehrseite: die Juden, nichts als Großkaufleute, Bankiers und Intellektuelle. Da ist für die Masse der Namenlosen kein Platz, auch nicht für die Ostjuden; wer nur dürftig gelebt hat, soll nicht den besänftigenden Gedanken stören, das Verbrechen des Judenmordes sei deshalb grauenhaft, weil es die Verdienstvollen getroffen habe. Andererseits soll es keinen Unterschied geben, den die Formel «jüdische Mitbürger» gerade als Anbiederung wieder postuliert. Da ist für die wirklich Verschiedenen erst recht kein Raum.

> «Wann findet – wenn das so weitergeht – zu Berlin oder sonstwo in Deutschland der erste fidele Judenpogrom statt?»
>
> Georg Davidsohn,
> Sozialdemokratischer Reichstagsabgeordneter, 1918

Anziehend ist das Elend nur für den, der es nicht teilen muß. «Die Romantik der Unterwelt war unwiderstehlich. Berlin ... enthusiasmierte mich durch seine schamlose Verruchtheit», schrieb 1923 der junge Klaus Mann, der Gutes gewohnt war. Anziehend im wörtlichen Sinn ist das Elend aber für den, der keine Wahl hat. So kommen die Ostjuden ins Scheunenviertel, die von draußen zu denen von drunten.

Ohne die Kenntnis ostjüdischer Einwanderung, die wie vieles andere dem allgemeinen Vergessen anheimgefallen ist, erschließt sich kaum die eigentümliche Bedeutung einiger Passagen eines Romans, der gegenwärtig nostalgisch aufbereitet wird. «Der Jude folgte ihm auf der Straße», heißt es am Beginn einer längeren Szene, «nahm ihn beim Arm, zog ihn unter unendlichen Gesprächen weiter, bis sie in die Gormannstraße einbogen, der Jude und der starkknochige Kerl im Sommermantel, der den Mund zusammenpreßte, als wenn er Galle spucken müßte.»

Der starkknochige Mann, dem hier speiübel ist, kommt gerade, nachdem er einen Totschlag in Tegel abgesessen hat, wieder ins Viertel zurück, betäubt von der rasenden Geschäftigkeit der Stadt und der unabwendbaren Aussicht, wieder in einen Kreislauf zu geraten, der nur mörderisch unterbrochen werden kann. Franz Biberkopf, der jämmerliche Held von Döblins *Berlin Alexanderplatz*, diese Riesenpuppe, an der alle Fäden der Epoche nach unten ziehen, hat hier, auf der ersten Station seines immer gleichen Weges, eine Art heilsames Schockmoment, ausgelöst durch einen Ostjuden. Dieser zieht ihn schließlich in eine Stube, und Biberkopf, wie ein Kind, das weltvergessen einem Märchen lauscht, erliegt für einen Augenblick einer unbekannten, verführerischen Macht. An der Gestalt des ostjüdischen Geschichtenerzählers und in der beruhigenden Kraft der Worte, welche den aufgestauten Schrecken besänftigen, erscheint die Ohnmacht der Ostjuden gleichermaßen wie die Chance zur Wendung der Gewaltverhältnisse. Für einen winzigen Augenblick setzt das Wort den unheilvollen Fortgang der Taten außer Bewegung, im erzählenden wie zuhörenden Innehalten, deutet sich die flüchtige Möglichkeit zum Guten an. Beide, der Jude wie der Ganove, blitzt es auf, könnten gerettet sein. Aber als Biberkopf den Raum verläßt und auf die Straße tritt, schwindet der geheimnisvolle Zauber: «Wer ankommt, kriegt eins in die Fresse.» Das geht noch nicht gegen die Juden, aber setzt wieder die rastlos und blind zuschlagende Gewalt ins Werk, gegen welche die einhaltende Gebärde und das vermittelnde Wort nichts vermögen. Sie sind nur noch Zeichen der Angst und der Schwäche, welche erst recht die Faust auf sich ziehen.

Döblin hat an anderer Stelle und ausführlich über die Juden geschrieben, hier interessiert ihn der verschlungene Weg des Helden, der sich schließlich, wie man entdeckt, in einer Spirale fortbewegt. Die Juden bilden eines der Elemente, mit denen jener in Berührung kommt, sie sind ein kleiner Ausschnitt aus der literarischen Montage der gesellschaftlichen Realität.

Welchen Weg aber nehmen die Ostjuden?

Die Geschichte der Ostjuden in Deutschland ist noch nicht geschrieben, vielleicht auch gar nicht zu schreiben. Die Geschichtsschreibung der Sieger vergangener Epochen trug den Opfern insofern Rechnung, als in ihr der eigene Triumph an der Gefährlichkeit und Größe des Gegners entfaltet und der besiegte Feind vornehmlich unter einem Aspekt, dem der Beute, betrachtet wurde, die nicht unbedingt abgeschlachtet werden mußte, sondern ausgeschlachtet werden sollte. Der Tötung des Feindes eignete, wie entfernt auch immer, jenes rituelle Moment, das man am Anbruch der Zivilisation vorfindet: die

Aneignung unbeherrschter, weil unbegriffener Natur vollzieht sich im Mysterium der Einverleibung. Noch in ihrer säkularisierten Form, der Plünderung, die ganze Kontinente überzog, verschaffte sich dieses magische Bedürfnis Geltung, und deshalb ist die sogenannte Kultur des Abendlandes, was nicht selten vergessen wird, gleichzeitig ein Mausoleum ihrer Voraussetzungen. Jedes Museum ist mit Kunstwerken angefüllt, die gleichermaßen Grabsteine sind.

Im Unterschied dazu leben die Opfer in den Siegern von heute nicht fort, sie haben eine unspezifische Leere hinterlassen. Das mag daran liegen, daß es keine Sieger mehr gibt, sondern nur noch Überlebende. Die Sieger als die Überlebenden können sich nur auf eines berufen: daß sie die anderen umgebracht haben. Und in Art und Umfang des Mordens, für dessen Anfang Auschwitz steht, in der Reduktion lebendiger Menschen auf tote Natur, die nun wirklich ausgeweidet wird, deutet sich die Anthropologie einer Epoche an, in welcher die Existenz von Menschen keine andere Bestimmung mehr zuläßt, als daß sie sich auf Kosten anderer abspielt.

Den Spuren ostjüdischer Existenz in Deutschland zu folgen, wo es keine mehr gibt, heißt deshalb meist, den Fluchtweg der wenigen Davongekommenen nachzugehen. Abgesehen von einigen verstreuten alten Zeitungsartikeln und einer aus der Perspektive jüdischer Sozialarbeit verfaßten Monographie über die Hilfsorganisationen für ostjüdische Einwanderer, gibt es kaum Quellen, derer sich der Interessierte bedienen könnte; in jeder deutschen Bibliothek wird er mehr über die Ostgoten als über die Ostjuden finden. Was allen zufällig gefundenen Texten gemeinsam ist: es sind Bemerkungen über Fremde.

Gerade in den kompetentesten Äußerungen, in den Annäherungsversuchen einer kleinen und engagierten Gruppe deutscher Juden an die ostjüdische Kultur, in welcher sie die Wiedergeburt einer verlorenen Tradition erkennen wollen, zeigt sich die Distanz, eben weil sie überbrückt scheint, am schärfsten: es handelt sich um Kultus. Einer, der es wissen muß, Gerschom Scholem, damals als Jugendlicher selbst auf der Suche nach dem verlorenen Judentum, hat nachträglich jene Vergötterung ostjüdischer Naivität und Religiosität durch die einfühlsame Verkleidung spöttisch im Wortspiel mit dem Namen ihrer zentralen Figur glossiert: er nennt sie Bubertät.

Nicht zufällig war damals unter einem kleinen Kreis deutscher Juden die Begeisterung fürs Ostjüdische ausgebrochen. Die ostjüdische Menschheitsdämmerung, von welcher sie schwärmten, fiel unmittelbar zusammen mit einem Ereignis, das sich wenig später nicht als Morgenröte, sondern als Auftakt zum Untergang erweisen sollte: dem Ersten Weltkrieg. Auf den Wegen, welche die deutschen Armeen bahnten, kamen jüdische Soldaten in Kontakt mit den ostjüdischen Massen in Galizien, Polen und Rußland und entdeckten mit einem Freudenschrei den ostjüdischen Paria, dessen religiöse Inbrunst sie der eigenen Indifferenz, dessen ärmliche Demut sie dem arrivierten Hochmut entgegenstellten. In dieser Begegnung finden sich, wenn auch auf spezifische Weise, alle Momente des romantischen Exotismus vorgebildet, dessen Refugium sich mit der Ausdehnung der imperialistischen Kriege bis nach Indochina erweitert hat. Arnold Zweigs *Das ostjüdische Antlitz* war nur die jüdisch eingefärbte Version einer allgemeinen Sehnsucht in der Krise, aus welcher die Gesellschaft mit Lebensreform, Nacktkultur, indischer Philosophie, vegetarischem Essen und Gymnastik einen Ausweg suchte, um ihn schließlich im Krieg zu finden. Zweig kehrte allerdings der Schwärmerei vom unverdorbenen Charakter, welche das eher charakteristische tägliche Verderben in Kauf nahm, bald den Rücken und erkannte, daß das Heil für die zivilisationsmüden Juden nicht aus dem Osten kam, sondern daß ein drohendes «Heil-Hitler» im Westen aufstieg; daß die Ostjuden nicht als Boten der Erlösung kamen, sondern zu Adressaten der Endlösung wurden.

Schon seit den achtziger Jahren des vergangenen Jahrhunderts, auf die Wellen russischer Pogrome folgend, gab es ostjüdische Einwanderung nach Deutschland, wenn auch unbedeutend an Zahl, verglichen mit den weit über zwei Millionen Flüchtlingen und Auswanderern, die meist über Hamburg und Bremen Europa verließen, um ins wirkliche Gelobte Land zu gelangen, nach Amerika. Scharfe Durchreisebestimmungen und eine rigide Ausweisungspraxis der preußischen Behörden sorgten dafür, daß nicht viele am Wege hängenbleiben konnten. Für Berlin vermerkt eine amtliche Statistik von 1880 die Anwesenheit von 2954 «nichtdeutschen Israeliten». Bis zur ersten Russischen Revolution, für die der Zarismus hauptsächlich an den Juden Rache nahm, war die Zahl der unmittelbar vor der Verfolgung Schutz suchenden oder wirtschaftlicher Not entfliehenden Ostjuden im Deutschen Reich relativ unbedeutend, einige Zehntausend. Von Bedeutung war diese frühe Immigration nur unter zwei Aspekten, die hier außer Betracht bleiben sollen: vorübergehend wurde Berlin zu einem Sammelpunkt der russisch-jüdischen Intelligenz, welche zur ersten Führungsgeneration der zionistischen Bewegung gehörte, und zweitens waren die ostjüdischen Einwanderer das Reservoir, aus welchem die vom Mitgliederschwund bedrohten Gemeinden ihren Nachwuchs schöpften sowie die zur Erfüllung eines ordentlichen Gemeindelebens notwendigen Funktionsträger heranzogen (schon damals war das inmitten des Scheunenviertels in der Gipsstraße – später der Artilleriestraße – gelegene Rabbinerseminar der orthodoxen Separatgemeinde Adass Isroel eine erste Anlauf- und Auskunftstelle für die Frommen unter den Flüchtigen).

In nennenswertem Umfang stieg die Zahl der ostjüdischen Einwanderer nach der ersten Russischen Revolution an und wurde verstärkt durch den Zuzug galizischer Juden, die nicht zum Sündenbock der in Auflösung begriffenen Kaiserreiche werden wollten. Seit jener Zeit konnten die Ostjuden der Aufmerksamkeit der Antisemiten gewiß sein, deren Treiben einige Jahrzehnte zuvor der Historiker Treitschke in seinen Invektiven gegen die «hosenverkaufenden Jünglinge aus dem Osten» mit akademischen Weihen versehen hatte. Dabei war die wachsende Wut der Antisemiten nur scheinbar mit der wachsenden Zahl der Flüchtlinge vermittelt, denn man weiß, daß es schließlich auf jene Zahl, die immer übertrieben wurde und vor 1914 kaum die Hunderttausend überschritten hat, gar nicht ankam. Gegen den Antisemitismus zu argumentieren war zwecklos; das mußten bald jene deutschen Juden erfahren, denen das Auftauchen der Ostjuden mißliebig war, weil es die Aporien ihres eigenen Daseins offenlegte. Der Antisemit projiziert nur sein regressives Inneres auf die äußere Welt, er sieht nur, was er bereits auf der Netzhaut hat.

Als kleine Kaufleute, Schuster, Uhrmacher, Schneider, Hausierer und Zigarettenarbeiter lassen sich die meisten in großen Städten nieder. Die Offenbacher Lederindustrie wie das Kürschnergewerbe in Leipzig wären ohne sie undenkbar. Sombart, der in seinen Vorlesungen, wie man zeitgenössischen Berichten entnehmen kann, selbst die deutschen Juden zum Entzücken brachte mit seinen Thesen über den angeblich jüdischen Ursprung des Kapitalismus, mag vielleicht recht haben, daß Juden bei der Einführung der Tabakindustrie in Deutschland eine gewichtige Rolle gespielt haben. Ganz sicher jedoch ist, daß ostjüdische Zigarettenarbeiter in Berlin das gedreht haben, was die Berliner mit Vorliebe rauchten: Manoli, Carbaty, Muratti.

Der Erste Weltkrieg begann für die polnischen Juden mit einer Überraschung, wie sie deutsche Politik seitdem nicht mehr parat gehabt hat: in mehr als zweihunderttausend Flugblättern ließ der vereinigte Generalstab ein nationalrevolutionäres Manifest über die Befreiung der Juden verteilen: «Juden in Polen! … Unsere Fahnen bringen Euch Recht und Freiheit: Gleiches, volles Bürgerrecht, wirkliche Glaubensfreiheit und Lebensfreiheit auf allen wirtschaftlichen und kulturellen Gebieten. Zu lange habt ihr unter dem eisernen Joche Moskaus gelitten. Wir kommen als Befreier zu Euch ...» Dieser üble Scherz, den die jüdische Bevölkerung für bare Münze genommen hatte, kam sie teuer zu stehen. Dem Schicksal an wechselnden Fronten ausgeliefert, an denen sie jeweils ihre Gutgläubigkeit büßen mußten, erwies sich auch unter deutscher Okkupation, daß die Deutschen, wenn sie Befreiung sagen, Zwangsarbeit meinen; zwei Jahrzehnte später wurde, was hier als taktisches Täuschungsmanöver fungierte, zum offen ausgesprochenen Zynismus: Arbeit macht frei.

Im Verlauf des Krieges, entweder zwangsverpflichtet oder mit Arbeitsverträgen, die einer Gefangennahme gleichkamen, wurden über fünfunddreißigtausend polnische und russische Juden nach Deutschland transportiert, um dort in der Rüstungsindustrie oder auch beim Ausbau der Berliner S-Bahn zu arbeiten. Nach dem Rückzug der Deutschen, dem Zusammenbruch der Habsburger Monarchie und während der ersten ungewissen Jahre der bedrängten Russischen Revolution brach über ganz Osteuropa eine Flut von Pogromen und Vertreibungen herein; sie waren das Geburtstagsgeschenk der neugegründeten Nationalstaaten oder der wiedererlangten Unabhängigkeit.Zehntausende von Juden, plötzlich obdach-, heimat- oder auch staatenlos, versuchten trotz zeitweiliger Grenzsperre – von Antisemiten lautstark gefordert, von den anderen mit einvernehmlichem Schweigen gebilligt – den rettenden Boden eines Landes zu erreichen, in dem sie ihres Lebens sicher sein konnten und vielleicht auch ein Auskommen finden mochten.

So kommen die Ostjuden nach Berlin und wollen in wenigen Jahren erreichen, wozu ein anderer armer Jude vor rund zweihundertfünfzig Jahren den Grundstein gelegt hatte: den wirtschaftlichen und gesellschaftlichen Aufstieg in die bürgerliche Gesellschaft. Damals war der junge Moses Mendelssohn mit nicht mehr Rechten als denen eines Haustieres am Schlesischen Tor in Berlin angekommen. Nun kommen die Flüchtlinge am Schlesischen Bahnhof an und begeben sich, weil es andere vor ihnen auch so gemacht haben, in das Viertel hinter dem Alexanderplatz. Aber in Berlin treffen sie nicht auf ein aufsteigendes Bürgertum, Aufklärung und Lessing, sondern sie finden dort spätbürgerliche Zersetzung, Antisemitismus und Ludendorff. Rund um die Grenadierstraße lassen sie sich provisorisch nieder, immer in der Hoffnung, doch noch den zweiten, größeren Schritt über den Ozean zu tun. Doch viele bleiben. Wie viele? Die amtliche Statistik von 1925 rechnet folgendes vor: Die Zahl von einhundertsiebentausend ausländischen Juden, die gegen eine Bevölkerung von über sechzig Millionen verschwindend gering ist, erhält auch kein größeres Gewicht, wenn man sie auf die im Deutschen Reich befindlichen Ausländer bezieht, die fast eine Million ausmachen. Gewichtiger wird ihr Anteil, setzt man sie in Beziehung zur jüdischen Bevölkerung in Deutschland, die damals knapp sechshunderttausend Personen umfaßt hat. In Berlin waren von einhundertsiebzigtausend ansässigen Juden mehr als vierzigtausend Ausländer. Wie viele darunter Ostjuden waren, das übertreibt der Polizeipräsident und untertreibt die jüdische Gemeinde, wie viele davon im Scheunenviertel wohnten, übertreibt das städtische Wohnungsamt und untertreibt das jüdische Arbeiterfürsorgeamt. Jenseits bloßer Vermutungen, welche Zahlen mit problematischer Herkunft nur zulassen, steht unzweifelhaft fest, daß nahezu die Hälfte aller Ausländer in der Innenstadt wohnte, wo auch ein Großteil der Juden wohnhaft war. Und in der Innenstadt lag das Scheunenviertel, ein zwielichtiger Bezirk, in dem die Dunkelziffer regierte. Mag ein Sozialwissenschaftler über der Suche nach exakten Zahlen verzweifeln oder reüssieren, hier soll die Feststellung genügen, daß einige Tausend hinter dem Alexanderplatz gewohnt haben. Wer in alten Adreßbüchern blättert, dem verwandeln sich unter der Hand die Straßenverzeichnisse des Viertels in Transportlisten: Pufeles, Grünbaum, Kahane und Süßmann lauten die Namen; auch die Resultate der Germanisierungslaune österreichischer Beamter kann man finden: Butterfaß, Witzig oder Sternkuker. Kaum ein Haus, das nicht jüdische Mieter mit fremden und der Zunge oft nicht geläufigen Namen hätte, und manchmal auch schon ein Haus, dessen Eigentümer irgendein Samuel Goldfinger ist, hinter dessen Namen das Adreßbuch diskret die Bezeichnung «Ausland» vermerkt. Diesem zufälligen Herrn Goldfinger ist das Glück, welches sein Name verspricht, nur kurze Zeit hold, weil er, der Auserwählte unter Tausenden, während der Inflation seine kostbaren, doch unbeständigen Devisen in die kostbarere und beständige Form eines Mietshauses verwandeln kann. Wenige Jahre später bleibt ihm nur noch der Name, der wie eine Zielscheibe an ihm hängt.

Ihr Zentrum hat die ostjüdische Einwanderung in einer Straße, die, fast vertraut wie in Kolomea oder Przemysl, alles beherbergt, dessen der aus dem Schtetl in die Stadt verschlagene Ostjude bedarf, damit die ersten Härten der Fremdheit gemildert würden, in der Grenadierstraße. Auf beiden Seiten der Straße eine Vielzahl von Geschäften, in Kellern und Läden, Bäckereien, Schustereien, mehrere Buchhandlungen, Schlächtereien, Schneidereien, christliches wie jüdisches Kleinhandwerk, eine zweifelhafte Damenkneipe, koschere Speisestuben, Friseure; Absteigen, die sich als Hotels für Durchreisende und Neuankömmlinge präsentieren, Lebensmittelgeschäfte und schließlich ein ambulanter Straßenhandel mit Obst und Gemüse, wie man ihn in vielen Gassen und Straßen des Viertels ohne jüdische Atmosphäre längst kannte. Doch diese Straße, in der Zuckmayer den Schuster Wilhelm Voigt beim jüdischen Kleidertrödler Kracauer die zum *Hauptmann von Köpenick* notwendigen Voraussetzungen erstehen läßt, gewinnt erst dadurch ihren unverwechselbar ostjüdischen Charakter, daß neben dem Gewerbe das Gebet, neben dem Laden die Lehre zum Alltag zählen. Keine Straße, die so viele Betstuben versammelt wie diese, deren jede einer eigenen mitgebrachten Tradition folgt, sich absetzt gegen die nächstliegende, manchmal in Fehde mit der benachbarten liegt und doch zusammen mit allen anderen eine gedrängte Topographie der religiösen Strömungen des östlichen Judentums ergibt: man findet darunter ein «Stibel» des Dombrower Rebbe, dessen chassidische Tradition hier fortgesetzt wird; das Stibel der Anhänger des Seibuscher Raw, ein Radomsker Stibel mit dem Titschiner Rebbe, ein Polcsker Stibel, die Betstätte für die Anhänger von Raw Liebermann, des Kalischer Raw... – Namen und Orte einer fremden Welt, deren schillernde Vielfalt sich nur dem erschließt, der zu ihr gehört. Dem Außenstehenden, ob Jude oder Nichtjude, ist sie so unverständlich wie einem Europäer, der den afrikanischen Kontinent betritt. Er sieht nur Schwarze: schwarze Mäntel, schwarze Beinkleider, schwarze Hüte und schwarze Bärte. Am Schabbath und erst recht an den großen Feiertagen verwandelt sich das geschäftige Treiben der Straße, der Lärm der holpernden Karren, das Klopfen und Hämmern aus den Werkstätten und die lautstarke Auseinandersetzung am Verkaufsstand in eine würdevolle Szenerie, wo jeder von seiner besten Seite sich sehen läßt und gesehen werden will; dann wird die Straße zur Promenade. Während die Religion der assimilierten Juden, nur wenig unterschieden von den christlichen, sich in der prächtigen Synagoge und als Familienfeier äußert, vereinigt die ostjüdische Religiosität das muffige Dunkel einer ärmlichen Betstube und die Intimität der Familie unbekümmert mit der Publizität der Straße. Am Freudenfest der Thora oder bei der Einweihung einer neuen Synagoge strömen die Menschen singend auf die Straße, die Kinder froh, für heute dem Cheder, der Religionsschule, entronnen zu sein. Einmal im Jahr, nach dem Neujahrsfest, bewegt sich ein feierlicher Zug, Familie für Familie aus der Straße, aus dem ganzen Viertel hinaus und hinunter zur Spree, um symbolisch mit Krümeln aus den umgestülpten Taschen alle Sünden ins Wasser zu werfen. Richtig in Aufruhr gerät die Straße jedoch dann, wenn der Besuch eines großen Rabbiners aus Polen angekündigt wird, der mit seinem Gefolge wie ein Fürst empfangen zu werden pflegt, um für eine Zeitlang hofzuhalten.

Zwar gibt es in fast allen anderen Straßen des Viertels weitere Betstuben, Talmudschulen und Synagogen, aber ihnen kommt nur die Rolle von Planeten zu, welche um die Sonne der Grenadierstraße kreisen. In diesen Straßen überwiegen die gänzlich säkularen Einrichtungen und Organisationen: sozialistische Klubs und zionistische Kulturvereine, Parteilokale, Lesehallen, Teestuben und Kindergärten.

Eine dieser Einrichtungen, die mehr als lokale Bedeutung erlangte, ja deren Ruf weit über Berlin hinausdrang, war das jüdische Volksheim in der Dragonerstraße (heute Max-Beer-Straße). Während der schwärmerischen Entdeckung des Ostjudentums aus den Ideen Toynbees, Tolstois und der russischen Narodniki geboren und von vornehmlich westjüdischen Intellektuellen gegründet, zeigt die kurze Geschichte des Volksheims, die bis Ende der zwanziger Jahre währte, exemplarisch und jenseits aller jüdischen Fragen, wie sich unter den vorherrschenden Verhältnissen die Kombination von Sozialismus und Pädagogik entfalten muß: am Anfang steht ein revolutionäres Bekenntnis, dann werden die Kinder gesammelt und die Jugend organisiert, und am Schluß kommen die Reform der Sozialarbeit wie die Aspiranten auf eine Planstelle heraus.

1916 hielt Gustav Landauer die Rede zur Eröffnung des Volksheims, dessen Konzeption für eine geraume Zeit viele jüdische Intellektuelle anzog, die glaubten, aus der Beschäftigung mit ostjüdischen, oft verwahrlosten Kindern, zu den Quellen eines verschütteten Judentums zu gelangen. An den Gruppenabenden des Heims fanden politische, religiöse und pädagogische Diskussionen der Mitarbeiter statt, an denen, um einige wenige Namen zu nennen, die mit der Entwicklung dieser Institution im Scheunenviertel verbunden waren, Martin Buber, Salman

Rubaschoff (der spätere israelische Staatspräsident Schasar), Gerschom Scholem, Siegfried Lehmann (der Gründer des Volksheims), Gertrude Welkanoz (die pädagogische Leiterin der Einrichtung) und viele andere sich beteiligten. Aber wie ein halbes Jahrhundert später in den Kinderläden die Kinder, wenn es gut abging, den hölzernen Aufklärungsversuchen der Eltern widerspenstig ihr Räuber-und-Gendarmspiel entgegensetzten, so dachten die von der Straße aufgelesenen oder aus dem Cheder geholten ostjüdischen Kinder nicht daran, den beflissenen Vorhaltungen mittelständischer Juden, man müsse gesetzestreu leben und strikt koscher essen, zu folgen. Die Kinder und Halbwüchsigen, so ist in einem Resümee Ende der zwanziger Jahre nachzulesen, aßen, was ihnen schmeckte.

Auch die Versuche, vermittelt über die Kinder ins Volk oder was sie dafür hielten zu gelangen, schlugen kläglich fehl. Die Arbeiter in der näheren Umgebung verhielten sich indifferent bis feindselig, heißt es in einem Jahresbericht. Den Verdacht, daß es dabei oft weniger um die Bekämpfung materieller Not als um die gefühlvolle und gesellige Behebung einer geistigen Obdachlosigkeit ging, wie sie heute als Selbstverwirklichung oder Selbstfindung propagiert wird, belegen die sarkastischen Anmerkungen, die Gerschom Scholem in seinen Erinnerungen dem Volksheim gewidmet hat: «Als ich zum ersten Mal ins Volksheim kam, bot sich mir ein seltsames Bild. Die Helfer und Besucher saßen auf den Stühlen; am Boden höchst malerisch um Gertrude, die Röcke hochästhetisch drapiert, saßen die jungen Mädchen, unter denen ... Franz Kafkas Braut Felice Bauer war ... ich war schockiert. Was mich umgab, war eine Atmosphäre ästhetischer Ekstase.» Scholem riet schließlich dem Leiter des Unternehmens, er solle, statt sich mit «Unfug und literarischem Geschwätz zu befassen, lieber Hebräisch lernen und zu den Quellen gehen.» Auch Kafka, dessen Freund Max Brod mit Dichterlesungen im Volksheim zu Gast war, hat, wie seine Briefe zeigen, zwar mit großem Interesse die Anfänge des Volksheims begleitet, gleichzeitig aber entschiedene Bedenken gegen die vom Volksheim intendierte Symbiose von Ost und West vorgebracht. Einige Jahre später hatten sich die vagen sozialistischen und kulturzionistischen Vorstellungen des Volksheimkreises schon den strammen Ansichten der Jugendbewegung angenähert. Die diffuse Schwärmerei fürs Ostjüdische wurde verdrängt von der Begeisterung für Palästina, der Aufstieg aus dem Ghetto in der Auswanderung gesehen und die Vorstellungen vom Proletariat durch das Konzept einer Klasse von Pionieren ersetzt. Statt weiter Gedichte auswendig zu lernen, womit die ostjüdischen Kinder vorgeblich kultiviert werden sollten, wurden nun Fahrtenlieder gesungen und verbissene Wanderungen unternommen. Dazu konnte man keine kleinen Kinder mehr gebrauchen und schloß deshalb 1929 den Kindergarten des Volksheims. Die anderen Gruppen gingen umstandslos in der jüdischen Jugendbewegung auf oder wanderten nach Palästina aus, um dort neu zu beginnen, was fortzusetzen in Deutschland bald nicht mehr möglich war.

Das Scheitern des jüdischen Volksheims war aber nur die Begleiterscheinung einer allgemeinen Niederlage, die mit den Rückzugsgefechten von Spartacus auch in den Straßen des Scheunenviertels besiegelt worden war. In der Zunahme zionistischer und bündischer Momente, die schließlich im Volksheim dominierten, kam nur eine nationalistische Antwort auf die verlorene Revolution zum Ausdruck. Hatte die polnische Unabhängigkeit die polnischen Juden mit Pogromen begrüßt, so erhielten die Juden in Deutschland als Morgengabe der Republik die Leiche von Rosa Luxemburg. Mit ihrer Ermordung war das Schicksal der Demokratie wie das der Juden entschieden. «Schlagt sie tot, das Weltgericht fragt euch nach den Gründen nicht» war die Parole der Totschläger, die durch jeden neuen Mord darauf hinwiesen, wie unauflöslich die Freiheit der Juden mit der sozialistischen Revolution verschränkt war und wie man sich beider entledigen konnte. Wahrscheinlich hatten die galizischen Einwanderer hinter dem Alexanderplatz nie etwas gehört von Rosa Luxemburg aus Zamość, von Leo Jogiches aus Wilna, dem Jerusalem des Ostens, oder von Eugen Leviné aus St. Petersburg. Doch deren Mörder sorgten dafür, daß kein Ostjude sich mehr sicher fühlen durfte. Bis 1923, als Tausende plündernd und mißhandelnd durch das jüdische Viertel zogen, waren alle rassistischen Wahngebilde, alle Erniedrigungen, Beleidigungen, Verwünschungen und Drohungen schon in einer solchen Schärfe ausgebildet, daß die einzige Originalität der Nationalsozialisten nur noch darin bestand, daß sie wahr machten, wonach die Deutschen schon damals verlangten.

Die kurze Geschichte der ostjüdischen Einwanderung enthüllt den Nimbus, der das Jahr 1933 umgibt, als ausgemachten Schwindel. Dies Datum markiert keinen Einbruch, weder ein jähes Ende, noch einen abrupten Anfang. Als Unerwünschte, Rechtlose und politisch Anrüchige, die ihre Herkunft, wie ein Reichstagsabgeordneter sagte, schon durch ihre «körperliche Beredsamkeit» verrieten, machen viele Ostjuden schon an der Grenze Bekanntschaft mit den Mitteln des modernen Staates, der Ausweisung und Abschiebung für sie bereithält, aber auch schon einen Ort, dessen schon damals geläufige Bezeichnung «Konzentrationslager» die kommenden Schrecken noch nicht verrät. Wer es nach Berlin schafft, kommt an, gezeichnet als Schieber, Krankheitserreger, Mädchenschänder, Schmuggler und Schwindler, als Hausierer und Hehler, als Dieb, der, wie ein beliebiges Flugblatt formuliert, dem hungernden deutschen Volk das Mahl für seine Pessahmazzen gestohlen haben soll.

Sie ziehen in die Grenadierstraße, die in Umkehrung der keiner Erinnerung mehr gewärtigen Bezeichnung aus dem frühen 19. Jahrhundert sich aus einer «Verlorenen Straße» in eine Straße der Verlorenen verwandelt.

Der Ostjude ist der Fremde par excellence. Seine Erscheinung erinnert gleichermaßen an die Schandtaten der Epoche wie an ihre verspielten Hoffnungen. Freizügigkeit erscheint an ihm als das Schrecknis der Flucht, Freiheit als der Fluch der Vogelfreiheit, Individualität als bedrohliche Abweichung, das Versprechen der freien Assoziation als Gespenst der Staatenlosigkeit, die emphatisch verkündeten Menschenrechte zeigen sich als lächerlicher Plunder.

Von Georg Simmel stammen einige der treffendsten Bemerkungen zur Phänomenologie des Fremden. Nicht zufällig sind sie in einer Zeit formuliert worden, als die xenophobische Ranküne gegen die osteuropäischen, vor der Rache des Zarismus nach der ersten Revolution flüchtigen Juden jenen völkischen Beiklang erhielt, der den Antisemitismus der liberalen Ära schließlich zur paranoiden Weltanschauung ummodeln sollte. Simmel, in den Augen seiner zu kurz gekommenen Neider die anstößige Verkörperung des Glücks, weil ohne Mühsal, war oft genug das Objekt jener inneren Ausbürgerungsversuche, welche vornehmlich an Geist und Geld, an Intellektuellen und Bankiers, erprobt wurden. Sie sollten der Freiheit ohne Verordnung, des Genusses ohne Anstrengung, der Zerstreuung ohne Achselschweiß, des Glücks ohne Macht nicht in Ruhe teilhaftig werden, solange die von Herrschaft Zugerichteten sich selbst den Wunsch nach Glück austrieben. Der Intellektuelle wie der Bankier, von der verstümmelten Wahrnehmung zu oft ausländischen anarchistischen oder plutokratischen Weltverschwörern verzeichnet, gemahnen zweifach an die verleugnete Sehnsucht der abgerichteten Massen. Wo immer inmitten des allgemeinen Unglücks auch nur der Anschein realisierten Glücks aufleuchtet, muß an seinen Trägern gestraft werden, was die Abhängigen sich versagen. Durch die Veräußerlichung zementiert fortwährend die Herrschaft ihre Risse. Andererseits entpuppt sich die in Regie genommene Erfüllung der geheimen Wünsche als konsequente Realisierung der krankhaften Wahrnehmung: die Nazis handelten nicht nur so, als gäbe es wirklich eine jüdische Weltverschwörung, sie versuchten außerdem mit Erfolg, alle den Juden angedichteten Hirngespinste für sich selbst wahr zu machen. Die Vernichtung der Welt wurde nicht länger von einem obskuren Rat der «Weisen von Zion» ausgeheckt, sondern planmäßig vom deutschen Generalstab in Angriff genommen. Solange der dumpfe Groll gegen die Exponenten der Zirkulation drunten gehalten werden muß, weil die Herrschaft ihrer noch bedarf, gibt alles andere, was weniger exponiert, aber doch auffällig genug ist, Anlaß, in jenem sich selbst abzustrafen und auf Kommendes sich einzuüben. Und auffällig sind die Ostjuden.

Die deutschen Juden hatten nach und nach aufgehört, eine durch Gebräuche, Anschauungen und Sitten besondere Gruppe zu sein, was mit einem dem biologistischen Denken des 19. Jahrhunderts entlehnten Begriff, mit Assimilation, bezeichnet wurde. Dieser Prozeß der Angleichung ans falsche Ganze, der die Juden in Deutschland zu oft wahnwitzigen Akten der Selbstverleugnung getrieben hat, ist auch nach der mörderischen Zerstörung der seit je illusionären deutsch-jüdischen Symbiose noch nicht zu Ende. Ossietzkys spöttische Verwandlung des «Centralvereins deutscher Staatsbürger jüdischen Glaubens» in «Centralverein deutscher Staatsjuden bürgerlichen Glaubens» findet in den Ehrenerklärungen, welche die Repräsentanten der Juden für deutsche Politiker im Austausch gegen ein Verdienstkreuz abgeben, eine späte und deprimierende Bestätigung.

Im fremden, doch anpassungswilligen Ostjuden erscheint fast greifbar, was die Zerstörungswut der Gleichgeschalteten auf sich zieht. An jenen ist noch nicht erloschen, was diese an sich selbst abgetötet haben; und im handgreiflichen Angriff auf die Insignien der Differenz, auf Pejes, Bart, Strejmel, Kaftan und Scheitel, dem sadistisch aufgeheizten Vorspiel zur kalt organisierten Deportation, macht der Spießer Ernst mit dem schon immer aus dem Munde bedrohlich klingenden Satz der Aufklärung, daß die Menschen alle gleich seien. Das hätte er gern. Regungslos und diszipliniert, erlaubt er sich im Pogrom die Regung, damit sie den Ostjuden ausgetrieben würde. Nur im nervösen Händegefuchtel und im schiefnasigen Grimassieren des antijüdischen Witzes kann sich die ohnmächtige Wut eine Karikatur von Ausdrucksfreiheit verschaffen. Die undressierte Mimik des Ostjuden, seine vermittelnden Gebärden, die an den anderen unter dem Zwang der Produktionsverhältnisse längst verstummt sind und als bloßer Reflex wirken, fordern die unvermittelte Motorik heraus: auf die beredsame Gestik der Hände, das Zeichen noch nicht erloschener Angst, reagiert die sprachlose Faust, deren Besitzer keine mehr kennen darf.

Georg Simmel hat in seinem *Exkurs über den Fremden* jene Unstetigkeit, Abweichung und Irritation, welche den populistischen Demokratismus außer Fassung bringt, daß er «Überfremdung» schreit, ehe er zu Taten schreitet, präzise bezeichnet: «Es ist hier also der Fremde nicht in dem bisher vielfach berührten Sinn gemeint, als der Wandernde, der heute kommt und morgen geht, sondern als der, der heute kommt und morgen bleibt – sozusagen der potentiell Wandernde, der, obgleich er nicht weitergezogen ist, die Gelöstheit des Kommens und Gehens nicht ganz überwunden hat.» Dieser Fremdheit, welche Simmel mit prophetischem Blick als Essenz jüdischen Daseins begreift, entspringt eine seltene Qualität, von deren Preis die Rede bereits war.

Diese Qualität, so bedeutet Simmel, sei gekennzeichnet durch eine Synthese von Nähe und Ferne, durch reflektierte Distanz, Beweglichkeit und Objektivität. Mit anderen Worten: die Träger derartiger Eigenschaften eignen sich nicht für den öffentlichen, sondern für die Rolle des Schuldigen, den jener braucht. Schon in einem Spottgedicht von Heine heißt es: «… Ausländer, Fremde sind es meist, die unter uns gesät den Geist der Rebellion …»

Nicht verwachsen, verwurzelt, verankert, nicht in der Erde

festgemauert und auf keiner Grundordnung stehend, demonstriert die Anwesenheit des Fremden in seiner je besonderen Gestalt die eingebüßten Chancen auf Freiheit. Beweglich, weil auf der Hut, gelassen und engagiert zugleich, freischwebend, weil nicht an den Boden gefesselt, und den Horizont der Gesellschaft kühl ausmessend, vertrauenswert, aber nicht vertraulich, blitzen in der Erscheinung des Fremden die Möglichkeit oder der Nachglanz des besseren Lebens auf.

«**Die heutigen Staaten sind das Grab der Völker. Staaten sind Kollektivbestien.**» Alfred Döblin, Reise in Polen

Nur, in der Regel ist dieses teilweise Glück ein ganzes Unglück. Selten, daß einer freiwillig zum Fremden wird, und selten, daß es ihm dabei gutgeht. Am Flüchtling, der kollektiven Gestalt des Fremden im 20. Jahrhundert, scheitert die optimistische Theorie vollends, die besagt, der geschichtliche Prozeß, der Fortschritt, produziere aus sich heraus die Mittel zur Lösung der von ihm verursachten Probleme. War dies schon zweifelhaft zur Geburtsstunde der bürgerlichen Gesellschaft, angesichts der Millionenzahl von Flüchtlingen, die seit dem Ersten Weltkrieg die elende und ständig anwachsende Manövriermasse der großen Politik bilden, verwandelt sich jene Behauptung in uneingeschränkte Affirmation.

Die Freisetzung der historischen Potenzen der Arbeit setzte den freien Arbeiter voraus, frei von allen natürlichen Verwirklichungsbedingungen, befreit vom Despotismus der Natur und von der Natur des Despotismus. Irgendwo zwischen diesen blutig ausgefochtenen Voraussetzungen und den blutrünstig ausgefochtenen Resultaten, wo die Arbeiterklassen sich ge-

genseitig abgeschlachtet haben, lag, mittlerweile unauffindbar verloren, die Chance, den katastrophischen Gang der Geschichte zu wenden. Je näher wir der Gegenwart kommen, desto kürzer werden die spekulativen Verschnaufpausen zwischen Ursache und Wirkung, bis wir schließlich in eine ununterscheidbare Abfolge kollektiver Untaten geraten.

In diesem ausweglosen Zirkel, den niemand so eindringlich beschrieben hat wie Hannah Arendt, sind die Flüchtlinge gefangen. Abgestoßen von zerfallenden Nationalstaaten, deren Überlebtheit in den Chefetagen längst anerkannt war, ehe in Regierungskonferenzen über die Neuaufteilung der Erde verhandelt wurde, wird der millionenfache Beweis für die Notwendigkeit, daß sich die tatsächlich zu einer Welt verwebten Menschen als *eine* Menschheit begreifen müssen, von einem Land ins andere verschoben, bis eines Tages entdeckt wird, daß die Heimat der Heimatlosen das Internierungslager, schließlich das Konzentrationslager sein soll.

Mit den Heimatlosen, produziert im Schoß einer maroden Ordnung und doch, wenn auch im Gewand der Schande, nämlich der Rechtlosigkeit, einen vernünftigen Zustand der Welt antizipierend, entbindet diese zerrüttete Ordnung auch, was diese Antizipation verschlingt. Dem hochaktuellen Begriff «Bevölkerungsexplosion» nicht unähnlich, fallen Diagnose und Therapie in eins.

Jede Staatsgründung, jede Revolution und jeder Krieg im 20. Jahrhundert hat bislang Menschenmassen vertrieben, deren einziges Fehl darin bestand, nicht daß sie einer gestürzten Klasse oder einer besiegten Partei angehörten, sondern daß sie überhaupt existierten. Mit genau dieser Qualität, nur Menschennatur zu besitzen, wurden sie verjagt und ausgesetzt. Und nur Mensch zu sein, nichts weiter, das ist gar nichts; das wußten schon die Griechen sehr genau, für die alle Fremden Barbaren waren.

Die als Gipfel zeitgenössischer Humanität ausposaunte Maxime, daß ein Jude oder ein Neger auch ein Mensch sei, gerät unter diesem Aspekt zu einer doppelten Schamlosigkeit. Mensch zu sein ist, als würde man dem Affen bescheinigen, er sei ein Tier, es ist die unterschiedslose Bestimmung, die den Verhungernden in Indien wie die Hausfrau im Brigitte-Diät-Club umfaßt. Jemandem attestieren, Mensch zu sein, kommt einer einverständlichen Todeserklärung gleich; jemandem unter den obwaltenden Umständen versichern, auch er sei ein Mensch, ist bestenfalls eine verachtungsvolle Geste und in den Augen des angesprochenen Negers sicher ein höchst fragwürdiges Verdienst.

An den Ostjuden wird frühzeitig vollstreckt, was die Völker vorgesehen haben als Strafe für die widerspenstige Eigenschaft, nicht in der überholten Dreieinigkeit von Territorium, Volk und Staat aufzugehen: als unerwünschte Minderheit, lästige Ausländer, rechtlose Fremde und verächtliche Staatenlose werden sie zum Strandgut einer Epoche; schließlich wird der ganze Kontinent zum Totenschiff.

Die in die billige Abbruchgegend hinter dem Berliner Alexanderplatz ziehen, dem ukrainischen Hetman entkommen oder von der polnischen Soldateska nur ausgeplündert, verwechseln vor lauter Dankbarkeit den Schlesischen Bahnhof mit den Piers von Manhattan oder dem Hafen von Dover. Weil das Geld für die Passage nicht reicht, halten sie das Scheunenviertel für Klein-Brooklyn, und so spricht sich die Grenadierstraße bis in die entlegensten Dörfer Galiziens herum als sagenhafte erste Stufe zum Paradies, während die Deutschen schon laut darüber nachdenken, wie sie ihnen Schlimmeres als den neunten Kreis der Hölle bereiten könnten.

«Einmal Emigrant, immer Emigrant» lautet der böse Fluch, der, wo immer sie auftauchen, an ihnen hängt wie ein schlechter Geruch. Der Akzent, in welchem sie verlangen, wonach alle verlangt, nach einer gesicherten Bleibe, verrät den Einheimischen, an wem sie die Drohung, es möchte ihnen morgen ebenso ergehen, entkräften könnten. In jeder polizeilichen Ausweisung, den kleinen Anweisungen auf den großen Transfer in die Lager, wird insgeheim die erste Abschlagszahlung auf das eigene Schicksal verbucht.

Am Ende des Ersten Weltkriegs stehen sie im Nichts: die Minderheiten, die Flüchtlinge und die Staatenlosen. Die Wanderung der Völker ohne Staat effektiv zu steuern, ersinnen die Bürokratien der durch wechselnde Grenzen mit wechselnden Minderheiten konfrontierten Staaten ein ganzes Arsenal halb- und illegaler Zwangsmittel. Darunter Denaturalisierung und Entzug der Staatsbürgerschaft, Maßnahmen, die zu den wirksamsten Waffen totalitärer Regime sich entwickeln sollten. Die Nazis haben, in früher Perfektionierung demoskopischer Mittel – die Regierung tut, was die Bevölkerung will, daß die Regierung befiehlt –, genau gewußt, daß sich keiner regen würde, wenn es gegen Menschen ging, die außer auf ihr menschliches Antlitz auf nichts verweisen konnten. War erst einmal die juristische Person durch Entzug der Staatsbürgerschaft und anderer Rechte zerstört, dann erwies sich die Behauptung von den eingeborenen Rechten eines jeden Menschen als hohle Phrase; nur im Besitz sogenannter unveräußerlicher natürlicher Rechte waren die schutzlosen Individuen geradezu die personifizierte Einladung für den Schrecken. «Ihre Unbezogenheit zur Welt, ihre Weltlosigkeit ist wie eine Aufforderung zum Mord», schreibt Hannah Arendt über die Aporien der Menschenrechte, «wenn man sie mordet, ist es, als sei niemandem ein Unrecht oder auch ein Leid geschehen.»

Aber nicht erst 1933, als Flüchtling und Staatenloser meist identisch werden und die Nazis befriedigt zur Kenntnis nehmen können, daß die Hinausgeworfenen im Ausland als Auswurf ankommen, nicht erst mit der planmäßigen Koordination der Willkür wankt die verläßlichste Bastion, in welcher der schutzsuchende Flüchtling sich verschanzen könnte; sie ist längst geschleift. Das Asylrecht, vom Anbeginn politischer Gemeinwesen herrührend und aus der Idee der solidarischen Gattung geboren, ist unter der Massenflucht im ersten Drittel des Jahrhunderts zusammengebrochen. Seine Anwendung ist, wie fast alle Artikel, die Ausländer betreffen, zu einer Polizeiangelegenheit geworden. Über diese Fragen hat sich die Polizei der verschiedenen Länder dahin entwickelt, wozu es die Arbeiterbewegung nie gebracht hat: zu einer wirklichen und effektiven Internationale.

Unter diesen Umständen hat sich, was dem Flüchtigen Schutz und Recht gewähren sollte, verwandelt in eine prekäre Gnade, der er jederzeit verlustig gehen konnte, denn Gnade ist nur das Schmunzeln der Willkür, eine Laune der Macht, die ihn beständig mit dem Schreckgespenst der Abschiebung bedrohte. Und Abschiebung in ihrer schlimmsten Form heißt nun auf paradoxe Weise Repatriierung, die Rückverbringung in ein Vaterland, das keines ist. Damit wird Heimat zur Strafe für Heimatlosigkeit, sie erscheint gar als der äußerste Punkt der Fremde.

Das hat mit Entfremdung, die mittlerweile für jeden vegetativen Aufstoß der neuen Betroffenheit herhalten muß, wenig zu tun. Entfremdung nähme der Fremde gern in Kauf, hätte er nur eine sichere Bleibe. Heimführung meint ihr genaues Gegenteil: für den politischen Flüchtling bedeutet sie den Weg aus einer unsicheren Freiheit in die sichere Unfreiheit, er zieht ein schäbiges Mehrbettzimmer in der Hirtenstraße einer Einzelzelle in Warschau vor; für die anderen, die nicht ahnen, wie schnell der Pogrom, dem sie entronnen sind, in Deutschland zum Programm erhoben werden sollte, bedeutet Rückkehr die Wiederkehr des Elends, sie nehmen lieber gelegentliche Haussuchungen hin als ständige Heimsuchungen.

Daß der Staat den Zustand der ihm unliebsamen Ausländer nicht legalisiert und das Dasein der Staatenlosen nur widerruflich duldet, hat zwei bedenkliche Konsequenzen, die auch das Schicksal der meisten Ostjuden bestimmen: Es entsteht ein

Vakuum der Legalität, das die Behörden mit administrativen Willkürakten anfüllen; darin findet am besten sich zurecht, wer angemessen reagiert und selbst zur Illegalität Zuflucht nimmt. Die zweite Konsequenz besteht in dem Umstand, daß aus der almosenhaften Gewährung des Aufenthalts jede Spur von Politik und Recht getilgt und die Flüchtlinge zu Sozialfällen erklärt werden. Für sie gibt es keinen Appellationsgerichtshof, sondern das Wohlfahrtsamt.

So ehrenhaft die Motive der Fürsorger auch sein mögen, so unerschöpflich sich Ligen und Hilfsvereine um den Flüchtling auch mühen, so zweifelsfrei ihre Erfolge in der Abwendung des schlimmsten Elends wie der unmittelbaren Ausweisung auch feststehen, als Objekt jüdischer Caritas bleibt die Lage des Ostjuden, vor allem des staatenlosen, zweifelhaft. Fürsorge kann ihm zur Winterkleidung, aber nicht zur Würde verhelfen, zur Erbsensuppe, aber nicht zur Einbürgerung; sie verschafft ihm durch einen Arbeitsplatz vielleicht kurzfristig Respekt, aber nicht dauerhaft sein Recht.

Mißtrauisch beäugt von allen Parteien, Gegenstand vorurteilsgeladener Debatten in Kommunal- und Landesparlamenten und Angriffsziel einer teils virulent antisemitischen Presse, wird das Schicksal der Ostjuden vorübergehend in die Hände einer eigens dafür geschaffenen jüdischen Wohlfahrtseinrichtung gelegt. Nichts gereicht mehr zur Schande der deutschen Revolution als der Willkommensgruß an die polnischen Juden: keine brüderliche Proklamation, sondern ein Erlaß des preußischen Innenministers, der Flüchtlinge wie ostjüdische Zwangsarbeiter auf die Fürsorge verweist. Diese Schande wird nur dadurch übertroffen, daß das jüdische Arbeiterfürsorgeamt mehr republikanische Gesinnung an den Tag legt als je eine deutsche Behörde. So machten die Ostjuden, als Schachfigur deutscher Kriegspolitik in Polen mißbraucht, eine Erfahrung, die sie von dort und in einer bitteren Redensart zusammengefaßt kennen: «*Jak bieda to dożyda, po biedzie precz żydzie»;* was soviel heißt wie, daß die Juden sich zum Teufel scheren sollten, wenn die Not, wegen derer man sie gerufen habe, vorbei sei. Im Unterschied zur traditionellen jüdischen Wanderfürsorge, welche der Unterstützung der nur durchreisenden und nach Amerika emigrierenden Juden aus dem Osten dient, stehen die neugegründeten Wohlfahrtseinrichtungen unter dem Druck, gegen eine wachsende Feindseligkeit, den Bleibewilligen bei der Beschaffung von Papieren, Unterkunft, Arbeit und all den trivialen Voraussetzungen der Gesellschaftsfähigkeit zu helfen. Doch gegen die Übermacht der Verhältnisse, deren Spuren sie schon im Widerstand dagegen tragen, vermögen jene Anstrengungen nichts. Mit dem sicheren Gespür für die Tendenz, daß die Flüchtlinge die länger ansässigen Juden gleicher Nationalität wieder in Ostjuden und unter äußerer Einwirkung gar wieder in Flüchtlinge verwandeln könnten, kehrt die jüdische Sozialpolitik den Grundsatz der alten Wanderfürsorge um, der die Verschiedenheit der ausländischen Juden hervorhob, um ihnen möglichst beim Verschwinden zu helfen.

Die untrügliche Ahnung vom zwieschlächtigen Charakter der Assimilation, die nicht eliminierbare Angst, es könnte alles vergeblich gewesen sein, stand hinter der philantropisch verbrämten Kälte und ging tiefer als aller sozialer Unterschied. Diese Furcht steht, nachdem sich in der 1916 staatlich verordneten Auszählung jüdischer versus nichtjüdischer Soldaten jene Ahnung längst bestätigt hatte, als letzter Versuch, den Ungeist zu besänftigen, hinter den mit Produktivierungsmythen in Szene gesetzten Eingliederungsversuchen. Mehrere Tausend seien Bergarbeiter geworden, lautet eine Siegesmeldung, gerichtet an die Deutschen, die man besänftigen muß. Die Berliner Gemeinde richtet Kindergärten und eine neue Volksschule ein in der berechtigten Sorge, die Kinder hätten Schlimmeres zu ertragen in anderen Schulen als gelegentliche Püffe, aber doch auch in der Absicht, sie auf die Höhe der Assimilierten zu germanisieren. Nichts ist gründlicher verhöhnt worden als diese verzweifelte Gutwilligkeit. Sie kann die Scham nicht abstreifen, die andere nicht mehr haben dürfen. Als keine mehr da sind, haben sie selbst plötzlich galizische Gesichter.

Keine Heimat zu haben ist kein Unglück, wenn es Städte gibt, und deshalb ziehen die Ostjuden in die Großstadt. Beide, Großstadt und Ostjuden, tauchen als Bestandteil totalitärer Ideologie deshalb regelmäßig zusammen auf, wenn es ums gesunde Leben und gegen den Asphalt, gegen die Entwurzelung, aber für das Dasein des Menschen als Rettich geht. Keinen Staat zu haben, weil einen dann kein Staat haben kann, ist allerdings ein Unglück, weil einen nämlich kein Staat will. Was vordem ein Kuriosum war, ein Mensch ohne Staatsangehörigkeit, wird nach dem Ersten Weltkrieg ebenfalls zur Massenerscheinung. Des notdürftigen Schutzes, den andere Flüchtlinge unter Umständen genießen konnten, muß der Staatenlose von vornherein entbehren. Noch stärker das Objekt der illegalen Zwangsmaßnahmen als die übrigen Flüchtlinge, sucht er, am Rande der Legalität, jenen Zugriffen zu entgehen. Jede Polizei verstößt zwar bei seiner häufig bei Nacht und Nebel über die grüne Grenze durchgeführten Abschiebung gegen die Gesetze eines anderen Staates, er selbst aber ist hier wie dort eine nicht genehmigte Erscheinung, die unerlaubte Verkörperung der Gesetzlosigkeit. Die Empörung Clemenceaus, die Staatenlosen seien die letzten Sklaven Europas, ist schon überholt, ehe sie ausgesprochen wird; die Sklaven hatten es besser als die massenhaften Vorboten einer neuen Vogelfreiheit. Erst den Nazis gelingt es, diesen von ihnen vergrößerten Bevölkerungsteil deportationsfähig zu machen und ins wirkliche Niemandsland zu verschleppen. Der inkriminierte Zustand der Staatenlosigkeit illustriert zum ersten Mal einen bislang unbekannten und paradoxen Sachverhalt, an ihr zeigt sich, daß absolute Rechtlosigkeit und vollkommene Unschuld zusammengehen können. Jene scheint die Strafe für letztere, wenn man diesen Zusammenhang bis in die Vernichtungslager verfolgt. Vorher war ein Minimum an bürgerlichen Rechten für den Rechtlosen offenbar nur um den Preis einer wirklichen Rechtsverletzung zu haben. Ein ordentliches Verbrechen bot wenigstens die Gewähr für ein ordentliches Verfahren, und ein schlecht gefälschter Paß, wie ihn die Polizei ab und zu bei einer Razzia gegen Ausländer gefunden hat, war kein Freibrief für eine heimliche Abschiebung, sondern eher eine wohlpräparierte Eintrittskarte in ein öffentliches Gerichtsgebäude.

Widerruflichen Schutz gegen die tausendfältigen Schikanen fanden die Ostjuden nur auf der Schattenseite der Gesellschaft oder im Rampenlicht, an den Örtlichkeiten, wo sie die Polizei umgehen konnten, oder dem Ort, wo sie die Polizei umging. Das wird von der kurzen ostjüdischen Geschichte des Berliner Scheunenviertels bezeugt, wo manchmal beides seinen Ausgang nahm: die Kellerkarriere eines Unbekannten wie die Bühnenlaufbahn eines Jesajah Ben Aron Gronach aus Galizien, den wir als den Schauspieler Alexander Granach kennen.

Wer sich auf die Suche nach den Spuren des Ghettos begibt, stößt immer wieder ins Leere. Nichts ist geblieben, außer der Ärmlichkeit der Häuser. Jede Straße des Viertels wie ein lückenhaftes, unansehnliches Gebiß, jedes Haus ein steinerner Sozialfall. Jede Fassade ein graues löchriges Tor, das keinen Blick auf die Vergangenheit preisgibt. Armselige Verwandte der protzigen Schäbigkeit, welche sich in der Innenstadt breitgemacht hat, kennen diese Häuser nur die nämliche monotone Auskunft: Es hat eine Geschichte gegeben, es gibt keine Geschichte mehr.

Noch über seine Niederlage hinaus präsentiert sich in diesen

Straßen der Nationalsozialismus als heimlicher Sieger der Epoche: Es soll auch keine Erinnerung mehr geben. Wenn verschwunden war, was irgend an sie erinnern konnte, dann waren die Umgebrachten mehr als tot, dann hatten sie nie gelebt. Und getötet wurde deshalb auch nicht jemand, sondern was, wie die Bezeichnung «Phantomurteil» eines zum Ministerpräsidenten aufgestiegenen Nazirichters verrät. Diese Gebäude, die mehr nicht entäußern, als worin ihr Zweck auch schon erschöpft ist, nämlich in abstrakter Behausung, sie stehen als häßliches Zenotaph des Eingedenkens; in ihren zerschrundenen Mauern ist unentzifferbar die innehaltene Erinnerung, deren Exponenten man liquidiert hat, zerbröckelt. Irgendwann wird ein letzter und anstößiger Rest in der Grenadierstraße verschwinden, drei hebräische Buchstaben, ein absurdes Menetekel des Gedächtnisverlustes. Wie in einem Palimpsest ist an einer Hauswand das Wort «koscher» zu entdecken, ein merkwürdiges Relikt, nicht ausradiert wie jene, denen es als untrügliches Zeichen ihrer Verschiedenheit galt. Man wird es verputzen und wetterfest übertünchen, und damit die rissigen Monumente, die für die Anthropologie nach Auschwitz, für den universellen Verlust der Erinnerung stehen, ihre letzte und bloß diffuse Verstörung verlieren, wird man die Reste adrett renovieren. Auch hier verlangen die Arrivierten nach poliertem Trödel. Schon gilt unter Akademikern und Künstlern eine Wohnung oder ein Haus im Scheunenviertel als schicker Ersatz für die Isolierzelle im Wohnblock.

Aber noch ist die Gegend zwischen Münzstraße und Linienstraße ein unangenehmer Schmutzfleck auf der maßgeschneiderten City. Sie läßt, wenn dem Fremden sich überhaupt etwas erschließen kann, nur den etwas von ihrer anrüchigen Vergangenheit ahnen, der sie bereits kennt. Ansonsten hängt der Geruch von Sagrotan und Braunkohle in den engen Straßen. Daß, wer nichts weiß, auch nichts erfahren wird, ist eine richtige Einsicht, die allerdings kaum weiterhilft bei den Annäherungsversuchen an die Geschichte des Viertels als einer Stätte des verrufenen Vergnügens, des obskuren Geschäfts, der roten Laternen und des Schwarzhandels. Im Unterschied zu den bruchstückhaften schriftlichen Zeugnissen jüdischer Existenz im Viertel findet über jene andere, wer will, eine ganze Menge. Doch das Terrain bleibt auch in diesem Fall der blinde Spiegel, welcher die Projektionen selbst des kundigen Betrachters verschluckt. Die Gegenstände verharren stumm gegen die Überredungen des an ihrer Geschichte Interessierten. In ihnen, den alten Häusern und Straßen des Viertels, scheint als Resultat vergangener Zeit und gleichermaßen als Voraussetzung der Gegenwart ein Umstand versteinert, der die Wahrnehmung zutiefst verstört: die Dinge geben nichts mehr preis. Die zu einem grauen Tableau erstarrte Szenerie entbindet in ihren einzelnen Elementen keine warnende Auskunft, aber auch keine tröstende Versicherung. Und so gleichen die Versuche, der Geschichte zwar nicht auf den Grund, doch auf die aus dem Dasein der Dinge nicht mehr dechiffrierbare Spur zu kommen, einem eher mysteriösen Unterfangen. Sie können nunmehr als paradoxe Expeditionen beschrieben werden, die, wie weiland Forschungsreisende auf geplünderte Grabkammern gestoßen sind, beim Graben auf lauter Hohlräume und Löcher treffen. Diese Leerstellen kann der Expeditionsteilnehmer nicht auffüllen, allenfalls kann er sie, dem Verschwundenen nachsinnend, zu einer flüchtigen Skizze des Verlustes verweben.

Gegen dieses abgründige, einer spiritistischen Sitzung nicht unähnliche Spiel, tote Gehäuse mit unerlösten Geistern zu bevölkern, tritt, als wäre nichts gewesen, unverdrossen die vorgeblich progressive Lokalgeschichte auf. Weil das Ganze keine Wahrheit mehr zuläßt, sucht sie im Kleinen das Richtige. Sie lügt sich ihren Hausschatz zurecht, mit dem die Gegenwart dann weiterwuchert bei den neuen Hinterhoffesten, die schon zur Verbrüderung mit dem Blockwart getaugt haben; sie schwört auf die kommunikative Hausgemeinschaft, als habe es nie eine verschworene Volksgemeinschaft gegeben; die Linke entdeckt, nachdem ihr die Welt egal ist, die Heimat und das Volkslied; sie stöbert der, wie es modisch heißt, Geschichte von unten nach, als hätte es dergleichen außer Dubletten dort verbindlich gegeben; sie betreibt emsig und empirisch *oral history*, um vom Immergleichen entzückt zu sein; sie kramt beim kleinen Mann nach großen Gesten, und manchmal knüpft sie dort an, wo es nicht weit war, daß man aufgeknüpft wurde: in der besinnungslosen Besinnung auf die Geschichte hat die deutsche Frauenbewegung den Fackelzug wiederentdeckt.

Von diesem unheilvollen Optimismus setzt sich ab, was man als geschäftige Melancholie bezeichnen könnte. Sie wird angedreht bei der Entdeckung einer verwaschenen Fewa-Reklame über dem Laden eines kleinen Seifenhändlers, der absehbar seine Waschmittel im Kaufhaus besorgen muß; sie entzündet sich an jeder zerbrochenen Putte und an jedem Meter wegrasierten Stucks, ohne je des Katastrophischen gewahr zu werden, das dem Alten wie dem Neuen innewohnt.

Im Scheunenviertel müssen wir nun die Häuser, die keine Schicht ihrer Vergangenheit entschälen, mit Gespenstern bevölkern, damit wir erfahren, was zum unterschiedslosen Memento heruntergekommener Mietshäuser sich versteinert hat. Von den ostjüdischen Flüchtlingen, die oft doch nur flüchtig hier Quartier nehmen konnten, zeugen keine Spuren. Auch der Versuch, ihnen durch ein unvollständiges Mosaik disparater Elemente in der Erinnerung Gestalt zu verleihen, bleibt hilflos. Anders, wenn auch nicht besser, steht es mit den Einheimischen. Keiner geht dort heute mehr zwielichtigen Geschäften nach, und abends stellt sich nicht mehr jene anrüchige Betriebsamkeit ein, die alle Stätten des zweifelhaften Amüsements tagsüber vermissen lassen. Auch nach Einbruch der Dunkelheit sind die Straßen trostlos menschenleer. Was früher als heimlicher Sperrbezirk galt, scheint nun mit einer unheimlichen Ausgangssperre belegt, wo einst schummriges Licht hinter den Fenstern zu schnöder Unterhaltung und Geselligkeit animierte, da stehlen sich die Menschen heute infolge einer noch erinnerten oder schon antizipierten Verdunklungsordnung nach Hause, um ihren Alleinunterhalter anzuschalten. Immerhin läßt sich ohne große Mühe die Geschichte des Scheunenviertels als der muffigen Schattenseite der Großstadt, als des Schrottplatzes der vorgeblich goldenen zwanziger Jahre andeuten; es fehlt nicht an Gestalten und Ereignissen in Büchern und Zeitschriften, mit Hilfe derer die tote Szenerie von der Einbildungskraft für einen kurzen Augenblick belebt werden könnte. Außerdem begegnet man bei der Suche nach Geheimnissen der Gegend, die heute keine birgt, ab und an jenen verhärteten Alten, die, den Häusern gleich, darauf vorbereitet zu sein scheinen, auch noch die nächste Katastrophe zu überstehen. Gesichter, die nichts erkennen lassen als gefrorene Dauer. Zum geschwätzigen Mitteilungsdrang der neuen Innerlichkeit bieten die hartgesottenen Rentner das exakte Gegenstück; sie reden sich nichts von der Seele; schon sie besitzen keine mehr. Was man zu Gehör bekommt: durchschnittliche deutsche Lebensläufe. Der ehemalige Wirt einer Kneipe, die ihren Namen erhalten hat nach dem weißen Elefanten der Likörfabrik Mampe und seit bald hundert Jahren im selben Eckhaus bis heute bewirtschaftet wird, erzählt, daß er am Schabbath nach gegenüber oft ein Fäßchen Bier geliefert habe. Gegenüber war das Stibel der Dombrower Chassidim, aber das zu wissen kann man von einem Wirt nicht verlangen. Er macht keinen Unterschied zwischen frommen Juden, die am Schabbes zu Hering und Nüssen sich ein Bier genehmigen, und den Leuten, die bei ihm einkehren, Juden wie Nichtjuden; er kennt nur Kunden, sonst niemand. 1933 beginnt er, Unterscheidungen zu treffen, und wird Parteimitglied. Als eines Tages bei ihm SA-Leute barsch das Bier mit der Bemerkung zurückweisen, aus den Gläsern hätten bestimmt schon Juden getrunken, entgegnet er, sie seien frisch gespült. Mit dieser Geschichte könnte er in Westdeutschland als entschädigungsberechtigter Widerstandskämpfer gelten.

Jedoch, das jüdische Element ist nur eines neben den sogenannten wirklichen Elementen. Die Betstube umgeben von Bierschänken, die dunklen Mäntel inmitten dunkler Erscheinungen, Juden in der Nachbarschaft von Luden, nebeneinander die Frommen und die Frechen, Schächter und Schufte, auf derselben Etage Heilige und Huren, Synagogenverein und Ringverein, mit einem Wort: hier präsentiert sich ein ganzes soziales Ensemble, zu einem trüben Amalgam vermengt, in welchem mit Vorliebe das Vorurteil zu fischen pflegt. Von der erzwungenen prekären Nähe ist es nicht weit zur Identifikation von Rabbinern und Schlawinern. Andererseits, und das werden nur verbohrte Philosemiten leugnen, zwingt die Logik der beständigen Entrechtung, wie wir sie als charakteristisch für die Lage der oft staatenlosen Exilanten beschrieben haben, genügend Ostjuden zu Reaktionen, die dem Vorurteil neue Nahrung zuführen.

Vor allem ostjüdischen Charakter jedoch ist das Scheunenviertel, ähnlich der kriminellen Gegend um den Schlesischen Bahnhof, für die Zeitgenossen eine Enklave ihrer eigenen Karikaturen, das Binnenland der Ausgebürgerten. Es erinnert die gute Gesellschaft unangenehm an die eigenen, mühsam verborgenen Triebe, an jenen Naturzustand, von dem der frühere Philosoph der späten bürgerlichen Ordnung, Hobbes, gesagt hat, er sei nur durch eine Art Gewaltvertrag zu überwinden. Deshalb ist das Viertel in ihren Augen vor allen Dingen ein Beweis für die Notwendigkeit der Polizei. Ihr verdanken wir, daß wir eine pointillistische Vorstellung jener Zustände erhalten, in denen, wie Walter Benjamin geschrieben hat, die der Bürgerwelt homogene Welt des Ganoven zu einer Metamorphose sich anschickt, an deren Ende nicht der im Zuchthaus landende Zuhälter, sondern der in Zucht genommene Kleinbürger steht. Hervorgetan hat sich dabei als Polizeidichter in einer Stadt, die seit jener Zeit durch die höchste Polizeidichte der Welt sich auszeichnet, jener bereits eingangs zitierte Ernst Engelbrecht, Kriminalkommissar und Leiter der Streif- und Fahndungsmannschaft des Berliner Polizeipräsidiums. Mit lockerer Feder und dosierter Empörung hat er ein längst verschwundenes Panoptikum skizziert, zu dem er selber gehörte. Wenn Adorno über die Zeichnungen Zilles sagte, sie klopften dem Elend auf den Popo, so gilt für die jovialen Causerien von *Kinder der Nacht – Bilder aus dem Verbrecherleben* oder *Berliner Razzien*, daß sie dem Ganoven in die Seite knuffen. So großspurig und auf das sensationslüsterne Publikum schielend der Titel *Auf den Spuren des Verbrechertums* einen exotischen «Streifzug durch das großstädtische Verbrechertum und seine Schlupfwinkel!» verspricht, so vertraut und fast liebenswürdig, mit erhobenem Zeigefinger, doch nicht belehrend, mit grellen Farben, doch nicht erschreckend, schildert er beinahe altväterlich die Schurken des Viertels und deren Treffpunkte, die Kaschemmen und Kellerkneipen.

Engelbrechts kriminalistischen Feuilletons eignet etwas vom überholten Tonfall der Moritat, die deshalb auch nur augenzwinkernd vorgetragen wird. So eindringlich das Scheunenviertel als «gefährliche Brutstätte des Verbrechertums» ausgemalt wird durch die Warnung vor dessen berüchtigten Inkubationsherden, der «Münzglocke» in der Münzstraße, dem ebenfalls dort befindlichen Tageskino «Biograph-Theater», dem nahegelegenen «Café Mexiko», dem «Guten Happen» in der Schönhauser Straße («das bekannteste und besuchteste Massenlokal der Berliner Verbrecherwelt»), so drastisch verworfen die Grenadier- oder Mulackstraße auf den ersten Blick erscheinen, familiär und versöhnlich wird es allemal, wenn der Kommissar von den lichtscheuen Gestalten im «Albert-Keller» der Weinmeisterstraße, irgendeiner Katakombenkaschemme in der Auguststraße oder im «Blauen Strumpf» in der Linienstraße wie ein alter Bekannter freundlich begrüßt wird. Engelbrecht, kein Edgar Wallace, dessen damals schon erfolgreiche Krimis das internationale Flair besaßen, das der Berliner Unterwelt fehlte, eher ein Kriminaler der alten Schule als ein *detective* der Neuen Welt, und schon gar nicht die Vorwegnahme seiner eigenen Nachfolger, denen Unterwelt, Kommunismus und Juden eins wurden, beschreibt wie ein müder Conférencier das schmuddelige Milieu von Strolchen und Spitzbuben: «Die Kaschemme der alten Ganoven. Sie ist in der Mulackstraße. Über der Tür eine Tafel mit der harmlosen Aufschrift ‹Bierquelle›. Drei Steinstufen führen in den bedrückend kleinen Raum, in dem nicht mehr als drei Tische, eine Bank und ein paar klapprige Holzstühle vorhanden sind. Hinten befindet sich das Büfett, ein kahler Ladentisch, und hinter ihm die Wirtin, die aus einer großen Flasche Brennspiritus in Gläser schenkt.»

Das war wirklich nicht der Ort, der als schillernde Kulisse einer legendären Gangsterkarriere dienen konnte. Auch hier nur der sehnsuchtsvolle Blick nach Amerika, dem Himmel der Unsterne. Nichts vom steilen zwielichtigen Weg nach oben, sondern krumme Touren in dunklen Hauseingängen, keine Seidentapeten und Chintzsessel, sondern schon damals abbröckelnder Putz und billiger Schnaps. Immer auf der Hut, Haken schlagend durch die finsteren Gassen, über Dachböden, durch Kellerwohnungen und Hinterstuben wird das kleine Licht der geschobenen Schieber im nächstbesten Hinterhof ausgeblasen, es sei denn, das Schicksal schleudert die abgerissenen Aufreißer aus dem jämmerlichen Kreislauf von Münz-, Weinmeister-, Joachim-, Linien- und Grenadierstraße hinaus vor einen Richtertisch in Moabit und dann nach Tegel oder Plötzensee. Selten, daß einer aus dem anrüchigen Milieu sich hinaufhangelte an einer Glückssträhne ins Halbseidene des Berliner Westens. War von jeher der wahrhaft reiche Kriminelle der Bewunderung sicher, welche ihm die bürgerliche Umwelt, wenn auch widerwillig, zollte, für derlei einverständliche Komplimente bot das Scheunenviertel keinen Anlaß. Im Erfolg des großen Gauners sah der Wirtschaftsmagnat wie der Staatsmann insgeheim das System der wirklich freien Konkurrenz bestätigt; Einfallsreichtum, Initiative und Durchsetzungsvermögen des Gangsters erinnerten sie daran, mit welchen Waffen ihre Großväter angefangen hatten. Nichts davon in den trüben Straßen hinter dem Alexanderplatz, die erst nach Einbruch der Dunkelheit und nachdem die fliegenden Händler ihren dürftigen Schnitt gemacht hatten, jenen Gestalten zur Bühne wie Zuflucht wurden, deren individuelle Chancen auf den großen Coup gleich null waren. Während in den Elendsvierteln von New York oder Chicago die Rackets die gewinnträchtige Vielfalt proletarischer Zerstreuung von der illegalen Buchmacherei bis zur Prostitution zügig in Regie nahmen und sich allmählich zu Unternehmungen mauserten, deren Management dem eines Industriekonzerns in nichts nachsteht, wirkte das Milieu im Berliner Osten seltsam antiquiert. Schon die Namen seiner Protagonisten, die der schriftstellernde Kommissar des Berliner Polizeipräsidiums fast zu seinen intimen Freunden rechnet, klingen merkwürdig hausbacken und verraten vergleichsweise wenig Gefährlichkeit; ein «Popel-Adolf» wird höchstens einer geizigen Zimmerwirtin ihren Hals durchschneiden, und ein «Mücken-Paul» kassiert allenfalls ab in einer der zahllosen schäbigen Absteigen in der Dragonerstraße.

Am *big knockover* der rivalisierenden amerikanischen Gangs flatterte stets ein Bündel exotischer Namen, Trademarks käuflicher Killer, die den letzten Lebensabschnitt bürgerlicher Geschichte ganz wörtlich nach der polemischen Bemerkung von Marx gestalten wollten: Je ein Kapitalist schlägt viele tot; schließlich ging es um Lizenzen, Konzessionen, Prozente, Kurse, ganze Branchen und deren Absatzgebiete.

Die Eigentümer leutseliger Spitznamen hingegen besaßen meist nichts außer diesem und die für einen kleinen Bruch erforderlichen Werkzeuge und Fertigkeiten. Die manchmal unvermeidliche Leiche trug selten ein seidenes Hemd, in Hinterhöfen wurden kleine Päckchen mit Valuta verschoben, aber keine Aktienpakete, kein Troß von Leibwächtern und Anwälten war mit von der Partie. Alles in allem ein Terrain, das keinen Meyer Lanski hervorbrachte, weil die Verhältnisse seiner nicht bedurften, sondern vielleicht einen anonymen Moische Pufeles, keinen Lucky Luciano, sondern den weniger anonymen, aber ebenso fiktiven Franz Biberkopf. Gerade dessen animalischer Trott durch die Straßen, Kneipen und Wohnungen, den Döblin in *Berlin Alexanderplatz* zu einer Studie über den Sozialcharakter des Deklassierten montiert hat, zertrampelt das gemütliche Nebeneinander von Warenhaus und Trödel, von Amüsierkaserne und Kaschemme. In den Fugen und Ritzen dieser Ungleichzeitigkeit, die Walter Mehring im *Kaufmann von Berlin* als das Aneinandergrenzen von Altkleiderhandel und Propaganda kennzeichnet, nistet auf Abruf jenes Gemisch aus Überhangmenschen, Abgebauten, Unverwendeten, Ausgesteuerten und Abgestiegenen, mit einem Wort: der Mob, der schon im November 1923 mit dem Feldgeschrei «Deklassierte aller Klassen, vereinigt euch!» marodierend durch das Ghetto gezogen war.

Tagsüber an den Spieltischen vor dem Zentralen Arbeitsnachweis in der Gormannstraße, versammelt er sich allabendlich an den Schanktischen des Viertels, verstärkt durch eine aus allen Stadtteilen in die Kneipen, Keller und Kaschemmen hineindrängelnde bunt zusammengewürfelte Gesellschaft, lauter kleine Existenzen, die zu allem bereit auf ihre große Stunde warten, abrufbereite Fürsorgeempfänger, die nichts sehnlicher wünschen, als Befehlsempfänger zu werden. Der Mob, schreibt Hannah Arendt, die ihm entkommen konnte, sei eine längst bekannte Erscheinung; es habe ihn schon immer gegeben, damit die Geschichte jenes Quantum Brutalität und die gesellschaftlichen Kämpfe jenes Gran Entmenschtheit enthielten, welche die Vernunft nie vergessen ließen, daß es sich um Vorgeschichte handelt. Neu sei hingegen die Organisierung der Deklassierten, jene Verschränkung von Politik und Verbrechen, die sich in der Unterwelt an der Figur des Gangsterbosses und seiner blind gehorchenden Gefolgschaft vorgebildet fände.

Im Scheunenviertel aber gibt es weder Al Capone noch die Camorra, weder den *capo di tutti i capi* noch die Familie. Eher geht es familiär zu, dumpf gesellig und nach der Satzung eines Vereins. Die sogenannten Spar- und Ringvereine, die deutsche Organisationsform der Unterwelt, zünftige Gebilde in einer unzünftigen Zeit, sie verleihen dem amorphen Zulauf der Hergelaufenen in Zuhälter- und Schränkervereinigungen mit altfränkischen Namen wie «Felsenfest», «Immertreu», «Deutsche Eiche» und «Treff As» eine erste, wenn auch fast noch behäbige Form.

Im Berliner Osten reicht sie aus, dem Spießer jenes Frösteln zu verabfolgen, ohne welches die Sünde Ausschweifung und nicht beklemmende Anstrengung wäre: neben den notorischen Etablissements für schlüpfrige Unterhaltung, Hinterstuben mit Witwenbällen und Nackttänzen, pornographischen Kabaretts und Damenkneipen kommandieren die Ringvereine Tausende von Geheimprostituierten. Seit der Inflation werden die aufs Pflaster Geworfenen, die sich nur am Tresen wieder aufrichten können, zusehends zum Objekt der Politik. Ein Jahrzehnt später hat sich herausgestellt, daß der Mob, nun unter Kuratel gestellt, nicht der aufmüpfige Abklatsch einer zusammenbrechenden Gesellschaftsordnung gewesen ist, sondern im Gegenteil das Schmiermittel ihrer Stabilisierung; auf jenen spekulierten die Kommunisten zuweilen, mit letzterem rechneten die Nationalsozialisten immer.

Die rebellische Hörigkeit der vielen Zukurzgekommenen fand in den mit militärischer Disziplin organisierten Rollkommandos ihren vollendeten Ausdruck: dem Betrachter von Photographien, welche Straßenschlachten, Kneipenprügeleien und

Veranstaltungsstörungen zeigen, fällt es reichlich schwer zu unterscheiden, wer auf wen eindrischt. Zu einer merkwürdigen Kenntlichkeit haben die kaum unterschiedenen Uniformen sich vermengt. Der Grund dieser Täuschung, die keine ist, liegt in der unterschiedslosen Vergötzung des Volkes, der ersten Stufe, gemeinsame Sache mit dem Mob zu machen. Deshalb war es, aus der Perspektive der Gosse betrachtet, oft reiner Zufall, in welcher Uniform einer zwar nicht sein Recht, sondern nach Selbstdarstellung verlangte. Aus dem Kehricht einer zersetzten Ordnung geformt und vom Odem des nächstliegenden Parteilokals angehaucht, erwachte der Wechselwähler unruhiger Zeiten, der Wanderer in einer Welt zwischen zwei Kaschemmen, der kollektive Tyrann. Auch das Scheunenviertel, immer Hinterhof und politisches Hinterland zugleich, blieb in diesem Prozeß, worin die Politik für eine geraume Zeit gemeinsame Sache mit dem Mob machte, weil sie ihn für das Volk hielt, auf seiner eigenen und damit auf der Höhe der Zeit. Nach der Novemberrevolution Schauplatz der erbitterten Rückzugsgefechte der Revolution, tauchte in den Vorgeplänkeln der Naziherrschaft aus Asylen und Bouillonkellern jenes gemischte Gelichter mit den bekannten Gefühlen auf, das nun, straff organisiert, so lange Angst und Schrecken verbreiten durfte, bis Mord und Totschlag zum Regierungsprogramm erhoben und dessen Durchführung in die Hände unbestechlicher, emsiger und charakterfester Beamter und Angestellter gelegt werden konnte.

Am Abend des 14. Januar 1930 wird die Gastwirtschaft «Bär» in der Dragonerstraße 48 zum Tribunal über einen Abwesenden, und wenig später serviert das Puffmilieu einen großen Märtyrer. In jener Kneipe, Treff der sogenannten Sturmabteilung-Mitte der KPD – die terminologische Anpassung an den Gegner erfolgte nach dem Verbot des Rotfrontkämpferbundes –, beschließt eine Handvoll Männer, die Billardpartie abzubrechen, kurzen Prozeß zu machen und jemandem, wie sie später vor Gericht aussagen, eine «proletarische Abreibung» zu verpassen. Die Zeitumstände und die beteiligten Personen – nebenbei Mitglieder des Ringvereins «Immertreu» – berücksichtigt, handelte es sich bei diesem pädagogischen Kampfbegriff um vorsätzlichen Totschlag. Die Runde hört sich die entrüsteten Klagen einer aufgeregten Zimmerwirtin an, die ihren Untermieter loswerden möchte und genau weiß, warum sie gerade hier ihr Herz ausschüttet: es geht um den abgebrochenen Jurastudenten Horst Wessel, den Anführer eines Nazi-Schlägertrupps, und dessen Braut, eine ehemalige Prostituierte aus der Münzstraße.

Wenige Stunden zuvor war einige Ecken weiter, in der Joachimstraße, ein Kommunist erschossen worden. Und auch deshalb machen die Männer sich umstandslos und eingedenk des Parteileitsatzes «Schlagt die Faschisten, wo ihr sie trefft» auf den Weg in die Große Hamburger Straße. Sie treffen Horst Wessel dort.

Der unter anderen Umständen belanglose Abtritt eines pausenlos marschierenden Vorstadtstrizzis gerät aber in diesem Fall zum wirkungsvollen Auftritt eines hinkenden Gauleiters. Goebbels gewinnt die propagandistische Schlacht mit der Roten Fahne um den Nachweis, wer von beiden, Täter oder Opfer, der abgefeimtere Kerl gewesen sei, spielend, nachdem die Kommunisten ihr angeklagtes Mitglied als «Zuhälter und Polizeispitzel» zum Fraß hingeworfen haben. Hingegen, wie in einer vorweggenommenen Farce auf den Stalinismus, beteuert der des Mordes angeklagte Albrecht Höhler, im Milieu Ali genannt, seine Treue zur Kommunistischen Partei. Es nützt ihm wenig, er ist wegen Diebstahl, Zuhälterei und Meineid kräftig vorbestraft und kommt aus der Mulackstraße. Das Elend kennt keine Klassen, aber immer noch jemanden unter sich. Und die Mulackstraße ist im Scheunenviertel das Unterste – bis man die Juden dazu macht.

Für den großen unverzeihlichen Fehler, die falsche Stammkneipe gewählt zu haben, und für den kleinen, aber gewichtigeren Umstand, daß ein Verbrecher die eigene Ehre findet, indem er vor Gericht die verlorene Ehre der Kommunisten zu retten sucht, für diese Anmaßung, einen Augenblick er selbst zu sein, erschlägt die SA Ali Höhler bei einem Gefangenentransport im Frühjahr 1933 auf bestialische Weise. Zu dieser Zeit sind Horst Wessel und sein SA-Marschlied schon zum unverzichtbaren Bestandteil des nazistischen Öffentlichkeitsrituals avanciert.

Hatte doch die nationalsozialistische Propaganda, nach dem Grundsatz: «Je lauter, desto wahrer» schon immer behauptet, daß die ermordeten Spartakisten Führer der Unterwelt gewesen seien, dann schien es bloß logisch, daß eine wirklich anrüchige Existenz zum Nationalheros aufsteigen konnte. Nur momentane Undurchführbarkeit hielt wohl die Nazis davon ab, gleich alle Straßen, Gebäude und Plätze in Horst-Wessel-Gedenkstätten zu verwandeln; aber am Bülowplatz, wo Demonstranten fast noch den Leichenwagen gekippt hätten, demonstrierten sie perfektionswütig, wie sie sich Deutschland als Sperrbezirk vorstellten, in welchem eine ganze Nation auf den Strich ging: Horst-Wessel-Platz (Bülowplatz), Horst-Wessel-Haus (KPD-Zentrale Karl-Liebknecht-Haus), Horst-Wessel-Theater (Volksbühne).

Und damit ihre Kinder einst wissen sollten, die Eltern hätten von nichts gewußt, gaben ungefähr eine halbe Million ihren Söhnen den Namen Horst.

«Dann habt ihr ein Grab in den Wolken da liegt man nicht eng.»
Paul Celan, Todesfuge

In den angezündeten Synagogen verbrannte auch die bis zum Äußersten gehegte Illusion vieler deutscher Juden, daß es nicht gegen sie, sondern gegen die anderen aus dem Osten ginge. Jedoch, der Feuerschein erhellte eine Szene, aus der die anderen schon fast alle verschwunden waren. Die brennenden Bethäuser waren die grelle Manifestation des Antisemitismus, daß er sich bei der Vertreibung der Ostjuden keiner Ausschreitung schuldig gemacht habe, sondern daß es aufs Ganze ginge, unterschiedslos. Im Augenblick, als es nur noch zufällig verschonte polnische Juden in Deutschland gab, wurden alle deutschen zu polnischen Juden.

Wie viele unter den Tausenden aus dem Scheunenviertel waren, die 1938 vor der großen Pogromnacht an die polnische Grenze deportiert oder über diese hinweggejagt wurden, weiß man nicht. Wenige Jahre später wurden die Vertriebenen wieder bürokratisch eingesammelt und umgebracht.

Flüchtlinge hinterlassen kaum Spuren, aber ein untrügliches Zeichen doch dort, wo die Flucht ein Ende haben muß und sie zur ersten Ruhe gelangen: auf dem Friedhof. Wer heute über die jüdischen Friedhöfe in Weißensee wandert, der wird einer Gewißheit inne, die ihm beim Gang durch das Scheunenviertel nie zuteil wird. Denn im Verfall der jüdischen Gräber und der sie, weil niemand mehr da ist zur Pflege, wild umwuchernden Natur, erscheint noch der Verlust wenigstens des eigenen Todes, den jene nicht mehr hatten, die in den Vernichtungslagern ermordet worden sind.

Sie zu vergessen, die keinen Grabstein haben, ist nach Auschwitz die eigentliche Friedhofsschändung.

1981

Martin Beradt
Die Straße der kleinen Ewigkeit
Roman

Vom Morgen bis zum Abend kann die Welt zerstört werden.

Frajims Ankunft. Ephraim, genannt Frajim, hatte schon früh eine unbeherrschte Unterlippe; sie war väterliches und mütterliches Erbteil zugleich. Seine Mutter fürchtete, die Lippe verriete die späteren Begierden, und hätte viel für die Macht gegeben, diese Form des Mundes zurückzunehmen. Zum Teil glich die Nase den Makel aus, zum Teil die Stirn: der Mund verriet die gröberen Instinkte, die Nase aber war edel, die Stirne klug. Frajim Feingolds Vater berief sich auf sie, wenn er dem Sohne eine große Zukunft weissagte. Doch die Unruhe der Mutter blieb: Sinnlichkeit, das wußte sie, verliert sich erst im Alter, Vornehmheit schon früh, und Klugheit – nun, es kommt auf die Art an, in der sie sich zeigt; ihr waren kluge Männer bekannt, denen war es übel genug ergangen im Leben, und gestorben waren sie im tiefsten Elend.

In jedem Fall erkannten Ephraims Eltern ihre Aufgabe, den Sohn zu einem großen Mann zu machen. Die Voraussetzungen für seine Laufbahn, natürlich als Kaufmann, waren erst zu schaffen. Sie waren in Piaseczno nicht vorhanden, aber vielleicht in Warschau, vielleicht in Lodz.

Sie entschieden sich nicht für die eine, nicht für die andere Stadt, sie entschieden sich überhaupt nicht für den Osten, ihre Entscheidung fiel für Berlin; Deutschland stand in ihren Augen hoch, vor allem stand Polen in ihren Augen sehr viel tiefer. In Deutschland konnten Juden um das Jahr 1927 in jedes Amt gelangen, konnten vor allem als Kaufleute sich frei entfalten. In Polen wurden einige Juden höhere Beamte, Lokomotivführer aber, Schaffner und Briefträger durften sie nicht werden; sie drängten in diese unteren Stellen, aber man ließ sie nicht hinein. Man sah lieber zwei bis drei Millionen Juden ersticken in unsäglich bescheidenen Handwerken, in einem Handel, der eine Karikatur seiner selbst war. Sechs Juden rissen einem Verkäufer die alte Hose aus der Hand; hinterher machte sie den Weg durch alle sechs Läden – ach, das waren keine Läden, es waren Verschläge und Regale.

Auch anderen ging es in Polen schlecht, die Bauern bekamen ruinöse Preise, so mancher Gutsbesitzer war bloß ein armer Teufel, aber die jüdische Not war doch die größte. Es gab wohlhabende Juden, gewiß, aber was wollte das besagen? Man brauchte nur in Warschau über eine Seitenstraße des Nalewki zu gehen oder der Franziskanka, über den Nowo Woluwkie, in Wilna durch die Rameiles-, durch die Jatkewergasse, so wurde die Lage einem klar – man durchwanderte einen Pferch, ein Gewühl des Irrsinns: Straßen, Höfe, Häuser wimmelten von Juden, barsten von Juden, platzten von Juden, alles Ärmste der Armen, ein verelendetes Geschlecht, in Gefahr, am nächsten Tage zu verkommen; ein Schritt und man trat ein Kind nieder oder einen Vater, der beschäftigungslos umherstand, die Hand im langen Bart, die Gedanken bei Gott oder bei einem Geschäft mit entfernt winkendem Verdienst von zwei, im besten Falle vier Groschen. Nein, Frajims Eltern hätten sich schon deshalb für Berlin entscheiden dürfen, weil es in Deutschland lag. Zwar hatte in Deutschland schon damals eine Partei gegen die Juden Drohungen ausgestoßen, aber nie, so glaubten selbst die deutschen Juden, würde sie die Übermacht gewinnen, viel weniger je ihre Drohungen wahrmachen.

Frajims Eltern entschieden sich für Berlin noch aus einem zweiten Grund. In Piaseczno erzählte man sich sagenhafte

Dinge von New York, man sprach geradezu von einem Paradies des Reichtums, und Berlin lag auf halbem Weg dorthin.

Zwei Jahre fasten, und das Reisegeld für Frajim war erspart. Er bekam einige Mark dazu als Zehrgeld – dann würde er selbst weiterzusehen haben. Niemand verkam, auch dann nicht, wenn ihm die Mittel ausgingen; kurze Zeit sorgten die jüdischen Gemeinden für den Zugewanderten; erst wenn er auch dann sich nicht ernährte, wurde er über die Grenze abgeschoben. Er kam im schlimmsten Fall dort wieder an, von wo er ausgezogen war, da war noch immer nichts verloren – allerdings, die Schande ersparte er besser seinen Eltern und sich selbst.

Wirklich traf Frajim Feingold zu Beginn des Herbstes 1927, an einem wenig schönen Tag, in der deutschen Hauptstadt ein. Er kam unmittelbar aus einer Judengasse von Piaseczno und wußte genau, in welche Gasse er hier zu gehen hatte; es gab nur eine. In Amsterdam gibt es ein Viertel für Ostjuden, in New York füllen sie ganze Stadtteile, in London lange Straßenzüge. Hier, in einer Stadt von vier Millionen Einwohnern, einer der größten und bedeutendsten der Welt, waren so ausgeprägt nur wenige Gassen; die wichtigste betrat er. Dreitausend Menschen hatte sie bisher beherbergt, jetzt sollte es einer mehr sein.

Frajim sah ängstlich unter seinem Plüschhut hervor und hoffte zaghaft auf sein Glück. Es war frühe Menschenkenntnis, daß er Frau Warszawski zur Quartierfrau wählte, er hätte keine bessere finden können. Schon den sechsten Monat hielt sie ihn jetzt durch, schon den sechsten Monat beherbergte und beköstigte sie ihn umsonst. Denn so lange schon war Feingold ohne Verdienst, so lange gab es keine Stellung für einen jungen Mann, der in jeder Stellung etwas Außerordentliches hätte leisten wollen. Dabei ergab sich Feingold nicht etwa dem Müßiggang. Er nahm Dienste bei Frau Peis-

sachowitsch, einer Geflügelhändlerin, einer ungeheuer beleibten und zänkischen Person. Er tat das Äußerste, er tat die schmutzigste Arbeit, aber selbst bei aller Bereitwilligkeit behauptete er sich nicht; ihr früherer Austräger war nur krank gewesen, sie stellte ihn wieder ein.
Frau Warszawski brachte ihn zu Schaum. Schaum war hochmütig; wahrscheinlich stieg er in seinen eignen Augen noch durch einen ungeheuerlichen Buckel auf dem Rücken und einen bescheidnen auf der Brust. Ein steifes Bein hinderte ihn, die alten Kleider, die er kaufte, sogleich nach Haus zu schaffen; die anderen Händler schleppten ganze Berge heim, aus Furcht, man könne sie nachträglich vertauschen. Feingold holte die von Schaum gekauften Kleider ab, Feingold trug sie geduldig heim, Feingold wurde krumm und schief, ein treuer Diener seines leicht verbauten und etwas unheimlichen Herrn. Aber kaum hatte er sich eingearbeitet, da wurde er entlassen, das Geschäft sei schlecht. Schlecht, das war es, aber Schaum stellte ihn auch nicht wieder ein, als es sich belebte. Feingold war durch Schaum in viele Häuser gekommen, Feingold hatte viele Teile der Stadt betreten, und die Stadt war so groß wie eine polnische Wojewodschaft – die Kammer, in die man ihn stieß, die Einsamkeit, zu der man ihn zwang, machten ihn schwermütig, er vermochte kaum zu atmen. Frau Warszawski fühlte es, sie beschwor Schaum: «Haben Sie denn kein Gewissen? Wollen Sie einen jungen Menschen ruinieren?» Aber Schaum, so sehr er ihr ergeben, Schaum blieb hart, machte Redensarten und lehnte ab.
Nur um Gotteswillen nicht zurück nach Piaseczno! dachte Frajim unablässig, Tag und Nacht. Dennoch war er ohne Furcht. Zwar übersah er sein neues Leben noch nicht ganz, aber er fühlte eines: Frau Warszawski brachte sich eher um, als daß sie ihn zurückfallen ließ in sein polnisches Elend.

Diese Gewißheit machte ihn leichtsinnig in einer Stellung, die er wieder durch sie bekam, durch niemand sonst. Herr Lewkowitz war ein angesehener Mann und handelte mit Lumpen. Hier, in dieser Gasse, war das Kontor, nebenan in einer Nachbargasse das Lager; dort wurde auch sortiert. Es sortierten augenblicklich sieben Mädchen, ein achtes sortierte nach, aber Herr Lewkowitz hatte schon fünfundzwanzig beschäftigt: der Lumpenhandel ging zurück, kein Zweifel, leider.

Lewkowitz nahm Feingold ungern, er zog einen späteren Konkurrenten in ihm groß. Um selbständig zu werden, was brauchte man da? Etwas Warenkenntnis, ein wenig Kapital. Das Kapital bekam man leicht geliehen, und Warenkenntnis – er wußte nicht, ob Feingold sehr viel Zeit brauchte, sie zu erwerben. Schließlich entschied er sich für ihn. Frau Warszawski hatte sich in seiner Familie in jeder Not bewährt, und einem armen Juden Brot zu geben war ein frommes Werk. Aber er hatte ihn noch keine Woche bei sich, da lief ihm Frajim fort. Frajim hätte sich bei ihm über vieles unterrichten können, Lewkowitz sortierte Lumpen für alle Arten Kunstwolle, für Shoddy-, Mungo-, Tibet-, Extraktwolle. Aber die christlichen Sortiererinnen mochten den zugereisten kleinen Juden nicht, bei uns ist es gefährlich, sagten sie. Er erfuhr von Milzbrand, von typhöser Erkrankung, einem Mädchen waren die Haare ausgegangen; Lewkowitz bestritt das alles, aber er bestritt es lau. Eines Tages spürte Feingold Gase aus den Lumpen steigen, da hielt ihn nichts. Das war feige, natürlich, aber er war jung, er hatte noch eine große Vorstellung von seinen Möglichkeiten. Lumpen – der Gegenstand allein stieß ihn ab.

Noch ein zweites Mal verschüttete sich Frajim alle Möglichkeiten. Seit langem lebte ein jüdischer Lederhändler in einer Seitenstraße. Dem Mann ging es nicht gut. Er führte es darauf zurück, daß ihm die Ostjuden im Handel überlegen waren; er selbst war schon in diesem Stadtviertel geboren. Er gedachte dem Übelstande abzuhelfen, indem er Frajim einstellte – Frajim kam aus dem Osten und Frajim war in einem Ledergeschäft aufgewachsen. Eben deshalb lehnte Frajim ab: wenn der Vater mit Leder gehandelt und keinen Erfolg gehabt hatte, so durfte der Sohn alles tun, nur nicht das gleiche.

Bald jedoch bereute er seinen Entschluß, denn er legte Frau Warszawski eine schwere Prüfung auf. Andere junge Männer waren mit ihm angekommen, weitere ihm gefolgt. Jeder besaß Talente, jeder war voller Wut, voranzukommen, keiner hatte mehr im Vermögen als ein paar Mark, das trieb wunderbar den Ehrgeiz an. Feingold fand keine Stellung und verfiel einem Zustand, den man Verdrossenheit nennen konnte, der aber von Verzweiflung nicht weit entfernt war.

Von all dem erfuhren seine Eltern nichts. Für sie war er bei Lewkowitz eingetreten und bei Lewkowitz geblieben. Er schrieb ihnen, jede Woche, so wie das in allen jüdischen Familien in Osteuropa üblich ist. An jedem Donnerstag übergab er der Post eine Karte, immer hatte sie den gleichen Wortlaut. «Liebe Eltern!» schrieb er, «ich empfing Eure l. Zeilen. Mir geht es m. G. H. gut. Ich hoffe, auch von Euch s. G. w. bald das Gleiche zu erfahren. Indem ich Euch einen vergnügten Sabbat wünsche, bin ich Euer treuer Sohn Frajim.» Als Nachschrift setzte er hinzu: «Den Geschwistern und Noah viele Grüße.» Die Buchstaben waren die der jüdischen Kursivschrift, die Orthographie nicht die amtliche deutsche; aber je länger er schrieb, desto mehr gab er die Schreibweise von Piaseczno auf und kam der in Deutschland üblichen näher. Nie schrieb er übrigens, ohne an die Oberkante der Karte die Abbreviatur eines frommen

Spruchs zu setzen, und immer ließ er, ebenfalls ungekürzt, der Anrede an die Eltern eine Fürbitte folgen an Gott um ein langes Leben für sie beide.
Nichts schrieb er über sein eigenes Leben. Seine Eltern fragten, aber er wich aus. Schließlich bestürmten sie ihn so, daß er sie anlog in seiner Not. Nun zweifelte der Vater nicht länger und die Mutter hoffte, eines Tages werde Frajim vom Gehilfen zum Teilhaber des Herrn Lewkowitz aufsteigen. Das machte auf sie zunächst keinen großen Eindruck, denn was war das schließlich? Sie hatten für ihren Frajim etwas anderes im Sinn als den Handel des Herrn Lewkowitz mit Lumpen. Eines Tages aber fragten sie, was aus den Lumpen werde, wenn sie Lewkowitz sortiert habe. Frajim berichtete, sie gingen nach England, in Fabriken. Das änderte ihr Urteil, das war eine andere Betriebsform, als sie annahmen. Bis dahin waren sie kleinlaut gewesen, wenn man in Piaseczno fragte: was tut er denn nun eigentlich, der Frajim? Er ist doch in Berlin, gaben sie zur Antwort. Ja, aber was macht er in Berlin? Da schwiegen sie, denn bei ihnen in Piaseczno suchten die Lumpenhändler zugleich Knochen und altes Eisen aus dem Müll. Die Lumpenhändler, Herr Naftali Ehrenfels und Herr Leiser Feuerstein, der eine lahm, der andere verkrüppelt, genossen keine Achtung und hatten beide zusammen nicht zwanzig Zloty im Vermögen. Aber wenn die Feingolds nun jemand fragte, so gaben sie bereitwillig Auskunft – es kam nur darauf an, welchen Umfang ein Betrieb erreichte.
Durch diese Überschätzung wurden sie unvorsichtig. Frajim war zur Größe aufgestiegen, also sandten sie Frajim einen Vetter nach. Sie sandten ihn, ohne Frajim auch nur zu fragen, hatten sie doch auch niemanden gefragt, als sie Frajim in die Welt geschickt. Noah Kirschbaum war früh verwaist und bei ihnen untergeschlüpft, als ihn eine Tante nicht mehr

durchbringen konnte. Bis dahin fünf Kinder erziehend, erzogen sie nun sechs. Fast so alt wie Frajim, war Noah Kirschbaum weniger begabt; auch die Züge von Größe, die sie in dem Gesicht des Sohnes fanden, lasen sie nicht in dem des Neffen – aber sollte er deshalb in Piaseczno untergehen?

Mit einem Vermögen, nicht einmal so groß wie einstmals das von Frajim, traf Noah gegen Wintersende in der Gasse ein. Er fand einen niedergeschlagenen, nicht, wie erhofft, einen hochgemuten Vetter. Frajim gab zu: so stand es, schlimm. Sie einigten sich rasch: nach Hause wird nichts berichtet. Aber wichtiger war: was fing man an? Schlafen – es verstand sich von selbst, die armen Vettern konnte man nicht trennen, Noah mußte bei Frau Warszawski wohnen, in einer ihrer beiden Kammern. Eine Bettstatt fehlte? Dann schliefen die beiden Vettern eben in der einen. Sie wollten nicht? Also abwechselnd der eine im Bett, der andere auf dem Boden; wer auf dem Boden schlief, der deckte sich mit dem Mantel zu, die Hose behielt er an.

Aber mit dem Schlafen allein war es nicht getan, ein junger Mann will essen. Frau Warszawski konnte ihn nicht durchbringen. Sie sorgte, außer für Frajim, schon für eine Tante, noch für eine dritte Person, das war zuviel. Sie arbeitete hart. Niemand in der Gasse hatte Berufe in ähnlicher Zahl wie sie. Sie half bei Lewkowitz, wusch für den Rabbiner, nähte für alle Welt, schnitt Hühneraugen, legte Bandagen an, die wegen ihrer leichten Hand gerühmt wurden, selbst bei Toten wachte sie, und doch war das alles erst die eine Hälfte ihrer Berufe. Aber weder mit der einen noch mit der anderen verdiente sie so viel, daß sie auch das geringste zurücklegen konnte; bestimmt vermochte sie nicht noch eine weitere Person zu ernähren.

Sie grübelte: wie bringe ich den Noah durch, solange der Junge keine Stellung hat? Es blieb nur eines: weniger essen.

Vor allem sie, danach die Tante, danach die junge Verwandte Alexandra Dickstein, die mit der Tante und ihr eine Kammer teilte, zuletzt auch Frajim. Ja, Frajim zuletzt. Frajim war ein junger Mann, junge Leute müssen gehörig essen, da gab es nichts zu knapsen.

Aber auch die Verwandte, auch Alexandra Dickstein, war jung und Alexandra wollte außerdem hübsch bleiben. Sie wickelte Zigaretten, ihr Chef war ein wenig in sie verliebt – wenn sie abmagerte, wer weiß, ob er es blieb? Sie widersetzte sich der Hungerkur, schon Frajim wurde verwöhnt, nun auch der Vetter? Aber ihr Widerstand hielt nicht vor. Sie verehrte Frau Warszawski, und nur vorübergehend vertrieb der Hunger die Schwärmerei.

Länger empörte sich die Tante. Sie erboste sich jeden Tag. Wozu hatte ihre Nichte diesen Noah in das Haus genommen? Schon Frajim war eine Last. Nächstens fand sich ganz Piaseczno ein, nach Piaseczno Pinsk, nach Pinsk Bialystok, danach ganz Litauen! Sie stammte nicht von hier, natürlich nicht, sonst hätte sie in dieser Gasse nicht gelebt. Ihre Vorfahren lagen auf den schmucklosen Begräbnisplätzen zwischen der Weichsel und dem Dnjepr, sie selbst war in einer polnischen Kleinstadt geboren, in der die Juden in der Überzahl waren. Sie lebte allerdings schon dreißig Jahre hier, aber es nahm sie keineswegs gegen die Vettern ein, daß sie so viel später gekommen waren. Hier leben mochten die Jungen immerhin, bloß nicht auf ihre Kosten. Sie hatte alle Menschen verloren, die ihr nahegestanden, die Eltern, den Bruder, den Mann, die beiden Töchter, zuletzt den Schwiegersohn. Ein Mann hätte überhaupt nicht länger leben mögen nach so viel Schlägen, sie mochte es. Was blieb ihr mit sechsundsiebzig Jahren? Sie aß gern – und jetzt sollte sie auch das nicht dürfen? Damit es zwei junge Burschen taten, dieser Feingold und dieser Kirschbaum? Sie schimpfte, die

alte Tante Feiga Turkeltaub, freilich laut und kreischend nur, wenn sie allein war in der Küche und für alle kochte. Saßen sie um den Tisch beisammen, so zeigte sie ihr Mißfallen nicht so offen, doch verschwieg sie selten, daß sie gut und gern noch was vertragen würde. Die Reibereien nahmen zu, und schließlich konnte Frau Warszawski den Streit nur mit Mühe beilegen und mit Mitteln, die schwerlich vorhielten. Um die Tante abzulenken, fragte sie die Jungen: «Was steht denn nun eigentlich bei euch an einem Hutgeschäft? steht da immer noch …?» Sie konnte nicht weitersprechen, so rasch schoß es aus dem Mund der darauf dressierten Jungen: «Sprzedaz Kapeluszy.»
«Und an einem Kleiderladen?»
«Ubiary Damskie Meskie, auf der anderen Seite Jiddische lange Malbuschim.»
«Und an einem Buchladen?»
«Podreczniki Sczkolne Seforim.»
Die Tante nickte, sie erinnerte sich ihrer Jugend, der Straßen des Städtels, nur hatte man damals russisch geschrieben, jetzt schrieb man polnisch auf der einen und jiddisch auf der anderen Seite. Aber lange konnte Frau Warszawski mit so bescheidenen Mitteln des Menschenfangs nicht einer Urgewalt begegnen wie dem Hunger; es war klar, einer von den beiden Jungen mußte weichen oder morgen eine Stellung haben, sonst brach die Wirtschaft hier zusammen.
«Macht fertig, geht hinunter, stellt euch auf!» sagte die Tante streng, «vielleicht find't ihr was!»
«Was sollen sie herumstehen in der Kälte?» warf Frau Warszawski ein.
«Ich weiß nicht, wie du red'st! Wenn sie frieren, sollen sie inwendig sich Feier machen, so wird ihnen warm werden! Es gibt manchen, der was gestanden und hat sein Glück gemacht.»

Julchen, Riwka und Israel   In einem Nebenhaus, schräg unter den Fenstern von Frau Warszawski, waren zwei schmale Stände in die Torfahrt eingelassen. Man schlug sie am frühen Morgen auf und schlug sie am Abend ab, den Tag über aber waren sie begraben unter Ware: Frauenkleider, Shawls und Tücher auf dem einen, Wäschestükke, Trikotagen auf dem andern. Ein Name war an keinem Stand zu lesen, an keinem ein Schild angebracht; sie hätten nicht großartig sein können.
Des Morgens wurden neben die Stände zwei Stühle gesetzt, weit in die Torfahrt hinein, nur mit den Vorderbeinen auf der Gasse. Sie standen kaum, so ließen sich zwei Frauen nieder und erhoben sich nicht mehr, bis die Stände am Abend auseinandergenommen wurden, es sei denn, es erschien eine Käuferin mit besonderen Ansprüchen. Sie konnten sich das leisten, denn sie brauchten nur zur Seite oder hinter sich zu fassen, so erreichten sie mit der Hand jedes Stück ihres dürftigen Magazins. Erhoben sie sich aber, so reute es sie hernach bestimmt, die Kundin kaufte nicht, im besten Fall erklärte sie: «Das nächste Mal vielleicht!» Die Verkäuferin schmeichelte: «Beehren Sie mich wieder!», in ihren Rücken aber zischelte sie: «Verschwarzt sollst du werden!» Aus den Worten sprach eine besinnungslose Wut, denn schwarz war die Person meist ohnehin, selbst eine Blonde mußte meistens aufpassen, daß das Haar nicht dunkel im Nacken und am Scheitel nachwuchs. Allerdings gab es auch wirklich blonde und selbst rötliche Frauen, und bei älteren ließ sich das Haar überhaupt nach seiner Farbe

nicht bestimmen, grau war selten eines, alle älteren Frauen trugen gehorsam dem Gesetz eine Perücke, und nur die jüngeren entzogen sich dieser Vorschrift der Religion.
Von den beiden Frauen auf den Stühlen war die eine massig, die andere dünn. Im übrigen ähnelten sie sich. Beide waren häßlich, beide hatten krauses schwarzes Haar, jede ein Gesicht von Pergament, jede eine furiose Nase. Beide saßen da in abgerissenen schwarzen Kleidern, um die Schultern an warmen Tagen dünne Tücher und an kalten wollene Mäntel, die Hände vergraben in die Manteltaschen oder tief in die Ärmel hineingeschoben, die Füße in dicken Filzschuhen, wahrscheinlich waren die Zehen zurückgekrallt, damit sie nicht erstarrten und erfroren.
Dieses Sitzen, Tag für Tag, zwölf Stunden auf dem Stuhl, das strengte an. Jede Stellung wurde versucht. Nach den ersten Stunden, in denen sie halbwegs anständig dagesessen, stemmten die Frauen einen Arm auf einen Schenkel und gruben das Gesicht darüber in die Hand, und schließlich rutschten sie nach vorn, streckten die Beine von sich und lümmelten die Arme rückwärts auf die Stände. Leicht fiel ein dünngesessenes Kissen auf die Erde; wenn nicht ein Kind es aufhob, mußten sie sich selber bücken, die Dicke ächzte, so kniffen sich Brust und Bauch zusammen.
Sie waren selten einig, obwohl sie Schwägerinnen waren und sogar zusammen wohnten. Zehn Jahre nebeneinandersitzen, meist in Sorgen, das macht hart und zanksüchtig. Eben hatten sie sich gerade schwer gezankt, und die Dicke versuchte einzulenken.
«Ein Tuch den ganzen Tag verkauft! Davon soll man leben, essen, trinken und, Gott bewahre, auch noch Steuern zahlen!»
«Mach eine Eingabe, vielleicht erläßt man sie», erwiderte die Dünne.

«*Mir* wird man was erlassen, *dir* wird man was erlassen, ausgerechnet Julchen und Riwka Hurwitz!»
«Sei nischt zu süß, man soll dich nischt aufessen, sei nischt zu bitter, man soll dich nicht ausspeien.»
«Wieso nicht? Ich laß mich ausspeien. Es ist schon gleich, wie man zugrunde geht.»
«Wenn ich wollt weggehen aus der Welt, weil ich hätt genug von ihr, ich tät ein Messer nehmen oder tät mich aufhängen.»
«Schönes Gespräch! Ist es nicht besser, wir fangen wieder an und zanken uns ein bißchen?»
«Anfangen? Haben wir aufgehört?» erwiderte die Dünne verwundert.
Ein junges Mädchen verlangt Strumpfbänder: Alexandra Dickstein, die von ihrem Chef eingeladen ist für den Abend, in eine Konditorei. Er hat nicht die leiseste Chance, festzustellen, ob die Bänder straff sitzen; aber sie fühlt sich besser, wenn sie weiß: ich bin gut angezogen.
Beide geben ihr gute Wünsche auf den Weg, die Dicke: «Mögest du sie in Freuden tragen!», die Dünne: «Und sie in Gesundheit zerreißen.»
Sie sind kaum allein, so fragt die Dicke: «Wer kommt da?», und mit dem behaarten Kinn deutet sie auf die andere Seite, wo ein unscheinbares Männchen näherkommt.
«Wer da kommt? Israel Wahrhaftig! Er sieht heute aus wie eine Spitzmaus.»
Die Dicke: «Hat er jemals anders ausgesehen?»
Die Dünne: «Aber heute ist er schmächtig wie noch nicht dreizehn.»
Die Dicke: «Nun, sag mir, wo bekommt so ein Männchen die Kraft her, so viel Geld zu machen?»
Die Dünne: «Erstens ist es wahrscheinlich nie so viel gewesen, wie man sich hat erzählt, außerdem hat er fast ebenso-

viel oder noch mehr verloren, und dann, sieh dir den Bart an, so kannst du sehen, was für ein Stückchen Mund da rausspringt.»

Die Dicke: «Als wenn er hätt sein Vermögen mit dem Mund gemacht.»

Die Dünne: «Mit dem Mund nicht, aber mit der Kraft vielleicht, die darin steckt. Aber er hat schöne schwarze Augen, die sind ganz anders, sanft und gut, und liegen merkwürdig tief unter dem ... nun, wie nennen sie es bloß? Mir ist, sie sagen Stirnbein.»

Die Dicke: «Was ...?»

Die Dünne: «Man nennt das so.»

Die Dicke: «Seit wann?»

Die Dünne: «Wahrscheinlich seit morgen früh!»

Ein Fabrikmädchen nimmt an dem Stand der Dicken einen Wollshawl in die Hand und unterbricht das Gespräch über Israel Wahrhaftig. Julchen bedient sie, Riwka, die Dünne, sitzt weiter grollend neben ihr. Sie kann den Vorwurf der Kinderlosigkeit, den ihr die Schwägerin im Hin und Her ihres Zankes gemacht hat, nicht verwinden. Der Vorwurf trifft sie durch seine Ungerechtigkeit.

Kurz nach der Hochzeit, vielleicht schon vorher, hat ihren Mann die Schwindsucht befallen, zwei Jahre nach der Hochzeit hat er im Grab gelegen. Keine Kinder, das war seine Schuld oder vielleicht sogar sein Verdienst. Julchen hat keinen Anlaß, es ihr vorzuhalten. Wessen Bruder war er denn? Doch ihrer nicht!

Julchen ist heute alles andere als gut aufgelegt, sonst hätte sie die Schwägerin nicht gereizt, und sie kann daher auch das Mädchen nicht zum Kaufen überreden. Das Mädchen besinnt sich und geht davon. «Behalt deine paar schmutzigen Kröten für dich!» denkt Julchen, und mit einem verkniffenen, eigentlich schon vertraulichen Blick zur Schwägerin hinüber beginnt sie sich und sie zu trösten: «Wahrscheinlich hat sie nicht einen Pfennig!» Denn auf die Dauer tut es nicht gut, böse zu sein, ebensowenig wie die Trauer guttut über ein mißlungenes Geschäft. Wie viele sind schon mißlungen! Heutzutage wird alles bloß in die Hand genommen, zerdrückt, zerknüllt – aber gekauft?

«Kann ich diesen Shawl für meine Frau in die Tasche stecken?» fragt im Vorübergehen der wohlhabende Möbelhändler Altertum. Er sieht den Shawl kaum an, seine Frau tauscht ihn ohnehin um, und er langt nach Silbergeld in die Hosentasche.

«Heut noch ein Käufer!» sagt Julchen erstaunt zu ihm. «Immer, wenn man ihn nicht erwartet. Wenn euch wohl zumut ist, sollt ihr weinen, wenn euch schlecht zumut ist, sollt ihr lachen! Immer das Gegenteil!»

«Und wenn ich hunger, soll ich nischt essen? Und wenn ich nischt hab Hunger, soll ich essen?»

«Was übertreiben Sie? Übertreiben kann man alles. Nächstens wird man sagen, ich hab gemeint, alles muß umgekehrt sein, wer ein Mensch ist, muß zum Fisch werden, und wer ein Igel ist, eine Maus.»

«Ein anderes Tier hat Herr Altertum für mich nicht zum Vergleich», sagt Julchen. «Aber, Riwka, du wirst für mich mit dem Igel wahrscheinlich einverstanden sein.»

«Hätt er Kalb gesagt, hätt'st du eingeworfen, du hast drei Kinder!» So, nun ist Riwka wohler.

«Ich ziehe Riwka vor», sagte Tauber, der gerade in der Nähe stand; Altertum war weitergegangen.

«Wieso sie? Wieso Riwka?» fragte Julchen.

«Ich habe gerade in dem Buch der Könige von dem Propheten Elija gelesen. Der lief die meilenweite Strecke vom Berge Karmel nach Jesreel dem Königlichen Wagen voran, und Sie müssen wissen, es steht geschrieben, der Wagen fuhr im schnellsten Galopp. Riwka könnte vielleicht so laufen, aber Julchen?»

«Und Tauber?» gab Julchen gutmütig zurück.

«Tauber ist aus den Jahren, in denen man ein Läufer ist», versetzte Tauber.

«Und in dem Alter, wo man ein Prophet wird!»

«Versündigen Sie sich nicht», sagte Tauber ernst, «mit dem Propheten Elija darf man nicht Späße machen.»

«Und Ihr, habt Ihr nicht mit ihm gespaßt?»

«Mit ihm nicht, mit euch, aber vielleicht hätte ich auch so nicht reden dürfen.»

«Ja, gehen Sie ruhig in sich, Tauber, und gleich für mich mit!» sagte Julchen mit einem Blick auf ihre Schwägerin.

«Ich habe mich heute auch nicht richtig betragen.»

«Es wird nicht gor so schlimm gewesen sein.»

«Doch, es war schon schlimm. Nischt, Riwka?»

Aber Riwka blieb stumm.

Israel Wahrhaftig war auf der Straße stehengeblieben, dann weitergegangen und zuletzt verschwunden. Die Frauen hatten recht, er sah sonderbar aus, ein Knabenkörper und zu seinem Nachteil in einem Gehrock. Aber viele Juden, die noch nicht lange den Kaftan abgelegt hatten, trugen ihn als eine Art von Buße. Es beschwichtigte ihr Gewissen nicht, zu sagen: man kann nicht mehr im Kaftan gehen, im langen Kleid, die Zeiten haben sich geändert, wie will man sonst Geschäfte machen, in Berlin, der fortgeschrittensten Stadt der Welt? Denn kaum haben sie das gesagt, so tauchen vor ihnen die Gestalten ihrer Väter auf, ihrer Großväter, alle gekleidet in den Kaftan, und alle sprechen: Israel, du bist wohl ein so großer Mann geworden, daß du nicht mehr gehen kannst, wie deine Väter gingen? So tragen die Juden hier den Gehrock. Ein Gehrock ist nicht dasselbe wie ein Kaftan, aber fast dasselbe, wenigstens der dunkle, doch sind auch hechtgraue zu sehen, tabakbraune, hellblaue. Israel, seiner Väter eingedenk, trägt einen schwarzen Gehrock. Sein Gehrock schlägt Falten auf dem Rücken, ist abgeschabt und nicht selten schmutzig. Schmutzig sollte er nicht sein, aber im übrigen trifft er das Richtige. In manchen Stadtteilen mag man gutangezogen sein müssen; in der Gasse nicht.

Mehr als der Gehrock fällt an Israel eine Bewegung auf. Er stößt vorn den Hut hoch, wischt mit der Hand über das Leder und läßt ihn in die Stirn klappen. Der Hut fällt hin, Israel hebt ihn auf, streicht mit dem Ärmel über den Filz – besser, der Ärmel ist schmutzig als der Hut. Ist ihm zu warm? Es ist noch April und empfindlich kühl. Eben erst reibt sich ein alter Mann die Hände und seufzt: Es will doch heint gor nischt machen warm!

Israel verschwindet, nein, stürzt in ein Haus, das zweite neben dem Stand der Schwägerinnen. Hier wohnt er und hier hat er es gut. Er braucht nicht von Stube zu Stube zu gehen und seine Frau zu suchen. Ihm ist die Klage anderer fremd: immer ist sie weg! Dazu heirat man! Was muß sie auf der Gasse stehen und tratschen! Seine Frau steht niemals auf der Gasse, und man begreift es, denn die früher möglicherweise sehenswerte Frau ist gänzlich auseinandergegangen und geradezu der Gestalt beraubt. Polster lagern bis zum Kinn, Polster bis zum Knie, Polster vorn, Polster hinten. Gehen macht ihr Atembeschwerden, sie verträgt kein festes Kleid, und in ihrer losen Überjacke wagt sie sich nicht aus der Wohnung zu ebener Erde über das Haustor hinaus, die hohen Feiertage ausgenommen, an denen sie in großer Aufmachung, mit schwarzen Spitzen und sehr viel Schmuck, keuchend und feuerrot die Synagoge betritt und die Andacht empfindlich stört.

Ist Israel zu bedauern, der engbrüstige, der fast zusammengeknickte Mann, an dem nichts auseinandergegangen ist als sein zerzauster, tintenschwarzer Vollbart? Aber er hat nichts an Gottes Schöpfung auszusetzen; auch hat Rosa winzige Füße, winzige Hände und, wie eine letzte Erinnerung an einst, schmale Arme bis fast hinauf zur Schulter, dazu ist ihre Haut unwahrscheinlich zart, unbegreiflich blaß. Er macht sich sehr viel aus diesen Vorzügen, im Gegensatz zu ihr, der die Vorzüge ihrer Kinder wichtiger sind als ihre eigenen und die im übrigen ausschließlich den Geschäften ihres Mannes lebt.

Israel liegt sehr bald ausgestreckt auf dem Sofa und wälzt sich hin und her. «Wenn mir bloß einer sagte, was ich tu!»

Bei Wagnissen hat er fast ganz das kleine Vermögen verloren, das er sauer im Pelzgeschäft verdient. Er hat sich im Stoffgeschäft versucht, aber ohne Erfolg. Zuletzt hat ihm ein Bekannter geraten, einem Diebe Stoffe abzunehmen, der sie zu einem auch nur einigermaßen anständigen Preis nicht loswurde, so viele Einbrüche waren gerade in Stoffgeschäften im Zentrum der Stadt vorgekommen. Hatte Wahrhaftig aus Verzweiflung über sein eigenes geschäftliches Mißgeschick gekauft oder um den Dieb, der viel gewagt hatte, nicht alles verlieren zu lassen? Er wollte so gern das letztere glauben. Sicher war, daß er weit mehr gezahlt hatte, als die anderen, gewinnsüchtig wie sie waren, geboten hatten, obwohl er die Ware für ebensowenig hätte haben können. Aber seine Qualen in den letzten Monaten bewiesen, daß er sich nicht betrog, das Geschäft sprach mehr gegen als für ihn, und die letzten achtundvierzig Stunden hatten seine Qualen verdreifacht!

«Hör auf mich, Israel! Sei verständig! Werd ich dir was Schlechtes raten? Verkauf! Du verdienst Schläge, wenn du die Ware liegen läßt, und sei's bloß einen Tag!»

«Schlag mich», stöhnte er, denn er wagte nicht, sie zu verkaufen.
Wirklich, wenn ihr Herz sie nicht behinderte, sie täte das, sie schlüge ihn. Der Bursche, der die Ware gestohlen hatte, war nun tot, und trotzdem sollte die Ware im Keller liegen und verfaulen?
«So rasch verfault sich's nicht.»
Aber die Mode wechselte. An sich war es richtig, auf solche Weise erworbene Ware im Keller lagern zu lassen, bis der Einbruch vergessen war, erhielt man später auch nicht viel mehr als den Preis, den man selbst gezahlt. Aber hier hatte sich eben erst der Dieb auf der Flucht erschossen, und diese Beute aus einem lang zurückliegenden Einbruch sollte noch immer nicht verkäuflich sein? Sie lagerte schon drei, was sagte sie? vier Monate. Demnächst konnte man sie billiger im Ausverkauf erstehen als bei ihm.
Israels Gesicht war totenblaß, sein Körper schweißnaß. Er wischte sich die vom Bart nicht bedeckten Stellen des Gesichts, den mageren Hals, den Haarboden.
«Sei gut zu mir!»
Er drehte sich ihr zu. Sie hatte einen Sessel vor das Sofa gerollt und bettete seinen kleinen Kopf auf die breite Rundung ihrer Schenkel.
Die Kinder kamen hereingesprungen.
«Hinaus!»
Auf den entschiedenen Befehl verschwanden sie durch die eine, um gleich danach durch eine andere Tür wieder zu erscheinen, zusammen mit einer Tante Frau Wahrhaftigs. In dieser Gasse lebte in jedem Hause eine. Diese hier, Ida Perles, sehr lang, sehr dünn, hatte niemals einen Mann gehabt und von ihren Jahren die meisten unter Verwandten hingebracht, die letzten zwölf bei diesen. Sie hatte jedes Kind erzogen, nun war sie fast überflüssig, die älteste Tochter half

erziehen. Ida Perles litt, denn sie wollte sich verschwenden. Sie ließ nicht gelten: wenn man dir gibt, so nimm! Sie dachte umgekehrt: wenn man dir gibt, gib doppelt! Und der Stachel wurde nicht weniger spitz, weil sie in ihrer Anspruchslosigkeit fast verkümmerte. Seit Ewigkeit sah man an ihr dasselbe Kleid, sie wagte kaum, sich darin zu setzen. Ihre Strümpfe sahen pockennarbig aus, so eng standen die Stopflöcher beieinander. In einem Glase ihres Kneifers war ein Sprung, die weißen Blitze zuckten nach allen Seiten, nur jemand, der sich völlig überwunden hatte, konnte durch ein solches Glas noch sehen.

Ida Perles verzog den Mund, als wollte sie etwas Süßes sagen, es war nicht ihre Schuld, wenn sie statt dessen krächzte. Vielleicht gab es Heilmittel, die solche Töne milderten, aber sie kosteten Geld und nie hätte sie Geld von Israel gefordert. So fragte sie in einem Ton, der ihr selber Unbehagen machte: «Rosa, hast du mich gerufen? Was rufst du mich, Rosa?»

Israel lag mit geschlossenen Augen, ohne Blick für seine Kinder. Sonst sah er sich nie satt an ihnen, an ihrer zarten Haut, ihren schönen Augen, nie vor allem an der entzückenden Vertiefung ihrer Oberlippe. Wie war sie wohlgebildet, wie reizte sie zum Lachen! Ein alter Mann hatte ihm die Herkunft dieser Vertiefung erklärt. Im Himmel, vor ihrer Geburt, lernten die Kinder bei einem Engel, der las vor aus der Heiligen Schrift und sie hörten so in Andacht versunken zu, daß sie nicht hinunter auf die Erde wollten und lieber ewig bei dem Engel blieben. Da gab er ihnen einen Nasenstüber für den Sturz zur Erde – so kam die Kerbung in die Lippe.

Beim Anblick ihrer Kinder verlor die Mutter den Mut. «Gut, Israel», sagte sie «laß sein!»

«Was soll er sein lassen?» fragte die älteste Tochter.

«Was wollen sie von dir wissen, Rosa, mein Gutes?» erkundigte sich die Tante, denn leider hörte sie nicht mehr gut.

«Ob Israel sich soll lassen machen einen neuen Rock», schrie ihr wütend Frau Wahrhaftig ins Ohr.

«Israel soll sich lassen machen einen neuen Rock? Das ist aber einmal schön! Wie alt ist jener?» und sie wagte, einen Ärmel von Israels Rock zu fassen und mit einem schüchternen Lächeln zu äußern: «Speckig! Ein Großkaufmann in einem speckigen Rock!»

Aber Frau Wahrhaftig, von neuem ungeduldig, wies mit Nachdruck Kinder und Tante hinaus.

Israel hatte die Beine angezogen wie ein Kind vor der Geburt.

Plötzlich kam der Frau eine Erleuchtung. Fast jubelnd verkündete sie: «Ich weiß etwas.»

Mitzujubeln war Israel außerstande. «Du fragst nicht?» sagte sie enttäuscht. Schließlich riet sie ihm, den Keller von Sauermann aufzusuchen. Dort konnte er feststellen, ob man ihn mit dem Toten in Verbindung brachte. Wenn nicht, nun dann, nicht wahr, dann sah er ein, es stand ihm frei, er konnte verkaufen.

Israel richtete sich auf.

«Ich …? Und wann?»

«Er wird am Nachmittag beigesetzt – geh gegen Abend!»

«Und allein? Dorthin?»

«Wer sagt allein? Du wirst dir jemand nehmen, laß sehen, beispielsweise, wie wär es? Nimm dir …»

Abermals Julchen, mit Himmelweit und Tauber. Zwei Tage später, und der Friede zwischen Julchen und Riwka Hurwitz war wieder hergestellt, aber Riwka selber fehlte. Julchen saß allein vor ihrem Stand, und die Kunden konnten nur Kleidungsstücke kaufen, Shawls und Tücher; Wäschestücke und Trikotagen waren nicht zu haben, der Stand für Wäschestücke und Trikotagen war nicht aufgebaut.
Leider hatte nämlich Riwka den Ausdruck Stirnbein nicht auf der Straße aufgefangen, ihr Arzt hatte ihn gebraucht. Jetzt hatte er einen Katarrh der Stirnhöhle festgestellt und dem kalten Hauseingang, aber auch der Witterung die Schuld gegeben.
Wirklich, das Wetter peinigte und mißhandelte die Frauen. In anderen Jahren kam der Frühling mit einem einzigen Satz auf die Erde gesprungen, in diesem riß er sich nicht los aus unbekannten Schößen. Immer wieder schickte er Regen vor, die Spritzer prickelten und stachen, aber wie oft strömte und zischte es dazwischen, klatschte, schlug! Unverständlich, woher der ganze Regen kam. Der Spalt zwischen den Dächern war zu schmal, da konnte er nicht hindurch. Wahrscheinlich lagerte er aufgestaut in den Kellern, in großen Schläuchen oder Ballons, ab und zu wurde darauf gedrückt, dann schoß eine Gallone Nässe nach oben und überschüttete die Menschen, die fröstelten und froren.
Auch Julchen, vorgestern schon kühn in einem Umschlagtuch, saß heute wieder im Mantel, die Ärmel über den Händen zusammengeschoben, Pulswärmer um die Handgelenke, ganz wie in ihrer Jugend, wo sie mit ihrem Vater, einem

Fuhrmann in Parizi, Gouvernement Minsk, über Land gefahren war, um im Auftrage eines Sattlers ausgebesserte Pferdegeschirre abzuliefern, auszubessernde zu holen und für die Lederhandlung von Tobias Daniel eine Haut Sohlleder beim Dorfschuster abzuladen.
Vorsichtig schlug sie die Knie aneinander, zog die Hände aus den Ärmeln und schwenkte sie durch die Luft. Als ihr nicht wärmer wurde, holte sie eine Flasche unter der Ware hervor und trank. Das tat ihr gut, das half. Wie sang man bei ihnen zu Haus?

> «Oi, wie kann me leben
> ohn e Trünk zu geben!
> Oi, wie kann me sein
> Ohn e Gläsele Wein!»

Sie schmeckte mit der Zunge die Lippen ab und dachte: «Wem dank ich, daß ich noch auf den Beinen bin? Dem Gläschen Branntwein!» Aber sofort schlug sie einen Finger gegen die Mauer, und da die Krankheiten gerade von der Eiseskälte des Tores kamen, klopfte sie dreimal mit dem Knöchel gegen die Bretter und murmelte: «Unbeschrieen und unberufen!»
Sie mußte nun die Schwägerin ernähren, sonst teilten sie; dennoch war Julchen glücklich, so allein. Sie war aufmerksamer gegen die Leute, redete ihnen zu: «So was gibt's nicht wieder auf der Welt, eine Gelegenheit. Sie können suchen, ich weiß nicht wie weit, bis Sie so ein Stück finden!» oder «Ich habe gar nicht mehr die Ehre, Frau Rubinstein! Wahrscheinlich kauft die Frau Rubinstein nicht mehr bei so kleinen Leuten!»
Aber das ging einen Tag, einen zweiten, lange nicht, wie rasch verlief sich eine Kundschaft! Den Stand der Schwäge-

rin mitzuversehen wäre gewagt gewesen. Es gab hier zweifelhafte Leute, die kauften mit viel Lärm an ihrem Stand ein schlechtes Stück, und inzwischen nahmen gute Freunde ein besseres von dem anderen.

So war der andere Stand schon am nächsten Tage wieder aufgebaut, aber Riwka saß nicht davor. Riwka schlug nicht ein Bein über das andere. Riwka wurde nicht von Julchen vermahnt: «Zieh den Rock herunter, die Leute werden leben können, ohne das zu sehen!» Riwka gab nicht zurück: «Die Leute werden mir nichts absehen!», um dann doch den Rock eine Handbreit tiefer zu zupfen. Riwka dachte nicht, Julchen säße gewiß ebenso da, wäre sie bloß von Gott ein wenig anders eingerichtet worden. Nein, der Rock neben Julchens Rock war überhaupt kein Weiberrock, es war ein Männergehrock, und leichtsinnig war nur, keinen Mantel darüber zu tragen, doch Tauber konnte nur unter dünner Kleidung atmen.

Am Boden, gegen die Mauer, lehnte ein Kasten aus braunem Holz. Tauber trug ihn an einem Gurt um den Nacken des Abends keuchend durch die Schankstuben. Er hätte ihn hochstellen können, um selbst etwas Nähgarn abzusetzen, etwas Gummiband, Nadeln, Druckknöpfe, aber er sollte für Riwka Hurwitz Wäschestücke verkaufen, Trikotagen – besser, er brachte die Sachen nicht durcheinander.

«Sie haben's auch nicht leicht gehabt im Leben, Tauber», seufzte Julchen.

Nun, man lebte.

«Allerdings, eine Frau hat es immer schwerer als ein Mann», stellte Julchen fest.

«Heut.»

«Wieso heut? Und wieso früher nicht?»

«Steht nischt geschrieben», scherzte Tauber, «an *einem* Tage sind Adam und Eva geschaffen worden, am selbigten

taten sie sich zusammen, noch am selbigten gab Eva fünf Kinderchen das Leben, zuerst dem Kain, danach 'nem Schwesterchen, hernach dem Abel und zuletzt noch einmal 'nem Paar Zwillingsschwestern? Wo bringen die Frauen das heut in einem Tage fertig?»
So? Sie kannte eine Frau, die hatte zweimal nacheinander Zwillinge gehabt.
Schön, aber sicher hatte das bei ihr doch noch länger gedauert als bei der Eva und dann: fünf Kinder konnte man nicht gut paarweise bekommen.
Julchen grunzte; sie hatte immer angenommen, Kain und Abel hätten überhaupt keine Geschwister gehabt, aber wie auch – Geschichten!
«Natürlich Geschichten, aber unsere Rabbinen haben sie überliefert. Übrigens wir beide hätten nicht viel Freude an Adam und Eva gehabt, Kunden von uns wären sie nicht geworden, wissen Sie auch, wieso?»
«Wieso? Sehr einfach, weil sie nackt gingen und nischt trugen.»
«Nicht, weil sie nackt gingen und nischt trugen, sie blieben nämlich nicht nackt. Aber es steht in der Heiligen Schrift: Gott der Herr machte Adam und seinem Weibe Röcke von Fellen und zog sie an.»
«Was Sie ein gelehrter und frommer Mann sind, man schämt sich ordentlich vor Ihnen.»
«Sie sagen gelehrt. Nicht sehr. Und fromm? Schon gar nicht. Wollen Sie wissen, wie wenig fromm ich bin? Also mir ist gestern Abend nicht gut, ich geh nicht zum Beten und stell mich bei mir zu Haus an die Wand. Da klinkt die Tür, es kommt jemand rein –»
«Wer kommt rein?»
«Es ist doch gleich, wer reinkommt! Jemand kommt rein. Eisenberg. Ich laß mich nicht stören, ich bet weiter, aber

wie, meinen Sie, bet ich? Die Lippen beweg ich, schütteln tu ich mich, ich tu so, als bemerk ich ihn nicht. Aber bemerk ich ihn nicht? Und an wen denk ich, wie ich weiterbete? Immerfort an Eisenberg. Nun, ist das eine Andacht?»
«Ich soll mein ganzes Leben nicht Ärgeres getan haben!»
«Nun, Sie sind eine Frau», und er will ihr gerade auseinandersetzen, wie gering die Pflichten sind, die die Rabbinen den Frauen auferlegen, als an den Ständen mit lautem Geschrei Frau Peissachowitsch vorüberkommt, einen Korb am Arm, offenbar liegt ein Stück Geflügel drin. Frau Peissachowitsch wütet über den Rabbiner, tobt über eine schändliche Kränkung, an ihrer Henne habe er eine der achtzehn Erscheinungen festgestellt, die dem Juden den Genuß eines Tieres verbieten. «Auf mein Wort, so wahr wie ich hier steh, ich handle nischt mehr mit Geflügel, von morgen ab verkauf ich Fisch!» Bei Fischen gibt es keine geistliche Untersuchung.
«Da sehen Sie, was rauskommt bei zu großer Frömmigkeit», wendet sich Julchen befriedigt ihrem Nachbarn zu, kaum daß das Toben sich weiter unten in der Gasse verliert.
«Und Sie meinen, sie würd weniger zanken, wenn sie dürft die Henn verkaufen? Wann zankt sie nicht?»
«Schön, aber warum muß er ihr denn die Henn verbieten?»
«Ein jedes Tier hat Verstand auf seine Sachen und ausgerechnet Jurkim, der Rabbiner, soll nicht haben Verstand auf seine?»
Frau Hurwitz hüllt sich fester in ihren Mantel; sie schweigt. Diese Gespräche sind ganz schön, aber die Gespräche mit ihrer Schwägerin waren schöner.
«Sie reden doch garnischt?» fragt Tauber bescheiden.
«Muß man immer reden? Kosten Worte nischt?»
Später hören sie ein Ehepaar sich im Haustor zanken.

«Eine zu dumme Person, diese Gittel Haarzopf», stellt Julchen fest.
«Wissen Sie, was unsere Rabbinen sagen: besser mit einer klugen Person in der Hölle als mit einer dummen im Paradies.»
Dann schweigen sie wieder und rufen nur noch die Leute an, Julchen mit forscher, Tauber mit zager Stimme, Tauber zag, weil er sich erst Mut machen muß zu diesen Anrufen.
«Wie soll die Welt erfahren», redet er sich zu, «daß ich hab Gutes und Billiges zu verkaufen, wenn ich's nicht kundtu der Welt?»
«Na, das ist aber mal!» ruft ein Nachbar aus, Herr Johannes Hasselbach, «das ist doch Tauber? Und Tauber verkauft Wäsche?» Er faßt ein Hemdchen und läßt es mit gemachtem Entsetzen fallen.
Tauber lächelt. Soll er dem Mann sagen, was er doch als Christ nicht verstehen kann? Im Osten, auf allen Dörfern, auf allen Jahrmärkten, vor hunderttausend Läden, vor hunderttausend Ständen stehen Juden, Juden im Kaftan, mit langen Bärten und gedrehten, halb von Käppchen verdeckten Löckchen und verkaufen der Bäuerin und dem Gesinde Laken, Taschentücher, Hemdenstoffe und Strümpfe, wie viele ohne jedes Geschick zum Handelsmann und sämtlich ohne Erfahrung im Umgang mit der Frau, verbieten die Rabbinen doch, einer fremden Frau die Hand zu reichen. Nichts beherrscht sie als der Wille zum Gehorsam gegen die stündlich fordernde Religion, nichts füllt ihren Kopf als die Kenntnis jüdischer Geschichten und höchstens noch eine Ahnung von der Lage der Juden in der Welt. Eine große Anzahl ‹lernt›, lernen aber heißt, die Heilige Schrift, die Mischna, den Talmud und deren Ausleger studieren, nichts anderes; alles, was sonst gedruckt oder geschrieben wurde, ist eitel, Tand der Welt und keiner Beschäftigung wert. Tauber

unterdrückt das alles und seufzt: «Ein alter Jude, was muß der nicht alles können!»

Hasselbach verspricht, seine Frau zu schicken. Leider tragen sie meist das Geld zur Gasse hinaus, obwohl er selbst hier einen Laden mit Eisenwaren hat und die Kaufleute besser zusammenhielten, aber hier war ja keine Einigkeit, hier zogen alle gegeneinander her, die Inhaber der Läden gegen die Inhaber der Stände, die Inhaber der Stände gegen die fliegenden Händler.

Er schien zu meinen, Leute wie er, die zahlten Miete, Leute wie sie, die zahlten keine? Julchen wurde zornig – sie zahlten nicht nur Miete, sie bekamen noch einen Stirnhöhlenkatarrh dazu!

Hasselbach beruhigte sie und fing von der Habgier seines Hauswirts zu sprechen an, der ihm mit ausgeklügelten Schikanen trotz aller Schutzgesetze das Leben schwermache, aber da der Zorn in Julchens Augen stehen blieb, brach er ab und ging davon.

Schon stand ein anderer an seiner Stelle, ein schlaksiger junger Mensch. Brav, brav, lobte er, er hatte das immer gesagt, das war nichts, nachts mit Posamenten durch die Lokale ziehen und den Tag über ein Blättchen Talmud lernen. Endlich hatte Tauber das begriffen: aber warum Wäsche, warum ausgerechnet Wäsche?

«Wahrscheinlich hätt er Sie erst fragen sollen», meinte Julchen. «Sie wissen nicht, daß er ein Manufakturgeschäft gehabt hat. Sie wissen auch sonst nischt, aber Sie reden!»

Man sagte doch, das Geschäft habe seine Frau betrieben, er selbst hatte den Tag über in der Lehrschul gesessen?

«Leider habe ich das getan, Gott sei's geklagt, daß ich's getan habe, vielleicht läge meine arme Frau nicht schon das fünfte Jahr, wenn ich sie sich hätte schonen lassen.»

«Ach was, reden Sie nicht!» fuhr Julchen auf Tauber los.

«Nächstens wird er sagen», spottete Himmelweit, «der einzige Sohn wäre ihm nicht gestorben, hätte er sich mehr im Laden aufgehalten.»

«Und nun sagen Sie bloß noch», packte Julchen zu, «hätt er nicht Geld verliehen und hätt er sich nicht für andere umgebracht, kennt er heint noch in dem Laden sitzen, so haben Sie ihm alles gesagt, was Sie sagen können, noch was Unangenehmes gibt's nicht. Ein schönes Bürschchen!»

«Wer hat hier Unangenehmes gesagt, Sie oder ich?» schrie Himmelweit zurück. «Übrigens, seit wann bin ich ihr Bürschchen?», und er warf sich in die Schultern und zeigte seinen Wuchs. Er war nicht einmal mittelgroß, aber er hatte die richtige Größe, um überall durchzuschlüpfen. Nase und Mund waren häßlich, aber wer nahm einen hübschen Menschen schon ernst? Sein Gesicht war gelb, wohl auch ein bißchen unrein, aber gelb, glaubte er, war die Farbe von Männern mit Erfolg. Er sprach zu rasch, so konnte er ein vorschnell gesprochenes Wort mit dem Schwall des folgenden zurücknehmen. Und alles, was recht war, lügen – es sollte ihm einer mal nachmachen, wie er log, wenn es darauf ankam. Seine Ohren standen ab? Nun, da erkannten die Leute, er hatte sie offen, und mit seinem roten Haar war er nicht zu verwechseln, er brauchte sich nicht zweimal vorzustellen: David Himmelweit.

Er sprang von einem Bein auf das andere und, die Hände in den Taschen seines lebhaft grauen Beinkleides, drückte er immer wieder die Knöchel durch den Stoff, allein mit dieser einen Bewegung verratend, daß er erst vor einiger Zeit aus Munkasz in der Slowakei hier eingetroffen war und die ganze Last von zwanzig Jahren an der Grenze abgegeben hatte.

«Wissen Sie was», sagte er zu Tauber und nahm zugleich Rache an Julchen Hurwitz, «Sie sollten sich eine Dezimalwaage anschaffen und die Leute in einem Haustor wiegen!»

Julchen ergriff das erste beste Kleidungsstück und warf es Himmelweit an den Kopf: «Wenn Sie nicht machen, daß Sie fortkommen …!» Aber er war schon fort.

«Was sagt man zu so einem Stück?» fragte Julchen, außer Atem vor Verachtung.

«Das werde ich Ihnen sagen», antwortete Tauber gelassen, «das heißt, wenn Sie es hören wollen, denn ich muß Ihnen eine Geschichte dazu erzählen. Sie werden wissen vom Gerrer Row, daß er eine Reise gemacht hat nach dem Lande Israels? Also eines Tages kommt er zurück, trifft wieder ein in Warschau, natürlich erwartet, von seinen Anhängern am Bahnhof, Tausenden. Aber meine Behörde kennt ihre Juden, sie hat damit gerechnet, und die Polizei ist mit einem ganzen Aufgebot zur Stelle. Das ist sehr gut, ohne die Polizei hätte der Gerrer Row nicht den Wagen verlassen können, der Bahnsteig war einfach schwarz vor Juden. Also die Schutzleute halten meine Juden zurück, *ein* Schutzmann aber nimmt sich den Rebbe beim Arm und führt ihn vom Waggon weg an den Wagen. Kaum ist der Rebbe in dem Wagen abgefahren, so stürzt alles vor und hundert sind wenig, die was dem Schutzmann den Ärmel küssen, weil doch der Rebbe den Ärmel berührt hat. Einer aber, ein ganz Frommer, sagt zum Schutzmann: Hier, Sie sollen haben hundert Zloty, geben Sie mir die Zigarre, die Sie bekommen haben! Der Rebbe hatte ihm nämlich eine verehrt. Nun, was glauben Sie, tut der Schutzmann? Gor nischt. Er rührt sich nischt. Der Mann bietet zweihundert. Aber was tut mein Schutzmann? Der Schutzmann holt die Zigarre aus der Tasche und steckt sie sich in den Mund. Wie er sie sich aber ansteckt und der fromme Mann das sieht, fällt der um und sinkt in Ohnmacht.»

«Schön, sehr schön», sagt Julchen, «aber sagen Sie mir bloß, zu was erzählen Sie mir die Geschichte?»

«Zu was ich sie erzähl? Sie wollten doch wissen, was ich von Himmelweit halte. Ich wollte ihnen sagen, es gibt zwei Sorten Juden, verschieden voneinander wie Sonne und Mond. Die eine Sorte fällt um vor lauter Frömmigkeit und der anderen wird noch vor ganz was anderem nicht schwindlig.»

Julchen denkt: schön, und einfacher ließ sich das nicht sagen?

Der wohlhabende Lumpenhändler Lewkowitz, derselbe, in dessen Diensten vor kurzem Frajim stand, tritt zu Tauber heran. «Wissen Sie was, Tauber, Sie könnten mir etwas geben. Haben Sie Kragenknöpfe?», und ehe Tauber sich bückt, hebt er selbst den Kasten auf und sagt dann mit einem Lächeln: «Die Geschichte, die Sie da erzählten, ich hab nur den Schluß gehört, aber es ist doch wahrscheinlich die von der Ankunft des Gerrer Row – ich glaube, ganz kann sich die Sache so nicht zugetragen haben. Die Gerrer Chassidim erzählen sie zwar so, aber ein Brazlawer Chassid hat mir neulich gesagt: meinen Sie wirklich, der Schutzmann wird zweihundert Zloty nicht genommen haben? Und der Brazlawer hatte wohl recht. Außerdem, möchte ich noch sagen, haben Sie schon mal einen Schutzmann gesehen, der eine Zigarre, die man ihm gibt, im Dienst ansteckt? Er nimmt sie, er tut sie in die Tasche, aber rauchen tut er sie nachher.»

«Da haben Sie den ganzen Herrn Lewkowitz!» preist ihn Julchen. Seine Frau hat ihr im Herbst einen Shawl abgekauft, im nächsten Winter kann es ein Tuch sein, da soll man im April schon höflich sein, zumal wenn man es mit so gutem Gewissen sein darf. Denn zehnfach hat Herr Lewkowitz recht, ein Narr ist dieser Tauber, er meint, Bescheid zu wissen, aber nichts weiß er, er versteht nicht so viel von Tuten und Blasen …

Weichselbaum erscheint in der Gasse. Die Gasse bewohnen viele solcher kleinen Leute, in der Mehrzahl zugereiste arme Juden, aber unter sie verstreut auch andere verschlissene und unscheinbare Existenzen. Diese Minderheit, christlich, besteht aus Kutschern, Glasern, Rentenempfängern, Jahrmarktsbeziehern, Schreibern, Boten, einem Schutzmann, einem Leichendiener; in ihrer Hand sind Holz- und Kohlenhandlungen, Obstgeschäfte, ein Wasch- und Plättbetrieb, bescheidene Werkstätten, winklige Läden. In der Gasse lebt auch eine Anzahl alteingesessener Juden, ganz arme, halb arme, wohlhabende, die sich von der Welt nicht lösen können, in der ihre zugewanderten Eltern gelebt haben. Aber auch selbst zugewanderte und wohlhabend gewordene gibt es, und nicht einmal vereinzelt, Eiergroßhändler, Möbelhändler, Lumpengroßhändler, Geldverleiher, Radioverkäufer, die sich hier wohl fühlen und keine Straße der Stadt wüßten, in der sie sich wohler fühlen würden. Und zwischen all diesen Menschen endlich leben in der Gasse noch, und machen sie verrufen, gewerbs- und gewohnheitsmäßige Verbrecher, höchst bedenkliches Gesindel mit seinem unvermeidlichen weiblichen Anhang, eine besondere Welt, in der Juden nur eine unbedeutende Rolle spielen und Jüdinnen vollends keine. Trotz dieser Gegensätze herrscht Ruhe in der Gasse, man verträgt sich. In eine lebhafte Unruhe versetzte die Gasse erst ein Mann, der vor kurzem in einer Droschke angefahren kam und nichts sehnlicher wünschte, als die Wochen oder Monate, die er hier zum Aufenthalt verurteilt war, unbehelligt zu verbringen und nicht in die Angelegenheiten der Gasse verwickelt zu werden.

Die Droschke, die ihn in die Gasse führte, war mit Gepäck betürmt gewesen und träge angefahren. Es war eine Pferdedroschke, eine der wenigen, die es noch gab, und sie fuhr so langsam und in einer Weise außerhalb aller Zeit, als seien die Insassen darin schon aus Polen hergereist und Gaul und Gäste übermüdet, oder als vertrügen die Gäste nicht die leiseste Erschütterung. Eine beträchtliche Schar von Juden schoß langgekleidet aus den Häusern, als der Wagen immer langsamer und langsamer rollte und endlich anhielt. Er blieb vor dem größten jüdischen Gasthof stehen, und sofort sprang dort zum Tor ein Mann heraus, der sich den braunen Stoppelbart schon längst hätte abkratzen lassen dürfen, der Hausdiener Esra Lachs. Noch ehe die Gäste ausstiegen, erschien der Wirt persönlich, ein kleiner Mann mit rötlichem Vollbart, Herr Lesser Joel. Er verbeugte sich, ein wenig steif und ohne sich an Höflichkeit zu übernehmen. Dem Schlag entstieg eine Frau und danach ein Mann; eine dunkle Brille vor den Augen, tastete sich der Mann am Arm der Frau die Stufe zu dem Bürgersteig hinauf und weiter ins Haus; dann hatte ihn das Tor verschluckt. Der Wirt folgte; nur der Hausdiener blieb zurück, um zusammen mit dem Kutscher das Gepäck herunterzunehmen und ins Haus zu tragen.

Auf der Gasse tuschelte man: «Was meinen Sie, wer wird das sein?» Wie er hieß und woher er kam, wußte man wenige Minuten später, dank dem Hausdiener Esra Lachs. Von da aus fand man weiter, denn zu einem Juden, und käme er aus dem Ural, ist von Juden fast immer leicht eine Verbindung geschlagen. Nach einer Stunde konnte man auf der Gasse hören: «Acht Güter und zehn Kinder hat der Mann», und geantwortet wurde: «Er soll nischt kommen auf zehn Güter und acht Kinder.»

Man versuchte, zu ihm vorzudringen, die kühnsten Armen machten ihre Aufwartung, dennoch hielt man sich im ganzen zurück. Der Mann war reich, aber reich bedeutete hier in der Gasse nicht gleich Überlebensgröße. Man kannte das Wort: auf dem Gelde steht die Welt und wußte, wie wehe Armut tut, es hieß sogar, ein armer Mann zahlt für ein schlechtes Stück Fleisch mehr als der reiche für das gute – dennoch machte Geld hier nicht den Eindruck wie anderwärts, wo ein Mann noch die Freude an einer Million verliert, weil ein anderer zwei hat. In der Gasse fühlte der Arme zuerst: das ist ein Jude und ein Jude bin ich auch; das nahm etwas von dem Respekt, denn was einem Juden gelungen war, das konnte einem jeden Juden, also auch ihm selbst gelingen. Außerdem gereichte der Wohlstand eines jeden Juden der Gesamtheit zur Ehre, das machte auf den Reichtum sogar noch stolz. Überdies aber wischte Gott selbst einen Teil der Unterschiede weg, indem er fast stündlich dem Reichen Pflichten schuf genau wie dem Armen, ja, dem Reichen gar noch mehr. Endlich gaben Frömmigkeit und Reichtum nur gleichen Rang, und der Unterschied zwischen arm und reich, so wichtig er war, verlor dadurch die Schärfe.

In dem Gasthof wohnte man zu dritt und zu viert in einem Zimmer. Das Ehepaar wünschte ein Zimmer für sich allein; eines im ersten Stock. Aber im ersten Stock gab es keines, wenigstens nicht sofort, obwohl das Ehepaar eine schriftliche Zusage erhalten hatte. Der Gasthof war stark besucht, und alle Räume waren für lange Zeit besetzt.

In den ersten Wochen suchten die Eheleute drei Augenärzte auf, sonst verließen sie nicht das Haus. Ausschließlich auf sich angewiesen, behandelten sie sich zuvorkommend, dennoch waren beide Teile, was bei dieser Art des Lebens fast unvermeidlich war, gelegentlich gereizt.

«Sara, gib mir deine Hand», sagte Weichselbaum. Die Hand war dünn wie die ganze Frau. Offenbar hatte sie ihren vierzehn Kindern, von denen drei nicht lebten, ihr Fleisch und ihre Kraft gegeben. Wie meist in späteren Jahren, glänzte ihre Hand.

«Sara, deine Hand ist heiß.»

«Laß sie heiß sein! Ich will nicht, daß du so viel angibst mit mir. Stell ein' Topf Wasser aufs Feuer, und er wird auch heiß.»

«Du weißt ganz gut, du bist kein Topf mit Wasser.»

«Wenn ich wieder werd zu Haus sein, wird die Hand sich abkühlen.»

Gerade diese Worte entsprachen nicht seinen Wünschen. Seine Behandlung hatte kaum begonnen, und wenn ihn die Ärzte nicht rasch entließen, was er für unwahrscheinlich hielt, mußte er sich hier ein wenig einrichten. Wem die Zeit nicht lang werden sollte, in einer fremden Stadt, der durfte nicht immer nach Haus zurückdenken und ließ sich besser dieses oder jenes Geschäft durch den Kopf gehen. Ob er denn wieder Geschäfte machen wollte, fragte seine Frau. Er machte sie doch wohl nicht für sich, sondern für die Kinder. Sie wolle es nicht berufen haben, aber ihr schiene, für die Kinder sei gesorgt.

Gut, wenn sie das sicher wisse, wolle er sich zufriedengeben, und ingrimmig setzte er hinzu, im Wohlstand, da benähmen sich die Frauen, als sei er angewachsen, aber wenn er weg sei, dann könnten sie nicht genug jammern, da war kein Ende: hättest du doch das getan, hieß es dann, und wäre ich doch dabei gewesen und warum hast du mich nicht gerufen! Dann können sie schreien, wir wollen nicht mehr leben, aber das hätten sie sich alles früher überlegen sollen.

Er stieß entschieden auf Widerspruch.

«Von deinen Worten ist doch nicht eines richtig und jedes einzelne falsch. *Wer* hängt sich auf, wenn er sein Geld verloren hat, und *wer* geht ins Wasser? Der Mann oder die Frau? Immer der Mann! Die Frau? Die gönnt sich keinen Bissen, sie hungert, aber leben bleibt sie. Aber was reden wir? Du weißt genau so wie ich: aussorgen läßt sich von keinem.»

Aussorgen ließ sich von keinem? Gewiß, früher schon nicht, erst recht nicht heute. Aber sollte man sich da nicht wenigstens auf schlechte Zeiten einrichten? Eines Tages gefiel es vielleicht den Herrschaften in Polen, den Juden ihre Güter fortzunehmen!

Aus der jüdischen Geschichte sollte man doch vor allem eins wissen: die Juden wurden seit dem frühesten Mittelalter überall vertrieben, zum mindesten gebrandschatzt und bestohlen, meistens auch gemartert und verbrannt. In Spanien, in Portugal, in Frankreich, in Deutschland, in Rumänien, in Polen, in Rußland, ach, man konnte es kürzer sagen: in ganz Europa, wahrscheinlich kein einziges Land ausgenommen, hatten sie das seit tausend Jahren in dieser und in jener Form erlebt, und nur ein Pferd von einem Juden hatte es nicht im Kopf.

Sie schwieg. Natürlich, die Mütter glauben immer, es kämen gute Zeiten, wie sollten sie sonst das Leben rechtfertigen, das sie geben?

Er fühlte es und zerrte an ihr herum: «Du bist nicht meiner Ansicht? Schön, du mußt nicht meiner Ansicht sein. Aber du weißt von keinem Pogrom? Du hast keinen Onkel Chone besessen? Deinem Onkel Chone ist nichts passiert? Er lebt noch heute in Kischinew! Oder hat man ihn vielleicht zwei Tage vor Pessach aus dem Laden geholt und …»

«Um Gottes willen, Weichselbaum, bitte, red nicht, wozu mußt du mir das antun?»

Da sah man, jetzt stöhnte sie, jetzt schrie sie, jetzt konnte sie es mit einem Male nicht hören. Aber wenn er vorsorgen wollte, hieß es: was willst du vorsorgen, Weichselbaum? Aussorgen kann man für keinen. Und dann setzte er ihr seine Ansichten auseinander über die Bolschewisten, die er Verbrecher nannte. Sie trieben es nach seiner Ansicht noch ärger als die Judenfeinde, mit denen hatte im alten Rußland sich hie und da verhandeln lassen, die Bolschewisten aber nahmen über Nacht den Gutsbesitzern ihre Güter fort, heute saßen noch die Besitzer darauf, morgen waren sie herunter. Wenn vor zehn Jahren nicht Polen geschaffen worden wäre, säßen heute bei ihnen kleine Muschiks auf den Gütern und schneuzten sich die Nase in die gute Stube, schade, daß man die Mägde all die Jahre den Boden hatte scheuern lassen – aber was gestern nicht die Bolschewisten getan hatten, konnten morgen die Antisemiten tun.

«Gut, also mach, was du willst …»

Frau Weichselbaum war nicht überzeugt, nahm aber Rücksicht auf seinen Zustand; sie warf sich vor, ihn aufgeregt zu haben.

«Wenn du so sprichst, das ist etwas anderes», erklärte Weichselbaum und tätschelte ihre Wange. «Aber eines mußt du mir versprechen, Sehnsucht nach Hause darfst du nicht haben.»

«Geh, Weichselbaum», sagte sie weich, «Sehnsucht solltest du mich haben lassen.»

Es klopfte, Weichselbaum schrie: «Herein!», und der Wirt erschien, Lesser Joel. Die gelegentliche Frage, ob er Geld anlegen wolle, hatte Weichselbaum nicht geradezu verneint, und schon schleppte Joel Vermittler an; er war das einem Gaste schuldig. Trotzdem fühlte Joel sich dabei nicht wohl und entzweite sich mit Weichselbaum nach den

ersten Worten, ehe die Vermittler auch nur eintraten. Weichselbaum fragte nämlich: «Sind die Männer auch verläßlich?»
Joel sagte zwischen den Zähnen: «Werde ich Ihnen unverläßliche bringen? Aber wozu fragen Sie mich?»
«Soll ich mir unverläßliche Vermittler nehmen?»
«Sie machen doch Verträge», versetzte Joel verbissen.
«Nu und?»
«Und wenn Sie Verträge machen, werden es doch wahrscheinlich Verträge sein, die sich sehen lassen können, Verträge mit Köpfen und Nägeln, und sind es wieder Verträge mit Köpfen und Nägeln, dann kann der Vermittler so unzuverlässig sein, wie er will, der Verkäufer so wenig vertrauenswürdig, wie immer – es hilft ihm nicht, er sitzt fest, aus den Verträgen kommt er nicht heraus.»
Weichselbaum wurde unsicher. War das leeres Gerede oder war es mehr? Gab es hier Männer, die davon lebten, einem Rechtsanwalt gegen Teilung der Gebühren Prozesse zuzuschanzen? Aber weshalb sagte Joel dann alles geradeheraus?
In Wirklichkeit waren die Worte ein Zeichen von Joels Widerwillen gegen Weichselbaum. Er litt darunter, daß ihn Weichselbaum sichtlich nicht für voll nahm, ihn wahrscheinlich verachtete, er, der Herr über große Güter, ihn, den Besitzer eines simplen Gasthofs. So verächtlich aber war er nicht. Er gab nicht gern das polnische Städtchen an, aus dem er einstmals zugezogen war, aber das kam ihm selbst schon nicht mehr wahr vor, etwa dreißig Jahre lag es zurück, daß ihn Verwandte in der Gasse hatten unterschlüpfen lassen. Sie steckten ihn damals in ein Hanfgeschäft, ein sonderbares Geschäft, man brauchte nichts darin zu tun, und es ging doch. Aber welches Geschäft ging lange so? Der Inhaber war klug genug, es rechtzeitig zu verkaufen, und

der Nachfolger ging daran kaputt. Der alte Inhaber erwarb dies Haus und vermietete, als es wenig abwarf, die Zimmer einzeln. Später wurde das Haus überhaupt in einen Gasthof umgewandelt. Doch tat das schon nicht mehr der alte Mann, das unternahm seine Tochter, zusammen mit Joel, der sie zur Frau erhielt.

Der Gasthof blühte auf, das machte wohlhabend, allmählich angesehen. Mit der Zeit nannte man in den Judenstädten des Ostens immer häufiger Joels Namen, und die meisten Juden, die von dort kamen und Berlin besuchten, stiegen in der Gasse ab und in der Gasse bei ihm, in seinem Gasthof. Joel machte ihn vollends zum Mittelpunkt, als er noch das Bethaus auf den Hof brachte; dahin drängten sich nun die Einwohner der Gasse zweimal täglich.

Weichselbaum schickte seine Frau hinaus, er bat sie, ein Glas Wasser zu bringen, inzwischen wollte er dem Gespräch eine verbindlichere Form geben. Aber das scheiterte an Joel. Joel empfand die Verpflichtung, seine abweichende Meinung über Grundstücksgeschäfte vorzutragen, denn er irrte wohl nicht in der Annahme, daß Herr Weichselbaum Geld in dieser Form anlegen wollte. «Ich will Ihnen etwas sagen», fing er an, «und zwar will ich offen zu Ihnen reden ...»

«Bester Herr Joel», unterbrach ihn Weichselbaum, «ich bitte Sie, wozu wollen Sie das? Wenn ich einen Menschen sagen höre, er wolle offen reden, dann weiß ich schon, er will mir etwas Unangenehmes sagen, und Unangenehmes höre ich nicht gern. Was gibt es nicht schon alles Unangenehmes auf der Welt – was sag ich? Unangenehmes? Schreckliches, Fürchterliches, Abscheuliches! Was wollen wir es vermehren?»

Frau Weichselbaum kam zurück, man wurde förmlich. Joel verabschiedete sich.

«Welchen Eindruck hattest du von den Männern vor der Tür?»
Sie hatte nur den einen gesehen, der andere mußte für einen Augenblick weggegangen sein.
«Und von dem einen? Sah er übel aus?»
«Man soll wahrscheinlich nicht nach dem Aussehen gehen. Übel kann ich nicht sagen, aber ich wurde ein unsicheres Gefühl nicht los!»
Weichselbaum fühlte sich offenbar nicht wohl, denn er ging aus dem Zimmer, nicht nur, um den Männern zu sagen, daß er sie nicht empfangen könne. Als er zurückkam, faßte er die Kanne und goß dreimal Wasser über die Hände. Umständlich trocknete er sie ab und lobte Gott, der das Waschen der Hände befohlen, den Menschen voll Weisheit gebildet und ihm Höhlungen und Öffnungen gegeben habe. Es war Abend, so brauchte er nicht hinzusetzen, was er am Morgen voll Dank gesagt hatte: Wenn auch nur eine dieser Höhlungen offen oder eine dieser Öffnungen geschlossen bliebe, so würde es nicht möglich sein, vor Deiner Herrlichkeit zu bestehen!
Er trat ans Fenster und sah die Gasse hinab. «Was steht da?» fragte er und deutete auf einen Laden, der etwas abseits lag. Es war ein Ausschank und mit großen Buchstaben stand auf Stein darüber der Name ‹Salomon› geschrieben.
«Weißt du, was von König Salomo erzählt wird?» fragte Weichselbaum.
«Vieles.»
«Aber eines wirst du nicht wissen. Salomo, so heißt es, besaß eine Decke, sechzig Meilen lang und ebenso viele Meilen breit, auf dieser Decke fuhr er, so oft es ihn anwandelte, durch die Luft, er frühstückte in Damaskus und aß zu Mittag in Medien.»
«Wirklich, das wollte zu jener Zeit schon etwas heißen»,

stimmte seine Frau zu. «Aber wenn schon Salomo solche Macht besaß, welche Macht muß erst Gott haben und wie leicht muß es ihm sein, dich zu heilen.»
Dankbar ergriff Weichselbaum ihren Arm: gerade das hatte ihn verlangt zu hören.
Das ‹S› in Salomo entzifferte er noch, aber schon das ‹o› verschwamm vor seinen Augen. Immer wieder Schleier und Federchen, die sich jagten ...
«Du hast dich aufgeregt, Weichselbaum, du wirst dich erinnern, der Professor sagte, keine Aufregung.»
Ein Seufzer war die Antwort: ein Mann in den besten Jahren, fünfundfünfzig, und keine Aufregung!
«Komm, Sara, nimm die Zeitung!» Sie sollte ihm die amtlichen Ankündigungen der Zwangsversteigerungen vorlesen, weil die veröffentlichten Steuerwerte und Erstehungskosten ein Urteil über die Preise in den verschiedenen Stadtgegenden erlaubten; das war nicht unwichtig, wenn man zwar nicht entschlossen war, aber doch mit dem Gedanken spielte, ein Haus zu erwerben.
Er hörte von überlasteten Häusern, die von den Eigentümern nicht zu halten gewesen waren.
«Offenbar alles unzuverlässige Leute.»
«Die Leute können zuverlässig gewesen sein und Unglück gehabt haben.»
«Für die Zuverlässigkeit, um die es hier geht», sagte Weichselbaum, «kommt es nicht auf das Herz an, sondern darauf», und er machte mit zwei Fingern die Bewegung, mit der man Geld zählt.
«Warum sprichst du so häßlich von verarmten Leuten? Wie sollen dann die Armen von den Reichen sprechen?»
«Nun, laß sie reden. Es ist das einzige, was sie haben.»
«Weichselbaum, tu dich nicht versündigen. Es ist Gottes Gnade, die dem einen viel gibt, dem anderen wenig.»

«Habe ich etwas gegen Gottes Gnade gesagt? Wie werd ich?»

«Nein, du hast nicht», sagte sie entschlossen und dachte an seine Augen.

«So, ich versteh dich jetzt erst», fing Weichselbaum nach einer Weile an, «warum sprichst du nicht klar heraus? Du glaubst, ich will ein Haus in einer Versteigerung erwerben? Gott behüte! Da klebt Blut dran.»

Sara strahlte.

«Siehst du», sagte er befriedigt, «man muß sich nur ein bißchen Mühe geben, dann wirst du zahm, und man kann dich lenken.»

Sie hatte ihre heimatliche Zeitung hervorgezogen, die in jiddischer Sprache geschrieben war und die sie nachgesandt erhielten.

«Nun, und was steht da drin?»

«Ich werd dir die Überschriften vorlesen.»

«Aber du hast doch schon gesehen!»

«Ich meine, es ist heut nicht viel, bloß ein merkwürdiger Fall.»

«Und wie ist der?»

«Er ist nicht glaubwürdig.»

«Also soll ich erst neugierig werden?»

«Ein Lehrer hat sich nicht beherrschen können und hat sich mit einem schönen Mädchen eingelassen, das im gleichen Hause wohnte und von früh auf mit seinem Verstand nicht in Ordnung gewesen ist. Das Mädchen bekommt ein Kind, und durch die Geburt wird ihr der Verstand zurechtgerückt. Aber die Eltern hatten den Lehrer bereits angezeigt, als sie hinter seine Schliche gekommen waren, und der sitzt nun in Haft und wartet auf die Verhandlung. Wird er verurteilt werden?»

«Aber das Mädchen ist doch bei Vernunft!»

«Aber sie war nicht bei Vernunft, als es passierte.»
«Ja», sagte Weichselbaum, kopfschüttelnd, «was alles für Sachen! In zwei Jahren könnte dein zweiter Sohn den Mann verteidigen, und ich denke, bei seinem Kopf würd es ein Freispruch werden.»
«Gott geb es!»
«Wem?»
«Was fragst du? Beiden!»
«Du bist also für den Lehrer?»
«Du fragst wie ein Kind!»

Aufstand. Frajim vertritt Riwka, und Tauber erzählt von den sieben Himmeln. Auf der Gasse und vor den Ständen herrschte lebhaftes Gewimmel. Ein junger Mensch erregt sich: «Das Elend sollte man an der Gurgel packen und schütteln, bis es die eigenen Zähne verschluckt, dann würd man zu fressen haben!»
Die Frauen bewegen nicht so weitgreifende Dinge. «Der Schneemann», flüstert eine, «ist gestern zu der Abramczyk gegangen und hat sich ausgesprochen.»
«Nun, und was ist geworden?»
«Was soll geworden sein? Nischt ist geworden! Er ist gekommen, hat geredet und ist wieder weggegangen.»
«Da hat man's, Männer!»
Drei Alte stehen zusammen. «Die Leute werden mit jedem Tag gemeiner.»
«Die Leute ja und die Zeiten nein?»
«Die Zeiten auch, ich sehe schlecht für die Juden.»
«Er sieht schlecht für die Juden – auch was! ich hab noch nie gut für sie gesehen.»
Ein uralter Mann wird von einem hochbetagten Begleiter am Arm geführt. Über einem Stock hängend, fragt er: «Nun, was tut sich hier?» Gespannt bleibt er stehen.
«Wie soll ich wissen? Alte spein und Junge käun.»
«Hatt ich's mir gedacht! Und ein junger Mann wird wieder mal einen größeren Mund gehabt haben wie ein alter. Immer dasselbe.» Er humpelt weiter.
Als die Leute einen Augenblick die Stände nicht verdecken, sieht man auf dem Stuhl von Riwka Hurwitz noch immer

Tauber, aber auf dem Platz von Julchen Hurwitz einen jungen Mann, schmalbrüstig, bleich, wir kennen ihn: Frajim Feingold. Zu beiden Seiten der Stände kleben Zettel:

Zehn Jahre
betreiben wir hier unseren Verkauf
von Kleidungsstücken, Shawls und Tüchern,
Wäsche, Trikotagen
Julchen und Riwka Hurwitz

Man stutzt über den Anschlag, erschrickt über die zittrigen Tintenzüge, die armen Frauen!
Die armen Frauen? Ein energischer junger Mann, kein Jude, ist anderer Meinung. Er tritt auf Tauber zu und ruft: «Was soll das Geschmiere da? Das kommt weg, aber sofort, sonst fetz ich's runter!»
Tauber hebt die Arme: «Ich beschwöre Sie, mein lieber Herr, Sie werden sich versündigen!» Aber er wird heftig zurückgewiesen.
«Bitte, sehen Sie sich gefälligst erst mal an, mit wem Sie reden, bei mir ziehen solche Worte nicht.»
«Dann vielleicht bei den Herren, für die Sie hier stehen. Richten Sie es denen aus! Großer Gott im Himmel, ein Mensch soll so sein gegen Menschen!»
«Was heißt hier Mensch», erklärt der Verwalter, «hier handelt es sich um eine Gesellschaft, die keinem auf die Füße tritt, aber ein Haus kann man nicht aus Menschenfreundlichkeit besitzen, ein Haus muß etwas abwerfen.»
Aus einem Schuppen auf dem Hofe wollte man eine Garage machen, ein Auto kam nicht durch die Toreinfahrt, wenn die Schwägerinnen mit ihren Ständen darin klebten; darum Kündigung, darum Rebellion der Schwägerinnen, darum die Anschläge und der Aufruf der öffentlichen Meinung.

Man kann sich Julchen vorstellen in ihrer Leidenschaftlichkeit, wie sie sich wild und tapfer mit dem Feinde schlägt. Ihren Platz hat sie offenbar nur für Stunden an Frajim abgetreten, inzwischen wiegelt sie die Ämter auf: Fürsorgestellen, Wohlfahrtsbehörden, Wohnungsämter, alle sollen eingreifen. Aber eben schmettert sie enttäuscht die Tür einer Amtsstube zu, eben rennt sie die Steintreppe hinab, da gleitet sie aus, kaum kann sie sich noch einige Schritte schleppen – dann liegt sie mit eingegipstem Fuß zu Hause. Die Schwägerinnen, zehn Jahre tagsüber Nachbarinnen auf harten Stühlen und des Nachts im Bett, dürfen jetzt auch des Tags im Bett nebeneinander liegen. Riwka allerdings ist nach dem ersten Schreck empört, denn wenn man schon stürzt, warum noch so viel Umstände nach dem Sturz! Jetzt gerade, wo man ihnen die Torfahrt nehmen will! Ich habe einen Stirnhöhlenkatarrh, da kann ich nicht unten sitzen, aber mit einem eingegipsten Fuß säß' ich in der Torfahrt und streckte das Bein auf einen zweiten Stuhl … Der Arzt verbietet es? Dann soll er ihnen auch die Mittel geben, um zu leben …

Allgemeines Mitleid, aber zu helfen wird Frau Warszawski überlassen, sie hilft in jeder Not, also auch in dieser. Die Schwägerinnen wohnen im gleichen Haus, auf dem gleichen Stockwerk. Die anderen Frauen fragen durch den Türspalt: «Wie geht's heit?», bringen Eier, Butter, seufzen: «Nun, Gott wird helfen!» Aber Frau Warszawski hilft, denn hülfe sie nicht, wer hülfe, bis Gott wird helfen? *Sie* ist es, die Frajim an den Stand schickt, *sie* läuft zu den Wohlhabenden und schafft Geld, *sie* läuft zu den Klugen und fragt: was soll man tun? Sagen Sie, werden sie es durchsetzen? oder verlegen sie besser ihre Stände?

Leider hat Frau Warszawski diese Werktätigkeit nicht auf ihren Pflegling übertragen. Frajim soll Frauen vor dem Un-

tergang erretten, aber er sitzt teilnahmslos an ihrem Stand –
unklug, auch für ihn selbst, denn wie leicht könnte er auffallen, wie leicht Arbeit bekommen; wenn er hier lebhaft,
wenn er hier rührig wäre, hätten das Elend *und* der Müßiggang mit einem Male ein Ende. Aber er hält die Augen geschlossen, als sei für ihn nur noch die inwendige Welt bedeutsam. Wird er angestoßen, so fährt er auf und sagt: «Ich
schlaf doch nicht!», und wirklich gibt er die Ware, nennt den
ausgezeichneten Preis, trägt die Einnahme in ein Buch ein.
Geschicklichkeit ist nicht nötig, die Juden kommen aus Mitleid kaufen, die Dirnen auch, und Frajim und Tauber sind
bloße Wächter, wenn es freilich auch eine sonderbare Art
von Wachsamkeit blieb, die Augen zu schließen.
Am liebsten hörte Frajim Tauber zu. Aber Tauber war kein
Brunnen, der dauernd Geschichten aus sich herauspumpen
ließ. «Und wenn ich tausend Geschichten wüßte und wollte eine erzählen, gerade da fällt sie mir nicht ein. Aber wart!
Siehst du drüben den Hirsch mit der schiefen Schulter? Solang wie ich ihn kenn, und das werden wahrscheinlich sein
zwanzig Johr, hat er wie geheißen? Samuel. Jetzt hat er ein
zweites Mal geheirat und wie muß er sich nennen? Salli! In
einem Midrasch sagt Rabbi Hunna nach Rabbi Kapra: zur
Belohnung für fünf Tugenden sind die Juden aus Ägypten
befreit worden, die eine war, sie änderten nicht ihre Namen:
als Ruben und Simon kamen sie nach Ägypten, als Ruben
und Simon zogen sie wieder fort, Jehuda nannte sich nicht
Julian, Ruben nicht Rufus, Benjamin nicht Alexander und
Josef nicht Justus. Da siehst du, da hast du was gehört»,
schloß er befriedigt und wischte ein Auge, das im Winkel
zusammenklebte.
«Nein, eine richtige Geschichte», bettelte der weniger befriedigte Hörer, «etwas von Jerusalem oder vom Paradies!»
«Immer noch nicht genug, immer noch etwas und gleich mit

Vorschrift, das muß vorkommen und jen's? Was hast du dich überhaupt mit dem Paradies zu befassen? Dein Paradies liegt für lange Jahre hier!»
«Nein, bitte erzählen Sie vom Paradies! Oder was anderes, wenn Sie nicht wollen.»
«Also gut, aber nicht vom Paradies. Du wirst gehört haben, es gibt sieben Himmel. Man sagt doch sogar von jemandem, er ist im siebenten Himmel. Nun, kannst du mir sagen, wie sie beschaffen sind, die sieben? Ist es siebenmal derselbe, ist es siebenmal ein anderer? Nun, ich werd dir erzählen. Unsere Weisen sagen, der erste Himmel, das ist nur ein Vorhang, er hebt sich auf am Morgen und fällt herab am Abend. Im zweiten Himmel aber, da sind Sonne, Mond und Sterne und zwölf Fenster. Warum zwölf? Ein Fenster für jede Stunde! Dreihundertfünfundsechzig Engel aber, du verstehst, warum, begleiten die Sonne Stunde um Stunde von Fenster zu Fenster.»
«Ah», seufzte Frajim.
«Und geht sie morgens auf, die Sonne, so singen die Engel Loblieder zu Gott, und geht sie unter, dann neigen sie sich und sagen: wir haben Seinen Befehl erfüllt.»
«Und im dritten?» fragte Frajim.
«Im dritten Himmel, da sind die Mühlen, da wird das Manna gemahlen für die Frommen.»
«Und im vierten?»
Im vierten war auch etwas, aber Tauber entsann sich nicht, doch im fünften, da wohnten Engel, die des Nachts zu Gottes Ruhme Lieder sangen, am Tage durften sie sich ausruhen, denn am Tage sang das Volk Israel die Loblieder an ihrer Statt.
Ehe es Frajim gelang, nach dem sechsten zu fragen, kam Alexandra Dickstein, ihre Strumpfbänder umzutauschen. Sie hatten tagelang die jungen und festen Beine umspannt,

aber nun sollte die Farbe anders sein, gelb gefiel nicht. Verlegen sagte Frajim: «Alexandra, ich trau mich nicht, das mach ich nicht allein.»

«Wer soll das machen?»

«Das soll Frau Warszawski sagen», entschied Frajim.

«Gut», sagte Alexandra, aber sie kam später nicht darauf zurück.

«In welchem Himmel waren wir?» fragte Tauber.

«Wir kamen in den sechsten», erwiderte Frajim voller Eifer. Im sechsten gab es Räume mit Stürmen, Höhlen mit Rauch, alle Türen waren Feuer. «Da kannst du sehen!» sagte Tauber und erholte sich ein wenig von dieser Vorstellung der versammelten Unwetter und Katastrophen.

«Und im siebenten?»

Im siebenten wohnte Gott. Da waren die Gerechtigkeit, der Friede, die Tugenden. Dort lebten die Seelen der Frommen, die heiligen Tiere und Scharen von Engeln; in der Mitte aber stand Sein, stand Gottes Thron.

«Sehr schön», sagte Frajim, und sein Gesicht erglänzte.

«Übrigens», fuhr Tauber fort, als hätte er von seinen Geschenken eines übrigbehalten, «man sagt», er sprach ganz leise, «es gebe noch einen achten Himmel, aber über diesen achten darf man nicht forschen.»

Frajims Seele war nicht unverletzlich. Die Mißerfolge hatten sich tiefer, als es gut war, in sie eingegraben und andere Kräfte aufgerufen, keine, die ihn vorwärtsbrachten, aber auch keine, die beschämten. Anfangs hatte er sich gewehrt, hatte sich die Zeit vertrieben wie andre unbeschäftigte junge Leute, mit Dominospiel, mit Schachspiel, und es war nur eine andere Art von Spiel, wenn er der Anleitung eines jungen Menschen folgte, der gleich ihm aus einem kleinen Landstädtchen des Ostens hergekommen war. Aus fortgeworfenen Zeitungen stellten sie die Preise der Produkten-

börse fest, kauften und verkauften Getreide auf dem Papier, bald mit Gewinn, bald mit Verlust. Manchmal waren beide in wenigen Tagen reich, ebenso rasch sauste ihr Vermögen in die Tiefe, aber ihre Hilfsmittel schienen unbeschränkt, immer wieder arbeiteten sie sich empor.
Frajim gab das Spiel nach einigen Wochen auf. Es mochte für die Erziehung des einen oder anderen jungen Mannes unschädlich sein, in seiner Hand war es nichts anderes als das Spiel zu Haus, wo er begierig, wenig oder keine Fehler in den Schularbeiten zu haben, beim Gottesdienst auf eine beliebige Zeile im Gebetbuch tippte und sich einbildete, so oft oder so selten der Buchstabe Lamed, der die anderen Buchstaben an Größe übertraf, in diesen Zeilen vorkam, so viel oder so wenig Fehler hätte die abgegebene Arbeit.
Manchmal schlug er in einem Adreßbuch, das zerlesen und aus dem Leim gegangen war, die Einwohner vornehmer Straßen nach. Nicht selten lebte ein jüdischer Bankier ganz allein für sich in einer Villa. Aber während andere hingingen und angesichts eines herrlichen Besitzes sich vornahmen, ähnliche Reichtümer zu erwerben, entstieg der Traum für ihn zwar dem Papier, aber zerfiel so schnell, wie er gekommen war.
Nach einer Weile gab er solche Spiele auf, las andere Bücher und in den Zeitungen andere Spalten. Sein Tag ging nicht tatenlos dahin. Bei Morgengrauen betrat er den Betsaal, vor der Abenddämmerung tat er es ein zweites Mal. Morgens nach dem Beten trug der Rabbiner Jurkim aus dem Talmud vor. Frajim verstand zu Anfang nichts und später auch nur wenig. Immer saß er neben einem alten Mann und immer hatte er dabei ein wenig Angst. Doch der Alte tat ihm nichts, wahrscheinlich bemerkte er ihn gar nicht. Frajim sah mit ihm gemeinsam einen ungeheuren Folianten ein. Dem Alten wuchsen gelbe Haare auf den Fingern, gelbe

Haare aus der Nase, gelbe und graue aus dem Ohr. Mit dem behaarten Finger fuhr er die Zeile entlang. Vielleicht tat er das für Frajim, aber sonst hielt er eisern daran fest: neben ihm saß niemand. Nicht einmal das Blatt durfte Frajim wenden, noch weniger den Fingernagel in eine Reihe graben, wenn die Finger an vier Stellen liegen mußten, weil der Rabbiner den Text behandelte und zugleich die Anmerkungen der drei verschlungen darum gedruckten Kommentare. Natürlich beteiligte sich Frajim nicht an dem bedeutenden Disput. Immer führten ihn dieselben Männer, einige wenige. Manchmal kamen zu dem festen Stamm von Männern Durchreisende, sehr beschlagene, aber auch selbstbewußte Köpfe, und versuchten, verschleiert hinter Zustimmung ihre Gelehrsamkeit zu zeigen. Sie erklärten: das hat Rabbi Akiba übrigens ähnlich noch woanders gesagt. Wußte Jurkim nicht sofort Bescheid, so hieß es: «Im Traktat Feste, nachdem er davon gesprochen hat ...», sie rekapitulierten: «dann fährt er fort» und sie zitierten einen verwandten Ausspruch. Jurkim stimmte zu, aber trieben ihn ihre Angriffe in die Enge, so konnte er auch kurz werden und ein wenig rauh sprechen: «Nun, nun, schön, man kann vielleicht auch so sagen, aber wir wollen weitergehen.»
Die klaren und kalten Darlegungen des Rabbiners rüttelten Frajim auf. Dennoch hätte er sich nie in diese Richtung drängen lassen, hätte er nicht unter dem nachgesandten Vetter gelitten. Er hielt sich für begabter als Noah, aber Noah war erst drei Wochen in der Gasse, und schon hatte Noah eine Stellung. Frau Warszawski führte sie beide eines Tages halb absichtslos einem Stoffhändler vor. Jechiel Asch hatte noch nie einen Angestellten gehabt, und Frau Warszawski wußte nur vom Hörensagen, daß er einen suchte. Dennoch nahm er Noah sofort, schon nach wenigen Minuten.

Jechiel Asch war ein frommer Mann, auch fleißig und geduldig, doch nicht wohlhabend. Er hatte elffach zu teilen, denn er hatte eine Frau und neun Kinder. Sein Charakter war anständig – unanständig durfte ein frommer Mann auch nicht sein. Dennoch kam er nicht darüber hinweg, daß mit einer anderen Art des Handelns andere Leute in den Nebenstraßen größere Umsätze erzielten, und er schielte sehnsüchtig zu diesen Geschäftsgewohnheiten hinüber. Er *dachte*, warum mußte englisches Tuch auch absolut aus England sein? Dennoch bezwang er sich und antwortete kleinlaut auf Fragen: «Englisch? das wohl nicht» oder: «Prima? Sie werden sehen, so gut wie prima, sehr stabil im Tragen, ganz vorzüglich, bei einer Gelegenheit erworben.» Aber er hätte gar zu gern gewußt: wie verhielten sich die alteingesessenen, die angesehenen Händler? Sagten auch sie in jedem Fall und ausnahmslos die Wahrheit? Aber wie machten sie dann die großen Umsätze? Fragen konnte man sie nicht, sie hätten sich entrüstet: was fällt Ihnen ein, sind wir Betrüger? Wenn er sich umsah in der großen Welt, in die er ein wenig vordrang und die er kaum überblickte, so dünkte ihn, es wurde überall nicht genau genommen, und das schlimmste war, die Leute fühlten nicht einmal Reue …
Seine Ware nahmen kleine Schneider seines Viertels, daneben gab er seine Stoffe einzeln ab. Er hatte eine gewinnende Art, sie zu verkaufen, doch wiederholte er sich, wie Kaufleute meist. Er hielt die Stoffe gegen das Licht, legte sie um einen Ärmel, ließ sie von der Brust herabwallen. Sah er, jemand wollte kaufen, so wickelte er den Stoff um einen Finger und, den Blick fest auf den Mann gerichtet, sagte er mit einer Inbrunst, als risse er sich das Herz auf: ein Bijou! In diesem Ausdruck lag für ihn der höchste Wert eines irdischen Guts.
Aber elf Personen ernährt man schwer, und deshalb sollte

sich Noah Kirschbaum in der weiteren Nachbarschaft versuchen. Noah gewann sofort für seinen Herrn auf neue Weise Kunden. Er erhielt von ihm einen Anzugstoff und stellte sich mit dieser Kostbarkeit in ein Tor, Gesicht zur Straße, das Stück locker unterm Arm, etwas abgefaltet von dem Pappstreifen. Die Hand steckte lose in der Hosentasche, das Gesicht zeigte unendliche Langeweile, nicht selten gähnte er. Die Leute traten aus dem Haus, befühlten behutsam von hinten diesen Stoff: was war das? Er wandte sich um, nicht überrascht, nicht heftig, aber zu Auskünften bereit: Stoffart?
Cheviot. Preis? Der.
Nach den ersten Erfolgen verfeinerte er die Form. Wahrhaft ein Kaufmann ist nur, wer die Bedürfnisse der Kundschaft errät. Das Bedürfnis *seiner* Kundschaft war, einen Stoff von hinten zu befühlen. Warten, bis jemand hinter ihm aus dem Hause trat? Besser, er stellte sich umgekehrt mit dem Rücken zur Gasse, das Gesicht dem Tor zu, das Stück unverändert abgewickelt unterm Arm – eine unangenehme Stellung, ständig hatte er nichts als Adern und Risse in der Haustür vor den Augen, aber der Erfolg bestätigte den Versuch, immer wieder befühlte man den Stoff, immer wieder mußte er sich umdrehen, erklären, anbieten. Die Haltung widersprach dem Herkommen, auch dem Anstand, aber ein junger Kaufmann mußte über die Tradition hinauskommen.
Noah beschränkte sich nicht auf dieses lässige Gebaren. Er ging die Nachbargassen ab und zog in jedem Stockwerk die Klingel. An dreihundert Türen abgewiesen, war er nicht enttäuscht. Ihn tröstete: auch ein Zettelverteiler, sogar die Post schob Zettel durch die Türen und machte sich nichts daraus, ob die Zettel gelesen oder ungelesen weggeworfen wurden. Er fühlte, die Art des Erwerbes, dem er nachging, war eine Sache der Geduld, und es war nötig, geduldiger zu sein

als andere. Früh ohne Eltern, immer von anderen erzogen, hatte er gelernt, sich zusammenzunehmen. Er war bereit, einen ganzen Monat jeden Tag auf vielen tausend Treppen die Leute an die Tür zu rufen, wenn er die Aussicht hatte, im zweiten Monat den Stoff eines einzigen Anzugs zu verkaufen. Er schreckte eines einzigen Geschäfts wegen vielleicht Tausende von ihrer Beschäftigung auf, unterbrach den Schlaf von Hunderten, die ausgestreckt auf einem Sofa lagen, das machte nichts – sie konnten sich, war die Tür ins Schloß geworfen, wieder hinlegen, nach fünf Minuten schliefen sie. Er hatte recht: wenn man so viele Treppen gelaufen war wie er, dann schlief man nach fünf Minuten.

Noah trat jeden Tag ein halbes Dutzend Mal an die Stände und sagte: «Und was macht ihr?» Jedesmal hieß es: «Was soll man machen? Nichts!»

«Sitzen ist auch gut», meinte Noah, den die Beine schmerzten.

«Du verdienst, wir nicht.»

«Verdienen?» seufzte Noah, «dreimal so viel ist auch noch nichts.»

«Er ist noch nicht sechs Wochen hier und will schon Rothschild sein», sagte Tauber.

«Nicht Rothschild, nicht Bleichröder», wehrte Noah, aber es schmeichelte ihm doch.

Noah liebte seinen Vetter und kam sich neben ihm wenig groß vor, schon, weil er ihn von einem Manne ausgezeichnet sah, den er selbst bewunderte. Dieser Mann hatte einen wunderbaren Kopf, ein bleiches Gesicht, von noch tieferer Blässe durch das starke, schwarze, zurückgekämmte Haar. Die Nase war herrlich schmal, die Stirn hoch, breit und vollkommen rein. Noah mit seiner niedrig geratenen beneidete ihn um diese Stirn und beneidete ihn auch um die goldgefaßte Brille, die die Klarheit der Stirn noch unterstrich und deren Gläser nicht den Glanz der schwärmerisch dunklen Augen aufhoben. Vielleicht wirkte Seraphim nicht allzu männlich, nur zur Not verdeckte ein Bärtchen das schwache Kinn. Noah hätte dennoch den eigenen Kopf gern gegen den von Seraphim getauscht. Freilich war er nicht reif genug, die Zwiespältigkeit dieser Natur auch nur zu ahnen: eine entschiedene Geistigkeit neben einem im Vergleich dazu geringen Willen.

Ein einziges Mal hatte sich Seraphim empört, als er aus der mittelalterlichsten Judengemeinde Galiziens ausgebrochen war. Er war Schüler einer jüdischen Lehrschule gewesen, hatte den ganzen Tag, den Körper schüttelnd, mit elf anderen auf der Bank gesessen und gelernt; der Gottesdienst am Morgen und der am Abend, die einzigen Pausen des Tages, wurden in der gleichen Stube abgehalten; der einzige Unterschied war, man stand. Das Leben war schlimmer gewesen als im Gefängnis, denn im Gefängnis gab es wenigstens den Spaziergang auf dem Hof. Hier aber ging man bloß über den Hof zum Essen und ins nächste Haus zum Schlafen, sechs in einer Kammer, es war heiß, man wußte nicht, wohin mit seiner Jugend, war ohnmächtig gegen das Andringen des Gefühls. Es gab ein Gebet, mit dem man es niederkämpfte; das Gebet sagte man tonlos in die Kissen, das Gefühl aber schrie.

Krakau war eine fromme Stadt, man stritt, welche frömmer sei, Warschau oder Krakau. Krakau, sagte Seraphim. In Krakau ruhte auf dem vierhundert Jahre alten Friedhof der Remu, jener hochgelehrte Rabbi, ehrwürdig, ja fast heilig, das Grabmal vollgesteckt mit Zetteln, zu Hunderten lagen sie am Boden unter abgewehten Blättern. Unglückliche stammelten darauf ihre Klagen und brachten die Bitte vor, für sie zu beten. Fromme Männer, in den Gebetmantel gehüllt, das Käppchen auf dem Kopf, standen in verzückter

Andacht vor dem Grabstein; in der weltabgeschiedenen Stille des von Büschen und Gestrüpp verwilderten Gefilds riefen sie die Seele ihres großen Lehrers. Nicht weit ab lag das Grab des großartigsten Gelehrten, des hochberühmten Taussfesjontef, dessen Schriften noch heute wirkten wie Licht im Dunkel; benachbart ruhte einer von den sechsunddreißig Zaddikim oder Gerechten. Um sie herum, abgeschlossen in ihren Vierteln, lebten die Juden streng unter sich, mit den Andersgläubigen im Verkehr nur durch den Handel. Aber Handel und Wandel waren das niedere Leben, das wahre wurde am Abend gelebt, am Sonnabend, an den Feiertagen, da wurde von der Tora gesprochen, von den Glaubensdingen, von den gleichen, die schon vor drei-, vor sechshundert Jahren Kern der Gespräche der Ahnen gewesen. Es war kühn, von dort auszubrechen, waren auch viele im Laufe des Jahrhunderts von Ost nach West gezogen. Die Mehrheit saß noch da, fromm und streng wie einst, und jede Flucht blieb ein neues, ein zweifelhaftes Abenteuer.

Drei Jahre waren um – hatte sie einen Sinn gehabt, seine Flucht? Er lebte im Ghetto hier wie vordem dort, nur ging er nicht mehr in die Lehr-, sondern in die Betschule. Er trat für Änderungen ein, die Religion sollte eine freiere und reinere Form erhalten, aber der Erfolg blieb aus. Er galt als Ketzer, er hetze die Jugend auf. Wirklich sagte er ihr: seht euch Herrn Lämmchen an, nie kann er sich genug beim Beten schütteln, am Morgen und am Abend nach dem großen Gebet geht er die drei Schritte weiter aus als alle anderen, um sich dann tiefer zu verbeugen; bei den Worten Heilig, heilig, heilig! möchte er höher hüpfen als sie alle, er faßt, wie man sagt, Gott an die Füße, aber zu Hause schlägt er die Frau, und im Geschäft macht er zweifelhafte Sachen! Übereinstimmung von Leben und Glauben forderte Seraphim, überalterte und sinnlos gewordene Bräuche sollten

fallen, auf den Glauben kommt es an, nicht auf Aberglauben! Darin war sehr viel Unabhängigkeit des Urteils, aber diese Unabhängigkeit ging nicht so weit, daß er den Zusammenhang mit der Gasse aufhob – ohne die Gasse konnte er nicht leben.
«Wenn Sie nicht gar so unfromm wären», meinte Tauber, «um den Frajim könnten Sie sich kümmern!»
«Kümmere ich mich nicht um Frajim? Unterhalt ich mich nicht immerfort mit Frajim?»
Ja, er kümmerte sich um ihn, das war Frajims Stolz; auch Noah hätte die Hälfte seines Verdienstes dafür gegeben.
«Er sieht recht betrübt aus heute», sagte Seraphim.
«Da sehen Sie doch, wie Sie ihn kennen», hielt ihm Tauber vor, «heute, sagen Sie. Leider sieht er immer so aus, betrübt und abgeschlagen.»
«Lassen Sie nur, das ist die beste Jugend. Wenn er erst das Leben kennt, wird er heiterer werden.»
«Da hat der Seraphim recht», erkannte Tauber an. «Wenn man alt ist, ist alles halb so schwer, das Leben geht von selbst vorbei.»
Frajim faßte sich ein Herz und fragte mit einem leichten Schauder: «Und an den Tod, denkt man denn dann nicht immerfort an den Tod?»
«An den Tod denkt man nur, solange man jung ist, und vielleicht noch einmal so um fünfzig, nachher nicht mehr. Wozu auch? Der kommt von selbst, keine Angst, keiner wird vergessen. Was hast du davon, daß du dir jeden, der vorübergeht, waagerecht in der Grube vorstellst, daß du dir sagst, jeder muß hinunter, in hundert Jahren ist keiner mehr hier oben? Damit läßt sich's nicht leben, und leben soll man doch, und leben will man auch. Und wenn man rechtschaffen gewesen, so geschieht einem ja auch nichts, man stirbt unversehens eines Tages und kommt gleich danach in das

Paradies. Aber davon wird Herr Seraphim nichts wissen wollen.»

«Doch, ich glaube an die Unsterblichkeit der Seele.»

«Ach was, an das Paradies sollen Sie glauben», gab Tauber unwillig zurück.

«Und was Sie vom Tod sagten», erwiderte Seraphim, «das gefiel nun wieder mir nicht. Auf den Tod soll man sich vorbereiten, nicht, wie Sie sagen, unversehens eines Tages sterben. Das ist nichts, sterben wie jener alte reiche Mann, der im Sanatorium eines Abends mit einer fremden Frau tanzte und zu ihr sagte: ein Mann ist so alt, wie er sich fühlt, eine Frau so alt, wie sie sich anfühlt, es sprach, einen Herzschlag bekam und umfiel. Ein schönes Ende, meinte der Herr, der mir das erzählte, und schien sich selbst keinen anderen Tod zu wünschen, aber wie kann ein Ende schön sein, das mit solchen Worten ein Leben abschließt, nein, es beinahe umwirft? Da ziehe ich mir meinen alten Lehrer vor, der sich wünschte, vor seinem Tode lange krank zu sein und zwei Jahre im Bett zu liegen, um sich richtig vorzubereiten auf den Tod.»

«Ich kann darauf nicht antworten, nicht ja, nicht nein», meinte Tauber. «Was weiß der Mensch? Ich kannte einen armen Mann, er lebte in einem Altersheim. Der Mann war fromm, hochachtbar, ein Mann von feinem Verstand, einundachtzig. Eines Sabbats, gerade beim Gottesdienst, was geschieht? Er bekommt einen Schlaganfall. Die Leute tragen ihn auf sein Zimmer, aber kaum ist er aufgewacht, so hebt er den Finger und spricht: das war ein Wink von oben, doch ich gedenk ihm nicht zu folgen! Fünf Minuten später ist er tot. Sehen Sie, das war nun ein frommer Mann, und doch waren das seine letzten Worte! Was weiß der Mensch? Und was heißt da, sich lange vorbereiten? Man stirbt, man kommt ins Grab, dann erscheint ein Engel, nimmt die Seele

heraus und führt sie in den schönen Garten Eden zu Palmen, vielleicht werden auch Papageien da sein, was weiß ich? Ich mag Papageien nicht. Aber man wird sich gewöhnen.»
Noah ging weiter, solche Gespräche hatten keinen Sinn für einen jungen Menschen, dessen Aufgabe war, Geld zu verdienen. Auch die anderen setzten das Gespräch nicht fort; zu Tauber trat eine junge Frau, die einen orangefarbenen Schlüpfer haben wollte, Seraphim aber hatte allen Anlaß zu eilen, wenn er eine heimliche Freundin nicht warten lassen wollte – *ein* Geschenk hatte die Freiheit ihm gewährt.

Israel Wahrhaftig hat Sorgen und begegnet Blaustein und Geppert. Die Not von Wahrhaftigs Seele nahm zu. Er war dem Ratschlag seiner Frau gefolgt und in den Keller von Sauermann gegangen, ein trüber, ein übel berufener Keller, ein Keller mit dem Abhub, dem Geschrei der Gasse. Allein, denn wer hätte ihn begleiten können?
Vorsichtig schlüpfte er hinunter. Fünf Mann standen vor der Theke, zehn saßen um den Tisch. Er erwischte einen Platz neben einem, der ziemlich menschlich aussah. Es war ein Jude. Der kahle Schädel hatte fast die Form einer Halbkugel, auf der Nase schaukelte ein Kneifer, über einem angegrauten kleinen Spitzbart und unter einem schwarzen Schnurrbärtchen saßen blasse Lippen, die etwas spottsüchtig schienen. Er gefiel sich auch bald darin, Wahrhaftig leicht zu hänseln.
Wahrhaftig setzte sich zur Wehr: «Was macht sich der Herr über einen Familienvater lustig?»
«Ein anständiger Mensch hat überhaupt keine Familie.»
«Ich wünsche nicht, daß der Herr soll so gestraft sein.»
«Fünf Kinder haben Sie, ich weiß nicht, wo nimmt ein Mensch bloß den Mut dazu her?»
Aber dazu gehörte doch kein Mut!
«Noch mehr Juden», seufzte Blaustein. «Gibt es noch nicht genug? Brich auf eine Semmel, heißt es, was springt heraus? Ein Jud!»
Aber jetzt mischte sich ein dritter ein. Anscheinend wollte er bloß mit seinen etwas absonderlichen Worten Wahrhaftig angemessen in diesem Kreis begrüßen.

«Sie lieblicher Sohn Israels, ich habe ein Geschäft für Sie», sagte er. Er kannte Arbeiter einer Metallhandlung, die luden mehr auf ihren Wagen, als sie später bei der Kundschaft abluden, er konnte sie veranlassen, zuerst bei ihm vorzufahren und die Metalldecke vor seinem Haus abzuwerfen.

«Das sind nicht Geschäfte für mich, Sie verkennen mich, Herr», sagte Wahrhaftig und war beleidigt. Auf einen Tritt von Blaustein aber lehnte er das Anerbieten nicht mehr rundweg ab. «An Metallen ist kein Segen», lenkte er ein, «aber gut, was sind es für Metalle?»

«Temperguß, Zinnabfall und alte Bronze.»

«Nimmt Platz weg und läuft nischt ins Geld», beanstandete Wahrhaftig.

«Also dann nicht, mein lieber Sohn Israels, es rennt Ihnen keiner nach, es gibt zehn andere!»

«Und ob es andere gibt», stimmte Wahrhaftig zu.

Israel Wahrhaftig duckte sich und wagte diesen fürchterlichen Menschen kaum noch von der Seite anzusehen. Der saß da, als wolle er sich mit aller Gewalt durch den Tisch hindurchpressen, schüttete einen Schnaps hinunter und senkte dann den Kopf, grimmig, und wie wenn er von der ganzen Welt nichts wissen wollte. Wahrhaftig betrachtete den blonden, akkurat gelegten Scheitel und stellte sich vor, wie gut sich mit dem Finger darauf herumfahren ließe. Als er den Kopf wieder hob, sah Wahrhaftig weg, aber erst nach einem scharfen Blick auf den ausgezogenen und mit Pomade festgeklebten Schnurrbart und auf die forschen und gemeinen Lippen. In Israels Heimat kam die Landstraße von Westen, zog durch das Städtchen und lief nach Osten weiter auf das Land – genau so lief der Schnurrbart durch dieses Gesicht. Es war das runde, vollgefressene Gesicht eines unbändigen und unmäßigen Menschen, das erhitzte Gesicht eines Mannes, der heute offenbar den ganzen Tag für Flüssigkeit gesorgt hatte. Er stemmte das Kinn auf die Faust, die in Glut stehende Zigarre neigte die Spitze, Wülste und Falten liefen über das Gesicht, ein Gewitter schien zu nahen.

Israel verkroch sich und drängte näher an seinen Nachbarn.

«Felle wäre was anderes», sagte er, «ich habe früher mit weißledrigen Maulwürfen gehandelt, mit Eichhörnchen, Wieseln, ungern nehme ich feine Sachen, aber Schmasche schon, auch ganz gern Kanin.»

Er hatte wirklich damit früher Geld verdient und Geld verloren, aber er wollte nur vorfühlen und noch mehr vernebeln.

«Glauben Sie, ich handele mit Pelzen?»

«Nischt mit Pelz? Darf man fragen, mit Kleider? Mit Produkte?»

«Ich möcht's nicht gern sagen oder muß ich?»

«Wie sollten Sie müssen?» sagte Israel demütig.

«Es ist sehr freundlich, daß Sie mir das erlassen.»

Aber Israel gab die Versuche nicht auf, besser bekannt zu werden. «Wenn ich soll ehrlich sagen, so möcht ich schon wissen wollen, womit Sie handeln.»

«Aber, liebster Mann, wenn ich das jedem ins Gesicht sagen sollte, wer weiß, wie lange ich dann noch in der guten Luft des Kellers atmete.»

«So soll ich gesund sein», beteuerte Wahrhaftig, «als man soll annehmen so was von Ihnen.»

«Sie meinen, ich bin bloß zum Vergnügen hier?»

«Es kommt gar mancher her, der was nischt hergehört», erwiderte Israel mit Haltung.

Aber er verlor diese Haltung, als Geppert der immer drängenderen Aufforderung aus dem Kreise folgte und die Beisetzung des Diebes schilderte. Er tat es mit einem groß-

artigen Ausdruck, unter heftigen Vorwürfen für die Versammelten, von denen er keinen am Grab getroffen. Motz hatte Pech gehabt bei dem Einbruch, ein Dienstmädchen hatte sich ihm entgegengeworfen, er schoß das Mädchen nieder, floh auf den Boden, kletterte aufs Dach, wurde vom Überfallkommando verfolgt und beschossen, verfeuerte seine Patronen und schoß sich die letzte durch den Kopf.
Hinter dem Sarge des Mädchens gingen fünftausend Menschen, Motz begleiteten zwölf. Offenbar hatten seine Kollegen Angst, ein Kriminalbeamter könnte da sein und sie aufschreiben. Starb früher so ein Mann, so ging ein Freund bei dem Begräbnis mit, auch wenn er eben erst aus der Haft entsprungen war; ohne Bewegung ließ er sich festnehmen, und die Polizei wußte das, sie kam und nahm ihn einfach mit.
Aber die Zeiten waren andere, entgegnete einer, nicht als Widersacher, als Anwalt der Angegriffenen; damals ließ man sich festnehmen und entsprang ein zweites Mal, heutzutage war das nicht so leicht.
«Aber Israel», sagte seine Frau erschrocken, «das hast du mir doch alles schon erzählt!»
«Das habe ich dir erzählt?»
«Haarklein, genau so, nicht einmal, dreimal, und was will es schon besagen?»
Sein Gesicht wurde totenbleich. «Was es besagen will? Jetzt, wo Motz tot ist, werden sich diese Gauner eine gute Nummer machen wollen und der Polizei seine Einbrüche stecken. Ihm schaden sie nischt, sich nützen sie.»
«Nun, und wenn schon», sagte seine Frau.
«Du meinst, ausgerechnet von mir werden sie nicht sprechen? Die Polizei wird sie fragen: an wen hat der Motz seine Ware verschoben, und sie werden sagen: entschuldigen Sie schon, Herr Kommissar, aber der Mann lebt, hat fünf Kin-

der und eine Frau, die Frau ist herzleidend, fragen Sie uns besser nicht.»
«Du bist sicher, sie wissen?»
«Die Einbrüche, glaubst du, hat er ihnen ja erzählt, aber was er mit der Ware gemacht hat, das nein?»
Aber die Freunde von Motz, meinte sie, könnten für ein Geldgeschenk empfänglich sein. «Sie werden kommen und sagen: Wahrhaftig, wir wissen was auf Sie, was bekommen wir, wenn wir den Mund halten? Und du wirst ihnen geben ... oder sie werden nicht kommen, dann wissen sie nichts.»
Aber Israel ließ sich nicht beirren. Er war sicher, die Einbrüche wurden verraten, und die Polizei ermittelte die Ware und den Hehler. Er lief umher und wirkte, als brauche er die Zwangsjacke.
Seine Frau ging hinaus und beauftragte Ida Perles, an der Tür zu horchen. Später schickte sie Ida zu Frau Warszawski, um festzustellen, wer das war: Geppert, Blaustein. Sie sah, es wurde Ernst.
Frau Warszawski wandte sich an Olga Nachtigall. Olga Nachtigall wohnte in der gleichen Gasse, auf derselben Seite, ein Haus weiter. Sie führte keinen guten Lebenswandel, wie fast niemand aus dem Hause, aber sie war gutmütig und liebenswürdig. Ein gewisser Scharpf war ihr Freund; soweit er nicht von Einbrüchen lebte, ernährte sie ihn. Er verkehrte täglich in dem Sauermannschen Keller. Durch ihn erfuhr man, Geppert sei ursprünglich ein begabter Eisenbahnsekretär gewesen, der seine Einnahmen für Rauschgifte vertan und Frau und Kinder rücksichtslos hatte hungern lassen. Eines Tages teilte man ihn einer Fahndungsstaffel zu, die sich mit der Aufklärung von Eisenbahndiebstählen befaßte. Er machte gemeinsame Sache mit den Dieben, ließ sich an der Beute beteiligen, wurde gefaßt, bestraft, entlas-

sen und sank fast über Nacht in Kreise, für die er eigentlich zu schade war. Jetzt tat er, was er früher bei der Fahndungsstaffel nicht getan: er unterstützte die Polizei bei ihrer Suche nach Verbrechern – er war ein Spitzel.

Blaustein war ein Taschendieb und stahl in Luxushotels, allerdings nur, wenn er tief in Schulden steckte. Er war Wiener, aus guter Familie, gebildet, aber er trank hemmungslos.

Doch was nützten diese Auskünfte? Täglich konnten Herren kommen, täglich konnte Israel geholt werden. Rosa Wahrhaftig überdachte alles, auch das letzte: man ging in das Gefängnis, man kam aus dem Gefängnis wieder heraus, sie und die Tante würden alles auf das genaueste zusammenhalten, später zog man nach New York, aber vorläufig hieß es überlegen, Tag und Nacht: sollte man die Ware beseitigen, verbrennen, ins Wasser werfen, im Walde abladen, es würde viel verlorengehen, aber wenn auch – oder sollte man fliehen und die Ware mitnehmen?

«Warum habe ich das tun müssen?» klagte Israel. «Niemals habe ich etwas Heißes angefaßt, und nun hab ich mich doch verleiten lassen.»

«Hab keine Angst!» beruhigte ihn seine Frau. «Mein Vater hat gesagt, reiche Leute legen ihr Geld sicher an, denn sie kommen mit bescheidenen Zinsen aus, nicht so gutgestellte häufig unsicher, denn sie müssen hohe Zinsen machen. Du hattest viel Geld verloren – da hast du für deine Familie etwas Außerordentliches getan.»

«Etwas Außerordentliches», sprach Israel nach.

«Wer war das, der heute zu deiner Tante kam?» fragte er später, als er nicht einschlafen konnte.

«Eine Landsmännin auf der Durchreise zu ihren Kindern.»

«Ich möchte so unschuldig sein wie deine Tante.»

«Aber wenn ich durchkomme», redete er sich zu, während er den Kopf auf dem Kissen von links nach rechts drehte, «dann wird noch alles gut werden.»

«Aber ich komm nicht durch», schrie er und richtete sich steil auf.

Fischmann ist allein, Frajim kümmert sich um ihn. Im zweiten Stockwerk von Joels Gasthof wohnen in einer Kammer vier Männer, drei alte, ein junger. Mit einem Alten treibt im Augenblick der Junge Scherze. Es ist noch nicht lange her, daß Julchen Hurwitz ihm vor Zorn ein Kleidungsstück an den Kopf geworfen und Tauber von ihm mit einem Gleichnis gesagt hat, er gehöre der schlechten Sorte Juden an. Die Scherze, die er sich mit dem alten Mann erlaubt, sind älter als der alte Mann, und sie sind ehrwürdig fast wie er.
«Fischmann», fragt er, «hat der Joel Ihnen auch ihre zwei Mark Miete abgenommen?»
«Natürlich, wie sollt er nicht? Er kann die Kammer doch nicht verschenken!»
«Aber mit mir erlaubt er sich doch das Stück! faßt mich vorhin auf dem Flur ab. Wo ist mein Geld? fragt er doch, du bist mir drei Wochen Miete schuldig. Ich sag, ich hab nix. Du hast nix, wollen sehen, ob du nix hast, und was meinen Sie? knöpft er mir doch die Jacke auf und faßt mir so in die Westentasche, so zieht er mir die Mark heraus, wie ich es hier Ihnen vormache», und Himmelweit stochert aus Fischmanns Westentasche ein Fünfzigpfennigstück hervor. Dazu sprudelt seine Rede so atemlos, daß das letzte Wort schon in Berlin ist, als das erste seine Heimat, die Stadt Munkasz noch nicht verlassen hat: «Fischmann, lassen Sie's mir, Sie sollen sehen, morgen haben Sie es wieder!»
«Und wenn ich nein sage», versetzt Fischmann düster, «bekomme ich es da zurück? Und wenn ich hinterher laufe, kann ich mit siebzig ein Jüngelchen von zwanzig einholen?»

«Sie können bestimmt. Sie können, versuchen Sie!»
«Und wenn ich Frajim hinterherhetze», fährt Fischmann fort mit einem Blick auf den zarten jungen Menschen in der Ecke, «kann Frajim überhaupt laufen? Es sieht nicht so aus.»
Himmelweit, schon von draußen, den Kopf zurückstekkend, ruft: «Wissen Sie was, Fischmann? Sie sind besser als zehn reiche Juden zusammen.»
Aber nun wird Fischmann wirklich böse: «Die Pest soll dich holen!» in der Tat, diese fünfzig Pfennig sind alles, was er gestern als Bettler eingenommen hat, ohne sie kann er verhungern.
Seit Jahren verfolgt ihn diese Angst, und sie ist nicht eingebildet. Dreißig Jahre hat er in Kowno das biblische Gebot der Wohltätigkeit an sich erfüllen lassen. Ehrbares Auftreten hatte ihm anhängliche Kunden verschafft. In drei Jahrzehnten aber sterben viele Menschen, andere verziehen, noch mehr verarmen. In Kowno wurden andere Bettler groß, Nichtstuer, Müßiggänger, die ihre Worte mit Mut mehr als mit Anmut setzten und nichts für sich geltend machen konnten, kein Rheuma, keine schwachen Nerven, keinen Bruch – alles Leiden, die Fischmann mit mehr oder weniger Recht als seine Leiden ausgab. In Kowno stolperte bald ein Bettler über den anderen, der jüngste unterschied sich nicht von einem Landstreicher. Dann hatte sich die Welt verdüstert: Krieg! Fischmann war mit einem Male nicht mehr Russe, nur noch Litauer. Neuer Krieg zwischen Polen und Rußland; Polen siegte. Wann kam der nächste Krieg zwischen Litauen und Polen? Die Polen haßten die Litauer, die Litauer die Polen, und selbst die polnischen Juden verachteten die litauischen.
Armes Kowno, hatte Fischmann gedacht, hatte die Sachen genommen und die Heimat verlassen – woanders mußte es

besser sein. Das war erst sieben Jahre her, ihm kamen sie vor wie zwölf, und doch hatte er die Familie nicht nachkommen lassen können, seine Frau starb darüber, und er selbst glaubte hier in jedem Monat zu verhungern. Seine Töchter waren in sein Heimatdorf zurückgekehrt, nach Rosienny, zwei Meilen von Kielmy, im Kownoer Gouvernement. Beide waren hitzig und über dreißig weit hinaus; auch die Frauen wurden heimgesucht von den Gefühlen, Gott allein wußte, wozu er sie uns gab. Mädchen, hieß es, denen man keine Hochzeit ausrüstet, machen sie sich selbst. Sie waren Schneiderinnen, armselige natürlich, aber fanden sie ihr Brot, er schwor es bei dem Andenken seiner zu Gott eingegangenen Eltern, er wollte nicht das Jahr zu Ende leben, wenn sie nicht ihre Tugend hüteten, sie hüteten wie den kostbarsten Schatz, wie jene beiden von ihm zurückgelassenen schweren Leuchter und wie das Riechbüchschen mit dem Türchen in das Innere und der Wetterfahne auf der Spitze. Es waren ererbte Herrlichkeiten, schwer von Silber, und dienten, die Leuchter der Andacht am Freitag abend, das Büchschen mit den Spezereien dem Wohlgeruch am Sabbatausgang; ein Familienmitglied reichte es dem anderen, die Nase sollte daran die guten Dinge wittern, die die neue Woche brachte.

Fischmann seufzte, laut und umständlich, und schüttelte alsdann den Kopf. Dieses Ungemach der Zeit! «Mein Gott, mein Gott, was soll man sagen?» Schließlich beschied er sich: «Man sagt lieber gar nichts», und er bemerkte wieder Frajim, der auf ihn wartete.

Frajim kam jetzt oft in diese Kammer. Riwka Hurwitz saß, wenigstens am Vormittag, wieder auf ihrem Stühlchen, immer noch mit Schmerzen in der Stirnhöhle, aber hart gegen sich – sie war nicht Julchen, die sich schonte; nur am Nachmittag vertrat Frajim sie, und Tauber, auf Julchens Stuhl, saß daneben. An den Vormittagen begleitete Frajim den alten Bettler. Frau Warszawski wünschte, daß Fischmann die Gänge nicht mehr allein machte, er hatte vor Monaten einen Schlaganfall erlitten. Nur an vier Vormittagen gingen sie, Sonnabend und Sonntag fielen aus, aber auch am Montag gab niemand einen Pfennig, erst wollte man selbst in der neuen Woche etwas verdient haben.

Frajim bürstete Fischmann ab. Der schwarze Gehrock Fischmanns spiegelte schon stark. Zwanzig Jahre trug er ihn selbst, viele Jahre hatte ihn vorher ein anderer getragen. Er mußte sorgsam gebürstet werden: der nicht mehr entfernbare Bestand an alten Flecken erlaubte neue nicht. Frajim stopfte das rote, gewürfelte Taschentuch zurück, Frajim bürstete Fischmanns Hut, die breite, schwarze, weiche Krempe, den Kniff, Frajim holte Fischmanns Stock, Fischmann selbst fuhr sich mit den Fingern vom Gesicht zur Brust und verlieh dem Bart seine letzte Form. Dann zogen sie ab, zum Hause hinaus auf die Gasse, und nahmen die Richtung in das Stadtinnere, zu den Geschäften seiner Kunden; das waren wohlhabende und mildtätige Männer, in denen der jüdische Sinn noch nicht erstorben war. Nie kam Frajim mit hinein, immer blieb er draußen. Fischmann kannte blinde Bettler, die sich von kräftigen Männern begleiten ließen. Sie bekamen wenig, weil jeder dachte: was soll das, der Sehende nimmt doch dem Blinden die Hälfte weg! Nein, ein Blinder durfte sich nur von einem Kind begleiten lassen, und einer, der sah, von keinem. Fischmann kannte die Gesetze des Bettelns, er hätte sie auch vom Katheder aus darlegen können.

Sie gingen, sie fuhren nicht – wie hätten sie das Fahrgeld aufgebracht? Oft verdienten sie weniger, als dieses ausmachte. Aber dafür nahmen sie sich Zeit; besonders auf dem Heimweg setzten sie sich im Lustgarten auf eine Bank,

oder am Monbijouplatz. Fischmann war zufrieden, er hatte nur drei Geschäftsleute besucht und zwei Mark eingenommen. Aufgekratzt erzählte er Frajim von seinem Vater, einem Schuhmacher, der oft gesagt hatte, einer weine im Wohlstand, einer in der Not; vor allem aber erzählte er von seiner Mutter, die sehr schön gewesen war und ihn den Geschwistern vorgezogen hatte. Sie mochte wohl ahnen, daß er zu den niedersten und letzten gehören würde, denn sie strich ihm einstmals ohne jeglichen Grund über das Haar und redete ihm zu: sei getrost, mein Sohn, vor Gott sind alle gleich, und im Paradies sitzt der Arme bei dem Reichen ...
Aber am anderen Tage saßen sie auf der Bank und hatten nichts, viele Besuche und keinen Pfennig. Frajim war bekümmert für den alten Mann, aber Fischmanns Gram war noch größer. Die eine Hand auf dem beschädigten Herzen, die andere auf der Schulter des Begleiters, verriet er seinen Beschluß, den er allerdings vielleicht nicht durchführen würde: «Am besten, ich geb die Wanderschaft auf und zieh zurück nach Kowno, wenn ich auch heimkomme wie jener, von dem es heißt: ausgewandert alle Länder und heimgekommen ohne Hose, ohne Hemder.»
«Aber wie wird man sein zu Ihnen?» fragte Frajim ängstlich. Wie würde man zu ihm selbst sein, wenn er heimkäme nach Piaseczno, von Frau Warszawski aufgegeben, denn auch der Hoffnungsvollste ließ endlich einmal jede Hoffnung fahren.
Ja, wie würde man zu ihm sein, fragte sich Fischmann. Er wußte es selbst nicht und schwieg auf dem Heimweg.
Aber am nächsten Tag, der ebenso schlecht verlief und der ihn deshalb tiefer hätte verfinstern dürfen, wurde Fischmann, auf der gleichen Bank, von einer großen Heiterkeit befallen, der gelegentlichen Heiterkeit von alten Leuten, die sich plötzlich außerhalb des hetzenden Gewimmels füh-

len – wie fern alle diese viel zu wichtig genommenen Unwichtigkeiten!

«Weißt du was, Frajim», fing er an, «in Kowno werden die Leute alt, an hundert Johr. Das Leben ist dort gesund, ich treff sie schon noch, es ist ja noch nicht lange her, daß ich fort bin. Freilich, werden meine Bekannten auch noch was haben bei die Zeiten? Wenn nicht, also dann werd ich mich entschließen und bei fremde Leute eintreten. Einen guten Tag, werd ich sagen, einen schönen, guten Tag, Herr Koplowitz!» und er malte Frajim einen dieser Besuche aus, wobei die Fältchen um die Augen zitterten vor Lachen.

«Was wird Herr Koplowitz zuerst sagen? Einen guten Tag wünsch ich zurück, wird er sagen, mit wem hab ich die Ehre? Die Ehre ist gut, werd ich sagen. Also meinetwegen das Vergnügen, wird Herr Koplowitz sagen, schon ein bißchen spitz. Vergnügen? sag ich, Ihr Wort in Gottes Ohr! Aber was kann es schon für ein Vergnügen sein, mich zu empfangen? Also kurz, wer sind Sie? platzt nun Herr Koplowitz heraus, gereizt und heftig, denn er ist doch Herr im Haus und trägt Flöhe in der Nase. Warum soll ich ihm nicht sagen, wer ich bin?» wendet sich Fischmann unmittelbar an Frajim, seine Stimme ist wieder die alte, nur für das Zwiegespräch mit diesem sagenhaften Herrn Koplowitz war sie geschraubt.

«Du mußt wissen, in Kowno sagt ein Bettler nicht alles gleich heraus, das heißt, sofern er sein Geschäft versteht. Ich werde also diesem Herrn Koplowitz erklären: was werden Sie schon davon haben, wenn ich Ihnen sage, wer ich bin? Aber Sie wollen es hören – gut! Muß ich Ihnen nicht zu Willen sein, wo ich von Ihnen einen Gefallen haben will, denn, Herr Koplowitz, ein kluger Mann wie Sie, werden Sie sich doch schon haben denken können, weshalb ich eingetreten bin, warum ich einen guten Tag gewünscht habe, eine gute Woche sollen Sie haben, ein gutes Jahr, all ihre Lieben auch, in diesem und im nächsten Geschlecht. Wie es mir geht? Wer mir Gut's gönnt, der kann mir die Taschen umdrehn und find't nix, keinen Pfifferling. Ein Jammer, joi, joi! Es gibt viele jüdische Wörter, ausgezeichnete, was für eine Weisheit ist da drin! Wenn die anderen Völker sind nicht so klug, bloß, weil sie nicht so gute Wörter haben wie die Juden. Aber manch eines ist doch auch wieder nicht richtig, was soll heißen zum Beispiel, alle sieben Jahr ändert sich dem Menschen seine Natur? Bei mir hat sich nix geändert, ich bin geblieben, was ich war, dasselbe Stückchen Schlemihl, vierunddreißig Johr wende ich mich an die Mildtätigkeit meiner Mitmenschen. Aber wer kann wissen, vielleicht, im nächsten Johr, da sind fünfunddreißig, sieben im Gefünft, vielleicht werd ich da ein reicher Mann, aber verlassen Sie sich nicht darauf, Herr Koplowitz! Übrigens ist nicht Ihre Frau eine geborene Rabinowitsch aus Tarnopol? Ich weiß immer noch nicht, wie Sie heißen, wird dieser Herr Koplowitz oder Karfunkelstein dazwischenfahren, denn wie heißen schon diese Leute? Und er wird wütend werden und mit den Augen beißen. Beim Leben meiner Töchter, werd ich ihm antworten, regen Sie sich nicht auf, Herr Karfunkelstein, um Gotteswillen, ist mein Name denn so wichtig? Ich hab mir das nicht eingebild't in mein Verstand. Aber der Name läßt sich hören, die Familie ist sich Schlechtes nicht bewußt, außer sie ist arm, aber, leider, Armut ist ja heintzutage ein Verbrechen. Also, um es kurz zu machen, ich heiße Abraham mit Vornamen, wie unser Erzvater, kennen Sie das schöne Gleichnis vom Slonimer Row über unseren Erzvater? Ein feines Wort, mein Vater hat es oft erzählt – aber ich halte Sie auf, Fischmann ist mein Name, nun wissen Sie es, aber was wissen Sie schon damit?»

Fischmann gefiel sich in solchen ersonnenen Gesprächen,

Frajim aber erschütterten sie, und er erriet nicht: lehrte Fischmann sie ihn zum Dank für seine Dienste, sollte er früh lernen, äußersten Falles als Bettler aufzutreten, damit er sich in jeder Not ernähre, und fand Fischmann schon Anzeichen dafür, daß er in solche Not geriet? Oder machte Fischmann sozusagen ein Vermächtnis, indem er einem Lieblingsschüler die verloren gehenden Gesetze der guten alten Schule überlieferte? Oder noch anders: sprach er nur für sich, sprach er, um sich zu vergewissern, daß er noch die alte, für Kowno wichtige Schulung hatte? Manchmal lachte er auf am Schluß. «Narrischkeiten, nischt wahr? Aber die Leute in Kowno wollen es so.»

Weit häufiger aber ermüdeten ihn die Gänge und Gespräche, und er fing an, auf der Bank am hellen lichten Tage zu gähnen. Er gähnte kräftig, dreimal, zehnmal, bis die Eingeweide gereinigt waren und die Augen munter wurden. Befriedigt von der Kur sprach er: «Und dazu fahren die Leute nach Marienbad!»

Auf dem Weg schloß sich der eine oder andere an, aber es wich auch der und jener aus – überflüssige Besorgnis: Fischmann, viel zu vornehm, behelligte niemanden auf der Straße, er hielt die Hand nur in Kontoren auf.

In der Gasse gingen sie womöglich noch langsamer und stellten sich bereitwillig und gespannt dazu, wenn Leute dastanden und redeten. Vor einem Hause disputierten zwei:

«Hat es schon einmal ein so altes Volk gegeben wie die Juden?»

«Vielleicht.»

«Existiert es noch?»

«Nein.»

«Das einzige alte Volk, das was noch existiert, das sind die Juden?»

«Ja.»

«Und warum existiert es noch?»
Die Antwort gab der Sprecher selbst:
«Weil es hartgläubig ist gewesen. Und wer ist hartgläubig gewesen? Alle? Nein! Aber die Mehrheit! Was die Mehrheit tut, das muß man tun.»
«So? Es gibt aber doch ein Wort: wenn der Rebbe sagt so, dann muß man so tun. Also muß man tun, was *einer* sagt.»
«Das steht im Koheleth …»
«Nischt im Koheleth», mischte sich ein dritter ein, «im Buch Ezechiel. Da sind zwei Sätze, der eine Satz …»
Sie gingen ein paar Häuser weiter. Eine Gruppe aufgeregter Menschen lauschte zwei jungen Leuten, die mit dem ganzen Körper sprachen, mit jedem Finger jeder Hand, und die einander dauernd unterbrachen, immer einer im Triumph über den niedergerungenen Gegner, und der Gegner wieder voll Verachtung für den kläglichen Versuch, seine Beweise zu entkräften. Fischmann, dem Gelassenen, sprachen sie zu lebhaft, dennoch hielt er an. Der Streit ging um die Niederschrift der fünf Bücher Mosis. Natürlich nicht darum, ob diese von Gott auf dem Berge Sinai unserem Lehrer Mose waren offenbart worden. Aber der eine sagte, die fünf Bücher habe unser Lehrer Mose nicht persönlich aufgezeichnet, sondern sie seinen Schülern überliefert, die Schüler hätten die Worte festgehalten und die Niederschriften in ein Archiv getan, wo sie später Esra, der Schreiber, auffand; aber seine Zusammenstellung war schlecht, denn wie konnte Mose von sich selber sagen: Und es sprach Mose …?
Gelächter des anderen: «Unser Lehrer Mose hat die ganzen fünf Bücher persönlich aufgeschrieben, Wort für Wort, so wie sie ihm auf dem Berge Sinai sind offenbart worden, auch die Bücher der Propheten, nicht aber das Buch Josua, nicht das Buch Samuel I und Samuel II, und seinen Namen hat man später eingesetzt.»

«Und die Widersprüche?» höhnt der andere.

«Man kann nischt schreiben ein ganzes Werk wie die fünf Bücher Mosis, und es soll sein kein Widerspruch darin.»

«Und Mose hat geschrieben mit Widersprüchen? – Schmutz reden Sie!»

«Das ist Kritik!»

«Schmutz ist es!»

«Reine Kritik!»

«Schmutzige Kritik!»

Ja, Fischmann seufzte, darüber hatten sie selbst zu Hause gestritten, in Roszienny, in Kowno, und als er in jüngeren Jahren einen kurzen Sommer in Warschau zubrachte, in Warschau im Ogrod Saski, im Ogrod Krasinski, auf dem Nalewki, in der Dzielny…

Oben, in seiner Kammer, Frajim begleitet ihn, kommen ihm Erinnerungen an die Heimat. Ach, bloß zu Hause sterben! Bind mich an alle vier, aber wirf mich unter die Meinigen! Hier in der Gasse gibt es Juden, aber in der Stadt, wie rasch sind sie verschwunden in der Masse! Wo ist hier ein jüdisches Leben wie in Kowno? Er wird traurig und greift nach einer jiddischen Zeitung, die ein Landsmann und Nachbar gelegentlich bekommt. Er liest den Aufruf einer Schule an die Väter und Mütter: «Habt Ihr schon beschlossen, in welche Schul zu schicken eier Kind? Faschreibt eier Kind in die Jiddisch-Welt-Leben-Schul! Die jiddisch-weltliche Schul ist die einzige Schul in die Muttersprach von jiddischen Kind.»

Ja, das ist etwas anderes, seufzt er und zieht sein Bruchband fester.

Da zeigt in dem Blatt Pinkus Bindermann seine Bandagen an. Früher hat er sie mit blasser Tinte angepriesen, in jiddischen Lettern, auf Papier, das er vor dem Laden anschlug; heute annonciert er. Abraham Fischmann hat schon vor zwanzig Jahren von dem Vater, Rachmiel Bindermann, die

Bruchbänder bezogen. «Rettet eier Gesund», liest er, «mit dem besten Bruchband der Zeit! Amerikanisches System ohne Federn, unfielbar und unbemerkbar im Tragen, halt dem schwersten Bruch zurik und verschwindet nachher im Ganzen. Sämtliche Reparaturen werden schnell und billig geprachten. Kümmt ieberzeigt eich!» Er seufzt und bemerkt Frajim, den er vergessen hat und wegschickt.

Am Abend, beim Gottesdienst im Schuppen überm Hof, fällt ihm seine Frau ein, das geschieht nicht oft. Er ist häufig streng zu ihr gewesen, aber wenn er ihr im Paradies begegnet, will er ihr sagen: es war nischt so gemeint. In der Zeitung stand etwas über ein Stück mit dem Schauspieler Baratow. Baratow hatten sie beide gesehen, das einzige Mal, das sie im Theater waren. Ein Mann fragte Baratow auf der Bühne: was ist mit dein Weib? Und Baratow gab zurück: ein Weib ist wie ein Kalb; bind man sie mit en Strickel, geht sie mit. Da hatte er sie angestoßen, und sie war böse geworden. Aber wenn er sie trifft, will er ihr sagen: vergib, und wie er sie kennt, wird sie einfach sprechen: ich gedenk nischt.

Am Abend, als er schon lange auf dem Bett sitzt, kommt einer der beiden anderen Alten, sein Landsmann.

Er deckt das Bett ab, tut die Habseligkeiten unter das Kopfkissen und zieht sich aus. Die Schaftstiefel gehen nicht herunter, das Abziehen wird mit jedem Tage saurer. Fischmann will helfen.

«Laßt! Ihr seid ein halber Toter so wie ich.» Fischmann zieht trotzdem, doch umsonst.

«Laßt! Ihr seid rot im Gesicht, und es geht nischt. Ich halt sie an und leg mich. Wenn Himmelweit kommt, soll er sie abziehen.»

Der dritte Alte kommt. Sein Verstand ist leicht verwirrt, er lebt in der Vorstellung, in der heiligen Stadt zu sein. Er schwatzt vor sich hin, spricht von den Parks, von dem Tempel Jerusalems, von der Straße zu den Terebinthen, und findet langsam erst zu Bett.

Ganz spät, gegen zehn, kommt Himmelweit; auch Fischmann hat sich niedergelegt, hebt aber jetzt den Finger, um wegen der fünfzig Pfennig zu mahnen. Dann zeigt er auf das Bein des Alten, das aus dem Bett ragt. Himmelweit zieht den Stiefel ab, das Bein geht zurück, aber das zweite kommt nicht hervor. «Behalt ihn an!» redet Himmelweit dem Schlafenden zu, legt sich selbst nieder und wälzt sich in seinem Bett.

«Nun, lieg schon ruhig, man kann nischt schlafen», ruft schließlich Fischmann ungeduldig.

Himmelweit schuldet fünfzig Pfennig und erwidert deshalb nichts. Aber wie liegt man schon ruhig? Und er dreht sich leidend auf die Seite.

Frau Spanier und Frau Weichselbaum am Fenster. Ein Scherenschleifer, ein Arzt. Wunderbare Orangen! Ich bring sie Ihnen! Kosten Sie!» Herr Monasch schwingt eine Tüte und spricht zum ersten Stock des Gasthauses hinauf.
Frau Spanier, im Fenster, schüttelt den schönen Kopf. Jaffaorangen hat sie gestern erst geschenkt bekommen. «Sie wissen es, Frau Weichselbaum», sie lacht zu ihrer Nachbarin, die, zu Besuch, neben ihr im Fenster liegt; Frau Weichselbaum lügt gefällig: «Wie sie sagt!»
Durfte nicht wenigstens einer seiner Jungen die Tüte hinaufbringen?
«Bitte nicht.»
Erbleichend zog Monasch den Hut und ging.
«Sie mögen ihn nicht? Aber er ist ein stattlicher Mann!»
Mehr – er wollte heiraten, seine Frau hatte ihm vier unerwachsene Kinder hinterlassen, er war Vorbeter, angesehen, man gönnte ihm eine zweite Frau. Wie angenehm, ihm später durch seine zweite Frau zu sagen, wenn er zu stark tirilierte: tiriliere weniger! Oder wenn er bei dem wärmsten Wetter mit einem seidenen Halstuch herumlief: das kannst du abmachen, wir wissen auch so, du bist der Vorbeter!
Aber Frau Spanier gestand Frau Weichselbaum die Wahrheit nur halb; der Name Seraphim, der auch hätte erscheinen müssen, kam nicht vor. Gegen Monasch sprach nicht so sehr ihre Abneigung gegen eine neue Ehe als sein Amt. Auch ihr Vater war Vorbeter gewesen, ein breitschultriger, graubärtiger, hochangesehener Mann, im Besitz einer wun-

derbaren Stimme. An hohen Feiertagen lockten seine Gebete die Angehörigen anderer Gemeinden, an manchem Sabbat kamen Vorbeter aus weit abgelegenen Städten, um ihn zu hören. In jeder jüdischen Gemeinde gibt es Spötter, aber von ihrem Vater wagte keiner zu behaupten, er mißbrauche den Gottesdienst zu gesanglichen Spielereien, im Gegenteil, es hieß, er gäbe seine geradezu unerschöpflichen Mittel nicht einmal aus; statt zu verschwenden, hielt er zurück. Um so mehr verwirrte sie eine Geschichte, die sie in einem Alter hörte, in dem Mädchen zu verwirren sind. Die Geschichte ging überall von Mund zu Mund, wo die Selbstgefälligkeit eines Vorbeters bespöttelt wird. Und Frau Weichselbaum kannte sie natürlich, die Geschichte vom Hund, vom Pferd, dem Vorbeter und Gott?

Sie kannte sie, aber sie entsann sich nicht des Schlusses.

Also: als Gott den Hund, kaum daß er ihn geschaffen, über die Mühsal seines Lebens unterrichtet hatte, bat der Hund: nimm mir zehn Jahre meines Lebens ab! Gott bewilligte ihm die Bitte und versagte sie auch nicht dem Pferde, das von seinen noch größeren Strapazen und Lasten hörte. Aber auch der Vorbeter, kaum erschaffen, fragte Gott, was seiner harre und welche Zahl von Jahren ihm zugemessen sei. Gott bedeutete ihm, er werde Fisch und Fleisch auf jeder Hochzeit vorgesetzt bekommen, und was die Jahre anbelange, solle er siebenzig werden. Den Vorbeter befriedigte die Aussicht nicht, er wünschte älter zu werden. Gnädig gewährte ihm Gott die Bitte. Gut, sprach er, du sollst die zehn Jahre zugelegt erhalten, die ich dem Hund, und die zehn, die ich dem Pferde abgenommen habe. Darauf führt es zurück, schließt die Erzählung, daß ein alter Vorbeter bellt wie ein Hund und frißt wie ein Pferd.

Sie war dreizehn, als eine gehässige Freundin ihr diese boshafte Geschichte erzählte. Bis dahin hatte sie den Vater vergöttert, zuletzt allerdings schon ein wenig mit dem Gefühl, vernachlässigt zu werden, wollte sie doch verehrt werden wie eine kleine Geliebte. Es verdroß sie, daß er von dem gebratenen Geflügel und den süßen Torten die Stücke, die er von Hochzeiten heimbrachte, nicht der Mutter und den Geschwistern überließ, sondern mitaß, ein zweites Mal, sehr verschieden von der Mutter, die nichts berührte. Nun hörte sie diese Geschichte, und fortan konnte sie ihm kaum die Hand geben, quälte sie sein Gesang im Tempel, quälten sie seine Übungen zu Hause, wurde sie täglich befangener, und als er es endlich merkte, wurde er selbst lauer, hob er sie nicht mehr hoch, schloß sie nicht mehr in die Arme, küßte sie nicht mehr auf den Mund, möglich, er dachte: was weiß man mit fünfzig von einem Mädchen von dreizehn, am besten, man läßt es in Ruhe. So blieb es bis an sein Ende, er starb, sie war erst achtzehn. Heute dachte sie anders, heute bereute sie, aber einen Vorbeter zu heiraten, das war ihr nach wie vor unmöglich.

Es mußte ja nicht sein, stimmte Frau Weichselbaum ein.

«Und nähmen Sie einen Mann mit so viel Kindern, was bliebe Ihren Töchtern und uns anderen noch von Ihnen?»

Unten erschallten Rufe. «Blumenerde!» schrie ein Mann, und rannte, einen Sack über der Schulter, durch die Gasse. Frau Weichselbaum erblaßte, Blumenerde, das hieß Frühling. Zu Hause brachen jetzt die ersten grünen Spitzen aus den Büschen, öffnete sich die Erde mit dem ersten lichten Gras, atmete jeder Windstoß neue Verheißung. Hier kamen Frauen aus ihren engen Kammern, Eimer und Blechschüsseln in der Hand, ließen frische Erde aufhäufen und liefen wieder in die Enge ihrer Kammern zurück.

«Schrecklich», sagte Frau Weichselbaum und schauerte, und Frau Spanier seufzte mit. Ihr tat ein armer Händler aus der Gasse leid, sein Keller war voll Blumenerde, aber er schrie sie nicht aus, hängte nur ein Stück Pappe vor die Tür und schrieb mit Kreide ‹Blumenerde› darauf. Nun konnte er mit ansehen, wie ein fremder Mann durch die Gasse stürmte, seine Erde ausschrie und die Frauen hinterdreinjagten. Wie gutmütig waren die Menschen, ein anderer risse dem Mann den Sack vom Rücken und prügelte ihn blau.

Ein neuer Menschenauflauf. Mit schmutziger Hose, dreckigem Kittel, einen Riemen um den Leib, vor sich auf dem Handwagen einen Stein, kam ein hübscher Scherenschleifer an. Mit wohlgefälliger Stimme sang er in die Fenster: «Scheren, Messer, Beile, Raspeln und Feilen – schleife, schärfe alles.» Die Frauen hatten offenbar auf ihn gelauert. Alt und Häßlich hetzte die Treppe hinab und stürzte mit einem süßlichen Lächeln auf ihn zu. Jede wollte die erste sein, wahrscheinlich schien das erste hübsche Lächeln um seinen Mund frischer, das erste Wort von seinen Lippen am wenigsten verdorben. Er kramte in der Ledertasche nach einer Münze, um sie einer älteren Frau herauszugeben – sie winkte ab. Mehr oder minder umwarb ihn jede; nicht er war dankbar, beschäftigt, sie waren es, bedient zu werden.

Zuletzt kam ein junges hübsches Ding und hielt ihm lachend die Messer hin. Langsam und lachend schliff der Scherenschleifer. Schließlich bekam das Mädchen seine Messer und er ein Lächeln – ah, dachten im Fenster beide Frauen, das war ein zarter Bund, jeden Monat auf ein Lächeln beschränkt, wie schön, erst sechzehn zu sein! Aber der Scherenschleifer bekam einen zweiten Dank: mit scharfem Werfen des Rockes machte das Mädchen kehrt und drehte sich noch einmal zu ihm zurück.

Nun aber war er nicht mehr zu halten, auch nicht durch die Kinderschar, die mit der Hand den ruhenden Schleifstein in Gang zu setzen suchte. Er nahm die Deichsel in die Hand und zog, den Kopf zurückgewandt und die Kinder scheltend, die sich an den Karren hängten. Fast überfuhr er einen alten Mann, der aufgeregt, die Gedanken ganz woanders, daherkam. Es war Eisenberg, der Alte, der in Jerusalem zu sein glaubte. Er sah Jerusalems gesegnete Hügel vor sich, den Marmor und das Gold am Tempel, die Kuppel starrte von scharfen und hellen Spießen, damit sich die Vögel nicht auf der Kuppel niederließen und das Heiligtum verunreinigten. Eisenberg schwang sich in die Höhe des Vogelflugs hinauf und blickte berauscht auf die wimmelnde Stadt hinunter – da gerade sank er um. Frau Spanier und Frau Weichselbaum schrien auf, aber der Scherenschleifer half dem alten Mann vom Boden. Nichts war ihm geschehen; weder Staub noch Unrat von den Kleidern klopfend, trottete er verwirrt, die Gedanken abseits, weiter.

Frau Weichselbaum schreckte auf: hatte man nicht nebenan gerufen? Sie verließ die Kammer und legte das Ohr an eine Tür. Nein, es sprach niemand drin, der Arzt war noch nicht bei ihrem Mann. Sie kehrte zurück in Frau Spaniers Kammer, zu Frau Spaniers Fenster; hier zu sein war ihr nachgerade unentbehrlich. Nicht nur das Leiden ihres Mannes bedrückte sie – ihr fehlten das Leben in der Familie, der dauernde Wechsel der Tätigkeit, die Weite des Gutshofs; sie verkümmerte in diesem Gasthaus. Auch zu Hause war sie eine leidenschaftliche Zuhörerin, kannte sie die Geschichte jeder Magd und drängte Freunde und Verwandte, die auf Besuch kamen, bis in die Nacht hinein zu erzählen. Frau Spanier wußte alles aus der Gasse, Krankheiten von gestern und Geburten von morgen, Verbrechen, Glücksfälle, Jammer, Entsetzen. Bereitwillig riß sie alle Schübe ihres unerschöpflichen Gedächtnisses auf; es gab nichts, was sie lieber tat, als erzählen.

«Hab ich Ihnen von Frau Lichtblau gesprochen, der geborenen Simchowitsch? Als dieser Frau Lichtblau der dritte

Sohn geboren wurde, am gleichen Tage starb ihr der Vater und fiel auf ihren Mann ein Treffer in der Lotterie von tausend Mark. Von ihrem Bruder, einem etwas sonderbaren Menschen, mögen Sie vielleicht gehört haben. Er hatte ein kleines Geschäft in einem Örtchen bei Warschau, nein, Sie werden ihn nicht kennen, es ist zu weit von Ihnen weg.» Sie brach ab. Es wurde von unten herauf gegrüßt. Viele liebten es, sich dieser schönen Frau bemerkbar zu machen.
Frau Spanier fand, ein wenig Eitelkeit gehöre zu einer Frau, aus nichts wird nichts, pflegte sie zu sagen, wo was ist, muß man noch dazutun. So trat sie gelegentlich einen Schritt zurück, spiegelte sich im Fenster und strich über das Haar, das reich war, weich, dunkelbraun, von einem milden und doch so eindringlichen Glanz, daß es Männer und Frauen gab, die sich in dieses Haar allein verliebt hatten. Ihre sanft und beruhigend gebogenen Brauen verehrten andere, und nicht wenige verwirrten Blicke aus ihren großen, käferbraunen Augen. Wenn es auch Blicke waren von einer ganz unpersönlichen Liebenswürdigkeit – diese Blicke kamen eben aus einem Gesicht, das durch das Gleichmaß seiner Züge entzückte, durch die Durchsichtigkeit der Haut, durch die Anmut, mit der es auf einem schönen und weichen Hals bewegt wurde. Frau Weichselbaum rühmte bereitwillig diese Vorzüge, aber sie hatte noch eine andere Pflicht, die in den zwei Wochen ihrer Bekanntschaft mehrfach an sie herantrat: sie hatte Frau Spanier, die stets in Furcht vor zu großer Fülle war, zu versichern, daß dieser Körper noch nicht über jenen Punkt hinaus sei, in dem er einwandfrei zu nennen war. Um ihre Versicherung zu bekräftigen, legte Frau Weichselbaum ihre Wange freundschaftlich an die der schönen, vom Lobe hoch beglückten Frau – ja, der Körper war schön und sicher so glatt wie diese unsagbar glatte Haut des Gesichts. «Glatter», sagte Frau Spanier.

Frau Spanier war verwöhnt. Sie kannte keine Sorgen. Zu ihres Mannes Lebzeiten nicht und auch nicht nach seinem frühen Tode. Sie benötigte wenig. Die Männer in der Gasse lebten aus dem Glauben, die Frauen von der Unterhaltung, und Frau Spaniers Brüder schickten ihr das wenige, was sie darüber hinaus zum Leben brauchte. Auch ihre Töchter steuerten schon ein wenig bei, die fünfzehnjährige, die bei einer Schneiderin lernte, und die vierzehnjährige, die in einem Kurzwarenladen half, und langte es einmal nicht, dann nähte Frau Spanier und verdiente etwas hinzu.

Genau gegenüber dem Gasthof stand ein Haus mit gelbem Anstrich, daneben, links und rechts vom Fenster, kamen grau gestrichene Häuser. Das graue rechts gehörte dem Lumpenhändler Lewkowitz, Wahrhaftig wohnte dort; das graue links war das, in dem die Schwägerinnen ihre Stände hatten – vielleicht nicht mehr für lange.

Frau Spanier sah angestrengt auf diese Stände, offenbar wollte sie von dort bemerkt werden. Frau Weichselbaum blickte ihr über die Schulter. Wie hieß doch gleich der junge Mann mit den feinen Zügen drüben am Stand? Hieß er nicht Feingold? Ja, Frajim Feingold. Und davor der große? Sie hatte ihn schon wiederholt auf der Gasse bemerkt. Seraphim.

Der große kam hinüber und rief zum Fenster hinauf: «Dürfen Frajim und ich vielleicht hinaufkommen?» Sollte sie es erlauben? «Aber selbstverständlich!» sagte Frau Weichselbaum.

«Eine Minute wird Herr Tauber dich schon fortlassen», meinte Seraphim, als er an den Stand zurückgetreten war, und zog Frajim weg.

Den Arm auf Frajims Schulter, stand er wenige Augenblicke später vor den Frauen, die sich auf dem Sofa niedergelassen hatten.

«Ich muß vorausschicken, Herr Seraphim denkt ein wenig frei, Frau Weichselbaum. Sie müssen ihn nicht falsch verstehen!»
«Es ist halb so schlimm, wie es Frau Spanier macht.»
«Von mir aus kann er so frei denken, wie er will. Aber was will er eigentlich, der Herr Seraphim? Sollten sich die Juden alle taufen lassen, und ist er sich bloß noch nicht klar, ob katholisch oder griechisch-orthodox?»
«Um Gottes willen», fiel Frau Spanier ein, «wo denken Sie hin? Der Seraphim hält doch alles! Er meint bloß, die Juden … aber das sagt er besser selbst.»
Eigentlich wollte er das nicht – eigentlich wollte er ihrer beider und vor allem Frau Weichselbaums Aufmerksamkeit auf Frajim lenken, der sie verdiente und nötig hatte. Aber wenn es so sein sollte, konnte auch zuerst von der Religion gesprochen werden. Gewiß, jeder Jude sollte seinem Vater gleichen, aber die Zeiten hatten sich geändert; wenn die Väter in diesen veränderten Zeiten lebten, gewiß würden auch sie nicht –
Frau Spanier unterbrach ihn. Seine Stimme war so schön, so hell wie je, anders als die Stimmen hier, die immer leicht nach dem Gaumen klangen – aber mit solchen Worten konnte er Frau Weichselbaum verletzen, die er sich seines Pfleglings wegen gewogen machen wollte. «Ach nein, sprechen Sie davon nicht!» warf Frau Spanier ein, «sprechen Sie von Palästina!»
Aber über Palästina ließ sich nichts mehr sagen, die Welt war sich über das Verdienst der Besiedlung Palästinas durch die Juden einig.
Frau Weichselbaum wollte es Seraphim erleichtern, in Fluß zu kommen: «Gut, aber es können doch nicht alle hingehen, die Mehrheit muß bleiben und ausharren, wo sie ist, und wird sie noch so niedergehalten.»

Schön, aber auf diese Juden kam es nicht an, erwiderte Seraphim bestimmt. Wer blieb, hielt fest an einem Judentum, das sich fünfzehnhundert Jahre nicht bewegt hatte, wenn er nicht, noch schlimmer, einfach aufging in dem Volke, unter dem er lebte. Bedeutung hatten allein die Juden, die hinauszogen und das Land bestellten. Man sollte doch nun erst einmal so viele ziehen lassen, wie es faßte! Was dort hinausging und siedelte, das waren die Edelsten, die Pioniere, durch sie erhielt das Judentum einen neuen Sinn, von ihnen kam eine neue Blüte; die Zurückgebliebenen würden dereinst diese neue Gesinnung annehmen, wenn sie dann nicht im Dunkel schon verdumpft oder, völlig angepaßt an ihre Umgebung, untergegangen waren.

Frau Spanier hatte Mühe, ihr Entzücken, Frau Weichselbaum Mühe, ihren Verdruß zu verbergen. «So schlimm steht das mit uns?» Vielleicht war die Frage zu unernst nach der Leidenschaftlichkeit des Vortrags. Allerdings hatte sich Seraphim von seiner Rede weiter tragen lassen, als er wollte – bisher erschienen ihm die Juden im Exil, wenigstens die frommen, nicht verloren, nur besserungsbedürftig.

Vor seiner Antwort erhob sich Frau Weichselbaum – dieses Mal hatte sie bestimmt die Tür gehen hören.

Im Zimmer nebenan war der Arzt eingetreten; seit Tagen fühlte sich Weichselbaum nicht wohl.

Der Arzt, der in der Gasse wohnte, war ein überlanger, dünner Herr, mit spärlichem Haarwuchs und einem ausgetrockneten Gesicht, fast nur Knochen und graue Haut.

Er untersuchte Weichselbaum und sagte dann zu dessen Klagen: «Wahrscheinlich ist die Küche von Herrn Lesser Joel schuld. Muß denn wirklich so gegessen werden, täglich Gänsemägelchen mit Zwiebeln oder gesetzte Kugel? Man kann ganz gesund sein, auch wenn der Magen solche Dinge ablehnt.»

«Aber wie stellen Sie sich bloß unser Leben vor?» widersprach Frau Weichselbaum. «Übrigens ist das ein Vorurteil, die fette Küche schadet gar nichts, wenn man sie nur gewöhnt ist. Man sieht bloß, Sie sind so unfromm wie die Ärzte alle.»
Wahrscheinlich. Er konnte nicht gut an alles glauben, und es mußte doch wohl alles sein oder gar nichts.
Frau Weichselbaum sah ihn eindringlich prüfend an. Er überlegte, worauf die Blicke zielten.
«Stört Sie etwas an mir?» fragte er vorsichtig.
«Nein, wie sollte es?»
Aber ihre Blicke, weiter unverwandt, standen im Widerspruch zu ihren Worten. Hatte sie vielleicht von Gerüchten über ihn gehört? Entschlossen kam er selbst auf sie zu sprechen. Endlich einmal mußte er etwas tun gegen dieses widerwärtige Gerede, schon längst hätte er sich darüber nicht hinwegsetzen dürfen.
Die Leute wollten wissen, erzählte er also, ohne viel Umschweife, denn er war schon häufiger hierher gerufen worden und war bekannt, eine berufliche Verfehlung habe ihn aus dem Südwesten der Stadt vertrieben, wo er Jahrzehnte praktiziert hatte. Wer es aufgebracht, das Gerücht? Seiner Meinung nach ein Kurpfuscher, der schon seit längerem in der Gasse lebte. Das heißt, er sagte Kurpfuscher, selbst nannte sich der Mann einen Heilkundigen und würde von ihm vermutlich als von einem Ignoranten sprechen. Hier herum hielt man den Mann sogar für einen Wundertäter, das schien er auch zu sein, er selbst konnte jedenfalls nicht wie jener in den Rachen sehen und eine Schleimbeutelentzündung an der Kniescheibe diagnostizieren, oder einer Frau in die Iris blicken und feststellen, daß ihr Mann sich die Hand verstaucht habe.
«Sie sind weggezogen, das verstehe ich, aber ausgerechnet

in diese Gegend?» fragte Weichselbaum. «Aus dem Grund, den die Leute nennen, nicht, aber wenn man fragen darf, aus welchem Grunde dann?»

Die Praxis hatte ihm ein Vermögen eingetragen, er hatte sie aufgeben und auf Reisen leben wollen, als er, wie so viele nach dem Kriege, mit einem Male alles verlor. So war ihm bestimmt, bis in die Todesstunde zu schuften. Da wollte er wenigstens *einen* Einschnitt in seinem Leben haben, nicht von Anfang bis zu Ende immer dieselbe Straße, dieselbe Wohnung …

«Und die Kundschaft, zog sie mit?»

Mit? So etwas gab es nicht in einer großen Stadt. Man brauchte hier seine Wohnung nur sechs Straßen weiter zu verlegen, gleich waren zwischen beiden Wohnungen so viele Ärzte, daß die Patienten auf dem Wege dreimal hängen blieben.

Wahrscheinlich ging die Praxis schon vorher schlecht, dachte Weichselbaum, die meisten Menschen betrügen sich bloß selbst. «Kein einziger zog mit?» fragte er peinlich.

«Einige schon», bekam er zur Antwort, und einer, den er in die Gegend gelockt, hatte sich sogar in einer Nebenstraße angekauft. «Ich habe mich noch stark gewundert, er meinte aber: eines Tages wird bestimmt hier alles abgerissen, dann kommen neue Geschäftshäuser her, Verwaltungsgebäude und so fort. Ich hoffe, solange ich hier lebe, bleibt alles beim alten. Ich möchte nicht noch einmal umziehen, und vor allem sollte die Gasse nicht verschwinden.» Weichselbaum habe die Gegend nicht die schönste genannt. Er glaube, es gebe schon Gründe, aus denen man gerade diese Gasse lieben könnte.

«Und eine solche Entwicklung nimmt der Mann von diesen Straßen an?»

Den Arzt enttäuschte die Frage, Frau Weichselbaum selbst

war sie unangenehm. Statt eines Wortes der Sympathie eine Frage so sehr abseits der Sache, daß sie ebensogut hätte lauten können, ob der Arzt seine Mäntel fertig kaufe und welches Geschäft er dafür empfehle.
Frau Weichselbaum, um ihm Genugtuung zu geben, versicherte, ihre Bekannten und sie zerträten das Gerücht, bestimmt.
Boas war ihr dankbar dafür, er fühlte, es geschah nicht nur bestimmt, es geschah auch wirksam. So verabschiedete er sich. «Alles in schönster Ordnung», sagte er zu seinem Patienten, und er hatte schon wieder den liebenswürdigen Ton alter Ärzte, die umsonst bemüht werden und die andeuten, sie seien gewöhnt, um nichts ihre Tage zu versäumen.
«Was sagst du jetzt?» fragte Weichselbaum, als der Arzt gegangen war.
«Zu was?» gab seine Frau etwas abwesend zurück.
Er schwieg, sie beschäftigte offenbar noch der Arzt. Später kam er auf den Nutzen von Gesprächen zurück. «Hast du gehört? Geschäftshäuser, Verwaltungsgebäude, alles wird abgerissen ... Andere kaufen sich hier an. Muß man sich nischt mit allen Leuten hinstellen?»

Während Frau Weichselbaum durch den Besuch des Arztes festgehalten wurde, hatte Frau Spanier weiter von dem Fenster aus auf die Gasse gesehen. Drüben an den Ständen der Schwägerinnen saß noch Tauber und nun auch wieder Frajim; Seraphim stand bei ihnen. Eine Frau an einem Trödlerstand vertreten und einen Bettler ausführen, dachte Frau Spanier, Seraphim hatte recht, waren das Berufe? Und wenn Frajim nur nebenan, in der Schankwirtschaft von Teich, Geschirr gespült hätte, wäre es nicht eine bessere Beschäftigung für einen jungen Mann gewesen? Sie hatte von Männern gehört in New York, Millionären, die als

Geschirrwäscher angefangen hatten. Oder wenn er sich in eine Uniform hätte stecken lassen von einer Fabrik für Schuhcreme und am Alexanderplatz Schuhe wichste! An Radioartikeln wurde Geld verdient, warum bildete er sich nicht zum Mechaniker aus, klopfte an die Türen und erbot sich, für wenige Pfennige Apparate nachzusehen? Einem anderen schlug man die Tür vor der Nase zu, aus Angst, er könnte stehlen oder einen umbringen, aber Frajim sah so aus, daß man ihn eher streichelte. Dann dachte sie: falsch, Frajim mußte Kaufmann werden. Ihre einzige Verbindung zur Kaufmannschaft war die alte Kurzwarenhändlerin, bei der ihre jüngere Tochter arbeitete. Das Geschäft war nicht bedeutend, aber die Frau hatte fünf angesehene Kaufleute zu Söhnen, die in der Stadt ihre Geschäfte hatten und die sie drängten, ihren Laden in der Gasse aufzugeben. Konnte nicht einer von diesen Söhnen Frajim einstellen? Freilich, alle fünf waren unfromm geworden und hielten ihre Geschäfte am Sonnabend offen – weder Seraphim noch sie hätten es übers Herz gebracht, Frajim zu überreden, in das Geschäft so Vergessener einzutreten. Unten sagte Tauber, von Julchens Stuhl aus, zu Seraphim: «Nun sagen Sie mir aber, wo steht geschrieben …?»
«Weiß ich?» sagte Seraphim kurz.
«Er hat noch gar nicht gehört, was, und schon sagt er, weiß ich! Also dann will ich ihm sagen, wo es geschrieben steht», wandte er sich an Frajim. «Nirgendwo steht es geschrieben, man erzählt es bloß, und ich dachte gerade daran, weil heute so ein schöner Tag ist. Also: ein jüdisches Kind hat in der Hungersnot die beiden Eltern verloren, Vater und Mutter. Es kommt das nächste Jahr, es wird wieder warm, da geht das Kind auf die Gräber. Steh auf, Vater! ruft es, steh auf, Mutter! Die Bohnen sind schon lang an den Stangen! Es hat nämlich geglaubt, das arme Wesen, die

Menschen seien wie die Bohnen, im Winter sterben sie, im Sommer grünen sie wieder!»

«Wissen Sie, Eisenberg», rief er den verstiegenen Schwärmer an, der gerade vorübertappte, «wo geschrieben steht: wenn jemand sagt, Caesarea und Jerusalem sind beide zugrunde gegangen, glaub ihm nicht, wenn jemand sagt, sein heint auch noch beide voll von Menschen, glaub ihm auch nicht; wenn aber einer sagt, Caesarea ist zugrunde gegangen und Jerusalem ist noch voll von Menschen, oder Jerusalem ist zugrunde gegangen und Caesarea ist voll von Menschen, glaub ihm!»

«Glaub ihm nicht!» schrie Eisenberg außer sich. «Jerusalem ist nicht zugrunde gegangen und Jerusalem ist voll von Menschen!»

«Nun, habe ich anderes gesagt?»

«Natürlich haben Sie anderes gesagt», schrie Eisenberg. Seraphim schlichtete den Streit: «Vielleicht nicht, vielleicht ja, was liegt daran?», und er schüttelte mißbilligend gegen Tauber den Kopf.

«Nun schön, ihr mögt recht haben», sagte Tauber, «einmal der, einmal jener.»

Julchen und Riwka werden gekündigt. Israel Wahrhaftig hat ein schlechtes Gewissen und holt sich Rat.
Das Haus, in dem die Schwägerinnen saßen, gehörte der ‹Gesellschaft für Grundbesitz und Areal›, die umkämpfte Torfahrt war ihre Torfahrt, und der Verwalter, so scharf und ablehnend gegen Taubers Bitten, er war ihr Verwalter.
Eines Tages war der Torweg leer. Ohne Kampf siegte die Gesellschaft über zwei durch Krankheit geschwächte, vor Not unsicher gewordene, hier nicht zuständige, nur geduldete, arme Frauen.
Alle Freunde der Schwägerinnen hatten widerraten: kämpft nicht! Keiner gab dem Kampf auch nur die geringste Chance, selbst der Leichtsinnigste warnte vor unbarmherzigen Kosten.
Am Vorabend hatte Frau Warszawski vor den zusammengerückten Betten der beiden Frauen gestanden, elenden Betten. Nachgiebigkeit war ihr Rat gewesen. Stürmisch verlief die Nacht, immer widersetzte sich die eine, wenn die andere schon nachgab. Schließlich hatten beide ihre Ohnmacht eingestanden. Sie zogen.
Wohin?
Das beste wäre die nächste Torfahrt rechts gewesen, sie hätte die geschäftliche Vergangenheit am klarsten überliefert. Aber diese Torfahrt war zu schmal, Julchen und Riwka hätten sich trennen müssen, und das wollte allen Anwandlungen zum Trotz keine von ihnen.
In einem Torweg auf der anderen Seite stand täglich eine alte Frau, keine Jüdin. Sie handelte ohne rechten Erfolg mit

Südfrüchten und Gemüsen. Der Handel litt unter dem Ehrgeiz ihres Gegenübers. Herr Julius Nacht baute vor seinem Keller Kisten und Körbe im Unmaß auf die Gasse und war auch sonst unermüdlich. Demut in der Stimme, Sirup in den Augen, bettelte er, bot man ihm vierzig Pfennig für ein Pfund Weintrauben: «Ich kanns nicht, bitte, liebe Frau Rubinstein, geben Sie mir fünfzig!» Kaufte aber Herr Rubinstein Datteln oder Feigen, so versuchte ihn Dina, Julius Nachts Frau, und lächelte ihn an mit schief gestelltem Kopf und offenem Mund. Die Gemüsehändlerin gegenüber war alt und häßlich, wie sollte sie gegen so viel Bereitschaft und Betulichkeit aufkommen? Sicher ließ sie sich mit einer kleinen Summe abfinden, aber diese Summe fehlte den Schwägerinnen eben. Auch zogen sie nie und nimmer auf die andere Seite: auf dieser waren sie bekannt, auf dieser blieben sie.

Frei auf dieser Seite aber war nur noch *eine* Torfahrt. Sie lag im nächsten Hause links, dem Gasthof gegenüber, und dieses Haus, Besitzerin Frau Dippe, war schon sonderbar. Es hieß das Gelbe, nach seinem Anstrich, hatte aber insgeheim einen anderen Namen, nach seinen Bewohnern, genauer: Bewohnerinnen. Denn fast nur Frauen wohnten darin; bis auf einen kamen Männer und gingen, und von den Frauen hatten zwei allein einen anständigen Beruf, eine Hebamme und eine Näherin. Liebenswert und liebenswürdig war von allen Frauen einzig eine, Olga Nachtigall. Viele waren ausgesprochen unangenehm und kaltschnäuzig, unfaßbar, daß Männer ihnen folgten; aber sie folgten. Im ersten Teil der Nacht spazierten sie plötzlich neben einem der Mädchen her, das Mädchen ging voran, schloß auf, eine Minute, und hinter einem Vorhang wurde es hell, in bedauernswert kurzer Frist erlosch das Licht, abermals ging das Schloß, schmal aufschwingend entließ das Tor einen Besucher. Zu vorgerückter Stunde stiegen die Männer aus dem Sauermannschen Keller, und nun waren sie es, die das Tor aufschlossen und den Rest der Nacht bei ihren Geliebten zubrachten.

In diese Torfahrt zogen die beiden Schwägerinnen ein, in diesem dunklen Torgang schlugen sie die Stände auf. Soeben hatten sie erst die überragende Bedeutung eines Hausherrn gefühlt, und doch unterwarfen sie sich schon wieder einer neuen Macht von noch viel peinlicherer Art. Frau Dippe war die Witwe eines Zimmermeisters, der vor seinem gewaltsamen Tode seine einzige Hinterlassenschaft, dieses Haus, hoch belastet und tief heruntergebracht. Seit dem Schaden an einer Grundmauer erwartete sie täglich den Befehl, es abzureißen. Hartnäckig widerstand sie jeder Forderung ihrer Mieter, gezwungenermaßen, denn es fehlten ihr die Mittel. Schulden und Geiz setzten ihr zu, und der Geiz kam zum Teil von ihren Schulden. In welcher Not mußten die beiden armen, aber glaubensstarken Schwägerinnen sein, wenn sie zu ihr, in diese Torfahrt, mit ihren elenden, abgenutzten, wurmstichigen Ständen zogen!

«Sei bloß vorsichtig!» zischte eine Schwägerin der anderen ins Ohr. Jeden Augenblick konnte ein Höschen oder ein Hemd verschwinden, an beidem war hier im Haus Bedarf. Man konnte nicht warten, bis es geschehen war, und dann «Halt! Diebe!» rufen – alles, was im Hause war, würde herausstürzen, die Stände zusammenschmeißen, ihnen selber aber, schrien sie dann, die Hälse umdrehen …

Nein, lauschend und luchsend wie Bauern, die sich auf Lauer legen, um einen Wilddieb abzufangen, saßen sie auf ihren Stühlen, Julchen noch keineswegs wiederhergestellt und sehr begierig danach, ein Bein hochzulegen. Aber das eine wie das andere stand unten, auf dem kalten, ungesunden, durch Regen andauernd feuchten Boden. Schutz gaben einzig dicke Decken, und in diese packte sie sich reichlich. Beinahe unbeweglich vor lauter Tüchern und Mänteln, einer Tungusin ähnlich, einer Lappin, ja stärker eingehüllt, noch unförmiger, saß sie ganz in sich vergraben da, um sofort in Bewegung zu geraten, wenn eine Dirne an ihren Stand trat. Im Nu erschien ein zuckersüßes Lächeln um den Mund, ihre schwarzen Augen strahlten. Wir Schwägerinnen sind zu alt und zu verbraucht, schienen sie zu sagen, sonst würden wir ebensowenig etwas tun wie ihr, und als Freunde nähmen auch wir uns nur diese Kerle aus dem Sauermannschen Keller ...

Nein, dieses gelbe Hemdchen, das mußte sich Fräulein Nachtigall genauer ansehen, solche Cremespitze gab es so rasch gar nicht wieder! Kein Geld? Aber jeder wußte doch, was Fräulein Nachtigall für gute Freunde hatte! Gerade für die besten vertat man am meisten, ließ Fräulein Nachtigall hören. Aber die Herren gaben doch gewiß das Geld zurück! I bewahre, die dachten nicht daran! Heutzutage war es schon viel, wenn sie es nicht mit anderen Mädchen durchbrachten. Allerdings, die Betreffende würde nichts zu lachen haben ... «Aber zeigen Sie es immer einmal her!», und Fräulein Nachtigall hielt das Hemdchen vor die Brust – häßlich war es nicht.

«Nicht häßlich? Zum Verlieben!»

Also gut, sie nahm es, behielt es gleich und zahlte morgen. Ja, das kam dazu, sie mußten borgen. Sie sagten einander: Zahlele – lachele, borgele – weinele! Aber leihen mußten sie doch. Und dazu kam etwas anderes: nur höchst ungern trat eine fromme Frau in dieses Tor, wo leicht eine zweideutige Bemerkung fiel. In weiser Voraussicht hatte Frau Warszawski ihnen den Stand auf der anderen Seite empfohlen, vielleicht hätte Julius Nacht die Abfindungssumme geliehen, wurde er doch damit eine Konkurrentin los – aber sie hatten dieses Tor gewählt und mußten daher diese Leiden hinnehmen.

Zanken taten sie sich jetzt weniger, die Not schüchterte sie ein. Freilich saßen sie nur den halben Tag beisammen, am Vormittag fehlte Julchen, und Tauber saß auf ihrem Stuhl. Die Mädchen geruhten erst spät, sich von ihren Betten zu erheben. Seine alten Augen sahen scharf, und Höflichkeit fiel ihm leichter als den Frauen, er litt nicht unter diesen Umständen. Mein Gott, die Welt, die war schon so.

Riwka, seine Nachbarin am Stand, jammerte, die Nachwehen ihres Stirnhöhlenkatarrhs ließen sie verzweifeln. Was war das für ein verrufener und verbotener Ort! Wie gut, daß ihre seligen Eltern das nicht erlebten! Tauber träufelte ihr als Trostmittel seine Weisheit ein. Milde lächelnd erzählte er, wie gut es die guten Menschen im Paradiese hätten und wie schlecht die bösen in der Hölle. In der Hölle hielt man Gericht über sie und mit welchem Gliede sie gesündigt hatten, an dem strafte man sie: dem Verleumder riß man die Zunge aus, den Dieb knüpfte man an den Fingern auf, die Dirne aber henkte man an den Brüsten oder an noch etwas Ärgerem.

Riwka seufzte, was für ein unvollkommener Trost! Vor dem jenseitigen Leben war erst das diesseitige zu bestehen, und so gewiß und sicher dieses war mit seinem Elend, so wenig verläßlich stand es um jenes. Dünner noch, verfallener, ebenfalls in Umhüllungen vergraben, zog sie fröstelnd die Mäntel und Tücher fest. Sie wurde zum Wahrzeichen, wie Gott von den Frommen die Frömmsten verkommen ließ, und wie dennoch der Fromme nicht an Seiner Weisheit zweifelt. Welcher Kummer sie auch befiel, welche Leiden an ihr zehrten, mit Abzug weniger schwacher Stunden saß sie gläubig und zuversichtlich da, wirkte und schonte sich nicht und setzte keineswegs Frajim für die Hälfte des Tages an ihre Stelle. Wie hätte sie auch in diesem Hause ihr Hab und Gut selbst nur vorübergehend einem alten Mann und einem Knaben überlassen können, die beide zusammen besser Schafe weideten und fromme Gespräche führten, als Schätze hüteten vor Dirnen und vor Verbrechern!

«Sie wissen doch», sagte Tauber, «stirbt der Vater oder die Mutter, dürfen die Kinder sieben Tage nicht auf die Gasse. Fällt aber der Neumond in die Woche, dürfen sie. Sie dürfen hinaustreten, zum Mond aufsehen und den Segen über ihn sprechen. Es ist eben dafür gesorgt, wem zuviel aufgeladen wird, der darf abwerfen, und ich werde Ihnen etwas sagen, uns allen ist zuviel aufgeladen.»

Riwka murmelte: «Ehre bin ich nicht wert, Schande laß ich mir nicht antun.»

«Was regen Sie sich auf? Was wollen Sie? Doch ich hab Zeit, ich werd für Sie nachdenken. Stellt man eine Kerze her, hab ich mir sagen lassen, eine Kerze, die nicht verlischt im Wasser, so kann man reich werden. Lassen Sie uns nachdenken, vielleicht finden wir's oder was anderes!»

«Tauber, ich glaub nicht. Erfinden muß man mit den Fingern können, nicht mit ... nicht mit dem –»

«Nicht mit dem Mund, wollen Sie sagen. Vielleicht haben Sie recht ... Nun, wie Gott will.»

Riwka hätte Frajim gar nicht zur Betreuung für ihren Stand bekommen können. Er ging vier Vormittage der Woche neben dem ehrwürdigen Bettler Abraham Fischmann in die Stadt und war daneben Gehilfe bei Israel Wahrhaftig. Wahrhaftig machte wenig Geschäfte, von einem dunklen war etwas bis zu Frau Warszawski gedrungen – aber sie hatte sich das Versprechen geben lassen, ihr Schützling werde damit nichts zu schaffen haben. Frajim hatte auch keine Wahl, sollte er verhungern? Es blieben viele Menschen in unsauberen Betrieben rein. Veränderte Frajim sich aber, so war es

gut; täglich neigte er mehr zu Frömmelei und zu Verstiegenheiten – mochte Seraphim noch so klug sein, noch so schwungvoll, noch so hinreißend, als ausschließlichen Erzieher für Frajim wünschte ihn Frau Warszawski nicht. Leider hatte sie Seraphim auf Bitten Frau Spaniers in ihre Wohnung aufgenommen, wo er mit Frajim und dem Vetter in einer Kammer schlief. Frajim geriet immer mehr unter seine Führung; aber er sollte nicht unbrauchbar gemacht, der Abstand zu dem Vetter sollte nicht unüberwindbar werden.
Dem Vetter selber ging es gut. Jechiel Asch ließ ihm vieles zukommen, und Noah war bereits sehr verwöhnt. Wenigstens fand das Tante Feiga Turkeltaub: «Hat man so was schon gesehen? Der Junge eßt doch niscut die Graupensuppe!»
«Wahrscheinlich hat er die Graupensuppe nicht mehr nötig», meinte gelassen Frau Warszawski, «er wird schon wissen, wo er bleibt.»
Er verhandelte mit einem zweiten Stoffhändler, Heimann Heilpern. Die Verhandlungen stockten, als Noah angeblich ein Probegeschäft nicht richtig abrechnete. Herr Heilpern schrie: «Solch ein Lump! Mir das! Schöne Jüngelchen beziehen wir von dort.» Aber Noah wurde grob, er hatte sich nichts zuschulden kommen lassen und brach die Verhandlungen einfach ab.
«Was will er?» fragte Tante Feiga Turkeltaub, die von den Erörterungen hörte.
«Was will er nicht?» gab Frau Warszawski zurück.
«Er will zu hoch, sag ich dir, wer in die Höh speit, dem fällt der Speichel ins Gesicht.»
«Er speit doch gar nicht», sagte Frau Warszawski.
«Man kann sagen, was man will», erboste sich die Tante, «sie laßt niscut kommen auf die Jungens.»
Aus Vorsicht hatte Wahrhaftig gleich in zwei Höfen Keller-

räume, einen in, einen außerhalb der Gasse; der Keller in der Gasse war bekannt, der andere nicht; auch Frajim wußte nichts von ihm. In der Gasse lag die ehrlich erworbene Ware, von Versteigerungen, aus Notverkäufen. Sie war instand zu halten, die Kellerfenster waren zu öffnen, die Regale zu säubern, der Boden zu fegen. Wahrhaftig hatte das immer gewissenhaft getan, jetzt war er dazu nicht fähig.

Frajim ganz von dem trüben Teil der Unternehmungen fernzuhalten war nicht möglich. Wahrhaftig wollte die Beute aus dem Diebstahl von Motz den beiden Bestohlenen wieder zustellen. Selbst seine Frau sah nunmehr ein: unmöglich schwiegen die Freunde nach dem Tode des Diebes, der reine Zufall, daß eine Durchsuchung noch nicht stattgefunden hatte. Fort mit dieser Ware, die ihm die Seele austrocknete, ihm Zuchthaus eintragen würde, seine Frau aufs Krankenbett warf, seine Kinder zu Ausgestoßenen machte – es war ein schmerzlich zu vermissender Teil seines bescheidenen Vermögens, aber er gab ihn hin. Hatten erst die Bestohlenen ihre Ware wieder, dann wurde es still; wo kein Kläger, war kein Ankläger; von ihren viel zu vielen Sachen ließ die Polizei die wenigen, hinter denen keiner her war, auf sich beruhen und langsam einschlafen.

Aber so entschlossen er tat, so wenig war er es. Er wollte erst noch Rat holen bei dem Klügsten. Er lauerte Blaustein vor dem Sauermannschen Keller auf und lud ihn in eine Winkelwirtschaft.

«Mich wollen Sie sprechen?» erstaunte Blaustein.

Stufen führten zu der Wirtschaft hinauf, einem kleinen Raum mit nur drei Tischen. Betrinken konnte man sich hier nicht, alle Neigen zusammen ergaben noch keine Flasche Schnaps, und noch weniger konnte man sich an Nikotin vergiften. Lediglich einige abgespielte und – sinnlose Verschwendung – zwei neue Platten mit jiddischen Melodien lockten Gäste an, mehr jedenfalls als der Wirt, Herr Salomon. Der hatte eingefallene Wangen und trug ein Käppchen auf dem Kopf, eine Stahlbrille auf der Nase, ein schwarzes Spitzbärtchen vor dem Kinn – all dies machte das Gesicht nur noch bläßlicher und länger; Gäste hatte er nicht viele, und die besten, die Geldverleiher, knauserten. Die Händler mit alten Kleidern aber, deren es fünfmal soviel gab und die täglich zusammenkamen, zogen andere Schenken, andere Wirte vor. Vergeblich suchte er sie in seine Wirtschaft zu bringen, indem er seine Frau veranlaßte, sich hinter ihre Frauen zu stecken. Sie kamen zwar, tranken Schnäpse, zogen sich die Geschäftsgeheimnisse aus der Nase, genau wie die Geldverleiher, aber es blieb bei diesem einen Mal. «Die guten Menschen», sagte Salomons Frau, «versprechen wenig und halten viel, die schlechten versprechen bald viel, bald wenig, aber sie halten nicht das wenige.» Ihren Mann besänftigten solche Sprüche nicht; sehr jung noch, wurde er aufsässig, und Seraphim schürte die Empörung. «Das jüdische Gesetz», sagte er, «ist auf ländliche Verhältnisse zugeschnitten. Der Landmann muß für den Armen eine Ecke seines Feldes stehenlassen, der Winzer eine Ecke seines Weinbergs, den Armen gehört die Nachlese von beidem.» Aber für den armen Schankwirt einer Stadtgasse geschah nicht viel. Gewiß gehörte auch in der Stadt der Zehnte den Armen, doch wer prüfte, ob wirklich der zehnte Teil der Einnahmen gegeben wurde? Die Ecke auf dem Felde und im Weinberg sah man – aber sah man die Geschäftsbücher? Gab es überhaupt welche? Seraphim übertrieb – wie alle Aufrührer.

Wahrhaftig und Blaustein griffen in ihrem Gespräch zurück auf ihr erstes Beisammensein in dem Sauermannschen Keller. Ein gewisser Geppert hatte damals viel von der Beisetzung eines Diebes gesprochen, Motz. Ein Spitzel, sagte

Blaustein von Geppert, im Keller ein Herz und eine Seele mit den Gästen, standen ihm in Wirklichkeit nahe nur die paar, die ihn an ihrer Beute beteiligten. Doch mit noch so viel Geschick, eines Tages – aber er sprach nicht aus, was eines Tages geschehen würde.

Während er den eigenen Mund verschloß, bemühte er sich um so gründlicher, den tief im tintenschwarzen Bart verschwundenen Mund Wahrhaftigs zum Reden zu bringen. Wahrhaftig hatte sicher etwas zu verbergen, aber wer aus dem Keller nicht? Jeder stahl oder kaufte gestohlene Ware an. Er selbst tat eines von beidem, Wahrhaftig vermutlich doch auch?

Wahrhaftig schwieg.

Einen Rat wollte er wenigstens gegeben haben, vollendete Blaustein. Wie viele Kinder hatte Wahrhaftig? Zwanzig? Was auch geschah, sich nie mit solchen Sachen mehr als unbedingt nötig abgeben! Reich wurde niemand bei dem Geschäft, das bildete man sich nur ein. Übrigens: Er selbst war nicht mehr Jude, bei ihm zu Haus in Wien wurde viel getauft, aber gerade ein Jude mußte vorsichtig und auf seiner Hut sein, mehr, als jeder andere …

Die Offenheit der Rede zwang Israel Wahrhaftig kein gleich offenes Bekenntnis ab, nicht einmal eine Andeutung, wofür der Rat erwünscht sei. Übrigens war er schon erteilt – denn wer Vorsicht so empfahl, würde sicher auch die Rückgabe der Ware angeraten haben. So schwiegen sie, Blaustein sprach einzig den Getränken zu, und ehe Wahrhaftig zahlte, wurde das Schweigen nur einmal unterbrochen, als sich Wahrhaftig nach dem Freunde von Olga Nachtigall erkundigte – dieser sollte die Ware für ihn abfahren.

«Scharpf?» Blaustein wurde lebhaft, «ein anständiger Junge, ein bißchen roh, aber gutartig, wenn der nicht einmal damit angefangen hätte, säße der bei einem Schuhmacher dreißig Jahre, brav und ohne zu mucksen, auf dem Schemel und besserte Schuhwerk aus. Aber nachdem er einmal das gefährliche Spielzeug in die Hand bekommen, blieb er schon dabei. Wäre ich Richter und dieser Scharpf stände vor mir als Angeklagter, ich sagte: Scharpf, kommen Sie mal her, treten Sie einmal näher! und dann sähe ich ihn mir an; diese steile, nicht um einen Grad geschwungene Unterlippe ... Donnerwetter, dächte ich, was liegt darin für eine zähe und zugleich hilflose Entschlossenheit! Und diese Einfalt von einer Stirn, diese unentwickelte Dummheit einer Nase! Und ich beugte mich zur Seite zu meinen Beisitzern und flüsterte: sehen Sie sich das doch mal an, diesen Mund, diese Nase, diese Stirn; und ich sorgte dafür, daß er leicht davonkommt. Anständig genug von so 'nem Jungen, daß er bloß einbricht und nicht auch Kinder umbringt oder Greisinnen kaltmacht. Übrigens hat er vor kurzem wo eingebrochen, haarklein wär es schiefgegangen.»

Wahrhaftig horchte auf, so bekam er aus Zufall Scharpf sogar in die Hand. Ließ er auch nur ein geschicktes Wort über das Gehörte einfließen, so wußte Scharpf: hier hieß es, das Maul halten.

Trotzdem gab Wahrhaftig ihm bei dem Transport aus Vorsicht einen Begleiter bei. Frajim erfuhr so von dem zweiten Keller, von der weiteren Ware. Wahrhaftig gab ihn als Keller eines Geschäftsfreundes aus, der verreist sei und ihm die Verwaltung anvertraut hatte. «Daß du mir nichts dem Noah sagst!» Frajim lächelte nur – sprechen?

Während Scharpf und Frajim dreimal mit dem hochbeladenen Handwagen durch die Straßen zogen, blieben die Beamten der Schupo gelassen auf ihren Posten; nicht einer stürzte auf sie zu und nahm sie fest.

Auch der Spediteur stellte ruhig eine Quittung aus über die erhaltene Ware. Sie lautete zugunsten einer von Wahrhaftig

erfundenen Firma Eisenstädt & Engel. Nun fehlte nur noch eins, um die Ware zu dem Bestohlenen zu schaffen: der Spediteur mußte die Anweisung erhalten: «Rollen Sie die Ware nach der Kurstraße, zu der Firma Lichtenfeld & Frank; gesondert empfangen Sie die Kosten, die Sie unseren Boten aufgaben.» Unterschrift natürlich: Eisenstädt & Engel.
Aber wer schrieb den Brief und füllte die Postanweisung aus? Wahrhaftig bestimmte: Tante Ida Perles. Sie schrieb, aber sie unterschrieb nicht. Durch das Glas, in dem von der abgesplitterten Stelle die Strahlen nach allen Seiten schossen, las sie den Brief noch einmal durch auf Fehler und sagte zu Israel Wahrhaftig: «Erst muß ich Rosa fragen!» Am Bett von Rosa erkundigte sie sich ernst: «Rosa, soll ich unterschreiben: Eisenstädt & Engel?»
Rosa meinte: «Wenn Israel dir sagt: unterschreibe – dann unterschreib!»
«Rosa», sagte Tante Ida Perles, «du bist so viel Jahre gut zu mir gewesen, was hältst du mich hier im Haus, wo ich dir gar nichts leiste? Da soll ich nicht schreiben, wenn Israel mich heißt?» So unterschrieb sie. Sie ging auch selbst zum Postamt, ohne Reue, fast ohne die Vorstellung einer Unlauterkeit, einzig in dem Gedanken, ihren Verwandten einen Dienst zu tun. Übrigens betrafen der Transport und der Brief nur die gestohlene Seide. Die Seide war auffällig gemustert, bei dem einfarbenen Tuch war die Entdeckung schwerer. Seiner Frau, ängstlicher jetzt als er, log Wahrhaftig vor, er habe auch das Tuch zurückgegeben. Er war der Hausvater, er mußte die Verantwortung auf sich nehmen.
Der Rückweg vom Postamt führte Ida Perles vorbei an Salomons Wirtschaft. Die Geldverleiher tagten, und eine Platte war aufgelegt. Der berühmte Kantor Chorodczinski von der Hauptsynagoge in Wilna sang, oder ein anderer Kantor, denn Chorodczinski war wohl schon viele Jahre tot. Ida Per-

les, trotz ihres schlechten Gehörs, blieb stehen. Der Anprall der Stimme war so stark, daß auf den Stühlen die Geldverleiher leicht nach hinten rückten. Ida Perles hörte die fromme Melodie mit an und dann den Anfang einer weltlichen. Die weltliche war ihr bekannt, so summte sie, als sie weiterging:

«Und wird der Mensch erst dreißig Jahr alt,
Dann kommen die Vermittler und schreien Gewalt,
Es ist doch schon Zeit, unter die Chuppe* zu geihn!
Oi, wie schwer ist es doch,
Oi, wie schwer ist es doch ...»

Ida Perles dachte im Gehen: hätte sie einen Mann bekommen, so wäre ihr dieser Gang erspart geblieben, denn wahrscheinlich war es kein guter. Schon ihre selige Mutter hatte ihr freilich gesagt, wenn sie manchmal weinte, weil sie häßlich war: umgekehrt, das hübsche Mädchen sollte weinen, denn das hübsche Mädchen hatte es nur gut, solang es jung war, jedes Jahr wurde ihm mieser, das Lärvchen blieb nicht frisch, der Körper, der ging auf, es wollte noch gefallen, aber die Leute machten sich lustig über es, im Kopf hatte es nichts als Stroh, denn in seiner Jugend hatte es gedacht, was hab ich nötig zu lernen, ich bin doch hübsch! Aber wenn es nicht hübsch war, das Mädchen, dann ging es ihm besser mit jedem Jahr, es blieb schlank, war nicht verbraucht, Geburten hinterließen ihm keine Krankheiten, es hatte nachgedacht, man hörte auf es, oft bekam es durch die bitteren Jugendjahre ein feines und vornehmes Gesicht ... Nun, ihr ging es auch im Alter noch nicht besser, aber seit acht Millionen Männer gefallen waren und acht Millionen mehr Mädchen keinen Mann bekamen, trug sich das alles leichter.

* Trauzeit

In der Gasse stand Seraphim und unterhielt sich mit Frajim. Seraphim schien gut aufgelegt. Er erzählte von Krakau, seiner Heimat. «Es gab bei uns einen Mann, Manasse Ewigkeit. Der stahl einen silbernen Leuchter, bekam es aber dann mit der Angst und brachte den Leuchter zurück. Am Abend stand Ewigkeit im Bethaus und schüttelte sich beim Beten, ganz verzweifelt. Was ist, fragten die Leute, bittet er Gott um Vergebung, daß er gestohlen, oder seine Familie, daß er den Leuchter zurückgetragen hat?» Frajim fand keine Beziehung zwischen der fortgeschafften Ware und der vorgetragenen Fabel. Wahrscheinlich lag sie Seraphim ebenfalls fern.

Joel ist gedankenvoll und erhält unangenehmen Besuch. Für Joels Gasthof war es zuwenig Ehre, ihn ausgezeichnet zu nennen. Ausgezeichnet war ein Ausdruck für glänzend geführte Gasthöfe, sein Gasthof aber war unvergleichlich und in Wahrheit der Mittelpunkt der Stadt. In einer Stadt, weltlich wie Babylon, stand er in der zutiefst Gott hingegebenen Straße, erhaben und heilig wie das Bethaus auf dem Hof, es gab kein Bauwerk, das Gottes Herzen näher war …
Joel selbst ging es gut in diesem Gasthof, ja, er durfte hoffen, wie vielleicht nur wenige unter den Millionen dieser Stadt, nach dem schönen Leben auf dieser Erde noch mit einem weiteren von uns nur zu ahnenden begnadet zu werden. Ihm war er nicht verschlossen, der Garten Eden, wenn er frommer Menschen wartete, jener Garten, in dem man unter Palmen und Zypressen wandelte und Engel und seltene Vögel, Gesänge und Gezwitscher hörte. Ja, vielleicht darf ich noch mehr, dachte Joel, falls das Leben sich wirklich auf diese verheißene Weise fortsetzte: habe ich nicht manchen armen Juden übernachten lassen und keinen Pfennig dafür genommen? ihnen noch Fleisch und Brote mit auf den Weg gegeben? Vielleicht darf ich mir deshalb einen Platz im Paradiese auswählen – nicht neben einem der Größten in Israel, Rabbi Gamliel oder Jochanaan ben Sakkal, nein, da gibt es Würdigere, das weiß ich, aber einen Platz nicht weit von Rabbi Akiba Eger oder Jurkim, ruhig schmal, aber doch so, daß man sich beim Zuhören ein wenig strecken kann …

Nur in gehobenen Augenblicken waren das Joels Gedanken; im täglichen Leben lag übertriebene Heiligkeit ihm nicht. Mit Wollust holte er gehenkten Burschen das Geld, das sie ihm schuldig blieben, aus der Tasche, wie selbstverständlich trennte er ihr Kleiderfutter auf, mit Begierde ließ er sie die Schuhe ausziehen. Aber nach geistiger Ergehung, nach einem Gespräch mit Jurkim hatte er Vorstellungen von überirdischer Seligkeit.

Mitten in seinem Glück befiel ihn eines Tages eine schlimme Ahnung. «Warum hat Isaak Lurje», hatte Tauber gefragt, «einen Fasttag zu Ende des Monats eingelegt? Sie wissen nicht. So wer' ich ihnen sagen. Der Mond, das wissen Sie doch, ist abhängig von der Sonne, aber einmal wird ein Tag sein, heißt es, da wird er sein aus der Abhängigkeit befreit. Aber wann?» «Wann?» «Wenn Moschiach* kommt.» «Wann kommt der schon?» «Ja, das frag ich Sie! Wie kann er kommen, wo die Juden ihn doch nicht lassen kommen? Versündigen sie sich nicht täglich? Schieben sie nicht mit jedem Tag seine Ankunft weiter hinaus? Beeinflußte ein Jude mit jeder Sünde nicht Sturm und Umschwung der Gestirne?» Joels Gedanken wurden trüber, vielleicht hatte auch er sich versündigt, wie leicht war man hingerissen, wie oft war er scharf im Eintreiben von Forderungen gewesen!

Die Ahnung war nicht grundlos. Frau Morduchowicz lieferte, einige Tage später, gerade Eier im Gasthof ab. Frau Joel, nicht beklommen wie ihr Mann, nahm eines in die Hand, beklopfte es, zurück! Frau Morduchowicz raste: bei dem Leben ihrer Kinder, bei dem ihrer Großmutter, sie lebte noch in Cernagora, keiner wußte, wie alt sie war, viele meinten, über hundert Jahre – alle sollten so gesund sein, wie diese Eier waren.

Frau Joel wünschte der Familie Morduchowicz das Aller-

166

* Messias

beste, «aber machen Sie was mit meinen Gästen! Wird einem schlecht, reden sich alle ein, sie sind vergiftet.»
Eine Probe – Frau Morduchowicz hielt das zurückgegebene Ei noch in der Hand. Frau Joel widersprach: «Was wollen Sie? Bei einer frommen Frau wie Sie kann ein schlechtes Ei inzwischen gut geworden sein!»
Aber Frau Morduchowicz gab nicht nach, der Dotter lief ihr über beide Hände, sie stöhnte, sie hatte die Probe kaum bestanden. «Ein zweites», schrie sie, «ich schlag ein zweites auf.»
«Von mir aus können Sie alle aufschlagen, dann ist der Fall erledigt …»
Das war der Augenblick, in dem der Schutzmann Michalak in das Tor trat, unter dem sie standen, Frau Joel, Frau Morduchowicz, die Gaffer. Flüchtig legte er die weiß behandschuhte Hand an die Mütze und verlangte Herrn Lesser Joel. Er las den Namen von einem Zettel und sprach ihn ‹Jöl›. Frau Joel führte ihn zu ihrem Mann. Frau Morduchowicz mit ihren Körben kam, geführt von dem Hausdiener Esra Lachs, in die Küche.
Die mächtige, gedrungene Gestalt des Wachtmeisters steckte in einem knappen Uniformrock. Der unglückliche Besitzer des Gasthofes verglich die eigene bescheidene und spärliche Gestalt mit der Erscheinung dieses Mannes, der seinen Körper auf der Infanterieschule geübt und den Krieg in den vordersten Schützengräben mitgemacht hatte. Stirn, Nase und Kinn, alle drei verrieten Strenge, aber der von Gesundheit strotzende Körper ließ Freude am Genuß erraten.
Auf dem Podest des ersten Stockwerkes hatte Michalak einen Teil seiner Gala abgelegt. Er schwenkte den Handschuh und deutete mit ihm flüchtig auf eine dunkle Stelle an der Wand, die seine Aufmerksamkeit erregte. Aber er

blickte wieder fort – merkwürdig, denn die Stelle verdiente durchaus, untersucht zu werden. Joel begann zu hoffen. Eben noch ohne Atem, erlaubte er dem Mund ein leichtes Lächeln, ohne daß der Körper schon seine untertänige Haltung aufgab.

Mit Vergnügen bemerkte Michalak die Veränderung. Einen geduckten Sünder abzustechen machte keinen Spaß, das Messer mußte in eine schmetternde Kehle stoßen. Er reckte sich, rieb den Hals in dem zu engen Kragen und zeigte mit geschwungenem Arm von neuem auf die Stelle:

«Nun also los, was ist das?»

Joels Blick und Haltung wurden starr. «Eine kleine Unsauberkeit», stotterte er.

Eine Frau kam die Treppe empor. Michalak machte geradezu Front vor ihr und sah ihr nach, bis die Kehre sie dem Blick entzog. «Donnerwetter!», rief er, «eine schöne Person!»

«Schön? Gar kein Ausdruck», fiel Joel ein, der verehrungswürdigen Frau voll Inbrunst dankbar, die in dem eisernen Mann wenigstens *ein* Gefühl geweckt hatte.

Aber der Wachtmeister wies jetzt wieder auf die Stelle.

«Eine Nachlässigkeit der Mädchen», meinte Joel. Wahrscheinlich hatte ihnen seine Frau hundertmal gesagt, sie sollten …

«Ach was», unterbrach ihn Michalak, «mit solchem Blödsinn sollten Sie mir nicht kommen! Ein Gewächs ist das!»

Joel sah ihn verständnislos an.

«Sie verstehen woll nicht, was das heißt», fuhr der Wachtmeister los. «Sie wollen das woll erklärt bekommen?»

Joel blickte weniger dumm.

«Also wie kommt das weg?» fragte Michalak scharf.

«Ich werde ihn abwaschen lassen, den Fleck, fertig.»

Sie waren unglaublich töricht, diese Worte, die Stelle machte einen üblen Eindruck, offenbar hatte sich der Beamte ihretwegen herbemüht, man durfte seine Obliegenheit nicht mit einer Handbewegung abtun. In Michalak entstanden Zweifel, ob Joel seiner Sinne mächtig sei. Er schrie, nein, eigentlich hob er die Stimme nur, weil er bestimmter wurde: «Mit einem bißchen Bimsstein, meinen Sie, und grüner Seife? Glauben Sie, ich suche hier die Wände nach Flöhen ab?» Die Worte hallten durch das Haus, und das Geländer wankte. Joel wies mit erhobenen Händen darauf hin, daß jedes Wort zu hören sei.

«Ich soll wohl piepsen?» war die Antwort, «mir die Stimme in den Magen schlagen? Das ist ungesund, verstehen Sie!»

In den oberen Stockwerken hingen die Köpfe und Hälse der Bewohner über dem Geländer. Joel zeigte hinauf. «Weg da!» rief Michalak.

Wer nicht von selbst flüchtete, den verscheuchte Joel: «Psch! Psch!»

Schließlich erklärte der Schutzmann: «Im übrigen können alle hören, was wir sprechen. In längstens acht Tagen muß das Haus …» – er wollte deutlich werden.

Es war Joel klar: noch ein Wort, so stürmte alles aus den Kammern, um nicht unter den Trümmern begraben zu werden. Mehr tot als lebendig, flüsterte er: «Herr Wachtmeister, kein Wort weiter! Wollen Sie mich durchaus kaputt machen?»

Dem Wachtmeister blieb der Mund offen. Dieser Bursche unterstand sich …

Die Angst um den Untergang seines unvergleichlichen Gasthofs nahm Joel die Besinnung – oder gab sie ihm wieder. «Kein Wort weiter! sag ich. Sonst krieg ich fertig und mach Dummheiten und sag meiner Frau: lauf zum Präsidium! Ich bin bloß ein kleiner Mann, aber so klein nicht, und Sie können sich darauf verlassen, red ich erst, so pack ich aus, die Herren sollen hören, wie mit einem kleinen Mann umgesprungen wird.»

Michalaks Gesicht, immer rot, überzog sich dunkel, dunkelblau schwoll die Ader aus der Schläfe, ehern mahlten die Kiefer gegeneinander. Auch als sich die Ader beruhigte, sah der Kopf weiter aus wie scharf gebrüht. Joel hörte ihn Atem holen und dann mit mühsam wiedergefundener Sprache sagen: «Nun, dann werden die Herren endlich eine Ahnung kriegen, was für Beamte sie haben und wie sich unsereiner für sie zu Schanden macht ... Und diese Kinkerlitzchen da, das muß weg, nicht wahr! Mit einem Mal abwaschen ist das nicht getan ... So, und nun wollen wir mal weitersteigen und sehen, ist da oben auch noch son Zeugs an der Wand oder nicht.»

Joels Hund kroch heran, ein Schäferhund, alt und mißfarben, auch leidend aussehend. Er lief im Kreis, wedelte und legte sich schließlich, von Joel aufgefordert, an Joels Stelle dem Wachtmeister zu Füßen. Der Wachtmeister fuhr ihm über den Rücken, um die Schnauze, und als das Tier wieder aufstand und die Treppe langsam hinabsetzte, Stufe um Stufe, sagte Michalak gemütlich: «Also gehen wir auch!», und plötzlich meinte er: hinunter! und nicht: hinauf!

Der Wachtmeister war gar kein so fürchterlicher Mann. Er ging sogar mit in die Schankstube, in der sich schon mit richtigem Gefühl Frau Joel eingefunden hatte. Ihr Mann überließ ihr den Gast zunächst allein.

«Frau Spanier», sagte Joel später, als er die schöne Frau hereinführte, «der Wachtmeister hat Sie vorhin auf der Treppe gesehen und ist einfach weg von Ihnen!»

«Aber, Mann, das brauchen Sie der Frau doch nicht ins Gesicht zu sagen!»

«Die Frau soll erst geboren werden, die das nicht hören will.»

«Aber so eine Frau! Die kriegt das den ganzen Tag gesagt und von ganz anderen Männern», sagte der Wachtmeister und schob energisch das Glas zurück, das Joel hinstellte.
«Also fragen Sie sie selbst, sie muß's doch wissen. Frau Spanier, sagen Sie, ganz offen, ist Ihnen das nun unangenehm oder nicht, was der Herr Wachtmeister sagt?»
Frau Spanier lächelte.
«Also was heißt das?» fragte Joel den Wachtmeister, «heißt das: angenehm oder heißt das: der Mann kann mir gestohlen bleiben?»
Während sie auf diese Weise die Blitze abbogen, hatten sich im Treppenhaus die Türen aufgetan und Dutzende herangedrängt. Packt zusammen! hinunter! schrien die Verängstigten; ein Weib stürzte hinzu mit einem Koffer, alles wild durcheinandergestopft, und prallte nur an der Unbeweglichkeit der Menschenmauer ab.
Im Schlafrock, in warmen Schuhen erschien der ehrwürdige Bettler Abraham Fischmann und redete die Menge an: «Was ist schon? Ein bißchen Schwamm? Wahrscheinlich bin ich geboren in einem Haus mit Schwamm, ich wünsche jedem jüdischen Mann ein Haus mit Schwamm!» Er rechnete auf Heiterkeit; er fand aber keine.
Eisenberg tastete sich heran: «Das Bethaus will man einreißen?»
«Kein Stein werd sich hier angerührt!» gebot jemand.
«Nischt werd eingerissen, kein Körnchen von ein Stein!»
«Und wenn sie wollen selbst», schrie Eisenberg verzückt und heiser, «die Engel von Gottes Thron werden sich herumstellen und ihr Schwert wird sie niederschlagen, die Reschoim*.»
Der Hausdiener Esra Lachs versuchte durch Zurufe Ordnung zu schaffen, aber er vergrößerte nur das Durcheinander. «Halt den Mund endlich!»

171

* Frevler

«Wenn ich das täte, verdient' ich, daß Joel mich an den Ohren nähm' und rausschmisse.»
«Wozu an den Ohren?» bekam er zur Antwort. «Er kann dich am Bart nehmen», denn wie gewöhnlich hatte Esra Lachs ihn seit einer Woche nicht abgekratzt und sah aus, als ob man schon in den letzten Tagen der jährlichen Erinnerung an die Zerstörung des Tempels von Jerusalem hielte, jene Tage, in denen man den Bart zum Zeichen der Trauer stehenzulassen hatte.
In der Wirtsstube setzte Joel die Verhandlung fort. Wieso war er überhaupt hier, der Herr Wachtmeister? «Zehn Jahre ist kein Mensch nicht hier gewesen, noch zehn Jahre hätte ich Sie nicht gebraucht zu sehen!»
«Na, was glauben Sie, warum kommt man wohl?» fragte der Wachtmeister bequem, die Augen halb geschlossen.
«Also weshalb?» fragte Joel. «Nun, irgend etwas muß doch vorliegen, von selbst ist doch nichts und wird doch nichts.»
«Eine Anzeige», mischte sich Frau Joel ein.
«Sehen Sie, die Frau ist wieder mal die Klügere.»
Die Gerüchte griffen auf die Straße, in die Nachbarhäuser. Bethaus und Gasthof sollten abgerissen werden? Eine Angst wie vor dem Jüngsten Gericht, als donnere Gott und als fielen die Himmel ein, erfaßte alle. Auch Andersgläubige drängten hinzu. Vier Frauen, Scheuerfrauen der Polizeihauptunterkunft, der früheren Alexanderkaserne, berüchtigt wegen ihres Mundwerks, auf dem Heimweg begriffen, kamen, die Trümmer einer Mauer zu besichtigen, von der sie gehört hatten, sie sei eingestürzt vom Fraß. Schwere Enttäuschung – ein leichter Ausschlag. Machte nichts, sie blieben, man stand gut, zusammengepreßt. Von unten stießen neue Menschen nach, die vorn standen, fürchteten gegen die Wand gestoßen und zerdrückt zu werden.
In der Wirtschaft kam man wieder auf die Anzeige. An-

onym? Der Wachtmeister versicherte, anonym nicht. Von wem? «Sie können uns doch sagen, welcher schmutzige Kerl diese verlogene Sudelei verbrochen hat.» Aber der Wachtmeister verriet kein Amtsgeheimnis. «Wer wird das schon gewesen sein?» fragte Joel seine Frau.
«Ein Feind», sagte sie.
«Zu komische Namen gibt es bei euch» – das war das einzige Wort, zu dem der Wachtmeister sich entschloß.
«Weißt du, wer das sein wird?» sagte Joel seiner Frau: «Himmelweit!»
Eine Magd war erschienen. «Herr Joel, Sie werden so gut sein und kommen. Es geht alles drunter und drüber auf der Treppe!»
«Laß *mich* gehen!» sagte seine Frau und stand auf; die Magd folgte.
Man bahnte ihr den Weg. «Still, pscht! Sie will sprechen!» Aber die vier Scheuerfrauen lärmten. Junge Burschen, unterstützt von Esra Lachs, pufften die vier Aufsässigen die Treppe hinab. Es folgte ein Wutausbruch der vier: das sollten sie heimgezahlt bekommen, diese Drecklappen, die Polizei kam bald und sah die Pässe nach – das weitere verhallte draußen.
Frau Joel gab bekannt: nichts, eine gemeine Denunziation. Der Fleck? Mit einigen scharfen Putzmitteln zu beseitigen. Nicht die leiseste Gefahr, alle könnten wohnen bleiben, nur die Treppe bat sie freizumachen. Wohnen bleiben? Die Männer sprachen Segenssprüche, eine Gruppe ging ins Bethaus, um dem ‹Oiberschten›, um Gott zu danken.
Die vier Scheuerfrauen standen auf der anderen Seite der Gasse und spuckten Wut; ein Auflauf bildete sich um sie. Bei einigen Schritten, um die Beine zu vertreten, kam Michalak dem Fenster der Wirtschaft nah. Sofort erhoben alle vier die Faust und schimpften.

«Herr Wachtmeister, das können Sie sich nicht gefallen lassen!» ermunterte Joel, der sich viel von einer Ansprache des Wachtmeisters versprach. Auch Frau Spanier äußerte ähnliches.

Aber Michalak warf nicht den Riegel zurück, ergriff nicht die Handschuhe und sprach nicht mit feuerrotem Kopf zum Fenster hinaus: wenn ihr euch nicht fortschert, laß ich euch einstecken! Er schob nur die Halbgardine etwas beiseite und machte zu den Frauen eine Faust. Dann sprach er gelassen zu Joel: «Ich sitz da, da müßten die doch sehen, hier gibt's nichts und alles ist in schönster Ordnung.»

«Nun ja, es ist doch so», sagte Michalak, wieder am Tisch, «warum bin ich denn sonst noch da? Ich will die Leute beruhigen. Wenn ich dächte, das Haus stürzt ein, dann setzte ich mich doch, weiß Gott, nicht ausgerechnet hierhin und ließe mir das Ganze auf den Kopp kommen.»

Joel behauptete, genau dasselbe habe er soeben seiner Frau gesagt: weshalb sitzt der Herr Wachtmeister noch einen Augenblick? Nur, damit die Leute sich beruhigen.

«Und die Anzeige, Herr Wachtmeister, soll ich Ihnen sagen, von wem die ist?»

«I, wozu soll ich denn das wissen wollen, ich weiß das ja doch so schon.»

«Und doch sag ich's Ihnen», und er nannte wieder den gleichen Namen wie vorher: Himmelweit.

«Ich sag nicht ja und ich sag nicht nein», erklärte Michalak und zog mit derselben Entschiedenheit das Glas zu sich heran, mit der er es vorhin zurückgeschoben hatte.

«Na, und du?» sagte er zu dem Schäferhund, der beide Vordertatzen auf seinen Schenkel gestellt hatte.

Am Abend waren die Wirtschaften in der Gasse stark besucht, besonders die von Teich neben dem Gasthof. Sie war sehr schmal, kaum drei konnten in dem Schankraum hintereinander stehen; auch die Wohnräume der Familie waren besetzt, das Stübchen, der Alkoven, die Küche. In dem Alkoven arbeitete Frau Teich, eine sehr umfangreiche Frau mit einem schwammigen Gesicht, in der Küche ihre längst nicht ebenso üppige, aber auch schon wohlversehene Tochter.

Die Mutter trug ein locker fallendes Kleid, die Bluse der Tochter spannte sich um so fester, und ihr Gesicht war feuerrot wie ihre Bluse. Frau Teich schälte Kartoffeln, die Tochter rührte Erbsen und versetzte sie mit Pfeffer und Salz.

Frau Teich wurden Offenbarungen des Fleischers Schach zuteil. Er schrie seine Worte, obwohl Frau Teich Offenbarungen auch geflüstert verstand. Jetzt käme ihre große Zeit, verhieß er, der Gasthof würde abgerissen, schon lange fiele er auseinander, da scheffelten *sie* dann das ganze Geld. Für die Voraussage wollte er Erbsen und Kartoffeln umsonst, aber umsonst gab es nichts, der Kellner, ein rascher junger Mann, auf dem weißen Jackett die Spuren der letzten Tage, ein schwarzes Käppchen auf dem Kopf, ein großes rosiges Pflaster im Gesicht, setzte die Gerichte hin, aber er kassierte auch sogleich, zehn Pfennig die Portion Erbsen, fünf die Portion Kartoffeln.

Den Schankraum beherrschte von der Theke Herr Schmarja Teich. Er war hochgewachsen, mit breiten Schultern, und steckte in einem grauen Schoßrock. Ein blonder, reicher Vollbart verkleidete das Gesicht, eine goldene Brille gab ihm Würde, und die Kleidung vollendete, nach hinten gerückt auf das volle Haar, eine graue, wohlerhaltene Kappe. Der einzig Nüchterne, bediente er lauter ausgelassene Gäste. Keiner brachte einen Scherz zu Ende, immer wurde er unterbrochen und ein anderer erzählte weiter. Bei einem gar zu alten Scherz fiel die ganze Rotte ein und rief den

Schluß im Chor. Ein Witz fing an: ein Mann war sechzig und kam zum Rabbiner, um sich scheiden zu lassen. Was wollt ihr Euch scheiden lassen? Zweiundvierzig Jahre seid ihr zusammen, und jetzt – die ganze Menge rief: vorher ging's nicht vor der Welt, die Kinder mußten erst verheiratet sein – aber das hatte Adam schon seiner Frau erzählt! oder: ein Heiratsvermittler sagte einem jungen Mann: ich hab ein Mädchen für Sie – pscht! *Den* Fehler hat sie, muß ich Ihnen sagen ... Macht nischt! ... Und dann hat sie *den* Fehler ... Macht nischt! – zehn schrien: «Wirst du still sein! Anständigen Juden so was zu erzählen!»

«Das hat man schon gekannt, als Schalom Waal für einen Tag König von Polen war.»

«Stammst du auch von ihm?»

«Denkst du nein?»

«Also lauter Prinzen und Prinzessinnen!»

«Warum nicht! Sollen bloß jene welche haben?»

«Was für ein Unterschied ist zwischen Lenin und Stalin?» fragte jemand.

«Ich weiß nicht», sagte ein junger Mensch.

«Er wird nicht mal wissen, wer Stalin ist!»

«Nun, und –?»

«Also gar kein Unterschied ist. *Der* ist kein Jude und jener ist kein Jude.»

«Wenn du so willst, kannst du so auch von Hindenburg und Ludendorff sagen.»

«Nein, das kann ich nicht. Zwischen den beiden ist ein Unterschied. Hat nicht Ludendorff im Weltkrieg seinen Aufruf erlassen: An meine liebe Jiden in Paulen! und Hindenburg nicht?»

«Aber dafür denken jetzt beide umgekehrt, Hindenburg für, Ludendorff gegen die Juden ...»

Den Kasten mit Kram um den Nacken, schob sich Tauber

zwischen sie. «Josef», sagte er einem Tischler, «hier hast du eine Nadel und einen feinen schwarzen Faden, nimm, laß dir von der Frau das Loch im Ärmel zunähen.»
Der Tabakhändler Macholl sprach über ihn hinweg: «Wenn nicht Joel, sondern ein Christ den Gasthof gehabt hätt – was meint ihr? gar keiner wär gekommen», und er ballte die Faust. Tauber lächelte.
«Was ist zu lachen? Ist lächerlich, was ich sag?»
«Wie werd ich sagen, es ist was lächerlich, was Ihr sagt? Ich maß nur Eiere Hand! Ihr machtet gerade eine Faust und ich wollte sehen, vielleicht hab ich ein Paar Socken da für Eiere Füß.»
«Und wenn Ihr hättet, ich kaufte doch nischt.»
«Wer sagt, Ihr sollt kaufen? Aber ich kann doch immer messen.»
Schließlich setzte er ein Paar Socken ab, drei Rollen Garn, ein Heft Nadeln – ein Kaufmann aus der Klosterstraße ließ sie ihm zu einem Vorzugspreis; hiervon und von Pfennigen, die aus einer Stiftung tröpfelten, lebte er – denn was konnten die beiden Schwägerinnen geben? In der Küche bekam er von Fräulein Teich eine Schüssel Erbsen, ach, wenn er doch vergaß zu zahlen! Aber, nein, umgekehrt, er steckte ihr noch ein feuriges Tüchlein in den Gürtel und tätschelte ihre Wange, die sie zurückzog – sie hatte auf ihren Ruf zu achten.
Ein armer Teufel, noch nie im Besitz einer ganzen Flasche Sprit, nahm eine Literflasche in die Hand und ließ sie fallen. Mit Hallo sprangen alle zurück, so spritzte der Schnaps und sprühte das Glas nach allen Seiten. Ohne sich zu besinnen, hob der Mann den Flaschenboden auf und leckte den Rest aus, wenn auch vorsichtig, daß er sich nicht schnitt. Wer zahlte? Die Menge schrie: Teich! Ein einziger rief: «Die Hälfte Teich, die Hälfte wir!»

Teich ergab sich: wenn ein ganzes Heer gegen ein Städtel anrückt, was will das Städtel machen?
Auch bei Salomon war der Raum gefüllt von aufgeregten und dampfenden Gestalten. Sämtliche Neigen Schnaps wurden geleert, und Frau Salomon brach auf, um neuen Schnaps mit Geld und guten Worten aufzutreiben. «Geh langsam, Blümchen», sagte Salomon. «Streng dich nicht an, mein Leben, nimm dir einen Jungen, laß ihn die Flasche tragen!»
Vor ihr ging unter der wimmernden Schelle ein bärtiger Mann hinaus.
«Was geht er schon?» fragt einer.
«Sie wissen nicht, sein Vater ist ihm doch gestorben.»
«Ja, vor einem und einem halben Jahr und mit zweiundneunzig!»
«Machen Sie was mit ihm! Er grämt sich.»
Frau Salomon sprach ihn draußen an: «Und wenn Eltern hundert werden – wenn sie weggehen, ist es, als ob sie dreißig sind.»
«Müssen sie überhaupt weggehen? Es gab eine Stadt, Luss hieß sie, da lebten sie ewig. Aber es ist lange her.»
Er seufzte.
Vor dem Einbruch der Nacht verließ Himmelweit das Haus. Die Magd war hinaufgelaufen und wieder geflohen, nachdem sie atemlos hervorgestoßen hatte: «Immer habe ich gewußt, so weit wird es mit Ihnen kommen.»
Er stürzte ihr nach: «Wie weit kommen?»
«Bis zu der Anzeige!» sagte sie mit einem warmen Blick.
Himmelweit fühlte sofort: dieses Gerücht war für ihn verderblich. Vielleicht hatte Joel selbst es aufgebracht, Joel wollte ihm nicht wohl. Er galt nichts in der Gasse. Erst dieser Tage sprachen Männer von ihm verächtlich, er stand zwei Schritte ab. Einer sagte aus einem langen Bart: «Wis-

sen Sie, wo Sie diesen Himmelweit finden können? Am Alexanderplatz.»

«Was tut er am Alexanderplatz?» fragte der andere aus einem Bart, ebenso lang, nur stand der Bart schräg nach vorn. «Was er da tut? Nichts tut er.»

«Also wozu steht er da?»

«Wozu? Weil er meint, auf eine Weise, ich weiß nicht welche, werden von einem Geschäft ein paar Pfennige für ihn abfallen. Ich werde Ihnen sagen, was man sollte: den Burschen nehmen und ihn rausschmeißen! Das sind die Leute, die man uns vorwirft und für die man uns dann Schwierigkeiten macht!»

«Die Schwierigkeiten hätten wir auch so, Schlechte gibt es hier wie dort – nur, wer spricht bei jenen von den Schlechten?»

Schlecht fand ihn also der eine wie der andere. Er hätte hervortreten sollen und rufen: «Warum reden Sie? Was habe ich Ihnen getan? Ich seh nicht gut aus? Darüber kann man verschiedener Meinung sein. Meine Manieren sind nicht besonders? Mir gefallen Ihre nicht. Vielleicht habe ich einige nicht ganz saubere Geschäfte gemacht, als ich nichts zu beißen hatte. Aber ich habe aufgehört damit, es liegt mir nicht, es bringt auch nichts ein, man wird bloß von anderen, die geriebener sind, hochgenommen. Warum gefallen andere, und ich kann anstellen, was ich will, ich mißfalle immer?»

Er hätte das sagen können, wenn er zwei Schritte vorgetreten wäre, aber er tat es nicht.

Zwei Mark auf den Tisch für Joel, und dann Adieu! Welcher Irrsinn, in einer Kammer zu schlafen zwischen uralten Juden, die sämtlich verrückt waren, man wußte bloß nicht, wer am meisten: Fischmann, London oder Eisenberg. Gestern verriet ein einziges Wort das ganze Modrige dieser Leichen.

«Bin ich unlustig», quäkte London mit einem Rest von Stimme, «tu ich ein Bein zum Bett raus, frier ich, dann zieh ich's zurück.»
«Wozu stecken Sie es dann erst heraus?»
«Wozu? Weil ich mir dann sag, wieviel besser hast du's doch, daß du hier liegen kannst, wo du's warm hast, als daß du auf bist, wo es kalt ist.»
Was mußten solche alten Leute noch auf der Welt sein? dachte Himmelweit. *Ein* Stück Brot nahm jeder Alte täglich einem Jungen weg.
Als beste Antwort für Joel erschien ihm ein Quartier gegenüber. Kein Jude wohnte dort; jeder mied das gelbe Haus, mied es wie die Pest; nur im Torgang saßen die armen Tierchen, die beiden Schwägerinnen, und machten sozusagen ihr Geschäft. Ja, er zog hinein, nun erst recht, aber er zog zu keiner Dirne, das nicht; der feinsten Frau im Haus, Frau Dippe, gestattete er, ihn in ihre freigewordene Kammer aufzunehmen.
Frau Turkeltaub hatte um seinetwillen einen Streit mit ihrer Nichte. Wären nicht drei zu ihnen gezogen, dann konnte jetzt Himmelweit hier schlafen. Aber nach Frajim, nach Noah mußte Seraphim kommen, dieses Nichts, dieses Menschchen. Was tat er? Mit der einen Hand faßte er die Leute an den Knopf, bis er ihn abgedreht, mit der anderen schwätzte er die Wolken vom Himmel. Es gab gar nicht soviel, wie sie falsch machten, *das* durften sie nicht und *jen's* nicht, aber *er* würde ihnen sagen, und wenn sie erst anfingen, es so zu machen, wie er meinte, dann – «Nun sag mir aber bloß, wovon lebt der Schwätzer? Zahlt er dir Miete? Zahlt er das Essen? Siehst du, ich denk mir schon lange, da ist ein Häkchen … Aber Himmelweit, den ganzen Tag auf den Beinen, wo muß er hinziehen? Zu jenem Weib! Gott behüte, was er sich für Krankheiten holen kann in dem Haus!

Und zu dieser übergeschnappten Person. Ich hab ihr neulich nachgesehen auf der Straße – willst du wissen, wie sie geht? Nimm dir eine Ziege und hack ihr ab die Vorderbeine, dann weißt du, was dieses Stück von einem Frauenzimmer gehen nennt. Aber erst kommen dir die beiden Jungen, dann kommt dir Seraphim, und für Himmelweit, da ist das Herz steinhart!»

Als der Tante der Atem ausgegangen war, sagte Frau Warszawski: «Laß mich auch ein bißchen leben.»

Sofort bekam die Tante frischen Atem: «Ich laß dir nischt?» sagte sie empört. «Ich laß jeden leben, und ich soll dir nischt lassen? Aber der Junge tut mir leid», und sie dachte an Geschichten, die er ihr erzählte. Ja, er kam oft zu ihr und berichtete. Einem mußte er erzählen, und sie entzündete sich an den Berichten. Nicht immer hatte er Erzählenswertes, aber dann erfand er. Die Tante war für Streiche, war für Niederträchtigkeiten eingenommen; denn sie war eine böse Frau, der es an Gelegenheit fehlte, ihr Gift zu verspritzen. Also erfand er Streiche, erfand er Niederträchtigkeiten und machte die alte Frau auf ihre Weise glücklich. Sie hatte bald nur noch einen Wunsch, ach, wäre doch Himmelweit ihr Sohn! Sie wäre eine weit bessere Mutter für ihn gewesen als seine eigene, die Schlampe, die seinem Vater davongelaufen war – ein Verbrechen!

«Er braucht dir nicht gar so leid zu tun», sagte Frau Warszawski.

«Was braucht er mir nicht? Ein Äpfelchen von einem Jungen! Und du sagst, er braucht mir nicht? Jenny, was ist mit dir, du bist mir doch gar nicht mehr dieselbe!»

«*Ich* bin es schon», sagte Frau Warszawski bescheiden.

«Du willst sagen, *du* ja, *ich* nein? Nun ja, wenn einem alles weggestorben ist, wenn man gar nicht mehr hat, kein Kind, keinen Schwiegersohn, kein Nischt – was muß man mit achtundsiebenzig überhaupt noch auf der Welt sein? Ich will mich nischt versündigen, aber Gott, sein Name sei gepriesen, wahrhaftig, er hat mich vergessen auf der Welt. Was heißt, eine Mutter soll leben länger als wie ihre Kinder?»

Und nachdem sie das gesagt hatte, wogegen es keinen Widerspruch gab, zog sie ein Tuch vor die Augen und ging ab. Ihr Weg führte in die Küche, wo sie etwas zur Stärkung zu sich nahm, ein Stückchen Apfel. Sehr bald fühlte sie: unberufen, was für eine Kraft ist doch in so einer Frucht!

Am Todestag ihres Vaters geht Frau Spanier ihren Erinnerungen nach. Frau Spanier ertrug es in der Kammer nicht, es zog sie auf die Gasse. Die Häuserzeile hinab war es noch hell. Noch ließ sich die stumpfe, von Güssen abgewaschene Farbe sehen, noch in dem abgeblätterten Verputz ein Teil der tausend Risse, ein Teil der kahlgefressenen Stellen. Schwere Stiefel stampften krachend auf dem Pflaster und zertraten die harten Mörtelteilchen, die täglich auf die Simse wehten und die der Wind dann rasch hinunterblies.

Frau Spanier stieß nicht das graue bedrückende Gemäuer ab, nicht die Regelmäßigkeit der ohne Gefühl geformten Fenster. Sie sah nicht – nicht zu sehen, das war ein Mittel, das Elend dieser Häuser zu ertragen. Aber wie das Abstoßende, bemerkte sie auch nicht die Farbe, die vor der Dämmerung in die Gasse wischte, den zarten Schein, mit dem der Tag durch den Spalt der Dächer fiel, bevor er unterging. Gleich wird's dunkel sein, das war das einzige, was sie dachte. Sput dich, dachten andere, daß die feine Arbeit fertig wird; ist es duster, kannst du bloß die grobe anfassen. Von einigen Wohnungen im ersten Stock rühmten die Vermieter die Laterne vor dem Haus, in deren Licht sich länger am Fenster häkeln und nähen ließ. Für die Juden brachte die Dämmerung noch eine ernste Pflicht: wer nicht früher sein unirdisches Teil bedacht hatte, ließ nunmehr alles stehen und liegen und stellte sich zum zweiten Gebet an die Wand – dem dritten widmete er sich erst nach Einbruch der Nacht, mit der für ihn der neue Tag begann.

Ein Trödler schleppte sich an einem Packen ab: «Nennt sich Leben», hauchte er mit letzter Kraft. Ein Handwerker trug auf seiner Schulter eine Blechwanne und rief über die freie Schulter weg Frau Spanier zu: «Komische Leute gibt's bei euch!»

«Wieso?»

«Stoßen mit einer Schere durch die Wanne, bis sie aufreißt!»

«Was reißt nicht heutzutage?» mischte sich ein Alter ein, «alles reißt. Wolle reißt, Eisen reißt, morgen reißt man hier das Pflaster auf!»

«Und übermorgen reißt man die Häuser ab», rief ein dritter.

«Nicht immer klüger sein wollen wie die anderen! Abwarten! Abwarten!» mahnte ein Mann, der sein Gleichgewicht bewahrt hatte.

Plötzlich stand Monasch vor ihr. «Sie sehen einen?» fragte er, als sie nicht auswich.

«Seh ich Sie nicht immer?»

«Das mein ich gerade.»

«Nein, nicht so, wie Sie denken.»

«Lassen Sie nur, ich weiß, Sie mögen mich nicht leiden.»

«Darum steh ich hier?»

«Heint stehen Sie, morgen …»

«Aber, wie geht's Ihnen denn?» wandte sie sich zu einer Frau, die mit einem Korb voll Wäsche vorüberkam.

«Wie soll's gehen? Halbwegs.»

«Ganz schönes Portiönchen Arbeit da.»

«Wenn man bloß immer soviel hätte!»

Frau Spanier ging voll Unruhe weiter. Vor ihr schritten Eisenberg und Schach. Hartnäckig redete Eisenberg auf den Fleischer ein: «Ziehen Sie in das Haus, hören Sie darauf, was ich Ihnen sage, nehm' Sie es, ich rat Ihnen gut.»

«Wie, sagten Sie, hieß die Straße?»

«Zu den Terebinthen.»
«Und wo soll sie liegen?»
«Zwischen der Straße Tubal Kajin und der Straße zu der Witwe von Jehuda.»
«Gute Gegend?»
«Würde ich sie Ihnen sonst empfehlen?» Ein Bethaus ganz nah, von den Lwows gestiftet; die Leiche Jonas, des Propheten, vorläufig flüchtig neben den Trümmern von Ninive beigesetzt, würde demnächst nicht weit davon bestattet werden. Bekam Jona einen Walfisch auf das Grab? Eisenberg überhörte die Frage und schilderte den Park, der sich an die Straße schloß, alles Lorbeerbüsche und Olivenbäume.
«Also nochmals, wo lag die Straße?» Geduldig wiederholte Eisenberg: zwischen der Straße zur Witwe von Jehuda und …
Abgelehnt – Schach zog nicht in die Nähe einer Straße, die zu Ehren einer zweifelhaften Witwe hieß. War Jehuda nicht Jakobs Sohn? War sie nicht die Frau, die nach seinem Tode am Kreuzweg wartete auf ihren Schwiegervater und von ihm empfing? Waren diese Juden in Jerusalem ohne Verstand, eine Straße nach einer solchen Frau zu benennen? Eisenberg ergrimmte: wenn noch er die Frau getadelt hätte, er war ein alter Mann, aber Schach? ein Mann in den besten Jahren? ein gesunder, ein lediger Mann? Hatte er nie über die Not einer Witwe nachgedacht? Wenn unser Erzvater eins mit ihr wurde, hatte er dann nicht seine Tat zuvor erwogen? Offenbar war er doch der Meinung, seine Schwiegertochter war gut beraten in ihrer Einfalt, als sie sich an ihn wandte; in ihrer Bedrängnis hätte sie gehen können, zu wem sie wollte, jeder hätte sich bereit gefunden, denn wie schön muß sie gewesen sein, hätte Juda sie sonst zur Frau genommen, Juda, von dem es hieß, Juda ist wie ein Löwe? Wenn sie nicht zu einem Fremden ging, sondern zu ihm, ei-

nem alten Mann, lange schon gebrechlich, gewiß alles andere als begehrenswert, so doch offenbar, um den Verstorbenen vor der Schande zu bewahren, daß sie sich einem Fremden hingab. Wie heißt es, wenn der Vater dem Sohne schenkt, lachen, wenn der Sohn dem Vater schenkt, weinen beide. Eisenbergs Worte verwirrten sich, wer weinte, wer lachte hier, denn wer beschenkte, Vater oder Sohn?
Frau Spanier ging an den Männern vorbei, für sie waren das heute keine Gespräche. Auch verdroß sie die Unart Schachs, des ehrwürdigen Mannes und seiner Einbildungen zu spotten. Noch weiter der alten Unruhe voll, lief sie durch die Gasse und stieg schließlich wieder in ihre Kammer. Hier machte sie sich zu schaffen, sah auf den Uhrzeiger, und bald schwamm auf einer feinen Ölschicht in einem Glas ein schmales Licht. Sie hatte es zu Ehren ihres Vaters angezündet, dessen Todestag mit Eintritt der Dunkelheit wiederkehrte. Das kleine Licht knisterte, und ab und zu sprühte es ein Fünkchen in den nur knapp erhellten Raum.
Sie – ja, aber warum waren ihre Töchter ebenso erregt? Mit einer Leidenschaft, die nicht bloß Tochterliebe war, umschlangen sie die Mutter, als sie nach Hause kamen.
Auf dem verschlissenen Sofa, das aufseufzte unter ihrer Fülle, bettete sie die eine Tochter rechts, die andere links an ihre Brust.
«Gleich so aufgeregt?» tadelte sie die jüngere.
«Ich fürcht mich so», stöhnte Franja.
«Aber du brauchst dich nicht zu fürchten.»
«Ich hab einen Buckligen gesehen.»
«Siehst du ihn denn nicht täglich, den Kleiderhändler Schaum? Wie kannst du vor ihm erschrecken?»
«Es war nicht Schaum, Mutter, ein anderer Buckliger, ich hatt ihn nie gesehen.»

«Ein zweiter Buckliger? Da fürcht sich jeder das erste Mal
– bloß einer nicht, der freut sich: ein anderer Buckliger.»
«Kann ein Buckliger seinen Buckel abschneiden?» erkundigte sich Franja.
«Nein, mein Kind, dabei würde er zugrunde gehen.»
Bei ihnen zu Hause kannte man ein Mittel: Eichenblätter kaufen, sie in einem alten Krug mit Bier zerkochen, zwei Monate jeden Abend den Buckel damit abreiben. Aber sie zweifelte, ob es half; übrigens wollten viele Bucklige ihren Buckel gar nicht loswerden.
«Mutter», sagte die ältere, Liebe, «immerzu denkt sich Franja häßliche Geschichten aus. Sag ihr, sie soll das nicht.»
Franja widersprach heftig: «Ich hab mir nichts ausgedacht, ich hab den Mann gesehen!»
«Ich bleib dabei, sie hat nicht. Wenn ich mir was ausdenke, muß es was Schönes sein. Ich denk immer zuerst an eine Geschichte, die ich kenne.»
«Woher hast du sie?»
«Von Frau Warszawski.»
«Und wie geht sie?»
«Soll ich dir erzählen? Vor der Geburt eines großen Rabbis ging seine Mutter durch eine schmale Gasse. Da kamen ihr zwei Reiter entgegen. Sie dachte: sie reiten mich nieder und preßte sich an die Mauer; aber gerade als das eine Pferd sie schon berührte, gab die Mauer nach und bildete eine Nische. Schön, Mutter, nicht? Ob sie auch wahr ist?»
«Natürlich ist sie wahr, warum erzählt man sie sonst?»
«Glaubst du, Mutter, wenn ich einmal soweit sein werde und es kommen Reiter, glaubst du, die Mauer wird auch zurückgehen?»
«Wenn du fromm bist und einen großen Mann zur Welt bringst.»
«Und wenn es eine Tochter ist?» fragte Franja dazwischen.

«Wenn ein Mädchen geboren wird», erwiderte die Mutter, aber der Ausdruck ihrer Augen war ungewiß, «dann weinen die Wände.»

«Haben sie auch geweint, als ich geboren wurde?» fragte die ältere, Liebe.

«Aber selbstverständlich haben sie geweint, und als Franja geboren wurde, noch viel mehr, aber am allermeisten geweint hat Franja selbst, offenbar hat sie ein Junge werden wollen.»

«Ich fürcht mich noch immer», wimmerte Franja in einem Ton, der die Wahrheit ihrer Erzählung bestätigen und ihr das Recht verschaffen sollte, sich näher als die Schwester in die Mutter einzuschmiegen.

«So, du fürchtest dich noch immer», sagte die Mutter. «Nun, dann zeig einmal her, sicher muß man dir die Nägel schneiden, das beruhigt!», und bei dem Schein des Lichtchens schnitt sie der dauernd Fortstrebenden die furchterregenden Nägel. Die Finger waren noch ganz zart, kein Finger hatte eine Falte, bloß der Daumen eine einzige. Sie schnitt in der vorgeschriebenen Folge: erst kam der Daumen, dann der Mittel-, dann der kleine Finger, alsdann sein Nachbar, zuletzt der Zeigefinger – links so, rechts so.

Vorher war ein Zeitungsblatt ausgebreitet worden. «Franja, falt zusammen, nimm ein Streichholz, verbrenn das schön im Ofen!» Aber der Bogen fiel Franja aus der Hand, und sie war nicht zu bewegen, die Abfälle wieder auf den Bogen zu sammeln, so daß die Mutter zornig wurde. Da gehorchte sie endlich, aber nun wollte die Mutter, aus der Ruhe gebracht, die Töchter nicht länger um sich haben. «Geht hinunter! Tummelt euch!»

«Und du?»

«Mich laßt, ich hab zu denken.»

Sie folgten unwillig, sie hatten sich etwas früher bei ihren

Herrinnen freigemacht, um die Mutter an diesem Abend nicht allein zu lassen.

Aber Frau Spanier wollte ohne sie die Welt von früher beschwören, die Welt ihres Vaters. «Ich will sie ganz stark beschwören, um nicht an das andere zu denken, das mir seit einiger Zeit immer den Kopf benimmt.»

Die Welt von früher ... jetzt lächelte man darüber, aber einmal, da war das alles, ach, so schwer, ach, so traurig. An was erinnere ich mich am besten, daß ich mich gut erinnere, um ganz mit meinem armen Vater eins zu werden, so als säße ich noch in der Ecke, als stünde er am Fenster, als sähe er hinaus, trällerte oder spräche vor sich hin und wüßte gar nicht, daß ich im Zimmer bin? Ja, ich werde an die Kämpfe mit dem Rabbiner denken, mein armer Vater litt so unter ihnen, jede Partei wollte ihn für sich gewinnen, und am Ende ging das alles so bitter aus.

Ihrer Heimat hatten die Gänse einen großen Ruf verschafft. Sie wurden vorzüglich gemästet, und der Handel ging sehr weit. Auch die Juden mästeten, vor allem aber kauften sie Gänse von den Bauern. Der Rabbiner hatte die Zweifel zu entscheiden, die die Religion erhob: durfte man diese Gans genießen, obwohl ein Steinchen in ihrem Schlunde steckte? Einer anderen Gans hatte der Schächter die Speiseröhre mit der Luftröhre zugleich durchschnitten – war ihr Genuß erlaubt? Einer Gemeinde, die von der Aufzucht von Gänsen lebte, hätte ein kluger Rabbiner die Gesetze mit Selbstbeschränkung ausgelegt, in unsicheren Fällen zugunsten der Genießbarkeit entschieden, denn eine beanstandete Gans konnte kein Jude einem anderen abnehmen, der Andersgläubige aber zahlte wenig, er erkannte den Notverkauf. Der Rabbiner Chiskija Ploczower hatte lange Jahre die hier gebotene Vernunft geübt, gerade unter seiner Herrschaft hatte sich der Handel kräftig ausgebreitet, man war mit seinem Regiment zufrieden, als ihn eines Tages die Sehnsucht überkam nach einem Traum, eine Sehnsucht, die bei Naturen mit starker Hinneigung zu unirdischen Dingen geradezu leidenschaftlich werden kann. Er hatte eine finstere Stube mit wenig Sonne – nun wollte er einen Traum haben, in dem es nicht von einer, sondern von vielen Sonnen glänzte, das Paradies selber sollte ihm im Traum erscheinen. Er besuchte die Gräber frommer Männer, insbesondere die seiner gelehrten und verdienten Vorgänger, ein Mittel, das man häufig anwandte, um gute Träume zu bekommen, und eines Nachts erschien ihm wirklich im Traum das Paradies. Er sah alle Wunder der sieben Himmel, *ein* Himmel wollte einstürzen, aber ein frommer Rabbi machte die Hand auf und hielt den sinkenden Himmel fest. Rabbi Chiskija Ploczower lustwandelte auf schönen Wegen, in stolzen Hainen, aber wie er sich erging, fand er unversehens eine offene Halle, rings umstanden von hohen Nußbäumen, und vor vielen Hunderten von Schülern, lauter bartlosen jungen Leuten, seinen Lehrer. Er trug gerade die Speisegesetze vor und bemerkte nicht, daß sein alter Schüler sich unter die Jungen mischte und ziemlich vorne Platz nahm, in der Hoffnung, erkannt zu werden. Aber er wurde nicht erkannt. Der Lehrer ermahnte vielmehr die Jünger, streng zu sein, unnachsichtig zu entscheiden, unabhängig, nicht wie Rabbi Chiskija Ploczower, der sogar in seiner Gemeinde das zu essen erlaubte, was nicht zu verbieten ein Verbrechen sei.

Ohne Laut stahl sich Rabbi Chiskija aus der Halle, und von nun an ging eine Veränderung mit ihm vor. Er holte einer Gans die Eingeweide aus der Höhle, spreitete sie langsam auf den Tisch, ließ prüfend die blutigen Schnüre durch die Hand gehen, schlug in einem großen Buche nach; aber kaum hatte die Frau, die ihn befragt, auf sein Geheiß die

Eingeweide zurückgepackt, als ihn Gewissensnot befiel, abermals nahm er die Eingeweide heraus, wieder untersuchte er, und nunmehr fand er eine aufgetriebene Stelle – unrein! An einem einzigen Tag wurden nicht weniger als zwölf Gänse von ihm wertlos gemacht. Die gesamte Judenschaft empörte sich, nicht die Handelswelt allein, auch die Hausfrauen, denn jede nudelte auf dem Boden, im Keller oder auf dem Hofe zum wenigsten eine, wenn nicht zwei Gänse.

Zu Rabbi Chiskija hielten die Stark- und Starrgläubigen, auch ihr Vater – Rabbi Chiskija erschuf ja nicht die Gänse, er sagte nur, was Gott von den Gänsen dachte und was er von ihrer Eignung für den jüdischen Magen hielt. Aber nachdem die Juden des Städtchens einmal in Aufruhr gebracht und in zwei Lager zerfallen waren, kam es zu dauernden Fehden, zu Anschuldigungen, zu Briefen, unterschrieben: ‹Einer für viele› oder ‹jemand für Recht›, zu einem schleichenden, zähen giftigen Kampf. Rabbi Chiskija selbst wurde nicht geschont, er bekam Briefe in Fülle, die ihn verletzten, erregten. Ging er zu weit? Noch einmal ließ er sich seinen Lehrer im Traum erscheinen. Dieses Mal unterhielt sich der Lehrer offen mit dem geläuterten Rabbi Chiskija Ploczower. Aber er fand ihn auch jetzt noch nachgiebig und nicht eines Platzes im Paradies würdig neben den großen und frommen Männern der Vergangenheit. Chiskija wurde nochmals strenger und verschärfte dadurch den schon vorher so schweren Kampf. Boshaftigkeit, Gemeinheit, Niedertracht, ein übles Gehabe und Gemächte überwucherte nun alles und zermürbte selbst die einfachste menschliche Beziehung. In einer zuvor friedlichen, hinten, weitab in der Welt gelegenen Gemeinde spann man Ränke, stellte nach, beschlich – Banden in einem Kleinkrieg gleich, der die Geschlechter überdauern und länger als ein

Jahrhundert währen soll. Mein armer Vater, dachte Frau Spanier, sagte sich damals von dem Rabbiner los, aber so berühmt er war wegen seiner Stimme, verleumderische Briefe langten auch bei ihm ein, verdächtigen lassen mußte er sich täglich.

Einige Jahre später verließ Rabbi Chiskija abgemagert, zermürbt, verfiebert das Städtchen, einer der wenigen, die sich je von seinem Zauber losgemacht. Er glaubte, Zusagen einer anderen Gemeinde zu besitzen, aber die Hausväter von Zamosze dachten nicht daran, an die Spitze ihrer Gemeinde einen Rabbiner zu setzen, der schon eine Gemeinde unglücklich gemacht. So wurde die Niederlassung in Zamosze eine Enttäuschung, und am Leben erhielten Rabbi Chiskija spärliche Zuwendungen einiger Anhänger und etwas Unterricht. Er lebte wie in der Verbannung. Was ihn besonders leiden machte, waren Zweifel: hatte ihn im Traum sein Lehrer richtig unterwiesen?

Sein gänzlicher Verfall kam rasch. Einem fremden Rabbiner werden in jeder Gemeinde die vollen Ehren erwiesen. Aber seine Gegner griffen nach Zamosze hinüber, und so fiel ein Ehrenbeweis nach dem anderen fort. Zu den Vorlesungen aus den Büchern der Heiligen Schrift wurde er bald nur als fünfter oder sechster aufgerufen statt als dritter oder vierter, dann nur noch in größeren Abständen, und das letzte Mal rief man ihn überhaupt nicht mehr zur Vorlesung selbst, sondern, eine Herausforderung sondergleichen, zu dem geringeren Geschäft, die heiligen Pergamentrollen aufzuheben und zu halten, während ein zweiter ein Leintuch herumschlägt, ihnen das Samtkleid überzieht und dabei silberne, klingelnde Aufputze ansteckt. Als man ihn aufrief, nahm er sich vor: ich folge nicht; wenn ich nicht vor Schande vergehen soll, darf ich nicht folgen. Aber da ein Stillstand durch ihn eintrat, da sich alles in der Synagoge nach ihm umblickte, da der Diener auf ihn zutrat und ihn erinnerte, stieg er in das abgeteilte Viereck, in dem dieses heilige Geschäft zu erfüllen war; er wollte das Ansehen des Gottesdienstes nicht herabwürdigen. Mit kraftlosen Armen hob er die Rollen auf, sie wankten in seiner Hand, er mußte gestützt werden. Nach einigen Schritten zurück setzte er sich ohnmächtig auf die Bank im Viereck. Der mit ihm zusammen Aufgerufene, den man aus Bosheit gewählt hatte – er war von besonders niedrigem Stand – hantierte nach der Vorschrift; da, in dem unwürdigsten Augenblick seines Lebens, kam Rabbi Chiskija ein Wort in den Sinn, das er in seinen Kämpfen nie, aber auch nicht hinterher im Exil bedacht hatte, ein Wort von Rabbi Moische Chefez, eines Rabbiners aus Zawusch, eines armseligen Menschen, Gegenstand des allgemeinen Spottes. Wie hatte Moische Chefez gerechnet, als er vorhatte, aus seiner Gemeinde Zawusch fortzugehen und Rabbiner der viel größeren, berühmteren, aber auch reicheren Gemeinde Pinsk zu werden? Wenn die Zawuscher, sagte Rabbi Chefez in seiner Einfalt, mich nicht gerne sehen in Zawusch, aber doch nach Pinsk wünschen, um wieviel mehr müssen mich erst die Pinsker hinwünschen, die mich doch wohl in Zawusch sehr gern sehen! Ja, ein Moische Chefez, das war er, nichts anderes, und fast tonlos stieß er, zusammenbrechend, ein einziges Wort hervor, ein Wort, das noch den gleichen Vormittag überall durch die Stadt lief und ihn bei allen Leuten verächtlich machte: Zawusch … jeder verstand, worauf er anspielte. Mit diesem Wort, mit dieser öffentlichen Selbstverhöhnung gab er sich auf.

Er wartete das Ende des Sabbats ab, sang die Zwielichtgesänge mit großer Inbrunst, verschmolz sich mit seinem Gott, mit der Gestalt seines Lehrers und der aller heiligen und frommen Männer, dann, wenige Minuten nach dem

Sabbat, sprang er in völliger Verwirrung in den Fluß. Die Überlieferung, die den Freitod verbietet, versagte, denn hier war ein großer Verstand zerstört. Mondlicht stand am Himmel, Rabbi Chiskija bewegte kaum die Arme und, wie erzählt wird, hielt er den Blick nach oben, als schritte er, erhaben über die Gesetze von Wurf und Fall, im Lichtbogen gen Himmel. Einem jungen Anhänger, fast dem letzten aus einer einstmals unübersehbaren Schar, hatte er vor Wochen versprochen, ein Zeichen aus dem Jenseits zu geben, falls ihn der Tod ereile, damit der Jünger seinen Glauben an das Fortleben der Seele nach dem Tode befestige, aber der Schüler wartete vergeblich auf das Zeichen.

Die Erinnerung an dieses ihr unendlich oft erzählte Haupterlebnis ihrer Jugend tat ihr gut. Sie weinte ein wenig, man sah, auch die früheren Zeiten hatten es nicht leicht gehabt, jede trägt für sich – nun, schwer ums Herz, so war auch ihr. Sie dachte zuviel an Seraphim, viel mehr als er an sie. Sie wollte dem Gefühl entsagen, es schickte sich nicht, eine ältere Frau, ein jüngerer Mann – konnte sie sich nicht bezwingen, dann wollte sie ihn entfernen aus der Gasse, mehr konnte sich ein Mensch nicht abringen, und sie weinte über ihre eigene Anständigkeit.

Sie tat das noch, als gegen die Tür geklopft wurde, und auf ihre Frage, wer da sei, sich ein Sohn des Herrn Monasch meldete und im Auftrag seines Vaters Feigen überbrachte.

Aber wenn sie ihr Gefühl bezwungen oder Seraphim weggeschickt hatte nach Palästina – was dann?

Lange leben wollte sie nicht. Ihre Kinder? Das ging nicht anders: wenn Eltern sterben, verwaisen eben Kinder, sie machte sich auch nichts daraus, daß sie allein zurückblieben.

Der Rabbiner kam zu ihnen, sie saßen auf dem Fußbänkchen, Liebe und Franja, die Kleider eingerissen, und weinten, der Rabbiner Jurkin gab ihnen die Hand und sprach: «Gott tröste euch mit den anderen Leidtragenden Israels in Jerusalem!» Dann kam er auf ihre verstorbene Mutter zu sprechen: ihr Verdienst soll uns angerechnet werden. Nein, sie wollte lieber kein Verdienst haben, es sollte keines angerechnet werden, und sie schluchzte, stark, verzweifelt …

Durch die Tür wurde ein Zettelchen geschoben mit einigen Zeilen von Frau Weichselbaum: ‹Haben Sie Zeit für mich? Lust für mich?› Frau Spanier schüttelte den Kopf: sie schluchzte.

Aber einen gerade gewachsenen Menschen gibt der Schmerz auch wieder frei, er rafft sich zusammen, sucht die Menschen – die oft geschmähten sind doch das Heilmittel. Frau Spanier schleppte sich ans Fenster und sah hinaus. So spät es war, zog noch ein Mann mit seinem Karren durch die Gasse. Vergeblich rief er Südfrüchte aus. Kein Käufer – niemand kaufte hier noch um diese Jahreszeit Orangen; die kleinen vertrockneten Dinger auf dem Karren sahen auch den großen Orangen Jaffas wenig ähnlich, die die Juden zärtlich liebten als Früchte der Arbeit ihrer Brüder. Also bloß gleichgültige Gesichter, gehässige der Händler, ein enttäuschtes des Mannes selbst. Er hätte sich die Fahrt sparen können. Aber als sei ihm die Lehre noch nicht unvergeßlich eingehämmert, riß eine Händlerin einen Mohnkopf von der Schnur und ließ wütend die Körner hinter dem Manne herrasseln, mit dem Lärm seine Rufe übertönend. Haß, Kampf – so war man dem Leben nicht zurückgegeben.

Etwas anderes schenkte sie dem Leben wieder. Gegenüber ging eine Frau, an der, was in dieser Gasse etwas hieß, ihre Armut auffiel. Unbegreiflicherweise schritt sie, den Korb überm Arm, auf einen Laden zu, wußte sie nicht, daß sie dort kein Fleisch bekam? Frau Spanier gab ihr Zeichen, doch die Frau schob das bereits vorgeschobene Gitter zurück und trat ein. Wie vorauszusehen, tappte sie bald, noch geduckter, heraus. Mit beiden Händen winkte Frau Spanier, aber die Ärmste sah nicht, sie horchte abwesend. Aus einem Bäckerladen, dessen Tür noch geöffnet war, scholl Gesang. Es war der Laden der menschlichen Frau Heinzelmann. Sie folgte der Stimme und kam mit keinem leeren Korb zurück, das verriet der Ausdruck ihres Gesichts. Frau Spanier winkte wieder, aber ihre Zeichen wurden nicht bemerkt. «Liebe!» rief sie endlich ihrer Tochter unten vor dem Hause zu, «bring die Frau herauf! Aber mach, sie vergeht sonst, hast du kein Herz?»

Die Frau bekam kaltes Fleisch. Zum Dank erzählte sie ihre Geschichte. Frau Spanier schauderte, wehrte sich jedoch nur schwach, stärker wäre mißverstanden worden. Also, zwei Söhne gefallen, Mann und Tochter erfaßt von einer Krankheit, sie selbst – nichts weiter! Frau Spanier betete zu ihrem Schöpfer, ihr das übrige zu ersparen, sie wollte auch selber demütig sein und sich niemals wieder beklagen. «Ich soll nicht mehr erzählen?» fragte die Arme. «Ich hab so viel zu tragen», erwiderte Frau Spanier. Das rührte: «Eine so schöne Frau und auch zu tragen?» Frau Spanier bekam die Hand gestreichelt: «Es wird schon gut werden, glauben Sie nur!»

Es war nicht freundlich von Frau Spanier, die Tür war kaum geschlossen, am Waschbecken die Hand mit Seife und Bürste abzureiben. Gleich danach nahm sie einen Shawl um die Schultern und ging weg. Menschen! Auf der Treppe kam ihr eine Frau entgegen, Oliven in der Hand. Frau Spanier dachte an das Öl, das man Esther gegeben, von Oliven, die gerade erst ein Drittel gereift waren, das Öl sollte den Körper dick machen, hieß es, und den häßlichen Haarwuchs an ihm entfernen. Überflüssig für sie, aber wie überflüssig erst der Gedanke! Sie trat aus dem Haus, glücklicherweise waren die Töchter nicht zu sehen, denn sie leugnete nicht mehr vor sich, warum sie auf die Gasse lief. Gleich ihr gingen Hunderte von Juden auf und ab, andere standen sinn- und grundlos, hier ein Dutzend, dort ein Dutzend, Gehsteige und Fahrdamm überflutend. Alte Männer schauten aus den Fenstern und rauchten Pfeife, einzelne ganz alte schnupften Tabak, die Nasenlöcher groß wie Pfefferbohnen, größer als Nasenlöcher sonst. Trotz der Wärme hatten die Männer dikke Mäntel an und Hüte auf dem Kopf von Filz und Plüsch, die Frauen Schultertücher um und natürlich über dem Haar Perücken. Lebhaft und unter reichlichen Bewegungen sprachen alle durcheinander, mancher, der allein war, mit sich selbst. Man mußte achthaben, nicht angestoßen oder, wie Frau Spanier, beinahe umgerannt zu werden. So ein ungeschickter Mensch, dieser David Wachsmann, sich nicht einmal zu entschuldigen, wenn er einen fast auf die Gasse warf: «Ärgern Sie sich nicht!» sagte wohlgelaunt ein frommer Mann, Herr Osias Katzenstein, «wie sagte neulich einer von ihm? Wenn Frühling ist, denkt der Wachsmann nicht an Frühling, sondern: Warum ruft man am Sabbat sieben zur Vorlesung auf, am Versöhnungsfest sechs, es gibt doch zweiundfünfzig Sabbate im Jahr und nur ein Versöhnungsfest, also warum nicht umgekehrt, am Versöhnungsfest acht, wenn schon am Sabbat sieben? Eine gewiß sehr berechtigte Frage, aber gleich nach Ostern und auf einer Straße voller Menschen hatte er eigentlich Zeit, sie später zu bedenken. Bis zum Versöhnungsfest war es wieviel? Immerhin ein halbes Jahr!»

«Nun», bemerkte unaufgefordert Herr Leo Schachian, «ich bin sein Freund nicht, aber ich finde nichts dabei. Er hätte

an viel Entlegeneres denken können, und er würde auch noch nicht zu tadeln sein. Beispielsweise, sagen wir, was König David für ein außerordentliches Leben hatte, was Männer wie Amasa, Scheba, Isch Boschet, Abner, Amnon in diesem Leben bedeuteten, nicht zu reden von den beiden einzigen Männern, die jeder kennt, von Jonathan und ...»
«Was erzählen Sie uns von diesen alten Sachen!» unterbrach ihn Katzenstein.

«Lang her ist das wohl, aber es hat nur einmal einen König David gegeben, und wenn noch dreitausend Jahre sein werden, wird es nicht noch einmal einen zweiten König David geben. Aber an so etwas denkt man nicht, von der Geschichte seines Volkes weiß man nichts, die Bräuche nimmt man wichtig, ja, ja, verkehrte Welt!»
«Es fragt sich bloß, wer verkehrt denkt!»
«Vielleicht haben Sie recht! Was weiß einer überhaupt?»
Seraphim begegnete ihr und löste sich sofort von seinem Begleiter, Frajim. «Sie wollten mir noch Ihren Traum erzählen», sagte sie mit einem unsagbar liebenswerten Lächeln.
«Bestimmt werden Sie ihn mir übelnehmen und mich unverschämt finden!»
«Ich nehme Ihnen nichts übel und finde nichts von Ihnen unverschämt!»
«Also, ich träumte, ich betete vor, in der Synagoge, ich stand in der Mitte, erhöht, und sang sehr schön, dabei kann ich gar nicht singen, und je schöner ich sang, um so mehr preßten Sie Ihr Gesicht durch das Gitter der Frauenabteilung, daß die Gitterstäbe fest in Ihr Gesicht schnitten.»
«Wie konnten Sie das sehen? Sie sahen doch nach vorn?»
«Ja, ich sah nach vorn, aber ich konnte zugleich zurücksehen.»
«Und das ist alles?»

«Ja», sagte er, «das ist alles.» Mit einer unvermittelten Wendung ging sie davon. Er wollte ihr nachstürmen, blieb aber – wohin waren sie beide im Begriff, sich zu verlieren? Bei dem Auftauchen Seraphims und seines Begleiters Frajim fielen dem Schuhhändler Lippmann seine Sünden ein. Frau Warszawski hatte sie ihm soeben vorgehalten: «Haben Sie was für ihn?»
«Für wen?»
«Für wen? Zehnmal habe ich Sie gebeten, Sie sollten sich bemühen für ihn, und Sie fragen, für wen!» Er nahm sich sofort den Lumpenhändler Lewkowitz vor, der ihm entgegenkam; das war ein bedeutender Kaufmann, viel bedeutender als er. «Können Sie nicht einen jungen Mann beschäftigen …»
«Sie wissen doch», sagte Lewkowitz, «wohin meine Ware geht – nach England, und der Absatz nach England hat heute seine Schwierigkeiten.»
«Schön, ich weiß, aber wenn man will, kann man dann nicht immer?»
«Um wen handelt es sich?» Er berichtete, ein gewisser Frajim Feingold …
«Und damit kommen Sie mir?»
«Wie meinen Sie das?»
«Was ist da zu meinen? Der junge Mann ist zwei Wochen bei mir gewesen und ist dann weggelaufen.»
«Und da muß ich Schlemihl gerade Sie fragen! Aber wenn er weggelaufen ist, werde ich mich überhaupt nicht mehr bemühen.»
«Das können Sie trotzdem», erwiderte Lewkowitz.
«Was? Ihnen einen unzuverlässigen Menschen empfehlen?»
«Erinnern Sie sich nicht? Es steht geschrieben: hat jemand eine Strafe für seine Tat erhalten, selbst wenn er sie noch nicht angetreten, geschweige sie verbüßt hat, so soll er dir

wieder sein wie dein Bruder, und *er*, er *hat* sie abgebüßt, er sucht schon Gott weiß wie lange.»
«Nun, dann können *Sie* ihn doch auch wieder nehmen!»
«Ja, schön, und Sie nicht?»
Eisenberg kam wieder vorüber, jetzt im Gespräch mit Tauber. Er berichtete aufgeregt von seiner vergangenen Unterhaltung über Jehudas Witwe. Tauber suchte ihn zu beruhigen: «Sie wissen doch: ist jemand unzufrieden, so hat er, und ist er selbst wer weiß was für ein Nörgler, immer ein Körnchen zur Unzufriedenheit. Es gibt doch in der Tat in der Heiligen Schrift eine Anzahl Stellen, die machen einem in der Jugend zu schaffen.»
«Wieso?» fragte Eisenberg verständnislos.
«Nun, ist es so einfach, daß Abraham seine Frau mit nach Ägypten nahm und sie vor Pharao als seine Schwester ausgab und daß Jakob es nachher mit Rebekka ebenso machte?»
«Unsere Weisen erklären das doch.»
«Aber bis man weiß, *wie* sie es erklären, und wenn man jung ist, kommt es auch vor, daß man sich sagt, die Weisen erklären es so, aber gesetzt, wie wäre es, wenn sie es nicht so erklären würden …»
«Ist Schach jung?»
«Nein, gewiß ist Schach nicht jung.»
«Also was sagen Sie? Ich habe doch recht, er ist unrein, es gibt unreine Menschen jung und unreine alt.»
«Was wollen Sie? Sollen wir so reden? Wohin führt das?» sagte Tauber, bemüht, den Alten möglichst nicht in Wallung zu bringen.
Lippmann stieß unter den auf und ab Wandelnden erneut auf Lewkowitz und benützte die Gelegenheit, sein Versehen gutzumachen. «Was erwarten solche jungen Leute heute eigentlich? Sofort eine Stellung? Aber wie viele von uns ha-

ben heute selber nichts zu beißen! Jeden Tag mehr, man erschrickt, wenn man die Zahlen der Arbeitslosen liest: Millionen.»
«Gut, aber stellen Sie sich vor: Wohin sollen die Jungen zurück? In Polen ist es noch schlechter, Ungarn ist ganz tot, in Rumänien können sie sich lebendig begraben lassen.»
«Wirklich», pflichtete Lippmann bei, «es ist schwer, dort schwer, hier schwer, man weiß wirklich nicht, was soll man tun.»
«Ich höre: tun. Warum muß man immer tun? Ich denke manchmal, war es nicht ganz gut, was unsere Altvordern so wunderbar verstanden: abwarten, stillhalten, dasitzen, zusehen?»
Frau Spanier wandelte weiter über die Gasse. Sie merkte jetzt, wodurch ihr die Traumgesichte Rabbi Chiskijas eingefallen waren, nicht durch den Todestag ihres Vaters, sondern weil sich Seraphim gestern geweigert hatte, ihr seinen Traum zu erzählen. Heute hatte er ihn erzählt, aber man quälte sie: hatte er ihn zu Ende erzählt?
Vor der Schankwirtschaft von Teich erkundigte sie sich bei der Tochter: «Heute ist es nicht so voll?» Das Mädchen schüttelte den Kopf. «Wäre es jeden Tag so voll, könntest du dir keinen Bräutigam aussuchen, der gar nichts tut und bloß schön aussieht.»
«Ein bißchen früh.»
«Recht hast du! Nachher find't man immer, man hätt warten können.»
«Allzu spät ist auch nicht richtig.»
«Nun, jeder auf seine Weise, der eine so, der andere anders. Was lachst du, Zore?»
«Ich dacht bloß, was für mich ist, ob so, ob anders.»
«Zore, Zore», drohte Frau Spanier, «ich weiß nicht, du sprichst so …»

Der Vorbeter Monasch sprang ihr nach: «Auf ein Wort!» Sie hob die Hand zum Gesicht: «Ich hab Kopfweh!» Kopfwch, das tat ihm aufrichtig leid, konnte er nicht ein paar Schritte mitgehen? «Nein, bitte nicht, ich muß hinauf, mich legen.»

Monasch seufzte: nie traf er es richtig! Einmal hatte sie nicht die rechte Stimmung, ein andermal hatte sie Kopfweh. Er hatte heute schon aus Wut über sie mit der Schere eine Blechwanne durchstoßen; es war das beste, er schlug sich diese Frau aus dem Kopf, zugleich aber alle anderen Frauen auch, dann brauchte er um keine zu betteln. Freilich, Alleinsein war auch nicht leicht. Wie man es machte, machte man es falsch.

«Noch ein bißchen unterwegs?» wurde er angesprochen.

«Nun, es ist doch nicht spät …»

«Spät nicht, aber wenn man aufstehen soll, ehe die Hähne krähen.»

«Wer red't hier von krähen?» fragte Monasch ärgerlich, «ich habe hier noch keine Hähne krähen hören.»

«Also nicht krähen, schön, singen …»

Himmelweit demütigt sich. Frau Dippe will ihr Haus verkaufen. Herr Joel, was meinen Sie, mit dem Haus, was wird werden?» fragte der Hausdiener Esra Lachs und wischte sich den Schweiß aus dem stacheligen Gesicht.
«Wer kann wissen, bei diese Leute …»
«Und Sie denken was, Frau Joel?»
«*Mich* fragen Sie, man wird leben, man wird sehen!»
«Und Sie meinen wirklich, der Himmelweit hat angezeigt?»
«Sie haben doch gehört, der Beamte hat gesagt, ein Mann mit einem komischen jüdischen Namen. Wer sonst könnt's sein?»
«Ich denk eigentlich, da sind viele mit solche Namen.»
«Schön, aber kennen Sie wen anders, der ein Verbrechen von solcher Gemeinheit fertigkriegte?»
Himmelweit hätte besser heute als morgen die Gasse verlassen, man verstand hier zu hassen und peitschte Verräter am liebsten aus. Aber er fand nicht die Kraft und blieb. Er befaßte sich wirklich nicht mehr mit zweifelhaften Sachen, aber alles war gegen ihn verschworen. Klingelte er in einer Nachbargasse an den Türen, mit seinem Köfferchen, in dem Manschettenknöpfe waren, Kragenknöpfe, Schließspangen, so öffnete man nicht; man schielte durch ein Loch und schlich wieder fort, als habe man sein Klingeln nicht gehört, nicht das Scharren seiner Füße, nicht das Rasseln seiner Ware. Oder fragte, ohne aufzumachen, barsch: was ist? Bot er dann durch die geschlossene Tür seine Knöpfe an, so war im Augenblick kein Bedarf. Gott sei Dank verkrochen sich nicht alle, die lebhaften und natürlichen Men-

schen machten auf, aber gleich danach schlugen sie ihm zumeist die Türe wieder vor der Nase zu – offenbar gefiel sie ihnen nicht. Er fand sie nicht so häßlich, seine Nase, aber die Leute schienen es doch zu finden – eine ziemliche Entwicklung, daß er das schon einsah. Kam es aber wirklich zu einer Unterhaltung, so hieß es: aus Tombak? Wenn wir Knöpfe nehmen, nur versilbert ... Schön, da waren versilberte Manschettenknöpfe! Aber einteilig? nein, sie müssen zweiteilig sein! Zweiteilig führte er sie nicht, zweiteilige waren modisch, sein Geldgeber aber überließ ihm nur alte, aussortierte, nur Ramsch. So ging es ihm wie jenem Rabbi, der geseufzt hatte: handele ich mit Leintüchern, ändert die Natur ihren Lauf und es stirbt kein Mensch; verkaufe ich Kerzen, geht die Sonne nicht mehr unter. Himmelweit hatte vor zwei Jahren als Händler mit Gewürz begonnen, Nelken, Zimt, Lorbeerblatt und Pfeffer waren seine Ware gewesen, der Erfolg – Schulden. Dann hatte er Kitt gewählt, Stearin und Stahlspäne, das gleiche Ergebnis wie bei dem Gewürz. Zwischendurch hatte er alles mögliche versucht und alles mögliche wieder aufgegeben. Er lebte eher vom Hunger als vom Essen, und um seiner Schulden willen mußte er fast ebensoviel über sich ergehen lassen wie wegen jener Anzeige, obwohl er sich hier so schuldlos fühlte, wie er es dort war.

Am meisten plagte ihn von seinen Gläubigern Schach. Er ging zu Schach, ein Schuldner soll sich seinem Gläubiger zeigen, das ist besser als Versteckenspielen. Er ging um die Mittagsstunde, niemand war bei Schach, einzig sein Gehilfe. Sie packten Ware um. «Himmelweit, hilf!» rief Schach.

«Hier wird gearbeitet oder du gibst mein Geld zurück, eins von beiden! Die Stunde Arbeit rechne ich dir an, sagen wir, mit zwanzig Pfennig, das ist enorm, dreimal soviel, wie du

verdienst. Wird dir die Arbeit sauer, spuck in die Hände, dann wird sie dir weniger sauer. Fällt dir aber eine Geschichte ein, dann laß die Arbeit liegen, dann tu nichts, die Zeit, die du erzählst, wird dir angerechnet. Ein Händler, der Geschäfte machen will, muß erzählen können, stundenlang, dem müssen die Geschichten bloß so rausfallen aus den Ärmeln – wie will er sonst Eindruck auf die Leute machen, und die sollen ihm seinen Dreck doch abkaufen!»
Eine Schnauze hat dieser Mensch, ein Geschrei stellt er an, dachte Himmelweit, aber er hat Geld von dir zu fordern, tu ihm den Gefallen, erzählt. «Schön! Es war einmal eine fromme, aber dumme Frau …»
«Was? Eine Frau?» Über Frauen, gar über fromme und dumme, wünschte Schach von Himmelweit nicht belehrt zu werden, Himmelweit konnte sich vorerst in seinen Erzählungen an die Männer halten.
Himmelweit biß sich gekränkt auf die etwas unvorteilhafte Unterlippe und schwieg. Schach fand das schließlich fade.
«So, jetzt ist's genug, jetzt haben wir dein brummiges Gesicht gesehen, du bist damit noch schöner, wie du so schon bist. Aber nun ist's Zeit, steck's weg, sonst behältst du's und siehst dein Leben lang aus wie ein schwarzes Jahr in Milch gekocht. Kannst du keine anständige Geschichte erzählen, so hör auf, mit Knöpfen zu handeln, fang an, die Straßen zu kehren!»
Himmelweit überwand sich und hob an mit erstickter Stimme: «Ein Bote aus Pabjanice sollte einmal …»
Dieses Mal unterbrach ihn Schach geradezu stürmisch:
«Was, von den entsetzlichen Dörfern willst du erzählen, von den verlausten Nestern? Da hört sich doch alles auf! Das läßt sich nicht einmal eine zahnlose Urgroßmutter gefallen, auch wenn sie sich zum Steinerweichen langweilt. Nein, etwas, was den Frauen gefällt, worüber sie lachen, wo sie sa-

gen, diesem jungen Mann muß man ein paar Knöpf' abkaufen – das muß hier herum spielen, das muß mir passiert sein, dir passiert sein, Josef passiert sein ...»
Aber er wartete vergeblich, Himmelweit nahm die Erzählung nicht mehr auf, er hatte inzwischen entschieden Charakter bekommen. «Nun», sagte Schach, «du willst nicht? Schön, werd ich dir eine Geschichte erzählen, damit du ein bißchen auf die Sprünge kommst. Josef, hast du schon mal von dem Mann auf dem Dach gehört? Nun, dann hörst du's eben zweimal, das ist wenig genug, eine Frau muß die Geschichten ihres Mannes hundertmal anhören, und wenn sie dann selbst erzählen will, unterbricht sie der Mann, sie versteh nicht, zu erzählen, und erzählt selbst. Also mach die Ohren auf, hör zu! Eines Tages sitzt mein Himmelweit auf dem Dach ...»
«Wer?» fragte Himmelweit entsetzt.
«Himmelweit», versetzte Schach so ruhig, als sage er das Natürlichste von der Welt. «Kommt in einer Geschichte ein fader oder großmäuliger oder liederlicher oder halsstarriger Bursche vor, mit einem Wort ein Lump, dann nenne ich ihn nicht mehr Moritz oder Nathan oder Isidor oder wie er sonst heißt – bis ich mein Geld zurückhab, sage ich: Himmelweit. In seinen Geschichten kann man doch den Leuten Namen geben, wie man Lust hat. Also eines Tages sitzt mein Himmelweit auf dem Dach ...»
Doch das ließ Himmelweit nicht zu: er schlug mit den Fäusten auf den Tisch, fing zu schreien an und lief wie irrsinnig auf die Gasse.
Durfte er das? Er sollte nicht empfindlich sein. Denn wie lange noch, und er warf den Handel mit Knöpfen hin und den Handel überhaupt. Ihm ging die Geduld ab, von Tür zu Tür zu ziehen, wie sie Noah Kirschbaum übte. Was gab es dann für ihn? Was viele Kaufleute nach einem Schiffbruch

tun müssen: in einem fremden Geschäfte unterkriechen. Aber ihn würde niemand einstellen, er eignete sich nicht zu straffer Arbeit, für ihn war das nichts, eine genau vorgeschriebene Zeit, eine peinliche Unterordnung. Leute wie er, mit schlechtem Aussehen, schlechter Sprache, schlechtem Benehmen, ohne Geld, ohne Beziehungen, er sah das jetzt alles ein, Hunger erzieht, solche Leute blieben besser für sich allein und gaben sich nützlicher mit Vermittlungen ab; da sie nicht erste bekamen, die lagen in den Händen vortrefflicher und glücklicher Menschen, mit den letzten; es hieß, als Pfuschmakler, als Unteruntervermittler an fremde Geschäfte herankommen – wer das aber wollte, mußte mit tausend Personen gut stehen.

Das heißt: vorerst brauchte er gut zu stehen nur mit einer, und diese eine war seine Wirtin. Denn wenn ihm *ein* Geschäft gelang, der Verkauf ihres Hauses, dann war er alle Schulden los und hatte darüber hinaus für einige Zeit zu leben.

Weichselbaum, der Für und Wider in zahllosen, erzwungen müßigen Stunden abgewogen, hatte endlich einen Entschluß gefaßt: er wollte ein Haus in der Gasse kaufen. Von Frau Dippe hieß es, sie wolle das ihre abgeben. Verhandlungen hatten begonnen, Frau Warszawski führte sie. Frau Spanier hatte ihr den Auftrag verschafft als Dank für die Aufnahme Seraphims; bei ihrem guten Verhältnis zu Weichselbaums Frau war ihr das leichtgefallen. Frau Warszawski hatte Verbindungen nach allen Seiten, auch in das verrufene Haus hinein, dennoch fand sie es nicht falsch, auch Himmelweit heranzuziehen, nicht als Vermittler, aber er wohnte bei Frau Dippe, er konnte sie beeinflussen, und vor allem störte er, wenn man ihn nicht hinzuzog, die Verhandlungen bestimmt. Weichselbaum bequemte sich zu einem Opfer, und eines Abends betrat Himmelweit den Gasthof. Leider bekam er Joel nicht zu Gesicht, er hätte ihm gar zu gern vergolten, aber auch so war seine Genugtuung groß. Er spielte sich auf und erklärte, je nachdem, wie er Partei nahm, fiele die Entscheidung, für oder gegen Weichselbaum, für oder gegen die Gesellschaft für Grundbesitz und Areal, die sich im Wettbewerb mit Weichselbaum um das gleiche Haus bemühte.

Ganz so war es nicht – es bestand die dritte Möglichkeit, Frau Dippe gab das Haus überhaupt nicht ab, nicht dem einen, nicht dem anderen, sondern behielt es. Sie hatte keine ruhige Stunde, seit ihr Weichselbaum und die andere Gruppe fast an einem und demselben Tage mit Vorschlägen gekommen waren. Himmelweit riet ab, dann zu, mit solchem Rat ließ sich wenig anfangen. Auch traute sie ihm nicht: er wollte in der Küche am Tag zuvor eine Mark gefunden haben, Zeichen einer scheinbar großen Redlichkeit; aber sie kannte ihr Vermögen, es fehlte nichts. In ihrer Not wandte sie sich an die einzige, die von wirtschaftlichen Dingen eine Ahnung hatte, an Fräulein Czinsky, eine Mieterin, eine der zwei anständigen Frauen aus dem Haus.

«Glauben Sie nicht, ich will den Rat umsonst», leitete Frau Dippe die Verhandlungen ein. Das konnte sie auch nicht gut, die ganzen Jahre hatte sie dem Fräulein nicht einen Wunsch erfüllt, und Fräulein Czinsky war schlecht auf sie zu sprechen, aber sie war ein Mensch, der, wenn er Geld sah, auch verzieh.

Es sah elend in der Kammer aus, meterweise war der Putz von der Decke gefallen, wie Schorf blätterte die Tapete von den Wänden, keine Farbe an der Tür, in den Fenstern schepperten die Riegel, die Wasserleitung tropfte – wer sollte die Kosten für eine Gummidichtung tragen?

Aber das Fräulein fühlte sich keineswegs schlecht in den verwüsteten und mißhandelten Räumen. Sie lebte weniger hier als in ihren Vorstellungen, und diese betrafen nicht so sehr das Heute wie das Morgen, aber in einem rein weltlichen Sinn, denn diese Protestantin hatte kein christliches Verlangen. Ihre Sparsamkeit war die äußerste, sie geißelte sich noch schärfer als Frau Dippe selbst. Dabei verdiente sie und wurde von anderen ernährt. Schon in der Frühe ging sie fort, die Familien, zu denen sie zum Nähen kam, mußten den Morgenkaffee für sie bereithalten und ebenso peinlich am Tage sie versorgen. Das Essen, das man ihr gab, verschwand sehr rasch, das Geld nur ein einziges, allerdings entscheidendes Mal: in den Jahren nach dem Krieg zerrannen ihre Ersparnisse zu nichts. Aber seitdem hatte das dreiundvierzigjährige Fräulein wieder zweitausend Mark gespart. Sie lieh sie aus: an einen Drehorgelspieler, dem sie sein Instrument bezahlte und der sie dafür an seinem Geschäft beteiligte; an eine Witwe, die mit Schmirgel, Schmierseife, Wichse, Putzpulver hausieren ging, und an einen Mann, der mit Ausklopfern, Spankörben und Staubwedeln das Viertel ablief. Früher hatten noch andere kleine Leute von ihr Geld bekommen, jetzt konnte sie so vielseitig nicht mehr sein und lieh höchstens noch an Straßenmädchen, die sie kannte; sie wußte, welcher zu trauen war, welcher nicht.

Sie wollte sechstausend Mark zurücklegen und sich dann einen Mann verschaffen, der ihr gefiel. Verhältnisse? Sie hatte mehrere gehabt, aber davon hielt sie nicht viel; ihre Freunde waren alle wieder ausgebrochen, der Heiratsplan war richtiger. Sie wußte, sie war häßlich und fast ganz ohne das, was die Männer reizt. Sie gab nicht viel auf diese Eigenschaften, das meiste davon kam aus der Hand der Schneiderinnen. Aber man mußte die Männer nehmen, wie sie waren, und für Geld war jeder Mann, mindestens von einem bestimmten Alter ab, empfänglich. Es wurde etwas spät mit ihrer Heirat? Vielleicht – aber wenn die anderen sich schon haßten und am liebsten totschlugen, standen ihr die Jahre der Liebe noch bevor.

«Sagen Sie, mein gutes Fräulein Czinsky, was, um Gottes willen, soll ich tun?»

Fräulein Czinsky riet entschieden, das immobile in mobiles Kapital zu verwandeln – sie drückte es nicht so aus, aber sie meinte es so. Man brauchte nur zu bedenken, eines Tages stürzten hier doch alle Häuser ein, sie waren so nicht viel mehr als Mehl und Pulver, nur Verrückte kauften sich hier an und nun gleich zwei – das war mehr als ein Geschenk, das war schon Gnade. Natürlich, in der Welt hatte alles seinen Grund: Weichselbaum, halbblind, kam nie aus der Gasse heraus, außer im Wagen zu seinen Ärzten, er wollte sich da ankaufen, wo er sich auskannte, und die Gesellschaft hatte rechter Hand ein Haus und rundete mit Frau Dippes Haus diesen Besitz nur ab, äußerst wichtig für einen Abriß und einen Neubau. Wenn sich zwei in den Haaren lagen, sollte man sie dabei nicht stören, und spielte sie einen gegen den anderen aus, so wurde ihr Haus ordentlich bezahlt. Eine Sorge blieb natürlich: was tat man nachher mit dem Geld? Von dem Gelde mußte man Zinsen haben, dabei lief man Gefahr, aber wenn Frau Dippe wie sie einen Teil in der Gasse auslieh, dann sah sie Nutzen.

Sollte sie dem Rate folgen? das Haus verkaufen? Seit Jahren fürchtete sie seinen Einsturz, aber bei aller Angst störte sie doch, daß sie sich sagte: jetzt hast du ein Haus, nachher hast du nichts, das Haus siehst du, das Geld nicht, denn was ist Papier? Das kannte man.

Die Entscheidung kam von außen.

Im Hause lebte als einziger Mann der Schutzmann Trapp. Ihn bevorzugte sie, er hatte von ihr Vorteile. Kam gegen sie eines Tages eine Anzeige, wie angeblich die von Himmelweit gegen Joel, dann sollte einer dasein, der sich maßgebend für sie einsetzte. Übrigens wußte sie bei Himmelweits Einzug nicht, daß er seinen Hauswirt ans Messer geliefert hatte, nie wäre er über ihre Schwelle gekommen, und sie behielt ihn auch nur aus Furcht.

Aber wie so oft: die unanständigen Leute bleiben leben, die anständigen gehen dahin. Der Schutzmann war noch nicht siebenunddreißig, plötzlich, von heut auf morgen, war er tot. Die Witwe blieb nicht, ihre Verwandten wohnten in einem Vorort, sie zog in ihre Nähe. Frau Dippe strengte sich denkbar an, einen Tausch der Wohnung mit der eines anderen Schutzmanns zu erreichen – der sollte dann ebenso von ihr gehegt und ihr Retter werden am Tag des Unglücks. Aber Frau Trapp tauschte ihre Wohnung gegen die Wohnung eines Werkmeisters.

Frau Dippe hatte schon den Abschied von Trapp mit tiefem Leid erlebt, sie hatte geweint, als der Sarg hinausgetragen wurde, manche Dirne auch, jeder verehrte den stummen, duldsamen, höflichen, niemals überheblichen Mann. Aber als Frau Trapp das Haus verließ und ein Mieter ohne Amt und Einfluß folgte, war ihre Trauer größer; nun war der Verkauf des Hauses unaufschiebbar.

Ein Bruder Frau Trapps und sein Kamerad bewerkstelligten den Umzug mit einem Handwagen. Sie waren früh ans Werk gegangen, aber es war eine weite Strecke, und sie mußten zweimal fahren.

Frau Trapp hatte einen Eimer Geschirr auf den Wagen gesetzt und stieg die Treppen wieder hoch, hinter sich das kleinste Kind, das an ihrem Rock hing und seinen Bruder anfaßte. Der Bruder führte die größere Schwester an der Hand. Die Kette verlängerte sich noch um zwei nicht von ihren Gespielen zu trennende fremde Kinder. Sooft Frau Trapp hinaufstieg, stieg der kleine Zug mit hoch und auch mit ihr wieder hinunter, und jedes Kind trug, in Zeitungspapier gewickelt, eine Tasse, einen Quirl, einen Löffel nach unten. Sie waren wie kleine Engel mit Palmzweigen in den Händen, und da man nur mit Schwierigkeit gleichzeitig Hände anfassen und kleine Gegenstände tragen kann, riß die Kette oft, oder eines fiel und zerbrach ein Stück auf der Treppe.

Der Handwagen war kaum zur Hälfte zum zweiten Male beladen, da erschien der Werkmeister mit einem Pferdewagen. Was war das für eine Umständlichkeit, mit einem Handwagen zu ziehen! Sein Chef hatte ihm Wagen und Pferd geliehen und mußte sie zurückhaben, also ausgeladen, hinaufgetragen, abgesetzt, immer an diesem Kinderkreuzzug vorbei, manchmal auch in ihn hinein! Das heißt, er hätte Zeit gehabt, auch die Eile seines Chefs hätte ihn nicht getrieben, aber seine Frau setzte ihm zu: mußte diese Witwe Trapp auch alles so blöde anstellen! Es fing zu tröpfeln an, sollten ihre guten Sachen wegen dieser Person verderben? Wer polierte sie nachher auf? Es war klar, ein Zusammenstoß war kaum zu vermeiden, Schimpfworte fielen, und nur durch Tränen erreichte es die Witwe, daß der Werkmeister seiner Frau in den Arm fiel und sie am Schlagen hinderte.

Endlich zog der Handwagen ab, so beladen, daß er unterwegs bestimmt noch Havarie hatte, die Familie hinterdrein, als schritte sie wieder hinter einem Sarg. Das Haus drehte sein Inneres nach außen, die Bewohnerinnen lagen in den Fenstern, zu zweit lümmelten sich die Mädchen auf den Fensterbänken, alles schwatzte, lachte, weinte, einer verwirrten Person stürzte ein Blumentopf mit eingetrockneter Erde auf die Straße, er fiel nicht weit von Frau Dippe nieder und erschlug fast die alte Frau – ach, wäre sie doch erschlagen worden! Nun war nichts mehr von einem

Schutzmann hier im Haus, und sie hatte einen Entschluß zu fassen.

Zum Verkauf an wen? An Weichselbaum, den Frau Warszawski empfahl und den auch Himmelweit empfohlen hatte? An die Gesellschaft für Grundbesitz und Areal, für die ihr Verwalter auftrat?

Fräulein Czinsky erklärte: «Beide sind anständig, einer wie der andere. Nehmen Sie, wer am meisten gibt!»

Das war Weichselbaum, und der bekam das Haus. Er bekam es, weil die Gesellschaft mißtrauisch geworden war; schon zweimal hatte Weichselbaum den Preis hinaufgetrieben, an sein zum dritten Mal erklärtes Gebot glaubten sie nicht. Aber Frau Dippe hatte die Wahrheit gesagt, und als der Verwalter in sie drang, alles rückgängig zu machen, und seinerseits mehr bot, war es zu spät. Der Verwalter erreichte nur mit seinen Worten, daß Frau Dippe, die sich ohnehin vorwarf, das Haus verkauft zu haben, sich jetzt noch vorwarf, es verschleudert zu haben.

Weichselbaum machte sich die gleichen Vorwürfe wie Frau Dippe, nur in umgekehrter Richtung. Die Gesellschaft durfte mehr bieten als er, weil die beiden Häuser zusammenhingen, er durfte kaum soviel geben, wie Hypotheken auf dem Hause lasteten – alles darüber hinaus war zuviel. Aber er hatte das Geschäft nicht scheitern lassen wollen, das er grundsätzlich für richtig hielt und das ihm die Qual des Wartens auf den Spruch der Ärzte überwinden half.

Wenige Tage vor der Entscheidung war der älteste Sohn gekommen, um nach dem Vater zu sehen. Zu Hause sprach man bereits von einem Dutzend aufgekaufter Häuser. Die Lage der Juden in Polen machte ihm Sorgen, sagte der Vater, und deshalb legte er in Deutschland etwas Geld an. Der Sohn beteuerte, er verstehe das, auch schon früher hätten das viele getan.

Der Vater unterbrach ihn. Jene hätten den Verfall der deutschen Währung benützt. Es war zwar Deutschlands Schuld, denn warum hatte es zum Schaden aller Massen mit Ausnahme reicher Industrieller den sinnlosen Verfall der Währung zugelassen? Aber ihm selbst lagen solche Geschäfte nicht, er zahlte heute mit guter Mark, in voller Währung.
«Oder findest du, es muß uns Juden in alle Ewigkeit zu Hause gutgehen? Ich habe neulich deine Mutter an ihren Onkel Chone erinnert. Laß dir von ihr erzählen, mir schad't so was, sagt der Arzt, ich soll mich nicht aufregen», schrie er aufgeregt.
Die Mutter gab dem Sohne Zeichen, nicht zu erwidern. Als der Vater schlief, gingen beide in Frau Spaniers Kammer, und, allein gelassen, warf sich die Mutter ihrem Sohne in die Arme und weinte ihren Schmerz aus. Die Ärzte hatten den Zustand ihres Mannes als hoffnungslos bezeichnet. Vor der Größe dieses Schmerzes verlor der Sohn die Kraft zu einer Nachricht, die ihn eigentlich hierher geführt hatte: beim Reiten war einer seiner Brüder, der zweite, der Rechtsanwalt hatte werden wollen, gestürzt und, fünfundzwanzigjährig, an einem Schädelbruch gestorben. Er fuhr ab, ohne gesprochen zu haben; von unterwegs schrieb er Frau Spanier und bat sie, die Mutter zu unterrichten.
Während Frau Weichselbaum daraufhin als fühlender Mensch für lange ausschied, machte der Kauf des Hauses andere glücklich. Die beiden Schwägerinnen, Julchen und Riwka Hurwitz, frohlockten: sie hatten künftig nicht mehr eine hilflose und verarmte Frau als Wirtin, sondern einen begüterten Mann, zu dem sie sogar Beziehungen hatten durch Frau Warszawski, er würde das Haus schon von den Dirnen ausräuchern, wenn auch langsam.
«Hast du gesehen, Fräulein Nachtigall, wie sie grüßt?»
«Sie hat gegrüßt wie immer.»

«Und ich sag dir, sie hat anders gegrüßt!»
«Sie werden doch jetzt reich werden», meinte Tauber, «und nicht mehr wollen selber sitzen. Wenn Sie wieder jemand brauchen zum Sitzen, ich weiß, werden Sie an wen denken? Muß ich Ihnen sagen, an wen Sie denken sollen?»
«An Tauber», entschieden beide, selten einmütig.
«Ich hab mir doch gleich gedacht», meinte Tauber gutmütig, «Sie werden Tauber sagen, aber ich habe Frajim gemeint.»
Julchen wandte sich von ihm ab, um Kunden anzusprechen: «Frau Ehrenreich, Frau Leiserowitsch, kaufen Sie, sehen Sie sich an, Sie haben hier ein hochanständiges, ein demnächst wieder hochanständiges Geschäft!»
Unter den Glücklichen war Himmelweit. Noch kurz vor dem Abschluß hatte Frau Dippe gefragt: «Wozu raten Sie? Ich tu bestimmt das Gegenteil!» Trotzdem bekam er im Auftrage von Weichselbaum durch Frau Warszawski seinen Vermittlungsanteil ausgezahlt. Das Glück war zu groß, als daß nicht die ganze Gasse es ihm geneidet hätte: «Da sehen Sie, so was kommt vorwärts, so einer schafft's.»
«Nun, wo kommt er schon vorwärts? Er hat mal was verdient.»
«Mal was verdient? Ich möcht auch nur mal was verdienen.»
«Was denken Sie, wieviel ...»
«Wie soll ich wissen, sicher eine schwere Menge.»
«Ausgerechnet der! Er verrät Joel – eine Schande. Er zieht in jenes Haus – nochmals eine Schande. Und nur weil er beides tut – verdient er. Es geht wirklich ordentlich zu im Leben!»
«Nun, Sie wissen doch, wie das Leben ist!»
Himmelweit beglich seine Schulden und verließ die Gasse. Seine Wahl war getroffen, sein Leben bestimmt: er wollte Häuser verkaufen, Hypotheken vermitteln. Er hatte jetzt ei-

nen Erfolg aufzuweisen, er sprach bloß noch von Referenzen.

Besser, freilich, er zog die Linie des Aufstiegs nicht zu steil. Vermittler gab es schon in großer Zahl und noch riefen nicht von weißen Tafeln die zum Verkauf gestellten Häuser: wir lassen uns nur durch Himmelweit verkaufen!

«Wer weiß, wie lange er warten muß, bis er wieder was verdient.»

«Der? Morgen!»

«Morgen? Morgen kann er ebensogut von einem Wagen überfahren sein.»

«Das können Sie und ich genauso, Gott behüte.»

«Man soll nur von guten Sachen reden», mischte sich jemand ein.

«Bringen Sie uns die guten! Wo sind gute?»

«Sie sind schon da.»

«Und wo sind sie? Zeigen Sie sie!»

«Man muß Augen dafür haben ...»

«Ach so, Augen ...»

Die Glücklichste war Frau Warszawski. Zum ersten Mal in ihrem Leben hatte sie Geld, und als Herr Weichselbaum noch weiter ging und zur selben Stunde sie als Verwalterin des Hauses einsetzte, da fand sie, Gott kenne keine Grenzen und sei zu gut. Sie beschloß, sich das Leben leichter zu machen, nicht mehr, die Lider krampfhaft aufgerissen, die Nacht bei Toten durchzuwachen. Übermorgen, am Freitag abend, wollte sie ein Essen geben, wie es der Traum eines armen Juden ist. Alle sollten daran teilnehmen, die zu ihr gehörten, die Tante Feiga Turkeltaub, die entfernte Verwandte Alexandra Dickstein, Frajim Feingold, Noah Kirschbaum und natürlich Seraphim; ihm, seiner guten Beziehung zu Frau Spanier, verdankte sie das ganze Glück. Vorgesetzt werden sollten Karpfen polnisch mit Rosinen,

Nudeln mit Backpflaumen, gebräunter Striezel mit blauem Mohn, ein süßes Schnäpschen, unverfälschter Kaffee und mürbes Gebäck, und als Zeichen der Verbundenheit gelber Wein, gereift in den Weinbergen Rischon Lezions.

Rabbi Jurkim und seine Frau. Die Vorstellung dieses Mahls verwandelte Frau Warszawski. Sie ging auf die Gasse, um recht viele Menschen zu treffen und das Glück zu kosten, daß sich alle ihrer Freude freuten. Sie beschlagnahmte eine Frau Lamm, aber das Gespräch wurde dauernd unterbrochen, einer lachte sie an, ein anderer schüttelte ihr beide Hände, sie selbst hielt einen Alten fest und sagte: «Sehen Sie, zuletzt kommt es doch noch an die Richtigen.» Frau Lamm litt wirklich lammsgeduldig die vielen Pausen, obwohl sie es eilig hatte, sie sollte bei der Rabbinerin nähen. Frau Warszawski zog sie zu einer ganz geheimen Mitteilung in eine Tornische: die Frau des Rabbiners wurde immer schwermütiger. Es war nicht leicht, mit ihr zu leben? Aber war mit dem Mann leicht auszukommen? Woraus bestand sein Tag? Unablässig beten, unaufhörlich lernen, er übertrieb und betete, wie andere atmen, es fehlte ihm die Wärme, sein Blick war Eis, entsetzlich, Bett an Bett mit ihm zu schlafen, wahrscheinlich schlief man im Keller wärmer. Frau Jurkim, hieß es, sei unwirsch, mürrisch? Aber es sollte erst mal eine nicht mürrisch machen, das Weib eines solchen Mannes zu sein. «Bei uns zu Hause», fuhr Frau Warszawski fort, und sie genoß das Glück eines ausgedehnten, eines endlosen Schwatzes, «gab es einen hervorragenden Rabbiner, geradezu ein Bild von einem Mann, Rabbi Jizschak Feilchenfeld, das Gegenteil von Jurkim, heiß, sein Auge glänzte – wenn er einen ansah, wurde einem anders unter seinem Blick. Wenn ich an den denke und dann Jurkim ansehe, sag ich mir oft, können denn Männer so verschieden sein? Was wollen Sie von der Frau? Wo soll sie hin mit ihrem Herzblut? Dem Mann kann sie es, den Leuten darf sie es nicht zeigen.»

Ja, das war so, aber wer hatte es denn leicht? Vielleicht sie im Augenblick, weil sie das Haus verkauft hatte? Ach, da gab es auch allerhand Verdruß. Zum Beispiel ihre Tante Feiga Turkeltaub, die sorgte schon dafür, daß einem selbst in solchem Augenblick nicht zu wohl wurde. Vorgestern morgen hieß es, gerade eilends wegstürzen, schon vorgestern sollte sich der Kauf entscheiden; rasch setzte sie noch ihrer Tante, Gott sollte sie bis hundert Jahr erhalten, an denen nur noch zweiundzwanzig fehlten, den Kaffee auf das Bett, die Milch dazu, beides in blauen Töpfchen. «Vielleicht, ich weiß nicht, hatte die Milch so etwas wie einen kleinen Stich, ich glaub es aber nicht, vielleicht war sie etwas wässerig, jedenfalls, ich komm nach Haus, strahlend, voraussichtlich wird es werden, eben will ich's ihr erzählen, aber ich komme nicht zu Wort. Jenny, sagt meine gute Tante, ich werd dir, wenn du gestattest, nachher das Töpfchen zeigen, aber vorher möcht ich dir gern eine Geschichte erzählen, das heißt, wenn du mir's erlaubst. Ich habe sie von deinem seligen Onkel, vielleicht ist sie dir noch nicht bekannt. Sie spricht erst von dem Onkel, dann erzählt sie, einmal habe es eine fromme und geizige Frau gegeben, die habe ihre Gäste immer reich bewirtet, aber die Speisen waren häufig schlecht, so daß sich viele den Magen daran verdarben und ein Mann sogar starb. Offenbar so, habe der Onkel gesagt, wollte die fromme Frau drei Gebote zugleich erfüllen: Gastfreundschaft zu üben, Kranke zu pflegen und Tote zur letzten Ruh zu geleiten! Du wirst mir die Geschichte nicht übelnehmen, sagt meine gute alte Tante und lacht aus ihrem Munde ohne Zähne ... ja, so steht es, gut und schlimm, immer beides beieinander. Aber Sie, liebe Frau Lamm, Sie, bestes Schäfchen, Sie wollen mir

gar nicht gefallen, die Augen kriechen Ihnen überhaupt nicht mehr aus dem Kopf! Wieder einmal zuviel gearbeitet? Ja, es ist schwer, zwei Söhnchen durchzubringen. Tauber sprach neulich von Ihnen – wissen Sie, was er gesagt hat? Man spricht von der Ameise, sie lebt sechs Monate insgesamt und verbraucht überhaupt nur ein halbes Körnchen, aber den ganzen Sommer sammelt sie, alles, was sie findet – vielleicht bestimmt Gott, denkt sie, ich soll länger leben, dann habe ich zu essen. So, sagte Tauber, so ist Frau Lamm. Ich hab darauf gesagt: Sie verstehen nicht, was zwei Jungen runterbekommen. Aber wirklich, Sie sollten sich in acht nehmen. So zart!», und sie umspannte mit einer Hand den Arm der Nachbarin. Dann besann sie sich: «Aber nun Schluß! ich spreche ja heut, ohne abzusetzen.»
Frau Lamm war es angenehm, loszukommen, denn gerade erschien Tauber, und sein Glückwunsch an Frau Warszawski war sicher weder kurz noch frei von Erinnerungen an Worte der schriftlichen wie der mündlichen Überlieferung. Frau Lamm teilte das Urteil über die Rabbinerin nicht. Mitleid gebührte dem Mann, nicht der Frau. Er war kühl, übrigens nicht immer, keineswegs aber kalt, Frau Warszawski irrte, sie war in ihrer Abneigung so stürmisch wie in ihrer Zuneigung. Sicher hatte er es nicht gut bei der häßlichen, quittengelben, häufig erbosten Frau; dennoch gab er ihr nie ein böses Wort, ja, sie glaubte, er war zu fromm, es auch nur zu denken. Nach ihrer Meinung war die Frau einfach seelisch krank und in ihren Anfällen geradezu unleidlich. An das schlimmste je von einem Mann für eine Frau gefundene Wort hatte sie, eine gemeinhin geduldige Frau, gedacht, als sie einen solchen Anfall miterlebte: weißt du, wie übel du bist? Zweimal so übel, wie du aussiehst: guck in den Spiegel und sieh, wie häßlich du bist, dann kannst du dir ausrechnen, wie übel du bist! – Aber Frauen denken schär-

fer über Frauen, Jurkim fand sie gewiß nicht einmal häßlich, für ihn war sie vermutlich so geblieben, wie sie in ihrer Jugend gewesen war, wo sie doch wohl einen Reiz gehabt haben mußte. Welche Jugend hatte keinen?
Frau Lamm arbeitete gebückt an einem Kleid. «Viel Geld, viel Geld», stöhnte die Rabbinerin, «immer wieder Unvorhergesehenes, zwei Meter Kante hatten Sie gesagt, nicht sechs.»
«Ziehen Sie sie mir ab, die vier!»
Ja, eigentlich war das richtig, aber sie machte das nicht.
«Warum nicht?» fragte Frau Lamm, «ich bin doch schuld.»
«Schuld sind Sie», meinte die Rabbinerin, «bloß nachher spricht sich's herum und wird anders ausgelegt.»
«Aber dazu müßte ich doch sprechen», sagte die Näherin stockend.
«Kurz und gut», erwiderte die Rabbinerin heftig, voll Zorn, «ich will nicht.»
Später trat die Tochter herein, für die das Kleid bestimmt war. Sie kam aus dem Bett und klagte über alle möglichen Zustände, ohne die sie sich freilich an der Arbeit hätte beteiligen müssen. Man durfte ihr die Leiden glauben: nicht mehr jung, schlecht gewachsen, unhübsch, wenig freundlich in ihrem Wesen – durch die Zustände ihrer Mutter nicht gerade heiterer, hatte sie mehrfach zu arbeiten versucht und es immer wieder aufgegeben –, sie redete sich Krankheiten ein und wartete auf den Mann, der sie gesund machte. Aber er kam nicht, und wäre er gekommen, würde sie ihn schlecht behandelt haben, spöttisch, herablassend – kurz, sie war ein unglücklicher Mensch.
«Für mich denken Sie sich was Hübsches wohl nicht mehr aus?» nörgelte Fräulein Jurkim aus dem Bedürfnis nach Verzärtelung. «Bestimmt denken Sie, ach, bei dem Fräulein Jurkim, da kommt es schon nicht mehr darauf an.»

«Aber, liebes Fräulein Jurkim, darauf kann man ja gar nicht antworten», sagte demütig und bescheiden die kleine Näherin.

«Jede andere hat Glück. Haben Sie von Frau Warszawski gehört?»

«Eben habe ich sie getroffen.»

«Nur an mir geht's Glück vorbei.»

«Es kommt schon noch, bestimmt.»

«Ja, es wartet bis vierunddreißig, aber dann kommt's bestimmt», war die bittere Antwort.

«Stell dich doch nicht hin mit jedermann!» flüsterte ihr die Mutter ins Ohr. Aber die Tochter erwiderte laut: «Für Frau Lamm ist es nichts Neues, daß ich bald fünfunddreißig bin.»

«Jetzt bist du sogar schon bald fünfunddreißig! Du bist doch eben erst vierunddreißig geworden.»

«Ja, und im November werd ich fünfunddreißig, es ist doch nun mal nicht anders.»

«Ich habe von einer Rothschild gelesen, die hat mit vierunddreißig geheiratet», meinte helfend die kleine Näherin, «außerdem mögen viele Männer, besonders Witwer mit Kindern, gar nicht gern so junge Mädchen.»

«Jetzt soll ich nun schon gleich fremde Kinder großziehen.»

«Sind die nicht vielleicht besser als eigene! Um eigene muß man sich so furchtbar ängstigen», sagte Frau Lamm, deren Jungen allein zu Hause waren.

Während die Frauen ihren Angelegenheiten oblagen, ging Jurkim über die Gasse. Seine Gestalt war untersetzt, aber der große, mächtige, bärtige Kopf verschaffte ihm überall die Achtung, die vielleicht die Gestalt allein sich nicht erzwang. Trotz dem warmen Wetter war der Mantel fest geschlossen. Den Schlapphut hatte er tief in die Stirn gedrückt, als wollte er nichts sehen; in Wirklichkeit dachte er nur immer und sah nicht. Er warnte zuweilen junge Leute vor Dirnen und vor Verbrechern, aber er hätte nicht angeben können, wo sie wohnten in der Gasse, die Dirnen, die Verbrecher – ein anschauungsloses Denken, das von Kälte kam und kälter machte, wenn auch keineswegs bis zu einem Grad unter Null, wie ihn Frau Warszawski ablas. Während er jetzt mit einem Begleiter sprach, fiel eine andere Eigentümlichkeit an ihm auf: er sah scheinbar ungern einem anderen in die Augen und sah meistens seitlich an ihm vorbei.

Sein Begleiter war ein galizischer Rabbiner, und das Gespräch war grundsätzlicher Art. Es verlief stürmisch, so daß der galizische Rabbiner es bei einer Wendung sogar versäumte, die rechte Seite an ihn abzutreten. Das erregte das Mißfallen Vorübergehender, die unter sich nicht Wert auf solche Äußerlichkeiten legten, sich aber in ihrem Oberhaupt gekränkt fühlten. Jurkim sorgte bei der nächsten Wendung für die Wiederherstellung seiner Ehre wie auch ihrer.

In der Sache verteidigte er das Leben der Juden in der Gasse, das der andere angriff. Dieser Fremde war nicht gegen eine gemessene und langsame Auswanderung nach dem Heiligen Land, er unterstützte sie sogar, aber er forderte zugleich die Rückkehr der Juden nach Wilna, Warschau, Czenstochau, nach Bialystok, nach Brody, kurz, in jene Bezirke, aus denen sie fortgezogen waren, Heimkehr in die Städte, wo sie äußerlich verkümmerten, aber in einer starken und frommen Gemeinschaft lebten. Mochten sie doch verkümmern! Was kam es auf das Äußere an? Dort herrschte dafür jüdisches Leben. Ganze Stadtviertel, wenn nicht fast die ganze Stadt, waren voller Juden; es gab jüdische Vereine, jüdische Zeitungen, jüdische Theater, jüdische Feste, jüdische Kutscher, jüdische Schuster, jüdische Tischler, jüdische Lastträger und jüdische Wirte nicht zuletzt. Damit ein Reisender die neun Mann fand, ohne die er nicht für seinen verstorbenen Vater beten konnte, traten in einem D-Zug fremde Juden aus den verschiedensten Abteilen zusammen und hielten ihre Andacht während der Fahrt. Hier in der Gasse gab es davon nichts. Sie waren noch keine Überläufer hier, aber schon beinah Überläufer, denn waren sie auch selbst noch Juden, ihre Kinder waren es nicht mehr. Im nächsten Geschlecht war alles vergessen, und vom Judentum haftete nichts als der Name, ein wenig Aberglaube, einige Erinnerungen an jüdische Feste und jüdische Speisen und das Gedächtnis an dieses und jenes witzige oder zweifelhafte Wort. Er hielt nichts von einem Judentum, das sich selbst zum Absterben bestimmte, so anständig, so voll Aufopferung auch dieses Geschlecht noch war. Nicht ihr Leben war ihnen vorzuwerfen, der Fehler lag weit zurück, lag in der Abwanderung aus dem Osten. Hier sahen sie um sich lauter Menschen, die in anderen Formen lebten, und das so selbstverständlich, daß sie an sich irre wurden. Was waren sie hier? Angewehter Staub am Rand einer anderen, noch dazu einer großen und bedeutenden Kultur – welche Verführung, von den Schwingen dieses Rades mitgerissen zu werden, täglich und stündlich versucht, die vom Judentum angelegten Ketten als Ketten vergangener Zeiten abzuwerfen! Er war nicht für tägliche Verführung, nicht für den dauernden Zwang zum Widerstand, der rieb unnütz auf und machte ein ohnehin schweres Leben noch schwerer – ein Volk mußte für sich leben, wenn es seine Eigenart behaupten wollte.

Der Sprecher war ein schöner, hochgewachsener, junger Mann, die Farbe des Gesichts war fahl, aber vielleicht begeisterte gerade sie viele. Ein wenig verfrüht zog sich um das schmale Gesicht ein weicher, beinah rötlich heller Vollbart. Ein seidenes schwarzes Kleid sah etwas unter dem Mantel hervor, der fast hinunter bis zu den Knöcheln reichte und den er offen trug. Der junge Rabbiner kam aus Polen, war Sohn und Enkel hochberühmter Rabbiner, zu ihrem Nachfolger bestimmt. Heute schon umgaben ihn Anhänger und Schwärmer. Die ungesunde Farbe führten die Ärzte auf ein Magenübel zurück, dessentwegen sie ihn schon im vorigen Jahr ins Ausland geschickt hatten. Im Flugzeug hatte er aus Warschau, wie man sich erzählte, täglich das Essen nachgesandt erhalten, der Kur war das nicht förderlich gewesen, dem jüdischen Restaurant am Kurplatz sogar schädlich, und die Rabbinerdynastie, die dort die Ritualien überwachte, hatte es verletzt. Abermals auf der Fahrt, einer der ersten Gäste dieses Jahres, hatte er Halt gemacht in Berlin, wo er bei Joel speiste. Joels ritueller Ruf stand fest bis weit hinein nach Polen, aber Fleisch genoß dieser Starrste auch nicht bei ihm, trotz der Beschwerde Joels, und obwohl Joel sogar Jurkim als Vermittler anrief. Jurkim griff nicht ein, seine Verläßlichkeit im Ritual war hiermit angezweifelt. So konnte man auch an einer unscheinbaren Nebensächlichkeit erkennen: Polen war das wahre und neue Palästina, hier war das unzulängliche Exil.

Jurkim befand sich bei dem Gespräch nicht wohl. Seine Empfindungen brachen bei der Vorstellung der Heimat auf. In der großen Judengemeinde Ostgaliziens, in der er geboren war, hatte man genauso gelebt, wie es Schechter schilderte. In der letzten Gasse des freiwilligen oder unfreiwilligen Ghettos endete die Welt. Die Frauen gingen nie über sie hinaus, die Männer nur zu Geschäften, doch so wie andere nächtens träumen. Trotzdem begegnete er den Angriffen ohne Mühe. Wären sie, sprach er, den Grundsätzen Schechters gefolgt, nie könnten die wenigen Millionen Juden heute überall sein, in der ganzen Welt. Wenn es heute keine Stadt gab in Europa, keine in Amerika, ja keine wohl in irgendeinem Teil der Welt, in dem sie nicht waren, im Kaukasus wie in Algier, in Schottland wie in Kansas, so nur, weil sie nicht verharrt hatten bei einem Leben in der Masse, bequemer wäre es gewesen, aber tapfer waren sie ausgezogen, heldenhaft gewandert. Nicht das wanderlustigste, aber das zum Wandern getriebenste von allen Völkern sollte auf einmal nur noch in wenige Städte zusammenkriechen und sich da in Massen festsetzen? Nein, immer war es sein Beruf gewesen, in die Welt zu ziehen und die Völker zu lehren, unaufdringlich, ohne Absprache, nicht mit Bekehrungsabsicht, durch nichts wirkend als durch sein Dasein. Immer mußten die Völker von neuem durch sie erfahren, es gab einen anderen Glauben, andere Überzeugungen.

Vor allem aber, so fuhr Jurkim fort, und er kam damit wieder auf den Anfang zurück, diese verstreuten Pioniere waren Vorposten für die Juden selbst. Die Juden hatten überall Kolonien, und wenn die großen Sammelbecken im Osten wieder überliefen oder ausgeschüttet wurden und die Juden abermals auf Wanderschaft zu ziehen hatten – ein Land, das sie alle aufnahm, gab es nicht, aber überall gab es Gemeinden, wo sie anwachsen konnten, an allen Orten der Erde waren Brüder, die sie vielleicht nicht bereitwillig aufnahmen, die sie aber auch nicht verkümmern und verkommen ließen. Davor bewahrte sie selbst in der heutigen, rasch vergessenden und auf ihr Vergessen sogar noch stolzen Zeit die Erinnerung an gleiche Dienste, die Juden ihren Vorfahren in vielleicht nicht weit zurückliegender Zeit geleistet hatten. Palästina war ein Leuchtturm, der den Juden Mut gab, aber selbst wenn sich noch viele Hunderttausende dort ansiedelten, so viele, wie das Land überhaupt nur faßte, die weitaus größere Zahl würde auch dann noch ebenso über die ganze Welt verstreut leben, wenn dieser Leuchtturm eines Tages umgerissen wurde. Verstreut zu

sein, das war das Schicksal der Juden, bald geehrt und bald gehaßt, und die Massensiedlungen im Osten waren nur die Mutterhäuser, die Schulen, die Kasernen, aus denen immer neue Zöglinge und Pioniere in die Welt marschierten.
«Wenn man Sie hört», sagte Schechter, «meint man, nicht ein Jude spricht über Juden, sondern ein katholischer Geistlicher.»
«Ich weiß nicht, warum gerade ein katholischer Geistlicher so sprechen sollte, oder Sie scheinen zu glauben, katholische Geistliche, das seien irre redende Menschen ...»
«Irr nischt, das wollte ich nischt sagen, aber ...»
«Also was dann?»
«Es führt zu weit», brach Schechter ab, «da gibt es keine Brücke ...
«Schade, schade», sagte Jurkim, «zwei Juden gehen über die Gasse, zwei, die ein Christ für völlig gleich, für ein und dasselbe hielte, und sie kommen sich nicht näher.»
«Näher? Sie sind sich fremder als ein Heide und ein Katholik», erklärte Schechter hart.
«Wie steht geschrieben?» fragte Jurkim, um dem Gespräch von seiner Schärfe zu nehmen, «Rabba und Seira aßen zu Purim, und als beide betrunken waren, schlachtete Rabba den Seira ab. Am nächsten Tag betete er für Seira, und Seira wurde zurückgerufen in das Leben. Als ihn aber Rabba im nächsten Jahre wieder einlud, schlug Seira ab; nicht jedes Jahr, sagte er, geschieht ein Wunder! – Wie gut ist», fuhr Jurkim fort, mit einer leichten Anspielung, «daß wir nicht zusammen essen! Ich glaube, schon das erste Mal würde kein Wunder geschehen, Sie würden mich zwar schlachten, aber für mich beten nicht und mich auch nicht zurückrufen in das Leben!»
Sie trennten sich, und Jurkim dachte: schade, ich hätte ihm von dem persischen Juden erzählen sollen, der neulich er-

schien, er stammte aus Teheran und wollte Teppiche verkaufen. Der sprach so sehnsüchtig von zu Hause und schilderte in so lebhaften Farben Teheran wie eben Schechter Polen. Die Juden wohnten dort wie alle Perser in eingeschossigen Häusern, ohne Fenster zur Straße, nur von kleinen Pforten unterbrochen, von denen ein Gang auf den Hof führt. In den Stuben, rings um den Hof gelegen, waren die Fußböden mit Teppichen belegt, sonst gab es nichts, keinen Tisch, keinen Schrank, auf den Teppichen wurde gegessen, geschlafen, gelernt. Auf dem Hof aber waren Rosensträucher, viele Blumen, nur wenige Bäume, weil es spärlich Wasser gab, aber dafür waren es Zitronen- und Orangenbäume. Und auch dort hielten die Juden fest an ihrer Überlieferung, lebten eng zusammengedrängt, waren fromm, gläubig, glücklich – sind wir nicht auch glücklich? Also warum sollten wir nach Slonim ziehen, nach Sloczow, nach Brody, nach Wilna? oder sie nach dem für sie näheren Palästina?

Tauber und Lewkowitz hatten durch geschickte Wahl ihres Weges über die Gasse das eine und das andere Wort des Gespräches erlauscht.

«Stellen Sie sich vor einen Fisch in einem Vogelbauer», sagte Tauber.

«Ich stell mir vor.»

«Was wird der Fisch tun? Er wird um sich schlagen und zugrunde gehen.»

«So ist's.»

«Jener», und er wies auf Schechter, «ist der Fisch, er ist gewohnt, im Meer zu schwimmen, nun kommt er hierher, da schlägt er gegen die Stangen, er hält es nicht aus im Käfig.»

Als er die Stände der Schwägerinnen erreichte, sah Tauber gerade Jurkim fortgehen.

«Er hat hier gestanden?» fragte er ehrfurchtsvoll.
«Es ist nicht das erste Mal», sagte Julchen stolz.
«Hat er Riwka gefragt, wie das Geschäft geht?»
«Warum Riwka?» sagte Julchen streng. «Beide!»

Boas Gespräch mit Seraphim und sein Tod. Frau Spanier wünschte keine Mißverständnisse. Mit der scharfen Kante eines harten Lineals, so erklärte sie fest, schlug sie der Tante Feiga Turkeltaub auf die knochige Hand, diese Frau sollte spüren, was sie angerichtet hatte. Aber die Arme hatte gar nichts Böses im Sinne gehabt, meinte Seraphim, eine Ungeschicklichkeit, nichts weiter ...
«Nimm sie nicht in Schutz, ich ertrag es nicht.» Sie drückte seine gesunde Hand und sah mitleidig auf seine rechte, verbundene, verbrannte.
Lag bei Feiga Turkeltaub wirklich mehr vor als eine Fahrlässigkeit? «Jedes Kind weiß, sie kann Sie nicht ausstehen!» sagte Frau Spanier.
«Plötzlich Sie?»
«Ging nicht jemand draußen?»
«Ich höre nichts und ich lasse mich nicht so anreden.»
«Was ließ man sie bloß den heißen Kaffee eingießen?»
«Aber habe ich dir nicht gesagt, sie tut es immer?»
«Auf dem großen Essen bei Frau Warszawski hätte man es nicht erlauben dürfen, dann würde sie nicht diese schöne Hand verbrüht haben, daß du heut noch umkommst vor Schmerz.»
«Umkommst? Vor fünf Tagen war es schlimm.»
«Wir wollen abwarten, was der Arzt sagt. Du kommst zu spät! Geh, sei lieb!»
«Wenn du es auch bist!»
Sie lächelte liebevoll.
Er entschuldigte sich, daß er ihr zum Abschied noch im-

mer die Linke gab. «Du weißt doch», sagte sie, «daß bei uns viele die Linke geben, wenn es sich gerade so macht und es nicht drauf ankommt, also unter Verwandten, unter Freunden.»
«Darum ist es doch nicht weniger falsch! Außerdem, sind wir verwandt?»
Sie lächelte: «Auch nicht befreundet?»
Sie wagte sich nicht ans Fenster, wagte nicht, dem Freunde nachzusehen. Eine Frau, die liebte, durfte wenig – war sie älter, überhaupt nichts. Liebe hieß dann nur: mit seinem Geliebten sich beschäftigen, wenn er es nicht merkte.
Erst später getraute sie sich auf die Gasse zu sehen. Was für stumpfe und versorgte Gesichter! War es nicht doch besser, daß einem das Gefühl zusetzte und daß man dieses Brennen erfuhr, dieses Niedergeschlagensein, dieses Aufschwingen und Getötetwerden? Hab mich ein bißchen lieb, aber hab mich lange lieb, sprach sie einem alten Wort nach, aber sie verwarf es; hab mich stark lieb, sagte sie, wenn auch nicht lange – sie hatte selbst schon das Ende vorbereitet.
Doktor Boas, zu dem sich Seraphim begab, hatte soeben sein Haus betreten. Die Besuche hatten ihn erregt. Seit Tagen ging es ihm nicht gut. Das Herz arbeitete nicht ordentlich, das Gemüt suchten ständig Erregungen heim. Es fehlte nicht an Anlaß. Die Kranken erwarteten von ihm meist neben heilenden Arzneien eine kräftigende Kost – eine einfache Bescheinigung, und die Krankenkasse oder das Wohlfahrtsamt wiesen sie ihnen an. Aber er konnte nicht bedenkenlos verschreiben. Viele Ärzte marterte das, nun erst einen Mann wie ihn, und ein Herz, das flatterte! Fast jeder Kranke aus der Gasse verdiente eine bessere Ernährung, und wie oft richteten gegen ihn nicht die Kranken, aber deren Angehörige Vorwürfe – Vorwürfe, wenn sie sich zügelten, Beschimpfungen, wenn sie sich hinreißen ließen!

«Aber so kann man doch nicht aussehen!» Mit unverstellter menschlicher Angst begrüßte ihn seine Wirtschafterin. Sie wollte ihn heute keine Kranken empfangen lassen. Fünfundsechzig, betreute sie seit fünfzehn Jahren seine Sprechstunde und hatte einen Teil der Herrschaft ihm entrissen. Was wüßten Männer von dem Geheimnis, das Leben zu verlängern? Der größte Teil der Ärzte ihrer Meinung nach nicht halb soviel wie eine alte Frau. Sie brauchte nur die unregelmäßige, die verschwenderische Art zu sehen, mit der dieser Mann von jeher sein kostbares Leben auf das fahrlässigste hatte verströmen lassen.

Er wollte zu essen haben.

Sie wagte nicht, auf eigene Verantwortung die Kranken heimzuschicken, einige waren lange vor der festgesetzten Zeit erschienen, einer folgte jetzt dem anderen. «Ausfallen lassen!» knurrte sie, während sie das Essen auftrug, aber halblaut brummte er zurück, er denke nicht daran. «Hinlegen werden Sie sich doch aber?» Waren schon viele da? Sie bestritt es. Es hatte doch aber mindestens fünfmal geklingelt? Dreimal, und zweimal waren es Bettler.

«Ich geh hinein.» Er erhob sich. Er fühlte sich nicht schlecht, wenn auch alles andere als gut. Flüchtig fiel ihm der Unterschied ein: eine Ehefrau hätte ihn umzärtelt und umschmeichelt, um ihn nachgiebig zu machen, oder hätte einfach selbst die Kranken weggeschickt. Aber er schüttelte leicht den Kopf – darum ein Leben lang verheiratet?

Der ersten hereingebetenen Frau fehlte nichts, sie berichtete über eine Veränderung im Befinden ihres Mannes. Schön, schön, er würde morgen nach ihm sehen, morgen mittag.

Der nächste, der Leierkastenmann Piontek, bewältigte im allgemeinen ziemlich leicht den Spielkasten trotz seines Lederstumpfs, heute war er hilfsbedürftig. Rheuma? Brand?

Der Teufel sollte wissen! Er machte den Beinstumpf frei, dem Arzt wurde schwindlig, empfindliche Sinne durfte man hier nicht haben, aber dieser Säufer verlangte etwas viel. Mensch! wandelte es ihn an zu sagen, was muten Sie einem zu! Aber der Mann verstand es nicht anders … Er schwieg und untersuchte.

«Nicht schlimm. Eine Heilsalbe, Ormicet, ich schreib sie Ihnen auf, und dann, ein paar Wochen keinen Alkohol.»

Bei dem Verbot zitterte der Mann, fast fiel er um. Boas dachte: soll ich einem siebzigjährigen Nichtstuer, einem verlorenen Herumtreiber das bißchen Lust zum Leben nehmen?

«Gut, meinetwegen wird getrunken! Nur nicht gleich zuviel, ein bißchen mäßig, hm?» Und als Piontek noch immer nicht die entsetzte Haltung aufgab: «Also schön, wenn es ab und zu nicht anders ist und es etwas mehr sein muß, meinetwegen auch, das Leben wird es nicht gleich kosten.» Im Rausch auf der Straße hinstürzen, an einer Gehirnerschütterung enden, betrunken über ein Brückengeländer fallen und fortgespült werden von der Spree, was für ein schöner Tod, fast schön genug, um ihn zu verschreiben!

Piontek fühlte sich dem Leben wiedergeschenkt. Er nahm eine soldatische Haltung an, hob die Hand zur Schläfe und verschwand, einen Wohlgeruch zurücklassend.

Als nächste kam die Bäckermeisterin Frau Heinzelmann, eine prachtvolle Person, schön anzusehen, stattlich, mit deutlichen Anzeichen von Schmerzen im Gesicht. Sie litt schon lange, die Schmerzen hatten sich verstärkt, nach der Behandlung durch den Heilkundigen Jankuhn. Sie zögerte, es zu gestehen, ein peinliches Geständnis vor einem Arzt. Aber er kannte das, wieder ein Fall mehr, wo sich anscheinend dieser Drogist vergriffen hatte. Er war ihm vorher begegnet, und er hatte Herzklopfen bekommen, wie jedesmal, eine scheußliche Situation.

Er untersuchte und stellte fest, er hatte Jankuhn nicht Unrecht getan, die Behandlung war die falscheste, die überhaupt möglich gewesen; das Leiden war bestimmt durch sie verschärft. Aus Vorsicht wollte er seine Feststellung überprüfen, er beugte sich über die liegende Frau, plötzlich erfaßte ihn ein Schwindel, kaum hielten ihn die Beine. Er wankte in das Schlafzimmer, blickte in den Spiegel, welche Farbe! trat aber bald, möglichst fester Haltung, in das Sprechzimmer zurück. Doch schon in der Tür benahm ihm der Kampf mit der Portiere abermals die Sinne. Vergeblich versuchte er darauf zu kommen, wen er soeben untersucht hatte. Er schluckte eine Pastille, trank ein Glas Wasser, fühlte sich den Puls, holte nochmals ganz tief Atem und begab sich dann ein wenig erleichtert an die Arbeit – nur mit einem einzigen Vorrecht: nach Frau Heinzelmann, die er für den nächsten Tag erneut bestellte, unter den Wartenden jemanden auszusuchen, dessen Anblick ihn beruhigte. Mit einer Entschuldigung an die anderen ließ er, eine persönliche Angelegenheit vorschützend, einen jungen Menschen eintreten.

«Zeigen Sie einmal her, was macht heut unsere Hand?» fragte er den schüchtern Niedersitzenden.

Es ging schon besser – übrigens nicht nur dem Patienten, auch dem Arzt.

«Haben Sie ein paar Momente Zeit?» fragte Boas frischer. «Unser neuliches Gespräch ist mir durch den Kopf gegangen, ich wollte etwas dazu sagen. Aber Sie wollen anscheinend etwas fragen?»

Ja – auf dem Weg hierher, flüchtig vor den Ständen der Schwägerinnen anhaltend, war Seraphim Zeuge eines Gespräches geworden.

Julchen: «Jetzt werd ich können hier allein sitzen, mit einer Hand an dem, mit einer an jenem Stand verkaufen.»

Riwka: «Warum allein?»
«Du fragst, als wenn du nicht weißt! Wer wird ihm den Haushalt machen? Vielleicht die Tochter? Wenn die den ganzen Tag keinen Menschen sieht, ist sie in einem Monat so verrückt wie die Mutter.»
«Die Mutter kann jeden Tag zurück sein.»
«Sie kann, sie kann auch nicht. Wenn sich Boas entschließt und schickt sie fort, verlaß dich drauf, kommt sie nicht heint zurück, nicht morgen.»
«Wenn nicht, wird sie wer vertreten.»
«Das sag ich doch, und du weißt gut, wie Jurkim ist, mit keiner läßt er sich ein, Frau ist für ihn wie treife*, aber hier – hier hat er sich sechsmal hingestellt, zehnmal hingestellt, gefragt: wie geht's, kommen Sie vorwärts, kaufen Sie, haben Sie zu tun? Mich hat er gefragt, was macht das Geschäft, dich hat er gefragt, wie geht's Ihnen, Frau Hurwitz? Haben Sie noch Kopfschmerzen? Ist der Stirnhöhlenkatarrh besser? Ich brauch nur zu hören, wie jemand fragt, wie geht's? schon weiß ich, wie's inwendig bei ihm steht. Verlaß dich, du wirst ihm die Wirtschaft machen, so wahr ich hier sitze und so wahr wie ich Julchen heiße.»
Seraphim hatte richtig verstanden. Boas hatte Frau Jurkim in eine Heilanstalt überführt. Das war bitter – aber Schwermuts- und Erschöpfungszustände wechselten zuletzt mit Anfällen von Boshaftigkeit und Tücke, eines Tages entluden sie sich vielleicht gewaltsam, erschreckende Anzeichen lagen vor.
«Sie kannten sie näher?» Nein, entfernt.
Dann überraschte ihn, daß der Frau eines Rabbiners und damit diesem ein solches Unglück zustieß?
So war es.
Gesundheit war eine, Frömmigkeit eine andere Sache. Fast war man geneigt zu glauben, eine gewisse allerhöchste Per-

---

* rituell verbotene Speise

sönlichkeit kümmerte sich um die eine Sache gar nicht, um die andere nur wenig.

Seraphim zog die Stirn in Falten, wagte jedoch nicht mehr – Empörung, so berechtigt sie gewesen wäre, war vor diesem Wohltäter nicht und auch vor diesem Alter nicht gestattet.

«Ich habe Sie gekränkt? Wahrscheinlich habe ich etwas Verletzendes gesagt?»

«Ich weiß, Sie glauben nicht.»

«Merkwürdig, wie Sie das sagen. Immer werfen die Orthodoxen freien Denkenden ihre Glaubenslosigkeit vor, als sei sie ein Verbrechen. Aber es ist viel leichter, mit als ohne Glauben zu leben.»

Seraphim fand das nicht richtig.

«Inwiefern nicht?»

Mit dem Glauben, wenigstens mit dem der Juden, waren Vorschriften verbunden in solcher Fülle, Lehren und Gebote, daß auf dem Leben eines Juden viel Zwang lag.

Boas meinte, das widerlege ihn nicht, bestätige ihn eher. Nicht jeder vertrug die vollkommene Freiheit, wie leicht wurde aus ihr eine absolute Leere und grenzenlose Ungewißheit. Zwang – wie heilsam! ein gegebener Inhalt – welcher Trost! Selbst wenn man mit ihm kämpfte, nicht ihn einfach hinnahm – indem man ihn anpaßte, paßte man sich selber an.

Boas dachte das nur. Was er sagte, war etwas anderes. «Finden Sie es richtig», fragte er, «daß jedes Geschlecht einfach den geistigen Inhalt des vorigen in sich aufnimmt und nichts dazu tut, das wenige ausgenommen, was das notwendige Leben in einer fremden und feindlichen Welt ihm aufnötigt?»

Seraphim glaubte, sein Gegner ziehe plötzlich die Friedensfahne auf, so überraschten ihn die Worte. Er gestand es offen. Boas sprach von einem notwendigen Leben in einer fremden und feindlichen Welt? Hatte er das letzte Mal nicht die Auswanderung in das Heilige Land bekämpft? Sollten voriges Mal nicht alle Juden Sitten und Geist des Landes annehmen, in dem sie waren, Kinder in die Welt setzen, die nur zur Hälfte mit diesen Fragen verbunden waren, das nächste Geschlecht noch weniger, jedes spätere zu einem immer verschwindenderen, fast aufgelösten Teil?

«Sie sprechen da von vielem auf einmal», sagte Boas ruhig, «ich will zunächst auf Ihre ersten Worte antworten. Diese Worte sind nicht von mir, ich habe dergleichen nie gesagt. Ich bin nicht gegen die Auswanderung nach Palästina, ich fördere sie bloß nicht. Dagegen sein wird niemand, er fürchte denn, die Engländer erfüllten eines Tages nicht die Pflichten des Balfour-Act. Wer besorgt, eines Tages könnten auf der fruchtbar gemachten Ebene Tausende Juden von den eingeborenen Stämmen erschlagen daliegen, der wird freilich warnen vor einer allzu stürmischen Rückkehr in das gelobte Land. Aber ich habe keine Ahnung, ob auch nur der leiseste Anlaß zu solcher Besorgnis da ist; hätte ich mehr Geld, wäre ich jünger, so würde ich nicht bloß nach Palästina, auch nach Transjordanien und dem Irak fahren bis nach Bagdad und nach Basra und mir ein Urteil bilden; so habe ich keines. Weder kann ich sagen, ihr tut gut, noch weniger habe ich ein Anrecht, das Gegenteil zu sagen.»

Seraphim kostete die Antwort Anstrengung. Von allen Stellungen, die man einnehmen konnte, war diese seiner Meinung nach die peinlichste, so wie Lauheit und Unentschiedenheit es immer sind. Daneben stehen und abwarten, bis erkennbar ist, ob sich Tapferkeit und Entschlossenheit der anderen lohnen – wirklich, er mußte sagen ... Er kämpfte, während er sprach, sichtlich um die Worte, denn Mäßigung war am Platz, aber gerade Entschiedenheit tat not.

«Nein, sprechen wir davon nicht länger, das Reden fällt mir schwer», meinte der Arzt. «Es mag so sein, wie Sie sagen, man muß wohl Stellung nehmen, namentlich unsere Zeit findet das, ihre demokratischen Einrichtungen fordern geradezu, daß sehr viele Leute sich mit Ja oder Nein auf Fragen entscheiden, von denen sie nichts verstehen oder jedenfalls nicht genug.»

«Intellektuell vielleicht nicht, instinktiv wohl», warf Seraphim dazwischen.

«Mag sein – ich verstehe nicht viel vom Instinkt und kann deshalb nicht mitreden. Ich könnte mir aber denken, daß es nicht so schimpflich sei, keine Stellung zu nehmen, wie es schimpflich sein müßte, eine falsche Stellung zu beziehen.»

Was hieß richtig, was falsch? Noch nach dreißig Jahren stand das nicht fest. Je nach der dann herrschenden Anschauung wurde die damalige Stellungnahme von den einen falsch, von den anderen richtig gefunden.

«Eben das könnte mich darin bestärken, im Handeln vorsichtig zu sein, denn wenn man auch nach dreißig Jahren noch nicht weiß – nicht wahr, Sie werden zugeben … Aber ich sagte schon, wir sprechen von Dingen, von denen ich gar nicht sprechen möchte, und wirklich, mir ist nicht gut. Sie haben vorhin als meine Meinung ausgegeben, ich sei für die Selbstauflösung der Juden, jeder solle sich so rasch wie möglich abschleifen, anpassen. Ich möchte das nicht als von mir gesagt im Hirn von irgend jemandem haften wissen. Ich glaube das nicht gesagt zu haben, und wenn, vielleicht durch ein Wort in die Enge gedrängt oder durch einen Einwand über meinen Vorsatz hinaus gesteigert. Wie sollte man ernstlich einem ganzen Volke raten: gib dich auf! Ein Volk tut das unter Umständen, gewiß – solange es das nicht tut, behauptet es sich aber. Ob es das eine, ob es das andere tut, hängt von der Stärke seiner Instinkte ab,

derselben, von denen ich vorhin schon sagte, ich wüßte von ihnen nicht sehr viel. Man ruft oft die Geschichte auf als Zeugin, um diesen Instinkt der Selbsterhaltung für nirgends so stark vorhanden zu erklären wie in diesem Volk, einem der ältesten.»
«Dem ältesten.»
«Dem ältesten oder einem der ältesten, das ist gleich, aber mich überzeugt nicht das Zeugnis der Geschichte. Was bisher richtig war, kann morgen falsch sein, was bei fester Zusammenfassung hinter Mauern galt, kann in der Freiheit überraschend schnell verlorengehen. Außerdem: nie war das Leben der anderen so verlockend wie gerade heut, so außerordentlich verbesserungsfähig das Leben der meisten Menschen auch noch immer ist. Vor allem, wie wird es erst morgen verlockend sein, wenn wir noch irgend für die Welt hoffen dürfen. Ich rate nicht zur Angleichung, ich rate nicht zur Aufgabe, aber ich beobachte sie, und ob sie in hundert oder in fünfhundert Jahren vollzogen wird, finden Sie das so wichtig? Wenn sie doch vollzogen wird, sehen Sie dann ein Verdienst darin, den Zeitpunkt hinauszuschieben und unter was für Opfern, unter welchen Kämpfen, um ein Jahrhundert, um vier Jahrhunderte? Glauben Sie mir, es ist ebenso süß, in eine neue geistige Welt einzugehen, wie es bitter ist, sich mit den Resten seines Herzens von einer alten, untergehenden Welt zu lösen. Das ist der wahre Grund unserer Zerrissenheit. Kein Jude von einigem Ernst kann die volle selbstverständliche Heiterkeit der anderen haben, die gleiche Leichtigkeit wie seine Umwelt – ich spreche von Männern, es mag bei Frauen anders sein. Einen Juden, wie ich ihn meine, wird es stets danach verlangen, seine Freunde unter Männern mit nicht ganz übereinstimmendem Wesen zu finden, und doch wird er nicht die Sehnsucht los nach der Freundschaft mit Männern, deren Voreltern die

gleichen Wanderzüge in den Jahrhunderten gemacht haben wie seine eigenen. Nie fand ich, daß jene Juden ihr Leben richtig führten, die nur miteinander umgingen, wie die Juden dieser Gasse, wie viele Juden auch im Westen dieser Stadt. Stolz? Vielleicht; aber auch Bequemlichkeit. In der Zerstreuung leben, verteilt, im dauernden Umgang mit der Welt, das halte ich eher für ihre Aufgabe, mehr für ihre Pflicht. Immer fand ich das Wort sehr tief, man solle leben unter Christen, sterben unter Juden.»

«Sie verstehen es falsch, das Wort. Es wird damit nicht gesagt, daß man unter Christen leben solle; nur: solange es uns auferlegt ist, sollen wir wenigstens sterben unter Juden. Und das, nicht wahr, das wollen Sie doch auch?» fragte Seraphim und sah ihn ängstlich an.

«Ja», sagte Boas leise.

«Ich hoffte, daß Sie das sagen werden, denn mit all diesen trostlosen», er weinte fast, «mit diesen entsetzlichen Ansichten sind Sie doch freiwillig in die Gasse gezogen!»

«Darum, weil ich den Dingen doch nicht ganz so fern bin, wie Sie glauben, wohl auch, weil es meinem Gefühl schwer wird zu tun, was ich erkenne. Man hat Einsichten, aber das Herz rebelliert. Doch jetzt sollten Sie mich allein lassen, ich glaube, das ist besser.»

Es war nötig. Das Gespräch hatte ihn übermäßig angestrengt. Sein ganzer Körper zuckte zur Mitte hin, ein heftiger Schmerz zerriß und überwältigte das Herz.

Nach einer Weile atmete er freier, spürte aber, jetzt wird es Ernst. Er läutete, ließ sich in den Schlafraum führen, schickte die Wartenden nach Hause – sein Abend, die Zeit für seinen Rückzug war gekommen.

Die Wirtschafterin suchte Seraphim zu erreichen. Sie wollte einen Arzt rufen. Aber es kam nicht zu dem einen, nicht zu dem anderen, es bedurfte all dessen nicht.

Eine herbeigelaufene Nachbarin und deren Mutter jagten mit der Nachricht auf die Gasse.

Weder die Wirtschafterin noch die Nachbarin hatten die Wirkung geahnt. Rasch war die Gasse voller Menschen. Zunächst wurde nur geraunt, hinter vorgehaltener Hand. «Man versteht doch nichts!» stöhnten die Alten, die an einem außerordentlichen Ereignis Anteil nehmen wollten und in hohen Stiefeln oder Schlappschuhen fast als erste erschienen waren.

Wenige Minuten später hatten sie sich nicht mehr zu beschweren, man sprach laut und offen und schrie es sogar zum Fenster hinaus.

Bald kämpften zwei Gerüchte. Das eine nährte sich an dem alten Gerede von einem Verfahren, das deshalb niedergeschlagen worden sei, weil sich Freunde dafür eingesetzt, das aber den Arzt in die Gasse getrieben, zu ihnen, dem Auswurf, in einen Winkel der Stadt; das Verfahren war wieder aufgenommen, hieß es, und er hatte sich vergiftet. Das zweite Gerücht widersprach dem: habt ihr nicht die Farbe gesehen – tagelang, grau, gelb, grün? Ein natürlicher Tod, aber was für eine Schmach, solch ein Tod für einen Arzt, der höchstens Mitte oder Ende der Fünfzig war! Was verstand er von seiner Kunst, wenn er in den besten Jahren, mitten in der Arbeit, also ohne Ahnung von seinem Tod, hinging! Ein Nichtskönner hatte sie behandelt, einem Unfähigen hatten sie ihre Kinder anvertraut, von eines Stümpers Hand kam der Verband um diesen Arm. Man bewegte ihn, der Arm tat weh. Morgen waren vielleicht die Lungenflügel krank, oder man schlug hin und war im nächsten Augenblick tot – alles, ohne daß er das erkannt hätte. Wie viele Tote hatte die Gasse im letzten Jahr? Einen ziemlichen Teil hatte er behandelt. *Ein* Dutzend hätte niemand, die anderen jeder retten können – plötzlich wurden auch die Sie-

chen in die Zahl der zu Rettenden eingeschlossen, sie, deren endliches Verscheiden eine Erlösung für sie selbst, eine Erleichterung für die Hausgenossen gewesen war. Von Jankuhn behandelt, hätten sie gelebt, wie viele hatte Jankuhn geheilt! Was Boas verschrieben, war nicht zu lesen gewesen, und was der Apotheker herübergereicht, wahrscheinlich Gift ...
Aus dem Tor eines Hauses stürmte eine Frau. Vor wenigen Minuten war ihr ein Säugling in der Hand verröchelt. Ihre Bekannten priesen Gott. Es war ein Verbrechen dieser Dirne gewesen, den Knaben in die Welt zu setzen. Was es überhaupt gab an übertragbaren Bakterien, das war bestimmt in seinen Schleimhäuten; was es überhaupt gab an gefährlichen Geschwüren, er hatte sicher an seinem Körper alle mitgebracht. Aber Doktor Boas hatte das Kind am Morgen besichtigt, den Zustand leidlich, ein bißchen an die Luft bringen möglich gefunden, vorher war noch ein kleines Präparat zu nehmen, und bestrichen mit dem Präparat aus einer Tube, die sie in der Hand hielt, war das Kind verstorben. Drei Monate hatte sie es gesäugt, neun Monate getragen, Mühe, Hoffnung, Sorgen eines Jahres, alles vertan durch die Gewissenlosigkeit eines Arztes – eines Scharlatans und Pfuschers! «Da!» Sie warf die Tube über die Häupter und schrie, als stünde der Arzt noch selber da, als träfe die Tube sein Gesicht, der Inhalt seine Stirn, oder liefe ihm über den Kragen, am Halse hinunter: «Kindesmörder! Zuchthaus haben Sie verdient!»
Ihre Rufe reizten die Menschen auf, sie bekamen Furcht. Geheilte verspürten Schmerzen, Schwindsüchtige stach die Lunge, Schwerkranke, die sich in den Betten gehalten hatten, wankten auf die Straße, uralte abgestorbene Menschen, die selten ihr Siechtum auf die Gasse führten, jammerten an Krücken und Stöcken vor den Häusern. Ein

Verband wurde auf die Gasse geschleudert. Den Schmerz zu verachten, die Glieder frei zu schienen, Binden und Tücher abzuwickeln, forderte ein überzeugter Gegner des Arztes auf, ein leidenschaftlicher Anhänger Jankuhns. In einem Viertel arbeitender, unvorsichtiger, leichtsinniger Menschen fehlt es nicht an Verletzten. Aber niemand folgte dem Aufruf, das Mißtrauen war nicht groß genug oder die Furcht vor Schmerzen größer.
Besonders die Juden, die sich angesammelt hatten, zeigten sich beherrscht und voll Vernunft. Auch von ihnen spürten viele in der Kehle einen Reiz, aber sie hüstelten stumm in sich hinein; die Haut war plötzlich wund, aber sie kratzten sich verschämt; Mütter verschlossen die Angst um ihre Kinder in die Brust. Nur zwei verloren ihre Fassung: die Näherin Frau Lamm, die nach Hause jagte in Sorge um ihre beiden zarten Jungen, Boas hatte sie wiederholt behandelt, und eine alte Jüdin, die plötzlich aufweinte über den Tod ihres neunzigjährigen Vaters. Die Männer versuchten zu beruhigen. Joel schrie aus dem Schankraum: «Wenn ein Vorbeter stirbt an einem Festtag, hat er darum dreißig Jahre vorher schlecht gesungen?» Tauber geriet außer sich – was, solches Geschrei über jüdische Ärzte! Für ihn waren jüdische Ärzte Wundertäter, Abgesandte Gottes, heilige Männer, und Boas hatte sich für die Gasse aufgeopfert.
«Aufgeopfert?» sagte jemand, «umgebracht!»
«So ist es», stimmte Tauber zu, «ich sag Ihnen, er hat zuviel Herz für die Menschen gehabt, und das hält ein Herz nicht aus.»
Eine Schar von Menschen umstellte das Haus von Boas im weiten Kreis; als ihrer mehr wurden, drängten sie vor, Frauen mit vollem Busen und kurzem Atem stießen verzweifelt ihre Stiefel gegen die Schienbeine ihrer Nachbarn. Ein Kind wurde fast zertreten, als es aus dem ausgespienen

Schleim eines alten Mannes mit dem Finger eine krumme Nase auf das Pflaster malte. Julchen schrie: «Ein Glück, mir hat er das Bein nicht kaputtmachen können» – mit den Worten verpflichtete sie sich die eine wie die andere Partei. Tauber war in sein Gleichmaß zurückgekommen und belehrte Frajim: «Siehst du die Leute tun, dann frag dich immer, ob sie recht tun; denn meistens tun sie nicht recht – oder ist es recht, einen Menschen anzuklagen, wo man Gott anklagen müßte, und darf man Gott anklagen?»

«Er lebt!» rief plötzlich jemand, weil in der Wohnung des Arztes ein Fenster aufgegangen war.

«Wenn Sie leben, zeigen Sie sich, sprechen Sie!» schrie ein Stubenmaler hinauf.

Der Arzt erschien nicht.

«Seht doch selbst nach, ob er lebt!» schlug ein Schlosser vor, der ziemlich hinten in dem Haufen stand, und er sah sich schon vorn. Das aus Vorsicht geschlossene Tor gab nach, die Flügel sprangen auf, und in Gedanken stürmte er hinein.

Aber ehe seine Worte wirkten, hörte man einen Schrei: Polizei! Eine Frau, die nicht mehr zum Tor hinauskonnte, hatte aus Angst geschrien. Der Ruf sprengte die Masse auseinander, nach einer Minute war der Platz vor dem Hause leer.

Später erschien ein Abgesandter der heiligen Genossenschaft. Erst auf ständiges Läuten und anhaltende Verhandlungen öffnete die Wirtschafterin; der Tumult hatte ihr fast die Besinnung geraubt, den Tod hatte sie hundertfach in Gedanken vorweggenommen. Der alte Mann wickelte aus einem Bogen eine starke Wachskerze, die vierundzwanzig Stunden brannte, tat Papier um ihren Fuß, drehte sie fest in einem mitgebrachten Topf mit weißem Sand und zündete zuletzt die Kerze an. Sie hielt ihn wach in der langen Nacht, in der er sich gelegentlich damit zerstreute, von dem langsam schmelzenden Licht die Körner abzuzwicken, in denen fast flüssig das überschüssige Wachs herunterrann. Es haftete an seinem Finger, überzog die Nägel, nachdenklich betrachtete er die Abdrucke. Ein dummes Spiel, auf einer Totenwache vergingen die Stunden nur langsam, auch mit Davids Psalmen in der Hand, eine Stunde mußte erst um sein, ehe die nächste anhob.

Am Abend klingelte ein Schutzmann, der durch die Gasse kam und von dem Auflauf hörte, an der Wohnung und bat, den Toten besichtigen zu dürfen. «Der ist richtig tot», sagte er, als er vor ihm stand, «der wird niemals mehr lebendig!» Der Wächter drängte ihn hinaus. «Es darf nicht sein, das ist verboten!» «Regen Sie sich bloß nicht auf, das schadet Ihnen», sagte der Schutzmann, keineswegs beleidigt, gutmütig. In seinen Augen war der Wächter selbst schon halb vermodert, eine Leiche …

Bei Jankuhn drängten sich Verbundene, denen er neue Verbände zusagte; die Ängstlichen bekamen schon heute frische. Frauen gingen ihm hilfreich an die Hand, und schließlich bewältigte er die Aufgabe. Ah, seine Verbände waren lind und sanft wie laues Wasser, nicht zu vergleichen mit den alten! In wenigen Stunden stieg sein Ansehen bis zur Unwahrscheinlichkeit, und der Morgen fand den alten Arzt verfärbt, den Bandagisten erschöpft und übermüdet, doch mit dem Glanz und der Heiterkeit des Siegers in einer schweren, aber ausgekämpften Schlacht.

Am Vormittag kam Seraphim und beugte sich eindringlich und liebreich über das Gesicht des Toten.

«Nein, nicht wahr, das haben Sie nicht gesagt?» sprach er leise.

Nach Amerika – dem Paradies. Die Ersten Feiertage der Juden fallen in den Frühling, die letzten in den Herbst. Immer ist an diesen Feiertagen der Himmel blau, immer verschwendet sich die Sonne. Wollte der Himmel dem Ritual in allem folgen, müßte er sich im Sommer an den Fasttagen beziehen, müßte an den Fasttagen der Regen barmherzig niedergehen. Aber dem ist nicht so: meist sticht die Sonne, die Luft steht unbewegt, und die Prüfung der Fastenden ist hart.

In diesem Jahre war es anfangs anders. In diesem Jahre war es trüb schon am ersten Fasttag, und bis kurz vor dem zweiten blieb das Wetter häßlich. Die Natur wiederholte die heilige Geschichte, von dem schaudervollen Anfang bis zu dem Ende ohne Trost: zuerst fiel die erste Ringmauer, drei Wochen später fiel der Tempel, unvergeßliches Martyrium der viel beweinten Stadt Jerusalem – zerrissenen Herzens erlitten die Frommen die Stationen in jedem Jahre neu.

Einem harten Winter war ein milder Frühling gefolgt. Dann stiegen Nebel auf, selten in dieser klaren und gesunden Stadt. Sie verschleierten die Straßen, meistens morgens, wenn man in Eile zu dem Bethaus lief. Die Tage selber waren heiß, und eines Abends brachen hallende Gewitter los, der Regen danach war kurz, doch die Kürze täuschte. Noch in der Nacht folgte ein langer, unnachgiebiger Regen, abwechselnd dick und spritzig, und von nun ab gingen ungeheure Wassermengen nieder und machten die Luft so kühl, daß es nicht mehr Juni zu sein schien, sondern März. Alles: Straße, Häuser, Dächer, Höfe, Fenster, Flure, stand unter

Wasser. Leere Bürgersteige – die Hutkrempen nach unten, die Kragen hochgestellt, liefen die Leute dicht an den Häusern entlang. Von den Fußsteigen floß das Wasser über Platten, über Prellsteine hinunter und traf in der Gosse mit dem anderen zusammen, das von dem schwach gewölbten Fahrdamm ablief; vereint gurgelten beide zwischen eisernen Stäben in die Schächte. Kinder fischten mit Stecken an den Abflußstellen, das Wasser riß die Stecken mit oder spie sie mit Gewalt nach oben.

Die Kinder spielten auf der Straße, um der Enge der Kammern zu entgehen. Die Kammern waren überfüllt. In den nächsten Tagen fuhr von Antwerpen aus ein großes Schiff nach NewYork, die Schiffahrtsgesellschaft hatte im Osten stark mit einem günstigen Angebot geworben. Verschiedene Konsulate hatten Auswanderer vermehrt abgefertigt. Schon immer waren die Häuser bis unter die Dachsparren besetzt – nun fluteten die Menschen wie der Regen bis an den Rand, ja über den Rand der Gasse weg. Es waren Menschen aller Länder: Russen, ehemals reich, die nach der Oktoberrevolution in Litauen und Lettland eine Zuflucht gefunden und fürchteten, der Riese, dem sie entronnen waren, könne bei erster Gelegenheit die beiden verlorenen Provinzen und sie selbst zurückgewinnen wollen; Juden aus Südostpolen, die lieber in jedem anderen Land mit Wahrscheinlichkeit als in Polen mit Gewißheit verhungern wollten; Juden aus Rumänien – in Rumänien gärte es bedrohlich, und die Widerstände nahmen zu. Eine kleine Zahl fand sich unter ihnen, die Westeuropa zustrebte, aber die Masse der Auswanderer fuhr über den Ozean in das große Paradies der Welt. Es war Anfang des Hochsommers, die Zeit, in der auch der Mutlose Kraft zu neuer Unternehmung findet, die Zeit zugleich, in der der reiche Europäer nicht mehr nach den Staaten fährt und der reiche Amerikaner noch nicht von Europa heim, für Arme also die beste Jahreszeit, um zu reisen. Aber sie waren keine Reisenden, sie waren Auswanderer.

Nicht Joels Gasthaus, nicht die beiden kleinen Gasthäuser von Simon Brüll und David Joseph, alle drei schon immer voll, faßten die Menge. Aus früheren Jahren hatte man Erfahrung in der Bewältigung des Ansturms der Durchreisenden. Man bettete die Ankömmlinge in Schankräume, in denen von Teich, in dem von Salomon, brachte sie in Haushaltungen unter, zwei auf jedem Sofa, drei in jedem Bett, verwandelte Fußböden in Lagerstätten und nahm Räume von Andersgläubigen hinzu. Fünf allein kamen auf Schütten Stroh in den Keller eines verschuldeten Barbiers, der nun im Pfandhaus seine Pfänder einlöste. Aus der Wohnung einer Dirne, die sie mit Vergnügen beherbergte, holte Tauber zwei Brüder, ahnungslose junge Menschen, und fand es noch erstaunlich, daß es niemanden aus der Bodenluke herauszuholen gab, in der der Leierkastenmann Piontek mit einer Vettel hauste. Eine vierköpfige Familie zog in das Frauenhaus, glücklicherweise zu einem zuverlässigen, wenn auch sparsamen Geschöpf. Fräulein Czinsky opferte sich für sie auf, verzaubert durch die Aussicht auf einen unerwarteten Verdienst, aber sie verzweifelte zugleich, weil ihr ein weiterer Verdienst entging. Auch unverfänglichste Speisen, gewiß genießbar ohne Verletzung der Religion, Kartoffeln in der Schale und sauren Hering, lehnten diese eigenwilligen Gäste ab, ja, wenn sie in sie drang, behandelten sie sie verächtlich. «Die Schickse sull geihn», tuschelten sie, oder: «Wus is dos für ain Moidl? Sie gläubt, mer wellen essen vun seir Schissel?» Tausend und zweitausend Kilometer jenseits der Grenze angesessen, von Vorfahren stammend, die vor Jahrhunderten aus Deutschland ausgewandert waren, sprachen sie noch heute das Deutsch des

Mittelalters, freilich mit jüdischen Einmengseln und den Abwandlungen und Verstümmelungen des Idioms, aber auch so noch bewahrten sie die Sprache treuer als viele reine Deutsche, die spätestens in der zweiten Generation die Sprache ihrer Väter für die Sprache ihrer neuen Heimat aufgaben.

Wahrscheinlich übertrieb man: bei Joel mußte noch ein Bett sein, denn Himmelweit war vor fast zwei Monaten aus seiner Kammer fortgezogen. Doch es war nicht frei, Himmelweit hatte das Haus Frau Dippes und die Gasse zwar verlassen, um sie nie wieder zu betreten, aber er war schon wieder in der Gasse, lebte schon wieder in Joels Gasthaus, lag schon wieder in seinem Bett. Ein eindeutiges Wort hatte den Verdacht, den ein vieldeutiges auf ihn gelenkt, beseitigt. Nicht er hatte denunziert, komisch hieß der Mann schon, dabei blieb der Schutzmann, als Joel ihn zu Gesicht bekam und in ihn drang – komisch, ja, aber bestimmt nicht Himmelweit. «Wenn nicht Himmelweit, wer dann?» fragte Joel, aber Michalak sagte nur, der Denunziant habe vielleicht hier einen Tag gewohnt, sich möglicherweise über eine Kleinigkeit geärgert, und schon hatte Joel die Backpfeife weg. Joel besuchte und umarmte Himmelweit, verlangte weniger für das Bett und brachte ihn zurück. Wer auch seiner Seele künftiges Heil bedachte, wie es Joel tat, der mußte ein Unrecht gutmachen, wenn er es erkannt hatte.

Im Besitz von Geld, aus freien Stücken, ein künftiger Grundstücksmakler von neuem in der Gasse? Ja, denn Himmelweit hatte rasch erkannt, jenseits der Gasse war das Exil, die Stadt war kalt, der einzelne in ihr verloren, schön war es nur hier, nur hier war man gut zu ihm, gut wie vor der Verdächtigung, ja, besser – am meisten Feiga Turkeltaub und am wenigsten Julchen Hurwitz. Wieder befreite er zur Nacht den alten London von seinem Stiefel, der aus dem

Bette ragte, wieder wälzte er sich nicht mehr in den Kissen, wenn ihn Fischmann oder Eisenberg ermahnten, still zu liegen. Bloß um ein Geldstück brauchte er Fischmann nicht mehr zu bitten, aber er hätte es auch nicht bekommen. Die Bettelzüge Fischmanns fielen täglich schlechter aus, täglich sprach er undeutlicher aus dem Bart, täglich langweilten seine Geschichten mehr. Früher hatte ein Kunde, der nicht gab, «das nächste Mal bestimmt!» gesagt. Jetzt hieß es höchstens: «Ein andermal vielleicht! Man wird sehen!» Auf das alte Versprechen lieh man in der Gasse, auf das neue konnte niemand etwas geben, ein Abenteurer höchstens – Himmelweit lieh fünfundsiebenzig Pfennig.

Eines Abends kam Himmelweit heim und fand sein Bett belegt. Er hatte es erwartet; was ihn überraschte, war die Zahl der Insassen. Als er zwei Mann hinausgeschoben hatte, denen er reumütig ein Kissen nachwarf, lagen noch zwei andere in seinem Bett, mit denen er sich als Nachbarn abzufinden hatte.

Dem einen lief ein dünner Bart um die eingesunkenen, leintuchweißen Wangen, verwildert fiel das Kopfhaar in die Stirn, aber die Stirn war geradezu verklärt. Himmelweit ahnte, daß das Schicksal dieses jungen Mannes nicht gewöhnlich war. In der Tat, in einer Stadt Südpolens hatte Koigen fast einen Aufstand angefacht. Die junge Welt wollte ihre Wünsche nicht mehr nach alter russischer Manier über die geöffnete Hand der Beamtenschaft erfüllt haben und lehnte das Bestechungswesen ab. Die Beamten rächten sich. Den ersten, der die übliche Handreichung verweigerte, schikanierten sie so lange, bis der alte Zustand wiederhergestellt war. Doch ein Teil der Jugend gab nicht nach – Koigen verfaßte in ihrem Namen eine Denkschrift, die von den Taten des Polizeiangestellten gar nicht einmal alle anführte, die Taten des Polizeihaupts mit Schonung überging, dennoch genügte der Bericht. Der Polizeichef schloß sich eine Woche mit dem Bericht in seine Wohnung, reiste in der zweiten in die Hauptstadt und zeigte sich erst in der dritten wieder auf dem Marktplatz. Polizisten in Uniform und Zivil hatten ihn umstellt. Der störungslose Verlauf machte Mut zu einer Jagd auf Koigen, der sich versteckt hatte. Sämtliche Beamte wurden angesetzt, bis hinunter zum letzten Türsteher, bis zum widerruflich beschäftigten Kanzlisten. Koigen war kein Kämpfer, sondern nur von einem vermeintlichen Unrecht fortgerissen; die Anstrengungen der Flucht überstiegen seine Kraft. Seit Monaten hatte er einen Blutgeschmack im Munde. Der Husten schüttelte ihn, er richtete sich auf, spie und sank dann todesmatt zurück ... Er war am Vormittag hier in Berlin vorn auf der Plattform stehend mit der Straßenbahn durch die Stadt gefahren, die Schienen liefen streckenweise zwischen Rasenstreifen. Er hatte auf das Gras gestarrt und gedacht, wenn es nicht wüchse, so wäre es krank, das Gras, und verleugnete seine Natur. Und dennoch: schoß es über eine bestimmte Höhe hinaus, wurde es unbarmherzig abgesäbelt von den Wagen, es sei denn, es faltete sich vorher zusammen. So sich zusammenfalten wäre wahrscheinlich eine Klugheit der Juden gewesen. Den jüngeren ging das wider die Ehre, begreiflich, denn wer wünschte nicht so aufzutreten, wie es irgend in seinen Kräften stand. Die Väter hatten sich zurückgehalten und weniger unbefangen gelebt und damit das Richtige getroffen, wenn es auch schmerzliche Verzichte einschloß und dem Selbstgefühl empfindlich zusetzte. Koigen dachte an New York, wo sein Abenteuer ein Ende haben sollte. Er wollte Kollegien hören und niemandem mehr vorwerfen, er verbessere nicht die Welt – es war schwer, sie zu verbessern. Himmelweit, im Bett, hatte sich dünngemacht, um nirgends anzustoßen, und drehte sich schlaflos vom Rücken auf den

Bauch und wieder auf den Rücken. Auch links lag etwas wie ein Mensch, er schien von gewöhnlicher Art zu sein, verglichen wenigstens mit rechts, so daß sich Himmelweit, der Herr des Bettes, ohne Notiz von ihm zu nehmen, zum Schlaf entschloß.

Aber gerade dieser Nachbar auf der Linken wurde unruhig. Es war ein kleiner, schwächlicher und schwarzer Mann, der die kleinsten Tändelmärkte von frühauf besucht und immer auf dem Rücken einen Packen in Wachsleinewand getragen hatte. Auf den Marktplätzen spreitete er die Ware auf die Erde und legte das Wachstuch darunter, so brauchte er keine Bude. Vor Jahren, als er einmal über eine der schlechten polnischen Chausseen marschierte, hatten ihm die Bauern den Vorrat auf dem Rücken angezündet, den ganzen Packen, Hosenträger, Hemden, Hosen. Anfangs bemerkte er die Teufelei nicht und marschierte weiter mit dem Schornstein auf dem Rücken. Plötzlich stand er in einer Wolke Rauch. Rasend riß er alles vom Leib, Packen, Kleider, Fetzen Haut und lief, als verfolge ihn die Flamme, halb im Wahnsinn weiter. Schließlich schwanden ihm die Sinne und er sank hin. Als er zu sich kam und zu seiner abgeworfenen Last zurücklief, war sie fast verkohlt und rauchte nur noch schwach. Indes er Tränen vergoß, grub er und grub nach den letzten Stückchen in der Asche. Dabei verbrannte er zwei Finger so, daß noch heute die Spitzen kein Gefühl hatten. Er litt an einem inneren Gebrechen, das ihn nachts immer wieder aus dem Bett trieb. Auch jetzt lief er mit Schmerzen auf und ab und summte leise vor sich hin: «Was laiden wir asoi viel, Mamme?» Das Gesumm wurde zu Stöhnen, kunstreich und wohltuend, und die Ahnen bis ins vierte Geschlecht, furchtsam und versorgt, sterbend und ermordet, seufzten mit.

Koigen schreckte der Lärm des Händlers auf. Gerade hatte

er von einer schönen Stadt geträumt, die auf seiner weiteren Route lag. «Pschtt!» flüsterte er, «geih schlafen!»
«Ich wünscht, ich künnt», stöhnte der Mann, der schöner hieß, als er aussah. «Das hätten solln wissen meine Eltern», jammerte er, «daß ich muß geihn awek mit fufzik in die Welt!»
«Wäuß ich, wäuß ich?» wimmerte Koigen. «Leg dich schonn!»
«Ich tu mich legen, wann ich will», widersetzte sich Feigenbaum, stieg aber dann doch krächzend und stöhnend auf das Bett.
Inzwischen war von den beiden Schläfern, die Himmelweit zuvor aus dem Bett geworfen hatte, der eine erwacht. Es war ein rothaariger, mittelgroßer Mann, ein Schneider, der, beraten von englischen Verwandten, nach Manchester ging, um mit Hilfe einer winzigen Erbschaft eine ihm angebotene sogenannte Blitzentfleckerei zu übernehmen. Er hatte eine Zahl in seinem Paß verändert, aus Angst, begründeter oder eingebildeter, seinen Paß nicht rechtzeitig verlängert zu bekommen. Kein Zweifel, eine Urkundenfälschung. Unbestreitbar hatten die Behörden aller Staaten ein vitales Interesse, die Heiligkeit von Urkunden hochzuhalten, ohne die ein geordnetes Zusammenleben von Bürgern nicht möglich ist. Aber es gibt Beamte, die Bürger so einschüchtern, daß die verlorensten und hilflosesten zuweilen zur Selbsthilfe getrieben werden. Selbst bei Selig Jankel war freilich nur die Hand, nicht das Gewissen mit der eigenmächtigen Änderung einverstanden. Schon in der vorigen Nacht hatte er in grenzenloser Furcht vor der Polizei selber Polizei gespielt und sich verfolgt. Im Halbschlaf hatte er auch jetzt ein gefährliches Rencontre. Es klopfte: «Wos ischt?» rief er und zitterte inwendig: «Gott soll schützen!» Gendarmerie. «Geiht's awek!»

«Aufgemacht!» forderte der Führer der Streife.

«Hier is sich kan Neschome*», sagte Selig Jankel.

«Auf der Stelle machst du auf», befahl der Gendarm.

«Wen tut ihr suchen, vielleicht Jeschue Goldstaub?» begann Jankel zu verhandeln.

«Nein, nicht Jeschue Goldstaub, Selig Jankel!»

«Selig Jankel ist sich nischt hier!» rief Jankel dreist, «hier ist Jeschue Goldstaub.»

Gut, sie gingen ein Haus weiter, war aber auch dort kein Selig Jankel, so kamen sie zurück und dann wehe, wurde nicht aufgemacht! Ein Posten blieb vor der Tür, Selig Jankel wußte, im nächsten Haus war der Gesuchte nicht, und furchtsam kroch er in sich zusammen, jeden Augenblick konnte die Tür aufgebrochen und er gepackt werden: «Los! Mitgegangen!» Mit einem «Ihr sullt mich lassen!» fuhr er aus dem Schlaf.

Er stieß ungeschickt und heftig gegen seinen Nachbarn auf dem Boden, einen wenig angenehmen Menschen, Grundmann, einen Kleinbürger aus Lodz, genauer einen Bettler. Bettler? Grundmann hätte das bestritten. Mit Stricken um den Leib stand er wie mancher andere jüdische Dienstmann auf der Straße, auf der Hauptstraße von Lodz, allerdings meist zu faul, um eine Last zu tragen, und fast aus jedem Gang einen Bettel machend. Ein Groschen war vertrunken, kaum daß er ihn bekommen hatte. Einen Mann wie ihn anzustoßen, das war ein Grund für fürchterliche Flüche. In jungen Jahren war er Kutscher gewesen – wenn nicht Lodzer Dienstleute in der Wut so fluchen, dann waren es Kutschererinnerungen, die seiner Sprache die Gewalt verliehen. Jankel zerfiel unter den Verwünschungen zu einer verächtlichen Masse und war bald nur noch ein Gemenge von verdicktem Staub und gedörrtem Kot; daß auch dieser Rest nicht noch zerstampft wurde und verwehte, dankte er

---

* Niemand

einzig Feigenbaum, dem kleinen Händler, im Bett zur Linken Himmelweits, dem Mann mit den verbrannten Fingern und dem quälenden Gebrechen.

Feigenbaum war selbst aus Lodz, Feigenbaum kannte Grundmann, er warf die Decke von den Schlafgenossen und schrie, kaum auf den Beinen, mit aller Kraft: «Recht so, daß er dich hot awkgestießt! Man kennt dich, a Nischttuer, a Faulpelz, dos Wab* hot er ins Grab gebracht, in Lodz gibt ihm keiner einen Groschen. Er muß nebbich nach Paris, do hot er anen Bruder, der was noch niscHt ist von ihm umgebracht.»

Wirklich wollte ihn auf einen hündischen Brief hin der Bruder als Austräger in seiner Pariser Wäscherei beschäftigen.

Wie, ein Feigenbaum wagte, einen Grundmann anzuschreien? Grundmann hatte von seiner Kraft bisher nur einen schwachen Teil gezeigt, hatte sich nur gerade klargekräht, hatte erst das Auge an den Schein gewöhnt, der durch die Scheibe über der Tür von einer Gasflamme im Korridor hereinfiel. Jetzt setzte er sich auf und bewies, daß er nur mit den dünnsten Stricken, die ihm gerade zur Hand gewesen waren, um sich geschlagen hatte. Er wurde jetzt deutlicher, faßte gewissermaßen die starken Stricke, die ihm in Lodz um den Leib gehangen hatten, und schlug unbarmherzig auf diesen kleinen Dünkel ein, den er in Lodz, wie oft! mit einem elenden Päckchen hatte zum Bahnhof ziehen sehen! Er schlug zu, und ein Rothschild von einem Groschen sank um, er schlug, und ein Jacob Schiff von einem Pfennig gab kein Lebenszeichen mehr. Er machte ihm nach, wie er die Leute angerufen hatte, dieses kleine, krumme, schiefe, miese Jüdchen: für fünf Pfennig Band zu verkaufen, für zwei Pfennig Knöpfe! Grundmann war unerschöpflich, ja, er verschwendete, als wenn er die Müllabfuhr gepachtet hätte, nicht von

* Weib

Lodz, nein, von Berlin, und von dem Müll den wertvollsten Teil nicht den Stadtgütern zuführte, sondern selbst verwertete.

Aber schließlich wurde einem der Anwesenden das Geschrei zuviel, dem ehrwürdigen, dem autorisierten Bettler Abraham Fischmann. Ein Bettler aus Lodz, der noch sehr bei Jahren war, nicht bettelte, um zu leben, sondern um zu trinken, ein Mann ohne Würde, ein Ausbund der Schamlosigkeit, ein öffentlicher Anstoß, der wollte sich solche Aufführung erlauben? Der störte den Schlaf, die kurzen Stunden des Ausruhens von Menschen, die sich am Tage quälten? Alle Flüche, die er sieben Jahre, seit seinem Weggang von Kowno nicht gehört, aber nicht vergessen hatte, stießen aus Urtiefen empor und erschütterten die Luft. Grundmann wurde einfach umgeworfen, von solcher Gewalt waren die Worte, die ein Sachkenner auf ihn schleuderte, daß er nicht mehr hochkam, daß es war, als fasse er in Pech, in eine schlierige und zähe Masse. Feigenbaum, ermutigt, sprang dem grollenden Fischmann bei, ein kleiner davongejagter Hund, der kläffte, weil ein zweiter großer Hund auf einen anderen großen einbellte. «Ich heer nischt», schrie Grundmann und hielt sich die Ohren zu, allein er hörte.

Fischmann überließ die gänzliche Abfertigung des sichtlich zusammengehauenen Mannes den anderen. Das Herz klopfte ihm, er hielt die Hand darauf, aber er war von der Abrechnung beglückt. Alles, was er den Bettlern zu Hause in Kowno, die ihn verdrängt hatten, schuldig geblieben war, hatte er endlich einem Bettler gesagt, wenn auch einem Bettler nur aus Lodz – die ganze verlauste und liederliche Gattung, Nichtstuer, Landstreicher, Speichellecker, keine Bettler, war in diesem Lodzer Exemplar vernichtet.

Eine Weile zankte man und schrie. Dann erschien es allen

geratener, nur die halbe Nacht zu verlieren. Man schwieg und schlief allmählich wieder ein. Himmelweit, der sich während des Streites still verhalten hatte, war plötzlich peinlich von seiner eigenen Zurückhaltung berührt. Empfindsamkeit, fühlte er ganz richtig, paßte nicht zu ihm. Er schaffte sich nach beiden Seiten Raum und streckte seine Glieder.

Unruhig verlief auch für Frau Spanier die Nacht. Man hatte keine Fremden in ihre Kammer gelegt. Aber bei einem abendlichen Gang begegneten ihr zwei Frauen, die noch keine Unterkunft gefunden hatten. Sie litten unter dem Gedränge von Kindern, Packen, Kisten, vor allem behinderte sie die Nässe, die ihre Sachen schwer machte. Fast unbeweglich vor lauter Lasten hatten sie schon geglaubt, in Fluren nächtigen zu müssen. Nun quollen sie, für die Einladung dankbar, die Treppe hoch, voran eine zarte Frau, in einem Tuche vor der Brust ein kleines Kind, in der freien Hand kreuzförmig verschnürte Kissen. Ihr zweites Kind, auch ein Sohn, führte Frau Spanier hinauf, aber unter den Augen der Mutter, die sich beständig nach ihm umdrehte. Frau Jarosch war die Witwe eines Gastwirts und auf dem Wege nach der Neuen Welt. Verwandte aus Minneapolis hatten sie mit ihren beiden kleinen Söhnen gerufen. Eine Landsmännin und Verwandte, Frau Dubinje, begleitete sie: die gleichen Verwandten ermöglichten ihre Auswanderung, ihre beiden größeren Jungen würden bald verdienen. An einem rostigen Griff zog Frau Dubinje eine Kiste, die neben wertlosem Zeug vier Anzüge enthielt, Anzüge, die noch ihr Mann zugeschnitten, aber nicht mehr fertiggemacht hatte, als er Hals über Kopf mit einem Mädchen davongelaufen war. Sie war sicher, sie bekam ihn wieder, wenn sie erst ein Auskommen für ihre Familie in Amerika gefunden hatte. Sie wußte nicht, ob die Kiste unverzollt den Boden der Vereinigten Staaten betreten durfte oder ob sie sie im Stich zu lassen hatte, aber sie hielt sie heilig, als enthielte sie seltene alte Ausgaben der gelehrten Bücher frommer Überlieferung. Frau Spanier drängte sie von der Kiste fort, Liebe staunte die Mutter an, als sie die Kiste allein die Treppe hinaufschleifte; von Esra Lachs, dem Hausdiener, der hätte helfen können, war begreiflicherweise nichts zu sehen; Frau Dubinje, mit ihren beiden Jungen, unter lauter Wollsachen und hinter Koffern und Schachteln versteckt, stieg hinterher.

Trotz des Durcheinanders von Kisten und Kasten wurden allen Kindern trockene Sachen übergezogen, aus Mangel an Stücken verwandelte man gelegentlich einen Jungen in ein Mädchen. Frau Dubinje lief in Frau Spaniers Schuhen, Frau Spanier auf Strümpfen. Auch Frau Jaroschs Säugling bekam frische Wäsche, an der Lampe gewärmt, dann wurde er von Frau Jarosch auf den Armen geschwenkt, und sie sang dazu, den Hauptton immer bei dem Schwung von rechts nach links:

> Unter dem Kind's Wiegele
> Steiht a gilden Ziegele,
> Das Ziegele ist gefohren handln
> Rosinkes mit Mandlen.

Aber das Kind schrie – je mehr sie sang, um so stärker, so daß sie abbrach und das Kind bloß noch schnuckelte und zuckelte. Dafür sang jetzt die kleine Franja Spanier, als ihr Schmeicheln und Streicheln unbeachtet blieb, dem Kinde leise in das große Ohr:

> Schlaf, main Kind, main Krein, main scheiner*
> Schlofze, lju-lju-lju!

---

* schöner

Schlof, main Leben, main Kaddisch* einer,
Schlaf zu, Suhn-ju-nju!

Bei Frau Spanier hockte Frau Jaroschs fünfjähriger Sohn. Er war für seine Jahre nicht sehr entwickelt, ging nicht ganz sicher und sprach etwas langsam. Frau Spanier streichelte dauernd seine Hände, und schließlich bekam er eine süße alte Brezel. Seraphim hatte sie auf einem Spaziergang im Sprung aus einem Laden herausgeholt, eine Verschwendung, für die sie ihn gescholten hatte, die aber nun zu Ehren kam. «Eß! eß!» redete sie dem Knaben zu und, damit er sich nicht erst für den vorgeschriebenen Segensspruch eine Kopfbedeckung holte, legte sie ihm die Hand und ein Stück vom Ärmel auf den Kopf. Aber statt zu essen, stach er mit den Fingern in den Löchern herum und ließ die Brezel schließlich fallen. Frau Dubinjes beide Kinder, aufgeweckte Jungen, stürzten auf den Boden, schnupperten gleich jungen Tieren, schubsten und stießen sich, bis endlich einer mit der Brezel auftauchte. Frau Spanier brach sie auseinander, ein Stück bekam der kleine Fischel Jarosch in den Mund, das übrige bekamen die Dubinjejungen.

Am Ende wurden alle, groß und klein, für die Nacht zurechtgemacht wie für eine weite, lange Meerfahrt. Von den beiden Betten der Kammer erhielten die beiden fremden Frauen das eine Bett, Frau Spanier nahm das andere, eine Tochter kam auf das Sofa, die andere und Frau Dubinjes Jungen lagen auf der Erde. Still wurde es nicht. Immer wachte der eine oder der andere, bald weinte ein Kind, bald eine Mutter – weinte das Kind vor Angst, so weinte die Mutter aus Angst und Sehnsucht.

Übermüdet war Frau Jarosch, den Säugling neben sich, eingeschlafen. Ein Traum nahm ihr die Ruhe. Während sie noch in sich hineinweinte, erschienen ihr ihre Mutter und

* Segen

alle zwölf Geschwister dazu. Sie faßten einander an den Händen, und die Mutter gab bekannt, von ihrem guten Vater sei Geld gekommen, zwanzig Dollar. Alle dreizehn hatten sich zu setzen und einen Schuh auszuziehen, den linken, und jeder bekam einen Dollar in diesen Schuh. Drei, der Mutter die liebsten, erhielten einen Dollar auch in den anderen Schuh, und nun warteten alle, was die Mutter mit den letzten vier Dollar anfing. Sie winkte Fischel, ihrem Enkel, zog ihm beide Schuhe aus und legte zwei Dollar in jeden Schuh. Das brachte die zwölf in Aufruhr. Sie schrien: wenn Fischel vier bekam, müsse zum mindesten seine Mutter den ihren herausgeben, und bei den Worten fielen alle zwölf über sie her, rissen ihr den Schuh herunter und den Dollar heraus. Während einer den geraubten in die Luft warf, haschten alle danach, und wer ihn auffing, warf ihn wieder hoch. Dabei tanzten sie auf einem Fuß, die drei bevorzugten Geschwister aber tanzten auf beiden Füßen; nur Fischel, obwohl er zwei Dollar in jedem Schuh hatte, drehte sich gar nicht, konnte nicht einmal gehen, fiel einfach um, und bestürzt erwachte seine Mutter, Tränen, die vielleicht nicht einmal neue Tränen waren, in den Wimpern.

Fischel war noch wach. Frau Spanier hatte ihn zu sich in das Bett genommen. Die Hand hielt sie vor ein Kerzchen, es schwamm in einem Wasserglas auf dem Reste einer Ölschicht, sie hatte es angezündet, als alle schliefen, um es Fischel heimeliger zu machen, und sie erzählte, damit er einschlief. Er drückte die Wange in das Kissen und fuhr mit ihr auf einem großen Schiff, das auf dem Meer so klein war wie das Lichtstümpfchen auf dem Öl. Schließlich fielen ihm die Augen zu, und er schlief fast, als einer der Dubinjejungen aufhustete und ein Stückchen Kandis von der verzehrten Brezel auf die Lippe brachte. Fischel glaubte, der Sturm heule. Wirklich regnete es, gleichmäßig schlug ein nasser

Plan um das Haus, legte sich vorn und hinten um die Mauern und hüllte sie klatschend ein. Schließlich brach sich die Gewalt des Regens, er wurde gelinder, und es hörte sich an, als hielte vor dem Fenster ein Vogelzug und wetze die Krallen an den Blechen.

Zuletzt wachte nur noch Frau Spanier. Sie bedachte das schwierige Leben dieser Frauen, war aber bei ihrem Mitgefühl nicht frei von Neid: Sie hatten wenigstens ein Ziel, auf das sie zumarschierten. Leidend legte sie sich auf die Seite und summte zum Trost ohne Stimme die Verse des Schlafliedes weiter, das Franja vorhin dem Säugling vorgesungen:

In Amerika ist for jeden,
Sagt man, gor a Glick,
Jeder findt dort Garten Eden
Und will nit zurück.

Dorten eßt man um der Wochen
Kuchen, Suhn-ju-nju,
Hihnchen wel ich dir dort kochen
Schlofze, lju-lju-lju!

Ach, daß sie auch wegkönnte, nach Amerika oder Palästina, und nach Palästina möglichst nicht allein …

Fischmanns Tod.   Ich dich allein lassen? Nischt zehn Pferde kriegen mich hier fort!»
«Nicht schlecht», meinte Julchen, «am Ende soll ich dir noch zureden: geh!»
«Und wenn du hundertmal sagst: geh! ich geh doch nischt!» beteuerte Riwka.
Aber das waren Redensarten, wie sie Frauen lieben, wenn sie unangenehme Mitteilungen einleiten. Es waren keine Pferdekräfte nötig, auf die freundliche Einladung Jurkims gab Riwka ihren Platz an den Ständen auf.
«Was macht Ihre Schwägerin?» erkundigte sich teilnahmsvoll eine Nachbarin.
«Meine Schwägerin, was wird sie machen, wahrscheinlich macht sie Gemüse ein.»
«Ich meine, wie's ihr geht?»
«Wie's ihr geht? Wie wird's ihr gehen? Ich denk, es geht ihr gut.»
«Ich denke? Sehen Sie sie nicht?»
«Was man so sehen nennt. Sie kommt, steckt die Nase rein, zieht sie wieder raus und geht.»
«Und wer sitzt?»
«Sie sehen doch, wer sitzt! Tauber sitzt und ich sitze. Nein, sie wird sitzen! Von ihr aus kann der Stand zusammenbrechen, sie rührt es nicht!»
Wirklich brach der Stand zusammen, und nicht dieser Stand allein. An einem Stand im Torweg eines Hauses handelte ein alter Jude namens Seidenspinner mit Zelluloid. Viele tun das in Osteuropa, fast in allen Läden verkaufen sie diese bil-

lige Ware: Serviettenhalter, Seifenbecken, Fingerhütchen, Kinderknarren, Stecknadelschalen, das heißt, sie möchten sie verkaufen, doch es geht nicht, und es bleiben ihnen ewige Bestände.

In der Gasse beliebte es, außer dem alten Seidenspinner im Tor, noch einem etwas aufgeregten Manne, einem Christen von mittleren Jahren, mit Zelluloid zu handeln. In seinem Holzwarenladen gab es besseres Zelluloid, aber es war auch teurer, und deswegen haßte er den Mann im Torweg. Aber gehaßt wurden die Stände in zwanzig Läden, es gab bei ihnen alles, was Menschen aßen oder trugen, und fast immer billiger, wenn auch möglicherweise nicht so gut. Noch größere Erbitterung galt den fliegenden Händlern, die mit einem Schleifstein durch die Gasse zogen oder von einem Handwagen Blumenerde und Orangen absetzten. Alle diese Leute zahlten keine oder unverhältnismäßig wenig Miete, und ihre Ware, behauptete man, war verschoben oder doch geramscht. Der Holzwarenhändler hatte viel über die Mißstände nachgedacht, aber Mittel gegen das Übel nicht gefunden. So trank er sich eines Tages in einen Taumel und stürzte zum Entsetzen aller schreiend aus der Schenke auf die Gasse. Er hatte halbe Zusagen von mehreren und hoffte, viele mitzureißen. Er tat, was er sich hundertmal vorgesetzt, fegte das verhaßte Zelluloid von dem verhaßten Stand und zertrampelte es am Boden, daß es krachte. Während die anderen zögerten und während im Tore Seidenspinner verzweifelt schrie, schleuderte er schon von einem zweiten Stand alles Gemüse und Obst auf die Gasse. Ehe die anderen ihn festhielten, war auch Julchens Ware in den Dreck geworfen.

Der Holzwarenhändler folgte dem Rate guter Freunde und erstattete, obwohl bescheiden begütert und nur von einem einzigen unterstützt, den zugefügten Schaden. So kam der verzweifelte Mann im Tor zu neuer Ware und wurde die uralte los, die in langen Jahren fleckig und verbeult geworden war. Auch Julchen erhielt ihre verschmutzten Stücke bezahlt und hätte wieder ihre Nische beziehen können. Aber bei der allgemeinen Erregung waren auch Stücke verschwunden, und die verschwundenen ersetzte niemand. In diesem Tor ließ sich eben ein Stand überhaupt nicht halten; in diesem Hause, das von den Dirnen noch nicht gereinigt war, mußte Julchen, trotz allem, eines Tages zugrunde gehen.

Julchen beutete den Vorfall aus. Sie stellte sich vor den Ständen auf die Gasse und jammerte, sie gehe nicht wieder in das Tor zurück, sie könne sich nicht mit der Gewalt in ein Handgemenge einlassen; die Ware wurde nicht besser, wenn sie sich häufiger im Schmutze sielte …

«Sie sagen doch immer, Gott wird helfen», rief sie Tauber zu, der in der Nähe auf der Gasse stand. Sie rief es mit kräftiger Stimme, daß recht viele von ihrer Zerfallenheit mit der Welt erfuhren. «Da sehen Sie, wie er hilft.»

«Und er wird helfen, sag ich Ihnen wieder.»

«Ich merk bloß nischt davon.»

«Heut!»

«Ach so, in zehn Jahren? In zehn Jahren können meine Kinder zehnmal Jahrzeit für mich gehalten haben.»

«In zehn Jahren werden ihre Kinderchen Mohn und Zucker zu essen haben, und was werden sie tragen? Samt und Seide!»

«Frau Warszawski, kommen Sie her, hören Sie sich das an! Es kann sein, ich verhunger, sagt er, aber die Kinderchen werden vielleicht zu essen und anzuziehen haben … Fangen Sie was an mit so 'nem Menschen! Ich bitt Sie, sagen Sie ihm, ich weiß nischt was, der Mensch macht mich rein verrückt. Wenn er mir nischt sofort aus den Augen geht, werd ich mich hinreißen und mich vergessen!»

Gott half nicht? Frau Warszawski half. Mit Weichselbaums Wissen und Willen erließ sie einer zweifelhaften Mieterin des Hauses den aufgelaufenen Zins, um einen Kellerladen freizumachen und ihn Julchen zu geben. Drei Fenster reichten keinen Meter weit aus dem Boden, aber in jedes konnte man ein Kleid legen, einen Shawl, ein Tuch, ein Stück Wäsche, eine Trikotage. Kein glanzvolles Geschäft, nichts von der verschwenderischen Pracht der Warenhauspaläste, aber welch ein Fortschritt: nicht mehr täglich auf- und abgeschlagener Stand, ein festes Ouartier, mit dem Haus verwachsen und verbunden. Mit geradezu herrlichen schwarzen Buchstaben wollte Julchen den Namen ‹Hurwitz› über den Eingang malen lassen, denn bloß ein Keller – aber doch ein Keller! Nur der letzte Abfall von Deutschlands Reichtum brauchte sich in seinen Winkeln anzusammeln, mehr verlangte sie nicht. Bisher hatte sie die Stadt geliebt, sie vergötterte sie fortan. Das Haus war wenig anständig? Frau Warszawski würde es allmählich säubern, und wenn selbst nicht alle Dirnen auszutreiben waren, ein Keller war nicht ein Tor, im Keller konnte niemand einer Frau, die ein Nachthemd auswählte, eine schlüpfrige Redensart im Vorübergehen zurufen. Und zu allem war sie auch endlich diesen Schwätzer los. Um in einem Keller aufzupassen, dazu reichten ihre Augen und ihre Hände und, wenn es nötig werden sollte, ihre Fäuste – sie brauchte keinen Tauber mehr.

Es klinkt, und im Keller erscheint jemand, von dem Bestellungen zu erwarten sind: Alexandra Dickstein. Alexandra wickelt nicht mehr Zigaretten, der Fabrikant, ein Mann schon mit erwachsenen Kindern, will sie heiraten – die Hochzeit soll sehr bald sein, einen Witwer kann man nicht warten lassen, bis er schimmelt. Übrigens ist er nur wenig über vierzig, der Vollbart macht ihn älter.

Man redet in der Gasse: Hat sie ihn ordentlich lieb? Tauber, er hat zwar im Keller nichts mehr zu suchen, darf aber durch die offene Tür von oben in den Keller hinuntersprechen – Tauber bezweifelte jüngst, ob es zur Hochzeit kommen werde.

«Warum haben unsere Rabbonim bestimmt, die Braut darf die Wäsche erst nach der Hochzeit sticken lassen? Sie wußten, weshalb.»

«Nischt wußten Ihre Rabbonim», antwortete Julchen schneidend, «und Sie wissen noch weniger.»

«Wenn Sie sagen, ich weiß nischt», fügte sich Tauber, «dann weiß ich nischt soviel, wie ich Schwarzes hab unterm Finger.»

«Ich will nischt nachsehen kommen.»

«Sie können ruhig kommen, oder nein, besser Sie kommen heute nischt.»

Ohne ihr Geschäft zu vernachlässigen, erkundigte sich Julchen vorsichtig bei der Braut, die in den Stoffen wühlte, ob sie für die anderen Schützlinge von Frau Warszawski etwas tun könne. Da waren Noah Kirschbaum, Frajim Feingold ... Man sagte, in den Geschäften des Herrn Apfelbaum seien Reisen notwendig auf den Balkan, Verhandlungen im Orient ...

Alexandra ging nicht auf die Anregungen ein. Sie hatte Noah nie gemocht und Frajim nur beiläufig begünstigt, als sie einmal Herrn Elias Apfelbaum durch Eifersucht hatte reizen wollen. Auch damals hatte sie Frajim nicht das mindeste gewährt, ja, als er einmal sagte: «Zeig mal, wie du aussiehst von der Seite!», war sie grob geworden: «Leck Fett! Butter ist zu teuer!» Nein, auch Frajim wird nicht Tabak in Mazedonien einkaufen.

Frau Warszawski stand mit Noah Kirschbaum zu einer kleinen Abendunterhaltung vor dem Haus. «Man sagt doch, bei dir geht das Geschäft noch immer? Alle klagen, bloß du nicht?»

«Es geht wirklich», erklärt er, befriedigt von dem Tag, «aber man hat den ganzen Tag bloß einen Ärger. Sie sollten sehen, wie einem die Jungens das Leben schwermachen. Einer kommt vorhin ran und sagt: du verdirbst die Preise! Ich sag: wieso verderb ich? Ich geb doch nischt mit Schaden ab? Mit Schaden willst du auch noch abgeben? Also was redst du, sag ich. Ich red, sagt er, weil keiner mitkommt mit deinen Preisen. Wo steht geschrieben, sag ich, er muß mitkommen?»

Aber gleich siegreich enden nicht alle Gefechte. Er erzählt, er steht an der Ecke. «Was haben Sie hier zu suchen?» fährt ihn ein Schutzmann an.

«Zu suchen? Gar nichts», sagte er bescheiden.

«Also scheren Sie sich gefälligst weg!»

Er macht sich dazu bereit, und der Schutzmann wird milder: «Also Sie sehen ein, es geht nicht?»

Einsehen, nein, er sieht gar nichts ein, er sieht da nur ein Seitengewehr, das überzeugt ihn.

«Sehr anständiger Mann», sagt Frau Warszawski, «er hat Sie zu dir gesagt. Er hätte du sagen und du hättest auch nichts machen können.»

«Der *war* auch ganz anständig, aber gestern ist mir was passiert, ich ärgere mich noch heut darüber. Es spricht mich jemand an, was soll ich Ihnen sagen, wer, also ein ganz übler Bursche. Willst du englisches Tuch haben? fragt er. Nein, ich will nicht englisches Tuch haben. Warum willst du's nicht haben? Warum soll ich wollen? Warum du wollen sollst? Weil du es halb geschenkt bekommst. Halb geschenkt, sag ich, ich kann mir denken, warum. Gar nichts kannst du dir denken, sagt er, ich garantier dir. Woher denn halb geschenkt? frag ich, und was sagt er: Kaufen willst du nicht das Tuch, wissen willst du, woher ich es hab, willst du noch was?»

«Ärger dich niescht», begütigt ihn Julchen, die die Erzählung mit angehört hat, «du weißt doch, die Menschen sind niescht mehr wert als» – sie sucht – «du kennst doch ein Waschfaß, wie die alte Seife da in der Ritze.»

«Komm niescht», sagt Julchen, als Riwka ihren Keller betritt, «du glaubst, wer weiß, was du mir antust, wenn du kommst – komm niescht! Morgen wird hier stehen: I. Hurwitz!»

Ja, soll sie ‹I.› schreiben oder ‹I.&R.›? Das hängt davon ab, ob Riwka dauernd bei Jurkim bleiben wird. Sie glauben beide nur an einen flüchtigen Aufenthalt, denn wie rasch kann es Frau Jurkim besser gehen. Aber Riwka schwankt. Einer ihrer Vettern, noch nicht lange verwitwet, hat ihr aus Czenstochau geschrieben und sie ohne Umschweife gefragt, ob sie seine Frau werden will. Er hat sie vor fünfzehn Jahren das letzte Mal gesehen und sich damals vergeblich um sie bemüht, sie war gebunden. Er übersteigert sein Angebot: wenn sie es wünscht, will er den Laden von Czenstochau in die Gasse legen. Es schmeichelt ihr begreiflicherweise, sich so geliebt zu sehen über Zeit und Raum hinaus. Sie überschätzt auch Torwege und Keller nicht, und selbst die Rückkehr nach Czenstochau wäre kein Hindernis für sie, Frau Lipmann Süß zu werden – aber sollte sie es werden? Herr Süß hat keine Ahnung, was aus ihrer einstmals so guten Erscheinung geworden ist. Und jetzt noch einmal mit einem Mann beginnen?

«Hast du niescht gehört, was ich gesagt hab: komm niescht!» erklärt Julchen. «Geh, werd seine Frau, aber kommst du wieder, weil er dir niescht mehr gefällt oder du niescht mehr ihm oder weil er niescht mehr hat eines Tages, dann laß ich dich niescht herein. Von mir aus fahr du auf die Höfe mit einem Kinderwagen und schrei: Einkauf von Lumpen, Papier, Wein- und Bierflaschen!»

Sie wollte sie hierbehalten. Mit ihr zusammen wäre der Keller das doppelte Glück, und nicht bloß er – wie gut, in freien Stunden, zwei Stühle nebeneinander gestellt, vor dem Keller zu sitzen, das Auge nicht scharf auf die Ware gerichtet wie einst, sondern frei. Wie schön, gemeinsam das Meer der Menschen zu betrachten und in das Gewoge die Stimme zu mischen!

Julchen sitzt ohne Riwka auf einem schmalen, durchgesessenen Stuhl neben dem Eingang zu ihrem Keller, als die Sonne für eine Stunde die Nässe der Straße aufgetrocknet hat. Ein aufgerissenes Kissen erleichtert ihr das Sitzen. Sie muß das Kreuz reiben, Jahre in Torfahrten zählen doppelt und lassen Verschiedenes zurück. Von ihren drei Töchtern sind die beiden kleineren bei ihr.

«Das ist doch Tauber», ruft sie süß, als er, seinen Laden umgegürtet, auftaucht.

«Wenn man Sie so hört», sagt Tauber, «meint man, keinen haben Sie so gern um sich wie mich.»

«Gleich um sich? Nein, muß das sein? Aber etwas entfernt, Tauber, hab ich Sie richtig lieb!»

«Was haben Sie mich?»

«Lieb nicht, aber geradezu gern. Kommen Sie, erzählen Sie mir was, oder wissen Sie gar nichts mehr? Sind Sie beim Sitzen die ganze Weisheit an mich los geworden?»

«Mir will sogar wirklich nischt einfallen», sagt Tauber, während er Julchens kleinster Tochter, die ihr vom Schoße strebt, die Backen streichelt.

«Nischt, nischt!» jammert das Kind, dem von Julchen die Nase gereinigt wird.

Ihr die Nase zu reinigen ist sonst das Amt der zweitjüngsten Tochter, die jetzt am Boden kullert und der Mutter zujubelt, als diese die Reinigungsarbeit mit erzieherischem Unterricht begleitet: «Nischt! sagst du, mein Kind? Wie hat hier ein kleines Mädchen zu sein? Adrett, sauber, geleckt! Wenn dir noch mal die Nase läuft und du läßt sie dir nicht abwischen, pack ich dich ein und schick dich zurück nach Parizi, da wohnst du dann in einem finsteren Loch.»

«Mit Mäusen», fügt die Mutterstellvertreterin hinzu, «und mit einem bissigen Hund.»

«Den bissigen Hund kannst du fortlassen», befiehlt die Mutter, «wollen wir lieber einen fetten Kater dazusperren. Was hast du da?»

Sie unterbricht sich. Mit baumelnden schwarzen Zöpfen erscheint ihre älteste Tochter, die, vierzehnjährig, jetzt den Haushalt leitet.

«Du wirst lachen, was ich hab, ich hab Reis gekauft.»

«Schon wieder alle?»

«Nun, die fressen ja!» Sie zeigt auf die Geschwister.

«Meine Kinder fressen nicht», weist Julchen sie zurecht.

«Weitergehen, meine Herrschaften, nun weitergehen!» mahnt sie drei Männer, die stehengeblieben sind und ihr die Aussicht versperren. Der eine schwört, den zweiten zu verklagen, und der dritte beschwichtigt: «Meine Herren, ich sag euch, keine Akten lesen, keine Statuten mischen, Friede! Stellen nischt wir Juden des Freitags die Speisen in den Ofen und essen des Sonnabends, was herauskommt, und was kommt heraus? Was Gutes mal und mal was Schlechtes. Genauso bei Prozessen! Ich bin bei ganz großen Verhandlungen gewesen, über zehntausend Joch Land. Da ist ein Anwalt aufgestanden und hat gesprochen, die Leut haben in die Hände geklatscht und haben gesagt: Oi, wie gut hat er gesprochen! Und dann ist der andere Anwalt aufgestanden und hat auch gesprochen, und wieder haben die Leut in die Hände geklatscht und haben gesagt: Oi, wie gut hat er gesprochen! Weiß man, was für ein Richter sitzt! Mein seliger Vater, der in Galizien ein großer Petroleumhändler gewesen und dann nach Polen zog und dort noch ein viel größerer Holzhändler geworden ist, hat viele Verhandlungen mitgemacht, und immer ist seine Rede gewesen: besser Friede als zu Tode gesiegt! Wenn zwei Leute sich niescht vertragen, dann ist Eisch, was heißt das? Feuer. Ich sag euch, liebe Herren, Friede!»

Kaum sind die drei weitergegangen, so versperren andere, versperrt eine ganze Gruppe Männer Julchen die Aussicht. Sie streichen die Bärte und streiten über eine Stelle in dem Talmudabschnitt ‹von den Schäden›, aus dem Jurkim am Morgen vorgetragen hat. Die Stelle handelt von der Tochter eines großen Gelehrten, der den Namen Rabbi trug, als sei er der einzige Rabbi überhaupt. Dieser war eines Tages an den Ort gezogen, wo vordem Rabbi Tarfon lebte, der, nach der Überlieferung, nicht selten ausgerufen hatte: «Meine Söhne sollen nicht am Leben bleiben, wenn ich nicht im Recht bin!» Rabbi wollte nun erfahren, ob Rabbi Tarfon Söhne hinterlassen, also recht behalten hatte. Es zeigte sich, daß keine Söhne zurückgeblieben waren, nur der Sohn einer Tochter, und dieser schöne, aber leichtsinnige Enkel lebte von einer Dirne, die für ihre Hingabe den Männern zwei Geldstücke abnahm und immer, wenn sie acht beisammen hatte, sie ihrem Freunde brachte. Rabbi forderte von diesem Enkel Rabbi Tarfons, daß er sich bessere, und versprach ihm seine leibliche Tochter in diesem Fall. Der junge Mann besserte sich auch, und nun kam die Frage: wurde die Tochter seine Frau? Es gab drei Lesarten. Die eine: er heiratete sie und ließ sich später wieder scheiden. Die zweite: er heiratete sie nicht, es habe nicht nachher heißen sollen, er hätte bloß um ihretwillen seinen alten Wandel aufgegeben. Die dritte – nein, es gab keine drei, sagte ein alter Mann.

«Richtig und nicht richtig», meinte ein anderer, «geschrieben stehen im Traktat ‹Schäden› zwei, doch die dritte Lesart versteht sich von selbst.»
«Was versteht sich von selbst?»
«Daß er sie geheiratet hat und ist zusammengeblieben mit ihr.»
«Und das ist so schlimm, daß der Talmud es verschweigen muß?»
«Schlimm nicht, aber er spricht bloß nicht davon ...»
Das befriedigte wenig und wurde abgelehnt: «Wenn er es verschweigt, muß er doch einen Grund haben, es zu verschweigen?!»
«Vielleicht», sagte ein Überlegener, «haben die Rabbonen die Lesart nicht geben wollen, sonst hätte man gedacht, da seht ihr, so schwer hat es ein Rabbiner, seine Töchter zu verheiraten! Die Ehe hat zwar Bestand gehabt, aber was hat der große Rabbi anstellen müssen, damit es zu ihr kam!»
«Nun, schön», sprach ein anderer, «aber warum gibt der Talmud fix für die zweite Lesart, daß er sie nicht geheiratet hat, eine Begründung, und für die erste, daß er sich hat scheiden lassen, keine?»
«Weil das ein jeder versteht!»
«Wieso versteht das ein jeder?»
«Weil ein Mann, der was zu tun gehabt mit einem lasterhaften Mädchen, nicht nachher leben kann mit ein' anständigen!»
«Ah soi», machten andere. Schließlich sagte derselbe, der vorhin von den Anstrengungen der Rabbiner zugunsten ihrer Töchter gesprochen hatte: «Hat nicht einer hier gesagt, es gibt eine dritte Lesart, die Ehe kann Bestand gehabt haben? Wie kann sie? Wenn sie Bestand gehabt hätte, könnt doch die Stelle nicht stehen im Abschnitt: ‹Von den Schäden›!» Man lachte.

«Was ist da zu lachen?» lärmte Julchen. Die Männer, schon ein wenig weitergegangen, waren jetzt nebenan stehengeblieben. «Männer lachen immer, als ob es so lustig sei, das Leben; wir Frauen müssen stehen und aushalten.»
«Jede hat ihren Teil, die eine mehr, die andere weniger», stimmte eine verhärmte Mutter bei, «das sein Zeiten, ich zittere, wenn die Tür geht.»
«Woraus besteht das Leben überhaupt?» fragte Seraphim, der hinzugetreten war, «aus zweiem: aus Unglück, das sie betrifft, und aus Unglück, das sie fürchten und das vorübergeht.»
«Sie sagen ja plötzlich so gute Sachen», meinte Julchen verwundert, «das hätte können beinah Tauber sagen!»

Die Juden erregte ein Ereignis, das sich einige Tage später zutrug – äußerlich nur das Hinscheiden eines alten Mannes, aber unter Umständen so ungewöhnlich, daß die Folgen nicht abzuschätzen waren. Die Zukunft erschien plötzlich dunkel, und die Vorstellungen vieler drückte ein Mann aus, der vor sich hinmurmelte: Vom Morgen bis zum Abend kann die Welt zerstört werden.
Am Tage zuvor hatte Fischmann sich erkundigt, weshalb London immer zu ihm sage: ich versteh nischt – ertaubte London, oder war er selber nicht mehr zu verstehen? Frajim beteuerte, ihm entgehe keine Silbe Fischmanns, und es wurde Fischmann leichter ums Herz. Aber so leicht wie früher nicht. Ohne zunehmende Beschwerden hätte er nie den zugereisten Bettler David Grundmann niedergeschrien, er, der Mann mit dem Benehmen eines rabbinischen Gelehrten, ein Anhänger der strengen Form, ein überlegener, umsichtiger Greis, den nichts zu einer Unbeherrschtheit hinriß und in dessen Augen Gereiztheit nie zu Selbstvergessenheit führen durfte. Der Ausbruch hatte etwas anderes bedeutet

und hätte den Kundigen Sorgen machen dürfen, aber niemand war hier kundig.

Er sprach nicht von seinen Beschwerden, oder doch nur auf Bittgängen, und da gewohnheitsmäßig von solchen, die vielleicht nicht seine eigentlichen waren. *Eine* Rücksicht wünschte er allerdings, die Einquartierung mußte aus der Kammer, sie lärmte in der Nacht, er schlief nicht. Joel meinte: «Wieviel sind zugekommen in der Kammer? Vier. Wieviel sind Sie? Einer. Ist es nicht bequemer, man legt einen um als vier? Für wieviel Nächte wird es sein? Für zwei, lassen Sie es einige mehr werden! Nach einigen Nächten sind die vier nicht mehr da, und wir legen Sie zurück.»

So ruhte Fischmann die nächste Nacht in einer anderen, gerade frei gewordenen Kammer, der winzigsten im ganzen Haus. Er stieg drei Treppen hoch, zwei mehr als sonst, aber er lag allein, er erinnerte sich nicht, daß das je der Fall gewesen.

Man liest gelegentlich, Sterbende durcheilten vor ihrem Tode ihr Leben ein letztes Mal im Geist. Fischmann tat es nicht. Er dachte nicht an seine vor ihm hingegangene Frau, nicht an seine schon recht bei Jahren angelangten Töchter; nicht an die lange Zeit in Rosienny, nicht an die glänzende in Kowno, nicht, wie er von diesem Gipfel hinabfiel und in kaum verhüllte Verkommenheit sank. Er dachte nur an zwei, in seinen Gedanken sonst unterdrückte Jahre, zwischen dem Beruf als Schneider und dem als Bettler, verbracht als Hausierer in Dörfern und auf Chausseen. Der Anblick dieser Landstraßen machte schwermütig, die Häuser, kaum mehr als Lehmhaufen, fielen beinahe auseinander, mitten aus den Stuben sank man in Kot. Ach, wie war man bescheiden damals! Tropfte jemand eine Messerspitze Gänseschmalz aufs Brot, so schmeckte dieses Brot wie mit fetter Gänsebrust belegt, und ein Salzkörnchen im Mund war süß wie goldener Melassezucker. Eine getrocknete Rosine, gestiebitzt von der Schwelle eines Dorfladens, mundete wie aufgewärmte Nudelspeise – das höchste Entzükken, das er kannte. Aber gleich danach machte man lange Beine, schon das Gefühl von Hieben auf dem Rücken. Der glanzlederne Packen hing am Riemen, der Knotenstock stach in glühenden Sand, eilends tappte man voran. Würde endlich die Bäuerin das Kleid zerrissen haben? Die Weiber hatten jetzt alle eine glatte Haut, nichts riß. Man sollte Disteln von den Wegen raufen und ihnen die Körper damit spicken, da wären die Kleider rascher hin. Wer stiefelte vor ihm über die Landstraße, so schnell, daß ihm bestimmt der Schweiß in Strömen rann? Der Vorsprung war zu groß, sein Herz hämmerte zu rasch – er nahm den Wettlauf nicht auf. Aber ein zweiter saß ihm auf den Fersen, der sollte nicht schneller sein als er. Setz doch die Füße geradeaus, nicht einwärts, wollte er zurückrufen, aber es strengte zu sehr an, beim Laufen auch noch zu schreien. Geradeaus oder besser leicht nach außen! Nach innen, das war nicht schön, zu stark nach außen auch nicht, das sollte man den Soldaten überlassen und von den Frauen jenen, denen Gott, sein Name sei gepriesen, die Beine etwas fett und stark in den Leib geschraubt hatte …

Als der Mensch vor ihm sich bei einem Feldstein niedersetzte, holte ihn Fischmann ein. Freilich schlug ihm das Herz von der Anstrengung. Der Ausruhende streckte die Sohlen seiner Schaftstiefel nach vorn, und Fischmann betrachtete sie sachkundig, trug er doch selbst noch heute solche Stiefel, obwohl sie der Asphalt der Großstadt nicht verlangte. Sie waren für den Lehm der polnischen Landstraßen und für die Kopfsteine litauischer Kleinstädte geschustert. Die Hacken schief, die Sohlen durchlöchert – gut schien es auch Jecheskel Holz nicht zu gehen, Jecheskel seufzte, Fischmann stöhnte, sie hatten voreinander nichts voraus. Sicher waren in wenigen Wochen vierzig Händler der Bäuerin, zu der sie wollten, um den hellen Flaum des Gesichts gestrichen. Hielt sie das Versprechen, das beide von ihr hatten? Wenn ihr keiner etwas Besseres über ihr Kind gesagt hatte! Zehnmal mehr, als er es vor Gott verantwortete, denn es war ein gewöhnliches kleines Mädchen, ein Strohkopf, eine Stupsnase, nur die himmelblauen Augen waren reizend.

Fischmann drehte sich im Bett von einer auf die andere Seite. Trotz des Galopps da innen, trotz der Beklemmungen, trotz der Jagd nach Luft fühlte er: oi, wie gut habe ich's doch heute im Vergleich dazu! Aber das hinderte ihn nicht, schon in der nächsten Stunde innezuwerden, wie schlecht es in Wirklichkeit um ihn stand.

Er hatte keine Zeit, die Sünden seines Lebens abzubitten, keine Zeit, sich die verschlungenen Parks und Wege im Paradiese vorzustellen, oder die Menschen, denen er dort begegnen werde; keine, zur Linderung seiner Schmerzen an die Eichenbäume und Platanen zu denken, keine, an die Zitronenbüsche und Orangen, unter deren schwellender Üppigkeit er wandeln würde, in Gesprächen über Fragen aus dem Talmud, überrascht von eigenartigen Erklärungen aus dem Munde großer und erleuchteter Rabbinen; vor Atemnot keine Zeit, sich auf Kolibris und Papageien zu freuen, die durch die Zweige hüpften, oder auf die hübschen Äffchen, die, Eicheln und Bucheckern knackend, von Baum zu Baum sprangen und schrien, anders als ihre kleinen buntangezogenen Brüder, die er bei Jahrmärkten hatte auf Leierkästen vor Schaubuden spazieren sehen, eine eigens für sie gearbeitete Mütze in der Vorderpfote, in die sie Kupfermünzen sammelten. Es blieb lediglich Zeit, langsam, Finger um Finger, seine schöne, weiße Hand, aus der die Adern stark hervortraten, ruckweise an das Herz zu ziehen. Als sie endlich oben lag, hielt es an – diesen letzten Schutz hatte es einzig noch verlangt; nun war ihm wohl.

Seines Todes wurde man sehr bald inne, man zählte die fünfte Stunde, es war noch Zwielicht. Im vierten Stock, über Fischmanns Kammer, krachte und dröhnte es um diese Stunde. Mitten in der Nacht hatte einen Mann die Sorge um seine Ware gepackt. Er hob eine große Kiste an; zu schwer, stürzte sie aus seinen Händen. Der Boden barst nicht, wie die Schläfer meinten, die aus den Betten sprangen und schon in die Grube zu fahren glaubten gleich der Rotte Korah, aber die als dünn bekannte Decke, die schon zitterte, ging einer nur mit festen Schritten über ihr hin und her, gab ein wenig nach, und der Putz schlug zu Abraham Fischmann in die Kammer; er fiel nicht auf, er fiel neben ihn und spritzte und pulverte in sein Gesicht.

Die aufgestörten Schläfer weckten den Diener Esra Lachs. Lachs lief zum Wirt, zu Joel; Joel nahm zwei alte angesehene Männer und stieg mit ihnen in den dritten Stock. Als er die Kammer aufgeschlossen und sie zu dritt Fischmanns ansichtig wurden, zog er die Tür eilends hinter sich zu. «Geh!» befahl er dem Diener Esra Lachs, der gefolgt war, «und wenn du kannst, halt deinen Mund!»

Erschrocken betrachteten sie den Freund und lasen Geröll und Splitter von ihm ab – kein Leben im Gesicht, nur das Weiß des Staubes und das Gelb des Todes. Kann niederwehender Staub einen Mann erschlagen? Wohl nicht, aber das niederkrachende Gewitter konnte das Herz gerührt haben. Zu dritt trugen sie den Toten in eine frei gemachte Kammer und stellten ein Licht zu seinen Häupten. Dann schloß Joel diese Kammer und die Sterbekammer ab, auch die Kammer darüber. Zugleich erging ein Schweigegebot an die drei Schläfer aus dem vierten Stock, an die beiden Greise, die ihn begleitet, und nochmals an den Hausdiener Esra Lachs.

Den Totenschein stellte ein Arzt aus, den Joel mit Absicht aus einer entfernten Straße gerufen hatte, die Verunreinigungen waren fortgewischt worden. Später legte man dem Toten weiße Leinenkleider an und setzte ihm die silberbetreßte seidene Mütze auf. Nun war er so gekleidet wie im Bethaus an hohen Feiertagen und so wie einst in Kowno an den Osterabenden, wenn er am Eßtisch seiner Familie die frommen Legenden von dem Auszug der Kinder Israels aus Ägypten vortrug; den gelblichen Gebetmantel mit den schwarzen Streifen, aber ohne die hellen Schaufäden, hatte man ihm ebenfalls umgetan, er lag feierlich um seine Schultern.

Am übernächsten Nachmittag wurde er aus dem Haus getragen, die Füße voran. Den Kasten aus ungehobelten Brettern hoben Männer der heiligen Bruderschaft empor. Er war aus Tannenholz und ohne Schmuck, jeder Aufwand im Tode verstieß gegen die Gesetze der Natur, aber auch wider die Ordnung der Rabbinen. Am frühen Morgen waren zwei Frauen in der Gasse eingetroffen, die eine verblüht, die andere im Gesicht den adeligen Stolz, den Ungebeugtheit durch jahrhundertelange Verfolgung verleiht. Es waren Fischmanns Töchter, die nun mit Hunderten von Freunden der Leiche ihres Vaters zum Grabe folgten. Er wurde auf den Friedhof der Frömmsten gebracht und unter Zeremonien nach dem strengsten Ritus beigesetzt.

Sieben Tage später reisten beide Töchter zurück, Gott mochte wissen, dank welcher Mittel. Vorher hatten sie in der Gasse auf Schemeln, mit handbreit eingerissenen Kleidern, die Trauerwoche abgesessen und den Zuspruch von einem halben Tausend Menschen erfahren. Aber mehr, Gastfreundschaft und Liebe, hatten zwei gegeben, Frau Spanier und Frau Warszawski. Beide erzählten ihnen viel von der herrlichen Erscheinung ihres Vaters, und Frau War-

szawski führte Frajim vor, seinen ständigen Begleiter auf den Bittgängen. Er war nun jäh verwaist und erfuhr das Anfangsstück der Wahrheit, die wir alle nur zu rasch erfahren: erst sterben unsere Großväter, dann unsere Väter, dann wir selbst. Manchmal ist die Bitterkeit noch größer: wenn die Reihenfolge nicht eingehalten wird.
Frajim, wie alle vom Tod zum ersten Mal Berührten, erschauerte, untröstlich.
Aber nicht nur er, die ganze Gasse war um einen Mann ärmer und trauerte um ihn. Er war nur einer von Dreitausend, aber der schlechteste nicht. Was blieb, war ein erhabenes Gedächtnis, zugleich ein ungeheures Gerücht. In der Gasse wußten sieben Männer um den Sachverhalt, drei Kammern waren in einem bis unter das Dach besetzten Haus gesperrt, das Geheimnis ließ sich nicht bewahren. Vergeblich verlangte Joel nichts für das Essen von den gestörten Schläfern, vergeblich lieh er einem von ihnen Geld.
«Wissen Sie, was man sagt?»
«Was sagt man?»
«Man sagt ...», hieß es auf der Gasse, und die Köpfe fuhren zusammen.
«Wenn es bloß das wär ...»
«Ist es noch mehr?»
«Darf man hören?» drängte jemand hinzu.
«Warum nicht, warum soll ein Mann wie Sie nicht hören dürfen?», und verschwenderisch berichtete man.
Aber dem Hinzugekommenen genügte auch die breiteste Erzählung nicht. «Das soll alles sein? Wollen Sie wissen, was ich Ihnen sagen werde? Fischmann ist erschlagen worden. Es werden noch mehr erschlagen werden!»
Ängstlich blickten sich die Leute um: «Pscht, nicht so laut!»
«Das Haus», fuhr der Mann fort, «wird man abschließen, fertig!»

«Und die Juden werden sich vor dem Gekreuzigten auf die Erde werfen müssen», sagte ein anderer gelassen, «damit die, die noch keine krummen Nasen haben, sich krummschlagen.»

«Sie können sich ruhig über mich lustig machen», erwiderte der Verkünder des Unheils, «was schadet's? Mir wär wohler, Sie behielten recht.»

Aber man teilte seine Meinung. Die Gasse wurde heimgesucht, das sah man, Plagen befielen, Schrecken schlugen sie. Erst war der Arzt gestorben, die Leute hatten die Verbände abgerissen, dann waren Torfahrten gestürmt worden, jetzt ereilte es das Haus. Fielen wirklich seine Grundmauern ein, so kamen zweihundert Juden um ihr Obdach. Schon vor Monaten hatte ein Schutzmann Schwamm in dem Hause festgestellt, jetzt war es da, das Unglück. Es war hier nicht mehr geheuer, alle diese Geschehnisse waren Zeichen: etwas ist im Anzug, Juden, seid auf der Hut, gürtet eure Lenden, eure Wanderschaft hebt an! Man schlief schlecht, man stand herum und verzehrte sich in Grauen vor etwas, das unabwendbar war und näher kam.

Julchen, eigentlich grundlos übler Laune vor ihrem Keller, weckte Frajim aus seinem Trübsinn. «So nimm! Wer ist immer mitgegangen? Du! Die Töchter haben doch gewollt, man soll verteilen! Was heißt, es paßt nicht? Der Rock schleift auf dem Boden? Laß ihn schleifen! Du ertrinkst im Hut? Ertrink! Du wirst nachwachsen. Bist du groß, was wirst du sein? Man sieht doch schon, was leider aus dir werden wird: ein zweiter Bettler. Hier hast du fünf Pfennig, später kriegst du wieder.» Sehr rasch folgte ein Nachsatz, um die Worte abzuschwächen. «Und wenn es mit dir halb so schlimm kommt, oder ein Viertel, aber es wird schon nicht – auch dann halt dir den Rock, halt dir den Hut!»

Sie stieß ihm das Herz ab mit den ersten Sätzen. Frajim

lernte viel, meist allein, unter Anleitung von Seraphim, Sprachen und Geschichte, die Seraphim selber trieb; aber er rannte zugleich wie unsinnig hinter jeder Möglichkeit zu verdienen her. Er hatte Teller in der Nachbarschaft gewaschen, einige Stunden des Tages einen Lehrling ersetzt, das eine bei einem rituellen Speisewirt, das andere bei einem der wenigen frommen Rechtsanwälte dieser Stadt, aber das Glück war hingegangen, das eine wie das andere, nach wenigen Tagen oder Wochen, und seitdem er keinen Bettler mehr in die Stadt geleitete, war er nur noch für Israel Wahrhaftig tätig, ging er einzig noch in die Keller dieser und einer Nachbargasse, stieß er die Luken auf und ließ frische Luft herein. Wahrhaftig stand am Fenster seiner Wohnung und lauerte – wird Frajim den Schlüssel wiederbringen oder kreidebleich gelaufen kommen: alles ist über Nacht beschlagnahmt? Frajim wußte nicht, was Wahrhaftig fürchtete, aber daß er sich fürchtete, sah er.
Wie meist im Sommer, wurde in den Straßen der Asphalt aufgerissen. Arbeitslose marschierten, abgedrängt, statt durch die Hauptstraßen durch die Gasse. Sie gaben Frajim eine Ahnung von seinem bevorstehenden Niedergang. Würde er nach Piaseczno zurückmüssen? Oder wurde das Unheil dadurch abgewendet, daß ihm Herr Weichselbaum gelegentlich einen Botengang übertrug, ja, daß seine Frau ihn offenbar zu sich heranzog? Ein leicht verzagter junger Mensch, noch fast ein Knabe, der dadurch tröstete, daß er sich trösten ließ, kam ihr manchmal recht für ein Gespräch – Frau Spanier, so lange ihr einziger Umgang, hatte, so lieb sie war, doch einen Nachteil: eine Frau, die liebte, war bei allem guten Willen keine Trösterin für eine Frau in Trauer.
Frajim erzählte ihr von hier, aber auch von zu Hause. In Piaseczno war ein Mädchen gewesen, das einen Christen, und

wenn die Himmel darüber einstürzten, zum Manne haben wollte. Die Eltern widersetzten sich, da verschluckte sie zwei Stecknadeln und erstickte. Frajims Großvater war Wasserträger, bis er sich eines Tages überhob. Nun verdingte er sich einem Bauern, der ihn mochte und ihm leichte Arbeit gab, aber der alte Mann mußte von dem Essen das meiste stehenlassen, denn der Bauer konnte und konnte nicht begreifen, was der Großvater notfalls nahm, was nicht. Warum der Großvater nicht zurückkam in das Städtchen? Die Frau hatte er verloren, und unter Fremden, sagte er, ist man lustig, mit der Familie zankt man sich.
Frajim mischte die Farben richtig, ein gelehriger Schüler seines heimgegangenen Herrn. Aber seine Seele gehörte mehr denn je zu Seraphim. Seltener als früher war Seraphim im Kreise seiner Anhänger zu sehen. Er las mit einem evangelischen Studenten der Theologie das alte Testament in der Ursprache, half einem Arabisten aramäische Texte durchsehen; eine Art von öffentlichem Schreiber, entwarf er Briefe. Nicht entwarf er einen, den Frau Spanier an ihre Brüder schrieb, um für seine Fahrt nach Palästina die Mittel zu beschaffen – er wußte nicht einmal von diesem Brief. Sie habe an einer Geschwulst zu leiden, schrieb sie. Aber die Brüder beriefen sich auf einen Ausspruch ihrer Eltern: nicht schneiden, erst einen zweiten Arzt befragen! und schickten keinen Pfennig, ja, sie schwiegen überhaupt, als Frau Spanier ihnen nach einer Weile mitteilte, auch der zweite Arzt riete zu einem Eingriff. Offenbar entsprach es ihrer Meinung, Geschwülste länger zu beobachten …
Jurkim hatte an Fischmanns Bahre gesprochen, Seraphim kam auf diese Rede zurück. «Wie heißt es im Traktat ‹Sabbat›?» rief er seinen Schülern zu. «Rührt eine Leichenrede zu Tränen, so zählt Gott die Tränen und hebt sie auf gleich Kostbarkeiten in seinem Schatzhaus.»

«Wie hab ich das zu verstehen», fragte ein verschlagener Jünger, «darf man, um die Hinterbliebenen zu rühren, in einer Leichenrede Gutes sagen auch von dem ärgsten Frevler, auch von jemand, der sich vor seinem Tode auf die Gasse gestellt und ausgerufen hat: Gott ist, was es nicht gibt.»

«Wieso kommst du auf den Unsinn, Libsowski?»

«Gut», sagte Libsowski, «ich versteh, ich versteh genau, keiner darf in einer Rede einen besser machen, als er ist – aber wie darf man dann von einem Mann sagen, sein Leben war vollendet, wenn es gerade nicht vollendet war, wenn der Mann hingerafft worden ist vor der Zeit, durch ein Unglück, sagen wir: ein Bach schwillt an oder ein Haus stürzt ein?»

Jurkim hatte diese Worte von der Vollendung gebraucht, um ein Gerücht zu widerlegen; sie waren viel beachtet worden. Gegen ihn waren also die Anwürfe gerichtet, und sie erfüllten den Kreis mit Unruhe. Seraphim forderte, daß Libsowski sie verließe. «So, jetzt ist kein Litauer mehr da», sagte er, den traditionellen Gegensatz zwischen polnischen und litauischen Juden benutzend. Als die Aufregung zunahm, fuhr er gegen seine Gewohnheit mit Schärfe fort: «Ich werde jetzt eine Geschichte erzählen von einem Litauer, die nicht sehr schmeichelhaft ist. Ein Litauer ging einstmals vor die Stadt und sah da plötzlich einen Baum voll Äpfel, ein Apfel schöner als der andere. Es verlangte ihn, einen Apfel abzubrechen, und er gelobte: hol ich ihn unbemerkt herunter, so kriegt von mir ein armer Mann was in die Hand. Er kletterte hinauf, pflückte den schönsten Apfel, drehte ihn zwischen den Händen und fand, so schön, wie er ihn sich vorgestellt hatte, war er nicht, und das mit der Gabe ließ er besser. Auf einmal knackte es, der Zweig brach ab, und der Litauer saß unten auf der Erde. Kaum hatte er seine Glieder wieder beisammen, sprach er erschrocken: ich hab doch nur gespaßt, und Gott wirft schon.»

«Hat Gott wirklich geworfen?» fragte ein Anhänger.

«Da mußt du *Ihn* fragen.» Seraphim wies nach oben.

Die Gasse auf und ab wandelnd, trafen sie Libsowski, der in der Nähe unschlüssig stehengeblieben war. «So, jetzt hab ich eine Geschichte erzählt von einem Litauer, nun darfst du wieder zuhören! Wovon wollen wir reden?»

«Von der Zerstreuung der Juden über die Erde», schlug jemand vor.

«Gut ... Also gibt es Juden in Indien? Sicher wird es Libsowski wissen, oder vielleicht Frajim?»

«Es gibt.»

«Und gibt es Juden in Abessinien? Libsowski? Frajim?»

«Die Falaschas.»

«Wo liegt die Loangoküste? Libsowski? Wieder nicht? Also wieder Frajim! Auch nicht? Also schön, in Afrika, dort und dort, und Juden gibt es auch da. Aber einmal ein ganz anderes Land! Wo liegt Montreal? Libsowski frag ich nicht mehr.»

Frajim: «In Kanada.»

«Und wieviel Juden gibt es in Montreal? Eine Antwort kann man darauf nicht gut verlangen, also 6 Komma 9 Prozent. Und in Saloniki? 22 Komma 8.» Er erzählte, es gebe auch Juden auf Madagaskar und in China.

Die Augen seiner Anhänger leuchteten. Aber Libsowski sollte noch etwas ausgesprochen Schönes hören, sonst kam er vielleicht überhaupt nicht wieder. «Ich komm.» Also dann erst recht, und wenn er wieder einen schlechten Gedanken hatte, sollte er ihn unterdrücken und lieber an so etwas Schönes denken, wie er es jetzt erzählen werde. Gott, sein Name sei gepriesen, hatte einmal Durst, da bat er einen Schäfer, ihm Wasser zu holen, der Schäfer ging, und bis zu seiner Rückkehr, hieß es, sammelten sich die Schafe im Schatten der Mütze Gottes. «Nun wirst du wieder fragen», wandte sich Seraphim an seinen unschuldigsten Zuhörer, «hat Gott denn Durst und hat Gott denn eine Mütze? Aber dieses Mal sage ich nicht: frag Ihn! Diesmal sag ich: frag dich selbst!»

Im Auf- und Abwandeln waren sie in Julchens Nähe gekommen, die, als sie ‹Mütze› hörte, sofort rief: «Mützen? Vorläufig kann ich nicht Mützen liefern, aber was meinen Sie, was wird sonst passen?»

«Wenn die Frau Hurwitz keine Mütze hat», sagte die alte Tante Feiga Turkeltaub, «soll sie etwas anderes geben, ein Taschentuch, und hat sie auch kein Taschentuch nischt da, soll er sich die Hand auf den Kopf legen!»

Seraphim gerann das Blut: «Gott im Himmel», sprach er andächtig, «daß wir uns nicht versündigen an Deinem heiligen Namen!»

Der Fastentag Tischa'h B'ab. Ein heißer Sonnentag kurz danach – endlich einer, wenn auch der Gasse gerade heute unerwünscht. Die Blumen drängen mit verwelkten Blüten aus den Fenstern. In den wenigen, die sich hielten, giert der Griffel nach einem Lufthauch, der ihn die zarte Wolke Staub verlieren läßt. Über den Dächern liegt der Himmel, ein Stückchen Safran.
Viele Menschen verschlafen einen Teil des Tages und wenige sind auf der Gasse. Übernächtigt schreiten zwei Greise, langschößig, am Rand der Häuserreihe hin. Behutsam setzen sie die Schritte, fast vierundzwanzig Stunden haben sie gefastet, Enthaltsamkeit nimmt mit, die Dinge verlieren ihr Gesicht, die Luft verglast. Ein Greis berührt des anderen Ärmel, der zuckt zusammen, sein Gesicht, sonst immer gelb, ist heute grau: nach Mittag ist er erwacht, im Munde einen Bissen. Nur eine Vorstellung – aber er leidet wie unter einer Todsünde, denn wir verantworten auch unsere Vorstellungen.
Bald wird das Licht in der Gasse weniger scharf sein, wird der Safran am Himmel hinschwinden, werden die Schatten die Häuserwand hinaufziehen, werden Juden aus den Häusern strömen.
Eine halbe Stunde später, und die Dämmerung sinkt herab. Die Juden überschwemmen Damm und Steige. Die Gasse gleicht einem dunkel aufgeregten Meer, die Häuser sind wie Schiffe, die wenigen Menschen in den Fenstern erinnern an Passagiere in den Bordluken.
In langen Röcken und Mänteln, geschlossen trotz der Wär-

me, gehen nun die Männer auf und ab, heute zum größten Teil auf Filzschuhen, in ihren Bewegungen spärlicher als sonst, die Gesichter matt, Hunger um das Auge, der Mund verdüstert.

Nicht gewaschen, nicht gekämmt, schlafsüchtig schieben sie über das Pflaster, vom eigenen Gemurmel überschwollen, über sich die Wärme, um sich den Dunst von üblem Abraum. Die Gerüche haben die Deckel der Tonnen auf den Höfen hochgehoben, sich aus Kellern losgerungen, aus weggeworfenen Säcken freigemacht, unter Treppenstufen sich hervorgekämpft – vereint hängt alles als giftiger Schwaden über den Köpfen und verpestet die Luft.

Nichts mehr ist an den Menschen von dem frischen Zug, den sie am Morgen hatten. Am Morgen waren sie angetreten, als riefe die Trompete in die Schlacht, als seien sie die Besatzung der Heiligen Stadt und sähen von den Zinnen römische Feldschlangen die Hälse gegen die Mauern recken. Jetzt brechen sie zusammen, und selbst die Alten, zäher als die Jungen, denken nur noch gewaltsam an das Ende der Belagerung, wenn auch mit solchem Schmerz, als seien nicht ihre Ahnen gefallen, sondern ihre leiblichen Väter, ihre Brüder. Vor drei Wochen haben sie um die Stadt getrauert, weil die zweite Ringmauer an diesem Tag vor 1858 Jahren fiel, heute trauern sie um die Einäscherung des Tempels. Aber Tempel und Stadt sind eines, man trauert heute auch um den Untergang der Stadt, um das Ende der Nation, um den Aufbruch aus der Heimat in die Fremde.

Die Frommen erlauben sich nicht, trotz der Nähe des Abends, das Ende des Tags herbeizusehnen. Solange er gilt, geben sie sich ihm hin, nicht dem Nachfolger. Nur unter der weniger starren Menge wird die Stimmung leichter, die entbehrten Genüsse winken, das menschliche Teil nimmt das heilige hin. Aber das ist die Ohnmacht der Kreatur – bis zu dieser Stunde haben auch sie aufs tiefste den Tag erlebt und immer wieder um die Heilige Stadt gelitten mit einer Trauer, die sie schon in ihrer frühesten Jugend überflog und seitdem mit unergründlicher Schwere auf ihnen liegengeblieben ist. Vertraut mit der Not ihres Volkes, haben sie herzzerreißend geweint am Tag und dumpf die uralten Klagelieder angestimmt.

Wie viele von ihnen selbst sind mit eisernem Besen aus dem Osten gekehrt! Vor ihren dunkel glänzenden Augen tauchen die Riesenstädte auf, in deren Bevölkerung sie überwogen, die Städte, wo heute fünfzig- und hunderttausend um Jerusalem trauern und sich kasteien. Hier, in dem Wirbel dieser tollen Stadt, sind sie nur eine abgesprengte Schar, ein Fähnlein Aufrechter, im Quartier mit der Unzucht und dem Verbrechen, eine letzte Kompanie vor Gott. Sonst blasen sie auf Schalmeien zu ihm, aber Er hat ihnen auch ein Horn verliehen: Armut, und eine Trompete: Not. Heute blasen sie Hörner und Trompeten und, wenn sie heute verstoßen sind, sie werden nicht verstoßen bleiben.

Noch auf der Gasse steigen die Töne der Klagelieder, ein Summton, von den Lippen. Namentlich die Alten wiederholen mit stiller Wehmut die Hymnen der Trauer, die ewigen, unzerstörbaren, wenn sie nicht stumm in sich hineinhorchen und sie dort vernehmen, in ihren aufgewühlten Herzen, als sängen andere aus ihnen. Den Bart zwischen den Fingern, gehen sie einher, wie die unverlierbaren Gestalten ihrer Väter, die dem gleichen Gotte gedient, nach denselben Melodien gebetet, um eben diese heilige Stadt getrauert und sich Speise und Trank wie sie versagt hatten. Ein Jahr schließt sich an das andere, zehn heften sich an zehn, was sind Väter, was sind Enkel? Wie die Hingegangenen voll Erwartung waren, so sind sie der Erwartung voll, und sie wird nicht zuschanden werden, selbst wenn noch tausend Jahre zuzuwarten ist. Gottes Entschluß steht fest, er setzt sein Volk wieder ein in unverwirktes Recht. An diesem Rechtskampf hängt die Welt, und dieser Kampf, sonst nichts, rechtfertigt die Abfolge der Geschlechter.

Für keinen bluten die Wunden der Erschlagenen so frisch, keinem schneidet das Todesstöhnen so ins Herz wie Eisenberg, dem armen, nicht mehr ganz seiner Sinne sicheren Schwärmer. Als lebe er im unverlorenen Jerusalem, so lebt er in der Gasse. Für jeden, der Sehnsucht hat nach der Stadt der Herrlichkeiten, zeichnet er Pläne auf und Risse, ihr Abgesandter, ihr Kommissar. Wie ein Heidenmissionar steigt er hinab in den Sauermannschen Keller und redet die Verbrecher an: «Wendet euch ab von dieser Stadt! Macht euch auf nach Jerusalem, der süßen!»

Viele sehen in den aufgerollten Plan, er zeigt ihnen Straßen und Anlagen, aber Blaustein nimmt ihn am Arm und führt den Ausgespotteten hinauf. Unbeirrt macht er sich an andere heran und rühmt die Wunder der stolzen Stadt hoch auf den Höhen. Jetzt steht er mit dem Gesicht zu einem Haus, der Bart backt ihm von Tränen, vertraut als Baumeister der neuen mit dem Umriß der alten Stadt, sieht er, wie der nächste Wall, der vorletzte Ring, der letzte Turm, wie alle umsinken und kein Aufenthalt die feindliche Belagerungskunst mehr hemmt – jede Steinkugel aus einem Katapult schlägt noch einmal gegen sein erschrockenes Herz.

Inzwischen nahm die Ungeduld der Menge zu. Eine schwangere Frau, die fastete, fiel um. Ein junger Mann füllte eilends unter einem Wasserhahn ein Glas und spritzte ihr das Wasser ins Gesicht.

In Finsternis gingen schon die Häuserkanten unter, aber die Mondsichellinie schimmerte noch nicht auf. Trotzdem zogen die Männer in das Bethaus, die Frauen in die Häuser.

Das Viertel war voll von Winkelbetschulen, an Bethäusern gab es zwei. Das Bethaus der Gasse wahrte die strengere Überlieferung und zog deshalb viele aus den Nachbargassen an. Man durchschritt den Flur von Joels Gasthaus und fand über dem Hof eine Art von großem Schuppen, gegen ein Haus gelehnt. Regengüsse hatten an den Wänden die Ziegel bunt- und den Mörtel ausgewaschen. Vielfach steckten die Ziegel locker in den Wänden, manche waren ausgehoben. Der Fuß trat auf löcherigen Asphalt. Die Torflügel schwangen in ausgeleierten Angeln, immer auf die Stöße eines Fußes; niemand öffnete mit der Hand.

In der Mitte war eine Erhöhung angebracht, von hier wurde am Sabbat der Wochenabschnitt verlesen. Der Vorbeter sang vorn an einem Pult. Zwei kleine Treppen führten links und rechts zu einer Lade, die in die Wand eingelassen war; hier standen die heiligen Rollen, aufrecht oder gegen die Wand gelehnt, auch sie durften nicht umsinken im Exil.

In drei durch Gänge abgeteilten Zügen zogen sich Bänke und Betpulte bis nach vorn. Unnachgiebig gegen sich hatte hier eine Anzahl Männer den Vormittag über gebetet und die Klagelieder hervorgestöhnt und -geweint, jetzt waren sie, schon lange vor Beginn des Gottesdienstes, vor dem Bethaus erschienen, gingen auf dem Hof spazieren und warteten auf das Anzünden des Lichts als das Zeichen. Andere traten ein, gingen im Halbdunkel vor ihren Pulten auf und ab oder wanderten wieder auf den Hof zurück.

Noch wenige Minuten, und der Gottesdienst begann. Sofort verlor sich der Austausch durch die Tür. Jeder stellte sich an seinen Platz, die Torflügel blieben offen, da der Menschen zu viele wurden, sie standen bis auf den Hof. Unter vielen Hunderten von Blicken hatte ein Diener eine Kerze nach der anderen entzündet. Matt leuchtete dazu, von dem Gebälk der Decke, die dunkelrote ewige Lampe,

Geschenk eines Stifters, den die Kunst der Ärzte einst gerettet.

In der herkömmlichen Weise ließen die Beter den Körper von dem vorgesetzten rechten Fuß auf den zurückgestellten linken schwingen. Die nicht abbrechende Bewegung sollte das Blut erregen und erregte es. Immer lauter wurden die Stimmen. Auf den innersten Pultplätzen der Reihen preßten die Männer die Stirnen gegen die Wand, wo der Anhauch des Atems in Wassertropfen niederrann, oder reckten die Arme an ihr empor und schüttelten um Erbarmen abwechselnd die Rechte und die Linke. Als der Gottesdienst fortschritt zu dem Gebet von den achtzehn Lobpreisungen Gottes, schrien alle auf bei dem Bekenntnis ihrer Sünden und schlugen die Brust mit der geballten Faust. In Andacht schwoll eine Stimme über die andere hinaus, eine zweite jagte nach und riß sie herab. Eine dritte stieg in die Luft. Zu höchsten Höhen aufgestiegen, wurde sie ebenso heruntergeholt und zerfleischt. Wie anwälzende See rollten die Stimmen auf die Wände, entfesselten und ergossen sich bis in die Dachsparren, wogten durcheinander, überstürzten sich, schaurig in der Regellosigkeit des Wahnsinns. Auf einmal, als man erwartete, es müßten alle verzweifelt innehalten vor Erschöpfung, hoben sich zwei Männer in die zusammengenommen Spitzen ihrer Füße, heulten mit aufgehobenen Händen und schleuderten den Gesang auf eine Art hinaus, als gelänge es jetzt, als liefe mit der heiser geschrienen Stimme die Seele aus dem Körper unmittelbar durch die Decke zum Firmament.

Am Schluß des großen Gebetes ist für den Beter Pflicht, drei Schritte zurückzugehen, sich zur Rechten, zur Linken und zur Mitte zu verneigen und dann die gleichen Schritte wieder nach vorn zu tun. Die Bänke mit ihrer Enge ließen die Ausführung nicht zu, man behalf sich mit Andeutungen und verneigte sich um so tiefer. Nur Jjurkims Platz hatte einen freien Auslauf, Jurkim trat einen Schritt zurück, einen zweiten, jetzt den dritten, verbeugte sich nach links und rechts, sehr tief, die Samtmütze mußte fest sitzen, daß er sie nicht verlor, und sich aus der Unterwürfigkeit erhebend, schritt er langsam, bedeutend, aufrecht auf seinen Platz. Bei den ersten Anzeichen seines Vorhabens war auch der Vorbeter Monasch einen Schritt zurückgetreten, nach einem geheimnisvollen Gesetz in genau dem gleichen Augenblick das große Gebet beendend. Jetzt schritt er nach vorn und erhob die Stimme vom Pult.

Eine Anzahl Frommer, im Besitz von Eckplätzen, erzwang sich Raum für die vorgeschriebenen Schritte. Sie traten aus der Bank in den Gang hinaus und drängten die gepreßt dort Stehenden zurück. Weit ausschreitend und sich verneigend, glichen sie dem vornehmen und zeremoniösen Hof eines erhabenen, aber unsichtbaren Königs.

Vergleichsweise bedeutungslose Gebete folgten. Die Männer bewegten nur noch unhörbar die Lippen. Die meisten wurden nicht mehr des gesprochenen Wortes inne, die Seele wiegte sich leicht auf dem innen vernommenen Laut. Vom Hofe spielten Kinder herein, Mädchen kollerten am Boden, zwischen ausgefransten Mänteln, zwischen ausgetretenen Filzschuhen. Eigentlich gehörten sie auf die luftige Holzempore an der Rückwand, deren Bänke den Frauen vorbehalten waren, aber Frauen besuchten das Bethaus nicht an diesem Tag. Hereinspielende Kinder, sich unterhaltende Männer – sofort mußte die Andacht aufhören, sofort der Fasttag beendet sein.

Während des Gebets der Männer standen die Frauen in den Küchen und bereiteten das Mahl. Vorher hatten sie in Massen eingekauft, hatten die Gemüsefrauen die Körbe umgestülpt und den kleinsten Kohlstrunk, die letzte Kirsche aus dem Flechtwerk geklopft. Bei den Bäckern wurde Brot um Brot über den Tisch geschoben, auf die Tischplatte trommelten die Semmeln. In kleinen Kolonialwarenhandlungen verteilte man den letzten Vorrat, und in die Körbe, die Taschen der Frauen wanderten für Heilige, die am Verschmachten waren, kleine Schiffsladungen Ware. Nur Schach, der Fleischer, konnte Kunden noch nicht bedienen. Nicht gegessen und getrunken hatten sie *einen* Tag, Fleisch neun Tage nicht genossen, dennoch stand dieser Genuß noch nicht frei – so tiefe Trauer durfte man nicht gleich in der ersten Stunde nach dem verbleichenden Tage abtun.

Von den Kindern kauerten viele vor den Häusern. In ihren ängstlichen schwarzen Augen ging die Heilige Stadt noch einmal unter. In kleinen Schlendergruppen kamen die Dirnen auf die Gasse. Sie liebten es, sich am Abend vor den Türen zu erheitern. Sie atmeten die Abendluft und trieben Kurzweil miteinander, ehe die Nacht sie zur Kurzweil mit den Fremden trieb.

Ihre erklärte Führerin war immer Olga Nachtigall gewesen. Heute fehlte sie. Vor wenigen Tagen war sie in einer Nebenstraße mit einem Schlächter in einen Streit geraten. Zugunsten einer Frau, die ein durchwachsenes Stück Fleisch zurückwies, hatte sie heftig das Wort geführt – zu heftig, der Schlächter holte nach ihr aus. Scharpf, ihr Freund, der vor der Tür stand, stürzte vor, riß ein Fleischmesser vom Tisch, aber statt dem Fleischer in den Rücken stieß er es der Mamsell, einer Unschuldigen, in die Brust. Beide flohen, und wenn sie für die Freiheit nicht verloren waren, für die Gasse waren sie es bestimmt. Olga Nachtigall war sehr beliebt gewesen, dennoch machte der Vorfall wenig Aufsehen, bei Dirnen und bei Verbrechern war man immer auf Unerwartetes gefaßt; einen Gesprächsstoff gab die Messerstecherei nur in den eignen Kreisen, in dem gelben

Hause, in dem Sauermannschen Keller, und mitgenommen war Wahrhaftig, für den Scharpf auf einem Handwagen gestohlene und zurückgegebene Seide zum Spediteur geschafft hatte. Sonst hieß es nur: «Hätten Sie das gedacht? nebenan in der Gasse?»

«Warum überall und da nicht?» lautete unbewegt die Antwort.

Also kauerte nicht Olga Nachtigall, sondern ein anderes Mädchen am Rand des Fahrdamms. Es hatte einen schönen Knaben auf den Schoß gezogen und wischte ihm einen vom Weinen zurückgebliebenen Tropfen aus der Wimper. Mit einem unveräußerlichen Bestand an Zärtlichkeit wollten ihm die anderen Dirnen gleichtun, ebenfalls dem Knaben die Wange streicheln, das weiche Kehlchen an die eigene schmiegen, die schmalen Händchen an die Kindern selten geschenkten Brüste legen oder mit dem Munde wenigstens in das seidige schwarze Haar versinken. Aber das Mädchen ließ es so wenig zu, wie es Olga Nachtigall zugelassen hätte, und als eine jüdische Frau aufkreischte: «Wo bleibst du, Simon?», stellte es den Knaben hin und stob mit den anderen davon wie ertappte Diebe.

Aus dem Bethaus, aus den Winkelbetschulen strömten die Männer auf die Gasse. Alle wünschten einander «Gesundes Anbeißen!» Von den Wohlhabenden wurden Gedecke für die Armen aufgelegt, man verbrüderte sich.

Mit großen und heftigen Bewegungen wurde in den Stuben zu den offenen Fenstern hinaus gespeist. Der Hahn rauschte, Karaffe nach Karaffe kam auf den Tisch und kaum in den Gläsern, rann das Wasser durch die Kehlen.

Allmählich verlor die Wärme den erstickenden Druck. Die Dünste des Abraums zogen ab, die angenehmen Gerüche der Speisen stiegen auf. Wie immer, wenn sie nur gewittert wurden, erschienen Jungen in Scharen und schnüffelten nach den Speisen. Eine Frau rückte aus einer Seitengasse an, und wie man in einem Gradierwerk auf- und abgeht und die Salze einatmet, ging sie spazieren in dem Duft. Schließlich zog sie das Tuch fester an den Körper, als drücke sie die Gerüche in die Poren.

Den Hunger hatten drei Greise überwunden. Im schwachen Schein einer Laterne standen sie zusammen in einem Torweg, zwei hielten einen schweren Band in ihren Händen. Der Text war nur in der Mitte fett gedruckt, an den Rändern klein. Halb erblindet las der eine, mit besseren Augen der andere die gleiche Stelle, dreimal, viermal, der dritte stand und hörte zu. Die Worte der Anmerkung waren dunkel, das entsprach der Art des Verfassers nicht, der selbst das Schwierigste klar zu sagen pflegte. Die Greise rieben die Stirnhaut mit dem Finger und strichen den Bart, als müsse sich so der Sinn erhellen. Das Holz des Einbands krachte, es krachte das darübergespannte Leder, ausgedörrte kleine Tabakfäden brachen aus den Seiten. Schließlich klappten sie den Deckel zu und zogen ab. Die Gelehrten hatten eine Ausdehnung des Fasttags untersagt – wenn auch in alten Zeiten mancher viele Tage nicht gegessen, nicht getrunken, die spätere Überlieferung hatte es verpönt. Auch eines der heiligen Bücher auf der Straße einzusehen, war weder üblich noch zu empfehlen. So besannen sie sich und gingen heim. Des einen Augen beunruhigte das Licht, fast blind tastete er sich voran, schließlich sandte Gott einen Engel, der nahm ihn an die Hand und führte ihn in sein Haus. Bei Tisch dachte er zurück: zum Mittag war er auf die Gasse getreten, wie weißes Feuer barst die Sonne nieder, die goldenen Wolkenlanzen schossen, noch am Abend blitzte die Gasse von dem Glanz. Die Augen schließend vor der Glut, hatte er mit den Augäpfeln geknirscht, da waren Sonnen aufgestiegen mit einer schwarzen Mitte, gelbe Blumen mit schwirrend dunklen Kuchen, die einen Tropfen Licht von *Seinem* Angesicht getrunken haben. Während er, scheinbar der Erde zurückgegeben, aß, war er verklärt und jenseits jedes menschlichen Gesichts.

Nach dem lang hingedehnten Mahl sangen die Juden ein Dankgebet zum Himmel. Das schlechte Volk, die Unzucht und das Verbrechen begannen, die Gasse zu durchpirschen. Von Menschen, unsichtbar am Tage, flogen Pfiffe auf. Dirnen schwärmten aus in kleinen Trupps, übermütig, als seien sie Herrscher dieses Winkels. Hunde, angelockt vom Duft, kamen näher auf leisen Pfoten, Blitzlichter von Katzen feuerwerkten, Käfer fielen aus der Luft, sausten auf das Pflaster, gegen eine Wand. Zwei Schutzleute standen, wie jeden Abend, an der Ecke. Als das Treiben sich vermehrte, rückten sie in die Gasse ein. Eine Minute später war sie leer.

Beim Wenden prallten sie auf eine Frau, die friedlich, die glanzlederne Tasche überm Arm, von ihren Geschäften heimkam. Sie hatte einem armen jüdischen Weib in seiner schweren Stunde beigestanden. Die Wöchnerin war keine junge Frau, wenn nicht ausgesprochen häßlich, so doch abgehärmt. Sehr häßlich war der Mann, ein beschäftigungsloser alter Austräger. Hatte das Neugeborene Aussicht, besser als seine Eltern auszusehen, weiter als sie zu kommen? Die Hebamme hatte zuviel gesehen, um zu prophezeien. Auch riß die Geburt am Fasttag nicht gerade zur Verkündung günstiger Aspekte hin.

Die Hebamme machte es sich bequem in ihrer Stube. Man hatte ihr nichts gezahlt für die zu frühe und noch nicht vorbereitete Geburt, würde es später vermutlich auch nicht können, aber das bedeutete ihr nichts. Hinaus zum Fenster schnüffelnd in die laue Nacht, sah sie überall Vorhänge vor die Fenster ziehen und fühlte die Menschen sich vergessen.

Sie war keine Jüdin, sie täuschte sich. Der Fasttag war vorbei, aber der Fall des Tempels nicht verwunden. Auch kamen jetzt die Sorgen wieder: Sturm auf die Torfahrten, Deckensturz bei Joel. Stürzten alle Häuser ein? Waren alle Wohnungen zu räumen? Was sollten die Obdachlosen anfangen? Es wurde schlecht in dieser Nacht geschlafen, und Männer und Frauen wälzten sich weniger in Liebe als vor Kummer auf dem Lager.

Ende der Fasten, Israel hat eine Unterredung mit Geppert. Rabbi Jurkim kann eine arme Familie retten.
Ein einziger Mann hatte nicht gefastet, wenn auch natürlich so gut wie nichts berührt. Aber der Arzt hätte sich besser ein Verbot erspart. Hatte es einen Sinn zu hoffen? Er fand: nein, denn er sah nicht mehr als seine Nasenspitze.
Lange ertrug er diese Tatenlosigkeit nicht mehr, nächstens fuhr er auf seine Güter. Er horchte: draußen hatte ein Hund eine Katze gepackt, die Katze kreischte. Der vertraute Laut erschreckte ihn so, daß er dachte, das bin ich nicht, und sich mit schwachen Knien setzte, ein anderer, als er in die Gasse eingefahren war.
Seine Frau machte ein Martyrium durch – er quälte sie, wenn er stumm war, und quälte sie, wenn er sprach. Denn seine Gedanken und seine Reden betrafen immer nur das eine: wird es besser? wird es schlechter? Sollte sie schlechter sagen? Er wäre zusammengebrochen. Weckte sie aber eine Hoffnung, so schrie er: «Gelogen! Du lügst faustdick!» oder verlangte, daß sie schwor.
«Ich schwör!»
«Bei dem Leben deiner Kinder!»
«Bei dem Leben meiner Kinder schwör ich nicht.»
«Also schlechter, oder du schwörst bei allen zehn!»
Ihr stürzten die Tränen herunter. Er wußte nicht, daß nicht ein Grund, daß zwei ihr den Schwur verboten.
Frau Weichselbaums Schwierigkeiten waren zu Tauber gedrungen. Tauber ging zu Weichselbaum, weil seine Woh-

nung feucht war und er sich bei ihm nach einer anderen Kammer erkundigen wollte, nach einer anderen Küche. Aber er traf ihn allein, und sofort verlor er den Zweck seines Besuchs über einer erzieherischen Aufgabe aus den Augen. «Darf man eintreten?» fragte er.
«Was brauchen Sie zu fragen?»
«Ich komme, weil man sagt, Sie handeln um ein Haus.»
«Ich, handeln? Ich weiß nichts von handeln.»
«Ich dacht mir's gleich, die Gasse lügt bloß zweimal im Jahr, Sommer und Winter.»
«Ich hab doch ein Haus, hab ich nötig, noch ein zweites zu kaufen?»
«Natürlich nicht, wie sagt man, Honig, zu viel gegessen, bekommt nicht.»
«Ich sag, ich kauf nicht, aber woher kennen Sie so gut meinen Magen?»
«Sie haben recht, woher soll ich ihn kennen? Ich mein, wenn Sie kaufen, wird es richtig sein, zu kaufen, wenn Sie nicht kaufen, wird es richtig sein, nicht zu kaufen. Ihre Frau hat es gut, sie kann sich verlassen auf ihren Mann.»
«Nun seh einer, was der Tauber für feine Glacéhandschuhe anhat.»
«Ich find sie nicht so fein. Was hab ich gesagt? Sie kann sich verlassen auf ihren Mann.»
«Und was haben Sie nicht gesagt?»
«Sie wissen, meine Frau liegt schon Jahre, also weiß ich, ein Kranker ist leicht gereizt.»
«Vielleicht Ihre Frau.»
«Meine Frau nicht vielleicht, meine Frau bestimmt.»
«Also wer vielleicht?»
«Also ich weiß nicht, wer, vielleicht wer anders.»
«Also wer schon?» fragte Weichselbaum ärgerlich.
«Was wollen Sie es mich sagen lassen? Ich möchte Ihnen

lieber eine Geschichte erzählen. Die Leute reden zwar schon, wenn der Tauber nur den Mund aufmacht, was kommt heraus? eine Geschichte … Doch hier möcht ich wirklich eine erzählen, eine Geschichte von Rabbi Chanina ben Dosa! … Als Rabbi Chanina lebte, war einst das Land von Löwen heimgesucht. Rabbi Chanina betete, und die Löwen zogen ab. *Ein* Löwe aber fiel wieder in das Land. Rabbi Chanina stieß auf ihn und schrie ihn an, wie er es wage, hier zu erscheinen. Er habe doch bei Gott erwirkt, daß der Löwe, dieser schwache König, nicht in das Land hereindürfe. Der Löwe ergriff die Flucht, aber Rabbi Chanina lief ihm nach, denn es reute ihn, einen Löwen, von dem die Bibel schrieb, ein starker König ist der Löwe, einen schwachen König genannt zu haben.»

«Was lief er?»

«Ihn um Verzeihung bitten.»

Weichselbaum stutzte und sprach dann abweisend: «Ich nehme an, er hat ihn nicht eingeholt.»

«Sie nehmen es an, ich auch, denn ich stell mir vor, ein junger Mann wird Rabbi Chanina ben Dosa nicht gewesen sein, und gut haben laufen können wird er auch nicht. Um so mehr sag ich mir, Rabbi Chanina wird doch gewußt haben, der Löwe ist schneller und ich kann ihn nicht erreichen – wenn er doch lief, wieviel mehr muß erst ein Mann laufen, der was kann erreichen … einer, der sich kann entschuldigen, ich meine entschuldigen bei jemandem, den er … den er angefahren hat. Aber ich geh weg, Sie sollen nicht sagen, der Tauber ist frech wie ein Spatz, er pickt zu, wo es niscbt zu picken gibt. Ich geb zu, ich hab hier niscbt zu picken.»

Tauber, der nichts für sich erreicht, nur einen großen Mann belehrt hatte, kam gerade recht, um auch bei Julchen seines Amtes zu walten. Allen Verboten zuwider war Riwka erschienen.

«Laßt du dich doch sehen?» flötete Julchen honigsüß.
Himmel und Erde wurden besprochen. Die Zeiten? Miserabel! Die Geschäfte? Schlecht, nicht schlecht, man muß Geduld haben, es wird schon werden. Und bei ihr? Jurkim? Die Tochter?
Es war nicht leicht, gestand Riwka, mit der Tochter zu leben. «Vorhin fing sie an zu jammern: wofür bin ich auf der Welt? wozu habe ich nötig, zu sein? Versündigen Sie sich nischt, sag ich. Also schön, ich bin nötig, aber dann sagen Sie mir doch gefälligst: wofür nötig? Für Ihren Vater, sag ich. Schön, für meinen Vater, aber wenn mein Vater eines Tages nischt mehr ist? Ich sag erschrocken, man denkt nischt an seines Vaters Tod, in dreißig Jahren ... Sie unterbricht mich: also schön, in dreißig Jahren, was wird da sein?»
«Weißt du, was du bist? Ein Esel bist du! Was hat man dich genommen, man hätte mich sollen nehmen! Ich weiß, was ich ihr gesagt hätte ... Du red'st mit ihr, ein Mensch darf nischt denken – aber was ist, wenn er doch denkt? Er darf Sonnabend nicht über die Grenze gehen, aber was ist, wenn er doch geht? Eine Frau darf nischt am Fasttag mit ihrem Mann – aber was ist, wenn sie doch ... Sie soll nischt, sie darf nischt, die Rabbinen lehren ich weiß was, aber die Rabbinen haben Wasser in den Adern, und es soll Menschen geben, die was Blut haben!»
«Manche kommt, manche kommt nischt», erklärte Julchen, indem sie wieder auf das Geschäft zurücklenkte.
«Sie werden sich gewöhnen.»
«Oder abgewöhnen.»
«Wieso abgewöhnen? Sie kennen dich doch, sie wissen doch, wer du bist.»
«Sie kennen mich, ja», sagte Julchen und hatte mit einem Mal einen Ernst, daß sie am Versöhnungstag vor Gott nicht ernster hätte sprechen können, «sie kennen mich, ja, drauf-

lospratschend, frech, und du meinst, es gibt keine, die anders bedient sein will, leise, ein bißchen feiner? Du hättest ruhig bleiben sollen», erklärte sie kurz heraus, «das mit Czenstochau, ich will niscHt gesagt haben, ich weiß nur, wenn ich es wär, ich ginge nischt.»

«Geh ich schon?»

«Sagen Sie es ihr, Tauber», forderte Julchen von dem gerade oben durch die Tür sich Hinabbeugenden, «soll sie zu Lipmann Süß nach Czenstochau gehen oder bleibt sie besser hier?» Bei ‹hier› zog sie mit der Hand einen mächtigen Kreis – man wurde an einen Großgrundbesitzer erinnert, der mit einem Jugendfreund auf seine Güter hinausfährt und, mit einer großen Armbewegung über die weiten Flächen weisend, nur mühsam nicht in die Worte ausbricht: alles das ist mein!

«Ich werd Ihnen sagen», meinte Tauber, «kann man vergleichen etwas, was man kennt, mit etwas, was man nicht kennt? Hier ist's nicht schlecht und hier ist's nicht gut, es ist beides, und wie wird es dort sein? Auch beides, auch nicht schlecht, auch nicht bloß gut. Der Mensch kann leider nicht zur selben Zeit zugleich in zwei Städten sein, obwohl es sehr viel besser wäre, wenn er könnte, und doch ist es wieder gut, daß es nicht geht, sonst würden alle Leute, die was in Kolomea wohnen, auch in Paris wohnen wollen, und die was in Paris wohnen, auch in Kolomea.»

«Wieder so sein dummes Gerede», fährt Julchen dazwischen. «Sie sollen ja oder nein sagen und Sie sagen nischt ja und nischt nein.»

«Nun, kann man denn ja sagen und kann man denn nein sagen?»

Da seine Worte nicht gefielen, machte sich Tauber los und fand auf der Gasse einen Jungen stehen. «Wie heißt du, mein Kind?»

«Moritz.»
«Und wie weiter?»
«Henoch.»
«Und wie auf jüdisch?» Er bekam keine Antwort.
«Aber du wirst doch wissen, wie du heißt?» Jetzt fiel es dem Jungen ein: «Menachem.»
«Ein schöner Name», sagte Tauber, «weißt du auch, was er bedeutet?» Der Knabe schüttelte den Kopf.
«Also ich sag's dir, Menachem heißt der Tröster. Warum haben dich deine Eltern so genannt? Worüber hast du sie mit deinem Erscheinen auf der Welt getröstet?»
Der Junge konnte es nicht angeben.
«Nach wem heißt du?» kam ihm Tauber zu Hilfe.
«Nach meinem Großvater.»
«Nach welchem?»
«Nach dem von meinem Vater.»
«Und der lebt noch?»
«Nein, der ist tot.»
«Und seit wann ist er tot?» Das war ihm nicht bekannt. «Eh du geboren bist?»
«Ja.»
«Siehst du, da haben wir es schon, worüber du deine Eltern getröstet hast: über den Tod deines Großvaters. Und hast du schon einen Vers?»
Der Junge verstand nicht.
«Jeder Jude», erklärte Tauber, «muß einen Vers haben aus der Bibel, der nur für ihn da ist und den er dreimal täglich in das Gebet einschaltet. Aber der Vers muß besonders beschaffen sein, er muß mit demselben Buchstaben anfangen und mit demselben aufhören, wie der Vorname. Menachem? Welcher Buchstabe ist da vorne? M. Und welcher hinten? Das wirst du doch sagen können! Ist das so schwer? Es ist derselbe Buchstabe, wieder M! Also laß uns einmal nach-

denken, welcher Vers fängt an mit einem M und hört auf mit einem M. Da haben wir schon einen .... nein, der paßt nicht ...» Es war nicht ganz einfach, einen Spruch zu finden, der nicht bloß seiner Form nach recht beschaffen war, sondern der sich auch inhaltlich dazu eignete, einem jungen Mann sein Leben lang als Stärkung zu dienen.

«Weißt du was», sagte Tauber, «sei morgen wieder hier um diese Zeit, ich werde nachdenken, dann sollst du einen Vers bekommen.»

Weichselbaum hatte über Taubers Worte nachgedacht. «Ich hab gestern gefastet», brummte er vor sich hin, «oder so gut wie nichts berührt, und doch wird aus einem kein anderer Mensch! Im Gegenteil, die Leute reden schon und sagen, ich fahr sie an, die Frau. Schwör nischt», sagte er, als sie in das Zimmer trat.

«Eben komm ich, um dir zu sagen, ich schwör!» hätte eine verschlagene Frau gesagt. Sie sagte einfach: «Du bist so gut!»

«Ich gut? Wo bin ich gut? Wenn du einen Wunsch hast, les ich ihn dir von den Augen ab? Allerdings, lies ab mit meinen Augen! Also sag schon etwas, was du haben willst!»

Von Frajims Eltern waren jämmerliche Briefe eingetroffen. Sie glaubten ihn noch bei dem Lumpenhändler Lewkowitz und staunten, daß er nichts für sie tat. Frau Warszawski hatte ihm Geld für sie gegeben, ein wenig auch Noah, aber es schien sehr schlecht zu stehen in Piaseczno.

«Gib ihnen!»

«Man wird auch für ihn selbst was tun müssen.»

«Ich werde nachdenken.»

Und dann ... aber sie verlange wohl zuviel ...

Also, was war noch?

Frau Spanier suchte Geld für Seraphim, damit er nach Palästina kam.

Dann solle sie es aufbringen!

Sie hatte nach Hause geschrieben, aber man schickte nichts.

Dann solle sie noch einmal schreiben.

Sie hatte das ein zweites Mal getan.

Dann sollte sie es ein drittes Mal tun.

«Oder hast du gedacht, ich werd mich hinsetzen und schreiben: Frau Spanier, Ihre werte Verwandte will einen jungen Menschen, der was niescht uneben ist, nach Tel Aviv schikken und hat Ihnen zweimal um Reisegeld geschrieben. Ich ersuche Sie hierdurch höflichst, ihr das Reisegeld zu schikken, im anderen Fall ich mir erlauben werde, vor Ihnen auszuspucken. Mit der gebührenden Achtung, Abraham Weichselbaum, Haus- und Grundbesitzer, zu elf Zwölfteln blind, aber bei Verstand.»

Er war wieder bei seinem Ausgangspunkt. «Und du sagst nicht, was red'st du von elf Zwölfteln, wo es nicht sind drei? Wenn um mich alles schwarz ist, wirst du noch sagen, es ist hell!»

«Es ist, werd ich nicht sagen, aber vielleicht, es wird, denn alles ist schon dagewesen.»

«Was gehen wir dann noch zu den Ärzten, können wir niescht gleich nach Gora-Kalvaria fahren zum Wunderrabbi?»

Er spielte augenblicklich mit diesem Gedanken, den er sonst abzuweisen liebte.

Lewkowitz, Frajims früherer Dienstherr, hatte seine Lumpen nach England gesandt und gerade damit in Piaseczno Eindruck gemacht. In England waren seine Geschäftspartner fromme Juden, gewiß sehr vorsichtig; aber Zimmt & Calman Brothers wurden in den überraschenden Zusammenbruch eines anderen Unternehmens hineingerissen und rissen Lewkowitz mit. Lewkowitz wurde dadurch nicht irre an seiner Frömmigkeit; mit Gott, mit seiner Offenbarung, mit seinen heiligen Lehren hingen diese Vorgänge nicht zusammen; irre wurde er höchstens an den geschäftlichen Fähigkeiten frommer Juden, und zu zweifeln begann er, ob er sich selbst werde halten können. Bestimmt mußte er, wenn er keinem etwas schuldig bleiben wollte, das Haus, das schon sein Vater erworben hatte, abgeben, und auch dann war er nicht sicher: kam er durch oder nicht.

Er bot das Haus zuerst der Gesellschaft an, der rechts die beiden Nachbarhäuser gehörten, der Gesellschaft für Grundbesitz und Areal. Sein Angebot begegnete größtem Interesse, aber unglücklicherweise war einer der beiden maßgebenden Herren verreist, und vor zehn Tagen konnte Lewkowitz keinen endgültigen Bescheid erhalten.

Inzwischen wurden in der Gasse die Schwierigkeiten ruchbar. Ein Dutzend Vermittler stürzte vor, Himmelweit an der Spitze. Jedem nur vermeintlich wohlhabenden Mann liefen sie die Wohnung ein und schrien ihm die Ohren voll, ob er nun mit Eiern handelte oder mit alten Kleidern, mit elektrischen Artikeln, mit Radiogeräten, mit Häuten oder Schuhen. Aber sie verstanden kein ernstliches Interesse zu erwecken, und auf die einzige Person, die sich innerlich nach dem Haus verzehrte, kamen sie nicht. So mußte Frau Dippe selbst nebenan zwei Treppen hochsteigen und Lewkowitz ihre Wünsche vortragen. Sie hatte keine Ruhe, seit sie ihr Haus an Weichselbaum verkauft, und sie fand sie erst wieder, wenn sie ein anderes erworben hatte – ein Haus sah man, Geld sah man nicht. Das Lewkowitzsche statt ihres alten, das hätte ihr gepaßt …

«Für das Geld, das Sie mir bieten, wollen Sie dieses Haus bekommen?» sagte Lewkowitz etwas von oben herunter. «Da denke ich einen besseren Käufer an meiner Nachbarin zu haben. Die Gesellschaft will sich in zehn Tagen entschei-

den, ich kann Ihnen deshalb im Augenblick gar nichts sagen. Aber selbst wenn ich mit den Leuten nicht einig werden sollte und einen anderen Käufer suchen müßte, für das Geld, das Sie mir anbieten, so ein Haus herzugeben, das wäre eine Sünde und eine Schande!»
Auch Frau Dippes bewährte Ratgeberin, Fräulein Czinsky, wußte keinen Rat. «Mehr als das Geld, das Sie für Ihr Haus bekommen haben, können Sie nicht anbieten, und für das Geld werden Sie das so viel bessere Lewkowitzsche Haus nicht kriegen. Ebensogut können Sie baumwollenen Stoff zurückgeben und reine Seide dafür haben wollen.»
Zwei Tage später sah Fräulein Czinsky, als sie von der Näharbeit nach Hause kam, vor der Haustür einen Bekannten stehen.
«Kommen Sie schon wieder an?» schimpfte sie, aber sie lachte dabei.
«Halb so wild, liebes Fräulein Czinsky!» erwiderte Geppert, gelassen und verschlagen. Er wollte gar nicht zu ihr, was sollte er da wohl wollen? Er wußte, daß er schlecht angeschrieben war, aber es gab hier im Hause, was sie offenbar noch nicht bemerkt hatte, einige Damen, die Männer etwas liebenswürdiger behandelten.
Er strahlte sie leicht an, Fräulein Czinskys Unbeirrtheit und Zähigkeit sagten ihm seit langem zu. Er hatte sich mehrfach vergeblich um ihr Vertrauen bemüht und es nur bis zu kleinen Gefälligkeiten gebracht – aber damit fangen die großen manchmal an. Ob es je zu diesen kam, das hätte selbst keiner von ihnen sagen können. Fräulein Czinsky war jedenfalls nicht zu Konzessionen entschlossen, und vielleicht reizte gerade das Geppert oder forderte ihn heraus.
Er sollte ruhig zu denen da oben gehen, erklärte Fräulein Czinsky, diese Frauen hätten richtig «auf Mann gelernt»,

nicht Schneiderei, wie sie, natürlich verstanden sie besser, Männer zu behandeln.

«Papperlapapp», sagte er und griff nach ihrer Hand.

«Sie werden mir noch meine Hand zerquetschen», behauptete Fräulein Czinsky und zog die Hand zurück. «Sehen Sie!» Wirklich war von seinem Griff ein roter Streifen auf der Hand zurückgeblieben.

«Ich blas drauf», erklärte Geppert und wollte durch den Anhauch die Färbung vertreiben.

«Suchen Sie sich andere Instrumente zum Blasen aus!» forderte Fräulein Czinsky.

«Sie haben eine Zunge fast wie ein Rechtsanwalt.»

Sie sei auch ein halber, er wisse doch, daß sie Geschäfte habe.

«Ich muß immer lachen, wenn ich von Ihren Geschäften höre.»

«Ich wünschte, Sie hätten auch welche», sagte sie ernst. «Aber Sie müssen sich mit schlechten Sachen abgeben, nicht? Das gehört zu Ihnen.»

Sie kam auf Frau Dippes Sorgen. Es waren auch die ihren, denn sie sollte etwas verdienen, wenn sie ihr das Haus erwerben half. Sie schilderte, wie der Fall lag, sie habe schon nutzlos mit verschiedenen gesprochen. «Was werden Sie machen können? Auch nichts!»

«Ihr habt immer knifflige Sachen», seufzte Geppert. «Was soll einem Mann wie mir wohl einfallen, wenn selbst so ein wohlgeratenes Köpfchen wie das da nichts findet?» Und er tippte mit dem Finger gegen ihre Schläfe. Sie zog den Kopf zurück, nicht gekränkt, aber doch nicht ohne zu erklären: «Machen Sie das da oben bei Ihren Mädchen!»

«Und wenn mir die Sache doch gelingt?»

Sie wollte sagen: «Dann ist es noch ebenso», aber sie verbiß es sich und lächelte ihm bloß zu.

Geppert trat auf die andere Straßenseite und musterte von dort langsam das Lewkowitzsche Haus, von unten nach oben und wieder von oben nach unten. Als er niederblickte, sah er ein kleines, unansehnliches, um nicht zu sagen mißratenes Männchen in das Tor treten. Geppert beschäftigte sich mit ihm, wandte sich dann abermals dem Hause zu und pfiff schließlich durch die Zähne. Er hatte einen Gedanken.

Er überquerte die Straße und ging ebenfalls in das Lewkowitzsche Haus. Immer, spornte er sich an, muß man dem ersten Gedanken nachgeben, der zweite bringt die Zweifel.

Schon im ersten Stock fand er die Tür, durch die das unscheinbare Männchen verschwunden war. Auf dem Schild stand der Name: Israel Wahrhaftig.

Er klingelte.

Wahrhaftig fuhr zusammen, schon als er es klingeln hörte; als er sah, wer vor der Tür stand, schüttelte es ihn. Ohnehin quälte ihn Tag und Nacht, daß er das gestohlene Gut versteckt hielt. Israel Wahrhaftig hatte nicht das Tuch, nur die Seide zurückgegeben; die Seide zum Spediteur gebracht hatte eben jener Scharpf, der kürzlich in einem Fleischerladen einer Mamsell das Messer in die Brust gestoßen. Erst mußte sich auf der Flucht der Dieb erschießen, nun hatte der Helfer die Verfolger auf den Fersen! Faßte die Polizei einen Verbrecher, so benahm sie sich wie eine eifersüchtige Frau: sie wollte alles aus seinem Leben wissen, alles, was sich seit ihrer letzten Begegnung zugetragen hatte! Bekam sie Scharpf, so kümmerte sie sich nicht bloß um den Messerstich, sie deckte auch seine Verbindung zu Wahrhaftig auf, und alles war verloren.

In solcher Lage dieser Besuch? Von einem Ausbund aller Schlechtigkeiten? Wahrhaftig kannte Geppert bloß von einer einzigen Begegnung in einem trüben Keller, aber er erkannte ihn sofort, genau wie Geppert ihn erkannt hatte. Es war das gleiche vollgefressene Gesicht, der blonde Scheitel, der ausgezogene Schnurrbart. Wahrhaftig dachte bei dem Schnurrbart wieder an Zabludowo, wo die Landstraße von Westen kam, sich schnurgerade durch die Stadt zog und ebenso gerade weiterlief nach Osten. Was in aller Welt wollte dieser Mann bei ihm?

Wahrhaftig ließ den gefährlichen Besucher nähertreten und betete in Eile außer zu den großen zu den kleinen Propheten, zu allen zwölf, sagte auch rasch einige Sprüche auf, die sich in seiner Familie bei Ungemach bewährt hatten.

«Wissen Sie, wie Sie mich jetzt anschauen, lieber Freund?» sprach Geppert. «So, als sei ich niemand anders als der Gottseibeiuns in Person.»

Wahrhaftig machten die Worte nur verwirrter, er billigte Geppert weder das Recht zu auf die Anrede, noch in einem frommen Hause mir nichts dir nichts von wem zu reden? Wenn er richtig verstanden hatte, vom Teufel …

«Ich wollt Ihnen mal guten Tag sagen, nichts weiter», meinte Geppert, «das wird doch noch erlaubt sein? Sie wollen das nicht glauben? Es muß etwas anderes dahinterstecken? Also schön, nachher führt mich noch eine andere kleine Sache her. Aber ich hätte auch warten können, bis Sie wieder einmal in den Keller kommen.»

«Wieder einmal? Ein einziges Mal bin ich dagewesen», und Wahrhaftig klagte in seinem Herzen seine Frau an, die ihm den schlechten Rat gegeben.

«Aber wer nicht kommt, sind Sie. Seit Tagen, sobald ich in dem dicken Rauch auch nur das leiseste erkenne, schiele ich umher: vielleicht ist Freund Israel Wahrhaftig da – aber wer nicht da ist, das sind Sie, mein Freund!»

Dieses ewige Gerede von einer Freundschaft, für die es an jedem, aber auch an jedem Anhalt fehlte, wurde Israel un-

heimlich, er sagte mühsam: «Sie sprechen immer zu mir von Freund, reden Sie zu allen so?»
«Ach, das stört Sie, ich bitte Sie, es bedarf doch nur eines Wortes, schon ist der Freund wieder ausradiert. Und wenn Ihnen sonst noch was mißfällt, bitte, sagen Sie es ruhig! Nur nicht das Leben unnötig schwer gemacht! Soweit es in meinen Kräften steht, wird jedes Ärgernis sogleich beseitigt. Gott, werden Sie denken, was wird der Mann noch alles von mir wollen, wenn er ein solches Wesen macht! Aber das stimmt nicht, ich will nicht viel, nur eine Kleinigkeit, ein bißchen Zutrauen zu mir müssen Sie freilich haben – solange Sie mich finster ansehen wie ein wildes Tier, das mit der Tatze losschlagen möchte und sich bloß nicht traut, weil der Bändiger danebensteht und einen Knüppel in der Hand hat, so lange geht es nicht. Sie haben wahrscheinlich Sachen über mich gehört, und das macht Sie unsicher. Ich soll Beziehungen zur Polizei haben?» sagte er geradezu, indem er einen Stuhl zwischen die Beine klemmte, «nicht wahr, das ist es?»
«Aber nicht doch», sagte Wahrhaftig, «wer red't so was?»
«Lassen Sie man, mein Lieber, es wird gesagt, und darum spricht man sich besser aus. Aber nehmen Sie mal an, es wär' an dem, könnte ich Sie dann nicht erst recht um eine Kleinigkeit bitten kommen?»
Nein, Wahrhaftig sprach mit ihm von allem auf der Welt lieber als davon. Die Hölle ist gewiß kein angenehmes Thema für ein Gespräch. In den Schriften der Rabbinen werden wenig erbauliche Einzelheiten von ihr berichtet, angeblich soll man dort geröstet und gebraten werden, aber lieber von der Hölle gesprochen, lieber vom Tod als mit Geppert von der Polizei. Er erbleichte, wurde kreideweiß, das war nicht tapfer, ein bißchen könnte er sich verstellen, sich so einfach gehenzulassen, wer tat das?

Schon mit seinen nächsten Worten nahm Geppert seine halben Andeutungen zurück. «Nein, alles Unsinn, was ich sage, das müssen Sie doch selbst sehen, was soll ich wohl mit der Polizei zu tun haben? Da zerbricht sich hier jedermann den Kopf: wovon lebt der Kerl? Vom Eisenbahndiebstahl? Dummes Zeug! Von der Pension? Die haben sie mir abgeknöpft. Also, tuscheln die Jungens, der Geppert schiebt mit der Polizei. Schön, die Leute müssen doch was zum Quasseln haben. Aber Ihnen kann ich's sagen, woher ich in Wirklichkeit meine paar Zigaretten krieg und das bißchen Schnaps, denn mehr brauch ich nicht zum Leben, ab und zu ein Gläschen, höchst bescheiden eines nach dem andern, bestimmt nicht zwei auf einmal.»

Wahrhaftig begriff und bot Geppert einen Tropfen an.

«Also zieren möchte ich mich nicht. Zunächst und zuvörderst einmal Ihr Wohl – na, hören Sie mal», unterbrach er sich und zog das Glas vom Mund, «wenn die Juden so gut essen, wie sie trinken, dann laß ich mich auf meine alten Tage noch beschneiden … Donnerwetter, dieser Schnaps hat's in sich. Der ist wohl nur für ganz besondere Besuche? Aber nee, wissen Sie, so besonders ist mein Besuch nun wieder nicht. Wovon sprach ich doch da eben? Aber ja doch, wo das Geld für den Schnaps und die Zigaretten herkommt. Ich will es Ihnen sagen, aber Sie brauchen es nicht gleich jedem Cohn und Levy zu erzählen, nicht wahr, wen interessiert das denn? Also, sehen Sie mal, lieber Freund, ich bin doch nun mal ein alter Eisenbahner. Wenn ich Geld brauche, das kommt ja vor, dann wird das so gemacht, das ist im Grund die einfachste Sache von der Welt, Sie können es ruhig hören, Sie machen es mir doch nicht nach, die Sache liegt Ihnen nicht. Ich setze mich auf die Bahn, nicht wahr, ein leidlich hübscher Kerl ist man ja noch, so heißt es wenigstens, und da macht sich die Bekanntschaft mit einer

Dame leicht. Ich nehme natürlich keine x-beliebige, dazu ist es ja Geschäft, sondern eine mit Kind oder eine, die sonst behindert ist. Auf einer Zwischenstation steigt sie aus, um auf den Anschlußzug zu warten – wer steigt mit aus? Wer schlägt ihr vor, sich in der Zwischenzeit nicht mit dem Handgepäck zu plagen? Wer gibt es für sie zur Aufbewahrung? Wer händigt ihr einen falschen Schein aus, über die richtige Stückzahl, aber einen, der sich auf einige vorher abgegebene Kartons bezieht mit altem, zusammengeknülltem Papier? Nun, raten Sie mal, wer das wohl macht? Sehen Sie, das ist mein Geschäft.»

«Springt dabei was raus?» fragte Wahrhaftig, der übrigens annahm, daß die ganze Erzählung erlogen war.

«Man muß viel herumkutschieren, es klappt nicht immer, und was haben nachher die Frauen im Handgepäck! Ich hätte schon zehnmal können mich als Frau verheiraten, eine Ausstattung hab ich zusammen, bis zum letzten, also wir wollen nicht näher drauf eingehen, aber bis zum allerletzten, sag ich Ihnen. Manchmal ist aber doch auch ein anständiges Stück darunter, ein Hundertmarkschein in einem schmutzigen Wäschestück, das kommt schon vor, das scheint bei reisenden Frauen ein beliebtes Geldversteck. Aber nun einmal etwas anderes», erklärte er plötzlich, und seine Stimme veränderte sich.

Wahrhaftig erschrak so, daß Geppert den forschen Ton aufgab: «Erschrecken Sie man nicht gleich wieder, das dürfen Sie jetzt schon nicht mehr.»

Wahrhaftig entschuldigte sein Benehmen, er habe sich nur aufgeregt, weil sich seine Frau nebenan bewegt habe, seiner Frau gehe es nicht gut – es ginge ihr sogar schlecht, das Herz könnte kaum noch die Arbeit leisten.

«Na, hoffentlich scheint es bloß so. Wissen Sie, um die Frauen soll man kein zu großes Wesen machen. Wir Männer verstehen von den Frauen doch nichts Recht's. Im Grunde wollen die auch bloß für sich allein sein. Aber, was ich sagen wollte», und seine Stimme hob sich wieder, «sagen Sie mal, das hier ist doch das Haus von einem gewissen Lewkowitz?»

«Ja, von dem Lumpenhändler Lewkowitz.»

«Wohnen Sie schon lange drin?»

«Ich weiß nicht genau, wie lang, aber ich mein, an zehn Jahr.»

«Sehen Sie, das hatte ich mir gedacht. Und kennen Sie auch seinen Zustand? Näher?»

«Seinen Zustand? Ein Zustand, wie der Zustand ist von einem Haus.»

«Wenn da nun was passiert …?»

«Passiert? Was soll passieren?»

«Wie soll ich vorauswissen, was passieren kann? Neulich soll im Gasthof von Joel was vorgekommen sein … Wenn nun was ähnliches hier im Haus passiert … sagen wir, wenn eine Wand einstürzt?»

«Um Gottes willen, sprechen Sie das nicht aus, die Menschen …»

«Ja, aber davon will ich gerade sprechen, was wird mit den Menschen dann?»

«Die Menschen, Gott soll schützen, die gerade da sind, die können umkommen, der Stein kann sie erschlagen.»

«Ja, nun sagen Sie mir, wer wohnt nun eigentlich außer Ihnen hier im Haus? Sind das Christen? Sind das Juden? Was ist das?»

«Aber Sie wissen doch selbst genau, alles Juden! Was fragen Sie mich aus? Was wollen Sie überhaupt von mir?» schrie er plötzlich auf in Angst.

«Ich will von Ihnen gar nichts», sagte Geppert fest. «Aber Sie haben doch Frau und Kinder und sind doch selbst ein

Jude, wollen Sie da mit ansehen, daß hier eine Mauer einfällt und alle totgeschlagen werden?»

«Was wollen Sie von mir?» schrie Wahrhaftig, um plötzlich zu verstummen, weil er an die Kranke im Nebenzimmer dachte.

«Sie werden den unhaltbaren Zustand der Polizei mitteilen!»

«Ich? Was, ich?» klang es gepreßt. «Warum nischt Sie, warum nischt die anderen Leute aus dem Haus?»

«Weil *die* es nischt nötig haben», sagte Geppert, indem er die Sprechweise nachahmte.

Wahrhaftig verging der Mut zu fragen.

«Ich habe morgen bei der Polizei zu tun, ich komme öfter hin», er wurde ausgesprochen deutlich und warf alles Bisherige über den Haufen, «ich werde mich bei der Bauabteilung erkundigen, im Sekretariat» – er nannte einen Namen – «ob da ein Einlauf von Ihnen ist. Hören Sie mal», und er packte Wahrhaftig an der Schulter, «mit der Polizei muß man sich gut verhalten. Die ist für ein Geschäft zu haben, natürlich darf man nicht gleich ein Mörder sein, aber das sind wir ja Gott sei Dank noch nicht. Sie tun ihr einen Gefallen, schon tut sie Ihnen auch einen, Sie brauchen bloß den Mund aufzumachen, was Sie für einen haben wollen. Geht da zum Beispiel eine Anzeige gegen Sie ein und Sie werden vorgeladen, dann sagen Sie das einfach diesem schlechten Kerl, diesem Geppert, der geht dann für Sie hin und sagt: Hände weg, der Junge hat sich verdient gemacht, der ist ein Freund der Polizei und hat sich gut gegen sie betragen. Schon bekommt der Beamte einen Wink, wenn Sie hinkommen, heißt es, die Vernehmung hat sich erledigt. Sie sollen mal sehen, wie rasch so ein Schriftstück weggelegt werden kann, davon hat ein armer Teufel, der seine paar Monate abmacht, keine Ahnung.» Um den völlig schlotternden Wahrhaftig zu trösten, schlug er ihm abermals heftig auf die Schulter, mit sich selber höchst zufrieden: Frau Dippe, diesem alten, verhutzelten Wesen, hatte er vielleicht etwas Gutes getan, der Czinsky sich wahrscheinlich auf das angelegentlichste empfohlen, und Spaß hatte es ihm obendrein gemacht.

«Was läufst du, was tust du?» fragte Rosa Wahrhaftig ihren Mann, als er in der Stube erschüttert auf und ab lief.

Er weihte sie ein und sie erwogen: mußte Wahrhaftig die Eingabe unterzeichnen? Wurde der für ihn undurchsichtige Zweck nicht auch erreicht, wenn es ein anderer für ihn tat, etwa der gute Beistand in jeder Lebenslage, Tante Ida Perles? Aber es war schwer, später ein Verdienst von Ida Perles als eigenes auszugeben, und Israel hatte allen Grund, für Gunst zu sorgen. Vielleicht lag eine Anzeige vor, warum hätte Geppert ihn sonst aufgesucht? Etwas mußte sich herumgesprochen haben … Möglich, daß man Scharpf verhaftet hatte … im übrigen zeigte Ida Perles zum ersten Mal im Leben einen festen Willen und wies die Zumutung, als sie auch nur angedeutet wurde, ab – nie brachte sie Hunderte von Juden um ihr Obdach! Sie hatte schon einmal eine bedenkliche Unterschrift geleistet, aber eben weil sie das für Rosa und Israel getan, sollte man es nicht noch ein zweites Mal von ihr fordern.

Rosa und Israel war klar, was ihnen drohte, wenn den Juden auf die Anzeige das mindeste geschah: sie wurden verfemt, wenn nicht erschlagen! So rüsteten sie zum Aufbruch. Aber vorher wollten sie das Tuch verkaufen, verkaufen, nicht zurückgeben – von den Juden drohte ihnen Gefahr, von der Polizei nicht mehr …

Am nächsten Abend, nicht lange vor dem Gottesdienst, begab sich Israel zu Jurkim und bat, für sein armes Weib zu beten. Als Beihilfe für arme Kranke übergab er die hier ungewöhnlich große Summe von hundert Mark.

«Sein Verdienst wird dem Gerechten angerechnet!» sagte Jurkim. «Gerade heute hatte ich lange zum obersten Gott gebetet, er möchte mir einen Wohltäter schicken, da kommen Sie!» Ein verzweifelter Hausvater hatte sich ihm am Vormittag zu Füßen geworfen und um Hilfe geweint, über seine Familie war ein schreckliches Unglück hereingebrochen, und er hatte ihn ziehen lassen müssen, die kleinen Fonds, die er verwaltete, waren erschöpft. Nun ging er noch zur selben Stunde zu dem Ärmsten und rettete die Familie.

Gleich darauf begab sich Jurkim in das Bethaus und betete für Frau Wahrhaftig. Auch der Mann, Wahrhaftig selbst, war ihm verängstigt vorgekommen, so schloß er auch ihn in sein Gebet, ohne daß Sünde und Frevel dem gottesfürchtigen Manne klar waren.

Daß er hatte helfen können, machte den sonst immer so Ernsten heiter auf dem Heimweg. Er aß im allgemeinen abends wenig, aber wenn es sich so machte, wollte er seine Tochter und Riwka Hurwitz heute um eine etwas reichlichere Mahlzeit bitten und ihnen dabei von dem Hausvater erzählen, den er glücklich gemacht. Ein junger Mann ging in der Mitte der Gasse und pfiff vor sich hin:

«Als der Rabbi Abimelach
war geworrn a bissl frehlach,
war geworrn a bissl frehlach,
Abimelach …»

Und Jurkim, der es hörte, wurde fast so heiter wie dieser sagenhafte Abimelach.

Doch zu Hause verflog die Fröhlichkeit sehr rasch. Mißmutig saß die Tochter da, wie abwesend Riwka Hurwitz. Von Esther hieß es, sie sah grün aus, das galt als ein Zeichen der Schönheit, aber hier bedeutete es eher, daß es jemandem schlecht ging. Jurkim sagte es und sah dabei, wie es seine Gewohnheit war, die Angeredete nicht an; aber er mußte ihre Gesichtsfarbe bemerkt haben.

«Es gefällt Ihnen wahrscheinlich bei uns nicht», fuhr er fort, zu Riwka zu sprechen. «Aber wer das Schlechte nicht kann ertragen», er lächelte, «der wird das Gute nicht erleben. Und Czenstochau halten Sie doch für gut?»

Nein, erklärte Riwka entschlossen, sie wollte nicht heiraten. «Ich werde hier bleiben, so lange, wie Sie mich haben wollen. Hoffentlich kommt die Frau Rabbiner bald zurück.»

«Gott gebe es.»

«Und wenn sie kommt, gehe ich zu meiner Schwägerin in den Keller.»

«Nun, nun», sagte der Rabbiner, von dem Entschluß befriedigt, «das läßt sich gut hören. Und was sagst du dazu?» fragte er ermunternd seine Tochter.

«Was soll ich sagen? Was ich sage, ist doch falsch», klagte sie. «Wie wird gesprochen? Geht sie langsam, heißt es, kriech nicht, geht sie rasch, heißt es, zerreiß nicht die Schuh!»

«Sprech ich wirklich so zu dir, mein Kind, oder sprech ich: wenn du kriechen willst, kriech, wenn du die Schuhe zerreißt, laß dir neue machen.»

«Da sehen Sie, wie gut der Vater ist.»

«Der Vater ist gut, aber wer ist sonst noch gut?»

«Wer möchte nicht bloß einen Vater haben, der gut zu ihm ist?»

«Oder eine Mutter», sagte Jurkim.

Eine Hochzeit. Die Polizei erscheint abermals. Drohende Austreibung. In Joels Gasthof wurde eine Hochzeit abgehalten, Herr Tennenbaum richtete sie aus. Herr Tennenbaum lebte seit einem Menschenalter in einem unbedeutenden deutschen Landstädtchen, und sein Geschäft, ein Warenhaus, gedieh. Zum ersten Mal enttäuschte ihn die Welt in seiner Tochter. Ihre Wahl fiel auf einen nicht im Lande geborenen Kaufmann, einen Vetter, der aus Galizien zu Besuch kam. Vielleicht war es peinlich für Tennenbaum, den Rückschlag zuzugeben, vielleicht scheute er, die Verwandtschaft in das abgelegene Städtchen zu bitten, vielleicht sollte der Aufwand verborgen bleiben – in jedem Fall lud er, ein vorsichtiger Kaufmann, die Gesellschaft hierher, in Joels hochberühmtes Haus, zu seiner angesehenen Küche, und die reiche Tafel war beides, ein Dankgebet an Gott und eine Stiftung für das Leben.

Ein warmer Abend im August. Zum offenen Fenster hinaus erklang Musik. An einem Fenster erschien ein Mädchen und blickte hinter der leicht zurückgeschobenen Gardine hinunter, das Weinglas in der Hand. Es war die Schwester der Braut und stellte sich vor, sein Leben werde verlaufen wie dieser Abend, hoch über der Menge, tief im Glück. Unten erbitterte es die Schaulustigen, daß so wenig zu sehen war – allein wann dachten Genießende an Ausgeschlossene? Doch gut war das schon, jung zu sein, Geld zu haben, Hochzeit zu machen, mitten unter Juden, im August …

Unerwartet trat ein alter Mann unter die das Tor Umlagernden. Sein Gang war unsicher, sein Geist nicht hier. Aus dem riesigen, grauen, gelbgefleckten Bart summte er einen messianischen Vers – die messianische Verwirklichung stand unmittelbar bevor und beglänzte sein Gesicht. Beweiner des alten, Erbauer des neuen Jerusalem, sang er, erst leise, dann lauter:

«Meschiah wird kummen haintigen Johr.
Werd er kummen zu raiten,
Wern mer hob'n gute Zaiten;
Werd er kummen gefohren,
Wern mer hob'n gute Johren.»

Männer traten auf ihn zu: «Gehen Sie hinein, Eisenberg, Sie wohnen hier!» Aber er hielt sie wohl für Engel und hob die Hände wie in Anbetung zu ihnen auf.
In der leichten Fröhlichkeit des Abends ließ der Leierkastenmann Piontek die Vögel, wie er alle seine Lieder nannte, über dem Tuch des Kastens kreisen. Der erste, der aufstieg, brach in die aus dem Fenster schwimmende Musik und empörte die Menge. Doch Piontek fing seine ausgeflogenen Vögel nicht ein für nichts und wieder nichts, er stand und schimpfte und schimpfte und stand so standhaft, bis er endlich einige Kupfermünzen einheimste und wie in einen Erdspalt in den Sauermannschen Keller verschwand.
Vor dessen Stufen erschien jetzt eine alte Vettel, seine Freundin. Sie wollte ihn nicht verlieren, getraute sich aber wegen ihrer geächteten Beziehung nicht hinein. Wenn unten die Tür ging, verrenkte sie den Kopf und starrte dem Heraufkommenden aus eingesunkenen Augen ins Gesicht. Schließlich zog sie ab, jaulend und drohend, mit dem Stock im Weghumpeln einen Zeitungsbogen aufspießend, von dem sie die Überschriften las: Unglücksfälle, Giftmord. Sie schüttelte sich und warf zum Schluß den Fetzen fort. Aber

als er aufgelesen wurde, stürzte sie auf den Sammler los; dieser hatte rascher das Papier zerknüllt und schleuderte es nach ihr. Sie schimpfte und torkelte in ein Haus, wo sie bald in einer Luke saß wie eine Eule. Stundenlang starrte, blakte, fauchte sie hinab.

In dem Gasthof nahmen Fröhlichkeit und Hitze zu. Die Musikanten strichen ihre Geigen. Eine Weise, die man liebte, löste eine andere ab, die man geliebt hatte. Sehnsüchtig hielten die Gäste die Köpfe schief, so paßten sie zu den krummen Rücken, und sie nickten in Erinnerung: wie war das damals schön in Tarnopol! Wißt ihr noch? Der alte Großvater Cheskel? Man sagte, aber es war wohl nicht wahr – um den Prozeß nicht zu verlieren, trug er den Sporn eines Hahns in der Tasche, er verlor den Sporn, aber nicht den Prozeß.

Wißt ihr noch? So fing jeder Satz an – wißt ihr noch, was in der kleinen, heute geschlossenen Betschule angeschlagen stand? ‹Es wird verboten zu plaudern. Wer stört dem Lernen mit Plaudern, wird gespeist im Jenseits mit glühender Kohlen vun Wacholder.› Andere bestritten, daß das dort gestanden, aber einig waren sich alle, daß der alte Hausrabbiner Bodanzky dem Schüler, der nicht verstand, mit dem kleinen gelben Stöckchen zuerst einen leisen Hieb auf die Handfläche gab, beim zweiten Versagen aber auf den Handrücken. Heute habt ihr ein Kaufhaus, aber damals hatte die Tante Blümchen einen Stand in der Verkaufshalle, was verkaufte sie? Fünf Ellen Kattun, vier Ellen Barchent, eine Elle Gummiband ... Und Tante Schönchen, die von der Arzneikunst soviel verstand wie ein halbes Dutzend Professoren?

«Mir hat sie ein Mittel gegeben für die Galle.»

«Mir gegen Krampfadern!»

Und eine dritte Frau flüsterte einer vierten lachend etwas

ins Ohr, was diese nur deshalb nicht erröten machte, weil ihre Backen schon wie aller Backen wie Feuer brannten.

«Es laßt sich nischt erzählen», wies sie Fragen ab.

«Warum laßt es sich nischt ...»

«Weil es sich nicht gut anhört.»

«Ach Gott ja», beteuerten alle, «das waren noch Zeiten, wenn man so denkt, das ist erst her, wie lange? dreißig Jahre – wie ein Jahrhundert.»

Es störte keinen, daß eine Magd durch Zeichen Joel vor das Tor rief.

Eine Frau, neuangekommen, faßte ihre drei auseinandergeschwärmten Kinder an die Hand und bat ihn um ein Bett. Joel sah in das schöne bleiche Gesicht und kostete, er wußte nicht, weshalb, die Grausamkeit, mit seiner Zusage zu zögern. Aber mit fliegender Brust beschwor ihn die Frau: ihr Mann hatte sie verlassen, sie hatte sich nach New York an das Rabbinat gewandt, um wenigstens die Scheidung zu erreichen, aber er kümmerte sich nicht um das Rabbinat, so hatte sie sich aufgemacht, um den Scheidebrief zu holen. «Mit den Kindern?» Ja, denn von den Kindern wollte sie keines zurücklassen, in Polen kam man nicht voran. Und da nahm sie gleich alle drei mit? Nun gab sie zu, bei den leisesten Zeichen einer Sinnesänderung blieb sie selbst dort, mit allen zusammen.

«Und ohne Geld?» Sie hatte es sich leichter gedacht ...

Noch vor einer Antwort hielten Hände aus der Menge kleine Münzen hin. Sie riß die Kinder zurück, als sie die Münzen nehmen wollten – nicht diese Erniedrigung! Nach einem dankbaren Blick in die Runde einen bittenden auf Joel: in einer Sekunde verschaffte ihr der Blick das Bett. Dankbar, ein zauberhaftes Lächeln um den Mund, schritt sie in das Tor.

Zwei junge Leute wollten das gleiche: ein Bett! Aber Joel

war mit der Frau zusammen in den Torgang verschwunden. Was wollten die Herren, erkundigte er sich, als er wiederkam, ein wahrhaft großer Mann, der nichts vergaß – ebenfalls in die Vereinigten Staaten, um geschieden zu werden? Nein, ihre Wanderschaft ging nach Algier, aber ihre Mittel waren ausgegangen, der Hilfsverein, ihre Hoffnung, ließ sie im Stich. Ein Bett für die Nacht – morgen fand sich Rat!
Die Geldscheine hingen nicht einfach zum Abreißen an den Bäumen, belehrte sie Joel. Aber da sie frisch und flott erwiderten, schob er sie vor sich in das Haus, scheinbar faßte es alle, die es fassen sollte. Bald saßen sie in der Küche vor einem umsonst gereichten Mahl, nachher sollten sie in einer überfüllten Kammer auf dem Boden schlafen.
Auf der Treppe traf Joel noch einmal diese Frau und erlag erneut ihrem zauberhaften Lächeln. Wieder war es unbeschreiblich, wieder berückend unbestimmt, so daß er sich versucht fand, etwas für sie zu tun. Sicher widersetzte sich seine Frau, aber ein neuer Blick, ein anderes Lächeln, und er nahm sich vor, unter den Hochzeitsgästen für sie zu sammeln. Es schien, sie erriet den Plan. Sammeln Sie! sagten ihre Augen, aber sprechen Sie nicht von einer Scheidung, auf einer Hochzeit hört es sich besser an, eine Frau will sich drüben mit ihrem Mann vereinigen, eine irregeführte Frau, schändlich von ihm um ihr Recht betrogen …
Aber es kam nicht zu der Sammlung. Joel hatte von dem Ankömmling noch nicht gesprochen, als ihn schon wieder eine Magd hinausrief unter Anzeichen von Schrecken: Polizei!
Bis zu ihrer Ankunft hatten sich die Juden vor dem Tor gezankt, wie immer, wenn sich eine Gefahr zusammenzog.
Julchen hatte der Festlichkeit wegen den Keller, wie sie sagte, für einen Augenblick geschlossen und stand in der Menge vor dem Gasthaus.

«Sämtliche Frauen sind verrückt, wenn einer Hochzeit macht», erklärte sie kräftig.

«Was redet ihr für einen Unsinn», sagte ein Mann. «Seht euch lieber die Braut an!» Er glaubte, einen weißen Schleier am Fenster hinhuschen zu sehen.

«Die Braut werde ich mir ansehen, wenn meine Tochter Lea Hochzeit macht», sagte die Frau des Gastwirts Teich, die unter den Schaulustigen einen ziemlichen Platz beanspruchte.

«Was stehen Sie dann hier, wenn Sie doch nichts sehen wollen?»

«Warum sie dasteht?» griff Julchen ein. «Sie steht da, weil sie Lust hat zu stehen.»

«Und weil Sie nicht wollen, daß ich hier stehe, darum stehe ich da», verteidigte Frau Teich sich selbst.

«Die Frauen scheinen heute alle verrückt, ich habe die Frau Teich so überhaupt noch nicht gesehen.»

«Ich weiß nicht, wie red't der Mann mit mir? Bin ich ein Stück Mist?»

«Ein Juwel sind Sie», begütigte Julchen.

«Ein Juwel faßt man anders an», murrte Frau Teich.

«Ein, nicht an», verbesserte Tauber.

«Ein, an, an, ein», machte Julchen, «was habt ihr die Frau zu ärgern?» Mit einem Blick auf Jechiel Asch, der in der Nähe stand, wandte sich Julchen an Frau Warszawski. «Und Noah geht weg von dem?»

Vor wenigen Tagen hatte Noah trotz seiner kurzen kaufmännischen Erfahrung, ungeachtet seiner noch nicht vollendeten Art zu sprechen, in der Stadtmitte eine Anstellung gefunden. Das Stoffgeschäft war nicht klein, das Gehalt durchaus nicht winzig, jedenfalls reichlich für einen nicht verwöhnten Sohn von Piaseczno. Noah war somit nicht mehr ohne Aussichten. Asch hatte neun Kinder, die er, wie wir wissen, stets gleichmäßig in sein Gebet schloß, aber immer hatte er noch vor ihnen Noah der Güte und Allmacht Gottes anempfohlen, denn er diente allen neun, wenn er für Noah um Segen bat. Am liebsten hätte er ihn zu sich in sein Haus genommen; wo neun waren, konnten zehn sein; und bei fünf Töchtern war der Platz für einen jungen Mann. Aber eine kluge Frau hatte den Plan durchkreuzt – ein junger Mensch von Noahs Gaben, meinte Frau Warszawski, durfte alles tun, nur nicht sich früh binden.

«Der Jechiel Asch sieht aus, als sei ihm die Kehle zugedrückt», flüsterte Julchen Frau Warszawski zu, so laut, daß es gehört wurde. «Den Frajim geben Sie doch nischt hin zu ihm?» fuhr sie fort. «Ein guter Junge. Aber hier», und sie wies auf ihre Muskeln, «das muß ein Mensch haben heutzutage. Ich seh nischt, daß er davon was hat. Mit Weichheit lassen sich Stoffe nischt verkaufen.» Seraphim zog Frajim fester an sich und sagte seinen Hörern: «Einmal gab Rabbi Jehuda Hanassi ein Mahl seinen Schülern und ließ ihnen Zungen vorsetzen, weiche und harte. Alle stürzten sich auf die weichen Zungen, und die harten blieben stehen. So, meine Schüler, sagte der Rabbi Hanassi, merkt Euch das und laßt Eure Zungen auch immer sanft sein zueinander.»

«Ich weiß nischt! Geht das auf alle? Soll es auf mich gehen? Hab ich was gesagt, was ich nischt soll? Ein Schüler von Rabbi Haparness bin ich nischt, sanft bin ich auch nischt und hierbleiben tu ich auch nischt länger.»

«Recht haben Sie, wenn Sie gehen», sagte Frau Teich, «die Männer sind heute unausstehlich.»

Aber Julchen ging nicht – wie hätte sie können? Gerade in diesem Augenblick erschien die Polizei, und es standen weittragende Ereignisse im Begriff, sich unmittelbar vor ihren Augen abzurollen.

Die Nachricht hatte die Hochzeitsgäste aus dem Saal auf

die Treppe getrieben, wo jetzt viele aus dem Haus hinunterdrängten, wenige hinauf – hinauf nur, in abgelegene Bodenwinkel, Verdächtige und Schuldige. Die Mannschaft der Feuerwehr schreitet in einem brennenden Haus die Treppen fest, aber langsam hinauf zum Dachstuhl. So langsam schritten die Schutzleute, immer zwei, eine ganze Kolonne, Stufe auf Stufe empor. Vor ihnen leerten sich die Treppen, alles flüchtete in die Stuben, die Hochzeitsgesellschaft drängte in den Saal zurück. Eine tiefe Lautlosigkeit löste dort das lärmende Gebaren ab. Wenige wagten sich zu setzen, einige horchten an der Tür, prallten aber zurück, als verängstigt ein Mensch hereinschoß, um sich in dem größeren Kreis zu verbergen. Aus Versehen rührte ein Geiger mit dem Bogen an sein Instrument, der Ton fuhr allen in die Glieder. Die Polizei war hergeführt durch die Beschädigung der Decke. Das wenig streng gehütete Geheimnis war bis zu einem Beamten gedrungen, dieser hatte es gemeldet. In keinem Fall war Wahrhaftigs Schreiben der Anlaß, sein Schreiben betraf ein anderes Haus. Eingeladen bei der Polizei war es, es hatte auch Beachtung gefunden, um so leichter, als eben eine ähnliche Meldung schon für das Gasthaus vorlag. Ein Assistent in Zivil wurde beider Häuser wegen abgesandt, Uniformierte erreichten nichts bei dem festen Zusammenhang der Leute – er sollte sich umhören, aber die Häuser nicht betreten. Nach seinem Bericht zeigte das Lewkowitzsche Haus kaum eine Vernachlässigung, wenigstens wollte die verschlossene Bevölkerung sie nicht wahrhaben. Dagegen sprach man offen von dem Deckensturz bei Joel, übertrieb sogar und wollte wissen, ein Bettler sei dabei umgekommen, überhaupt schien dieser Gasthof baufällig, auch ungemein überfüllt, und schien auch neben soliden dunkle Elemente zu beherbergen. Die Baupolizei wandte sich an die Fremdenpolizei. Bei dieser war vor kurzem die

Bitte einer fremden Regierung eingelaufen, von ihren Staatsangehörigen ihnen diejenigen namhaft zu machen, die in gewissen zweifelhaften Gassen untergekommen waren. So griff auch die Fremdenpolizei ein, was für die Bewohner das Dunkel über der Sache noch vermehrte.

Joel hatte vor, als man ihn rief, sich unwissend zu stellen: die beiden Kammern seien feucht gewesen, längst geschlossen, der Einsturz müsse kürzlich erfolgt sein und sei von ihm noch nicht bemerkt worden. Aber neben dem Anschlag auf das Haus fühlte er den Anschlag auf die Menschen, der eine oder andere war ohne Paß oder hatte nur mit einem abgelaufenen die Grenze überschritten, sie hielten sich hier unangemeldet auf. Er hatte es geduldet, es waren Juden, morgen waren sie in einem anderen Land, übermorgen fragte keiner mehr nach ihnen. Vielleicht, wenn er sich vor sie stellte, gnadete ihm Gott, und die Gefahr ging an seinem Haus vorüber. Er zitterte um alle – wenn er doch in jeder Kammer sein und jedem raten dürfte: bittet mit allen Zeichen schuldiger Ergebenheit um Nachsicht … Statt dessen sah er sie unbotmäßig festgenommen, und während ihrer Haft und seiner trug man das Haus ab, Stein vor Stein, Geschoß um Geschoß, ihre Unterkunft, sein Ein und Alles …

Von dem Haupttrupp lösten sich einige Schutzleute ab und stiegen in den dritten Stock hinauf in die Sterbekammer Fischmanns. Einige stiegen noch eine Treppe höher. Unten gab die Tür auf die ersten Tritte nach, oben öffnete man, der Schlüssel fehlte, mit einem Dietrich. Es stimmte, unten war die Decke eingedrückt, weißer Staub und Putz hatten sich gelöst und lagen auf dem Boden. Ein Beamter wollte hinuntersehen von oben, doch ein eigentliches Loch hatte sich nicht gebildet. Man nahm die Maße, klopfte angeflogene Teilchen ab, stellte Wachen aus und stieß wieder auf den Haupttrupp.

Der Haupttrupp ging peinlich streng von Tür zu Tür. Man suchte Joel. Er erschien, ging voraus, die Beamten stapften hinterdrein. Wände wurden beklopft, Leute gemustert, Papiere verlangt, jeder Name in ein Taschenbuch eingetragen. Die nächste Kammer!
Sie hatte Fischmann nicht bei seinem Tod, doch vorher beherbergt. Außer London, Eisenberg und Himmelweit, ihren dauernden Bewohnern, lagen hier noch immer drei Gäste flüchtig hingebettet – der vierte, Koigen, war abgereist. Der Händler Feigenbaum war wegen eines schmerzenden Blasenanfalls geblieben, die jüdischen Ärzte in Berlin waren berühmt. Selig Jankel hätte längst in Manchester sein und die Blitzentfleckerei übernommen haben müssen, verschob aber seine Abreise. Täglich hieß es: morgen fahre ich, doch er fuhr nicht, aus Angst vor den scharfen Augen der Beamten an der Grenze. Erst hatte er die Zahl im Paß gefälscht, weil das pünktliche Eintreffen in Manchester so dringlich gewesen war, jetzt versäumte er sich gerade wegen dieser Fälschung. Grundmann war durch ein anderes kleines Hindernis nicht abgereist, Grundmann, der Dienstmann, der auf der Straße gestanden und niemals eine Last gehoben hatte. Fischmann, der ihm die Wahrheit gesagt, war tot, den schamhaften überlebte der schamlose Bettler; Grundmann war ein Opfer der Herrlichkeit der Gasse geworden, er fand sie so außerordentlich, daß er sich Paris nicht schöner vorstellte. Seit Tagen hatte er sich festgetrunken und seine Papiere aus Vorsicht einem anderen anvertraut, der weniger trank; von diesem mußte er sie erst beschaffen.
Wie immer, wenn er Polizei witterte, war Jankel unter das Bett gekrochen, Feigenbaum hielt sich die Seiten, Grundmann lehnte kalkweiß an der Wand, und nur Himmelweit stand ohne Kümmernis; London und Eisenberg, auf den

Bettkanten sitzend, sahen unbeteiligt zu, sie gehörten schon zu einer anderen Welt.

Die Prüfung ergab nichts, was nicht vorherzusehen war. Himmelweit schwamm geradezu in einem Überfluß von Nachweisen; London und Eisenberg konnten ordnungsgemäß Papiere vorlegen, allerdings stark zerknittert und nicht mehr wohlriechend.

Ein Beamter blickte unter das Bett und holte Jankel hervor, der unbeweglich dalag. Er wurde einem Schutzmann auf dem Korridor übergeben, weil er keinen Paß hatte – er hatte ihn versteckt. Dasselbe geschah Grundmann. Auf sein Gesicht hin, dieses rohe, verwitterte, schnauzbärtige, galt Grundmann für den besten Fang – ein Irrtum, in einigen Tagen mußte er sich aufklären.

Gegen Feigenbaum fand die Polizei keinen Anlaß einzuschreiten.

Die ganze Belegschaft der Kammer war geprüft, der Trupp zog ab. Kammern, Kammern, Menschen, Menschen! Das Haus erwies sich als eine Stadt, und von außen belagerten sie Menschenhaufen. Der Führer des Zuges bekam Bedenken, ob er nicht in eine Festung gelockt und eingeschlossen sei. Telefonisch erbat er Hilfe.

Der anmarschierende Trupp fand sich zweifelhaften Zurufen ausgesetzt, aber die Menge riß vor ihm auseinander. Die Spitze gewann das Tor. Einer nach dem anderen, bis auf eine zurückgelassene Wache, trat durch den schmal zurückgenommenen Flügel in das Haus.

Auf unwahrscheinliche Weise hatte das Gerücht der Phantasie der Menschen den Vorgang überliefert. Das ungeheure Hinterland fand sich aufgerufen und hatte seine Massen in die Gasse entleert. Mit immer neuem Zuzug erschienen Bewohner selbst entlegener Quartiere, man erkletterte Laternen, besetzte Vorsprünge. Vom ersten Stock ab lagen die

Einwohner in den Fenstern, in den Erdgeschossen gingen die Rolläden nieder. In einem Laden leuchtete plötzlich die Gardine auf, aber das schwache Feuer war rasch erstickt, und der Rolladen fuhr herunter.

Nach einigen Stunden verließ das Aufgebot von Schutzleuten das Haus. Ein Kraftwagen war vorgefahren. Von Schutzleuten flankiert, trat eine kleine Zahl von Juden aus dem Tor, stieg in den Wagen, er ruckte an, und bald war er den Blicken der Wartenden entschwunden. Man johlte nicht bei der Abfahrt, im Gegenteil, es war so still, als habe sich ein Krankenwagen in Bewegung gesetzt. Die Polizei hatte ihre Beute und war Siegerin.

Die Menge begann sich zu zerstreuen. Die Schankstuben des Gelichters machten auf und sogen wohltätig den nicht abgeflossenen Schlamm ein. Andere unsichere Bestandteile flossen in die Nebengassen ab. Die Schankstuben der Juden öffneten nur den Hintereingang und waren doch rasch voll, das Bedürfnis zu reden war zu groß. So leicht man aus nichtigem Anlaß sich erregte, bei großem war man gefaßt. Allerdings – ein schreckliches Wort fiel, wenn auch nur im Ton der Frage: Austreibung?

Ein junger Mann freute sich auf sie. Er hieß Frajim Feingold und hatte Grund, sie nicht zu scheuen. Wie lange hielt er sich noch in dieser zweifelhaften Lage, wie bald mußte er die Reise zurück nach Piaseczno antreten, Schande über Schande! Aber vertrieben war er ein Opfer, und keiner warf ihm mehr die Rückkehr vor.

Auch eine Frau hoffte auf die Auskehr: Frau Weichselbaum. Weggetrieben – das hieß wieder auf die polnischen Güter kommen, und mußte sie auch dort ihren Mann am Arme führen, er sah kaum noch einen schwachen Schein vor den Augen, endlich ein Ende dieses Lebens, endlich ein Ende mit der Fremde, endlich die Vereinigung mit ihren Kindern.

Auch Weichselbaum wollte fort und nicht länger hier in dem Durcheinander sitzen. Die Ärzte waren ihm nicht präzise genug in ihren Äußerungen, ob es einen Sinn hatte, zu bleiben. An den Verkauf seines Hauses, mit dem er vorübergehend gespielt, war nach den letzten Vorgängen nicht zu denken – er hätte zuviel verloren.

Eine alte Frau, die allein in einer Kammer wohnte und niemanden auf der Welt hatte, auch keinem zur Last fallen wollte, nahm ein Andachtsbuch für die Frauenwelt zur Hand und las darin beim Lampenschein. Sie schlug eine beliebige Seite auf und fand da von einem Geschlecht erzählt, das übermütig geworden war von Reichtum und Üppigkeit und das also sprach: wohlan, laßt uns eine Stadt bauen und einen Turm darin, dessen Spitze in den Himmel ragt, damit der Schöpfer nicht allein dort oben herrsche. Und sie bauten, las sie, einen Turm bis zu einer Höhe von siebenundzwanzig Meilen; einen neuen Baustein hinaufzutragen war so schwer, daß sein Niederfallen bitterer beklagt wurde als der Absturz eines Menschen. Aber alle wurden bestraft, alle. Die im Himmel selbst vorgehabt zu wohnen, verstreute Gott über die Erde, die Anhänger fremder Gottheiten verfielen der Sprachverwirrung, und die ihn bekriegen und den Himmel hatten stürmen wollen, verwandelte Er in Affen und Dämonen. Aber noch andere, las sie, hatten überhaupt nichts weiter als Öffnungen in den Himmel bohren und Schläuche in ihn leiten wollen, damit das Wasser bei einer neuen Sintflut dahin zurückströme, von wo es ausgelaufen war. Die alte Frau seufzte und schlief fast ein: was hatte es nicht alles schon gegeben, und was gab es nicht alles noch immer neu!

Noch am Abend hieß es, die Polizei habe zu verstehen gegeben: in einer gewissen Frist hätten alle das Gasthaus zu verlassen, und auch das Bethaus sei zu räumen. Daraufhin erschienen am Morgen fast alle Juden, auch die lässigsten, zum Gottesdienst. Der Hof im Gasthaus war zu klein, man stand bis auf die Gasse, da Donnerstag war, in Gebetmänteln, in Lederriemen, die um die Stirn, den linken Arm, die linke Hand geschnürt waren. Die Stimmen klangen lauter im Gebet als sonst, wo sie den Schlaf der nicht Erwachten schonten. Wie brüllende Rinder, über deren Haupt der Stall in Feuer steht, so schrien alle. Ein Mann hatte seine Mutter genau vor fünfzehn Jahren, einen Tag vor ihrer goldenen Hochzeit, verloren. Er dankte Gott dafür, daß sie gerade an diesem Tag gestorben war und ihn dadurch begnadet hatte, heute der verzweifelten Gemeinde vorzubeten. Im hergebrachten Ton sang er die vorgeschriebenen Gesänge mit geringer Kunst, er pfiff mehr, als er sang, und wenn er den Chor übertreffen wollte, überschrie er sich so spitz, als habe er eine Nadel verschluckt und wolle sie aushüsteln. Aber keiner lachte, als dieser alte, arme und verhutzelte Hosenhändler Asriel Geduldig den Herrn mit übersinnlichen Liebkosungen anrief und ihm einen seiner Namen nach dem anderen zur Besänftigung anbot. Von hinten überrollten ihn die Stimmen wie eine Sturzsee; indes er den Bart mit beiden Händen kämmte, beugte er den Rücken, daß die Wogen hingingen über ihn. Während sie schrien: «Höre, Israel, der Ewige unser Gott, der Ewige ist einzig», schienen sie in die diamantene Wohnung im Firmamente Gottes einzugehen und die Häuser tief zurückzulassen, Piloten, die in die Wolken auffuhren, die Welt, ihr Dunst und ihre Qual blieben unter ihnen.

Frau Dippe kauft das Haus. Frajims Auszug und Heimkehr. Als am nächsten Tag bei einer zweiten Streife die Polizei auch das Haus von Lewkowitz besichtigte, als sie, wie sich herumsprach, kleine, harmlose Schäden, die in jedem verwohnten Haus zu finden sind, übertrieb und die Räumung auch dieses Hauses ankündigte, setzte die Gasse sich zur Wehr. Dabei hatte der Beamte nur verlauten lassen: «Schön sieht das nicht aus!» und nebenbei gefragt: «Ein anderes Haus soll hier auch zu räumen sein?» Daraus wurde im Munde von dreitausend erregten Menschen: Räumung binnen achtundvierzig Stunden.

Es war klar, die Juden mußten zur Verteidigung übergehen, es gab keine Wohnungen in der Stadt, es sei denn gegen hohe Abfindungen, und ohne Wohnung, so fürchteten sie, konnte man sie abschieben. Aber unausgesetzt fragten sie, wieso gerade Häuser mit armen Juden baufällig waren, die vielen anderen alten Häuser nicht? Und warum Eingriffe gerade in der Triumphstraße der Ostjuden, in ihrer Herzmitte, dort, wo sie geschlossen lebten und, ohne nach rechts und links zu blicken, Gott dienten, die letzten, die sich ihm in Inbrunst unterwarfen?

Oh, man ahnte, warum das Haus von Joel, das von Lewkowitz, geschlossen werden sollten. Hätte man es nicht verstanden, die beabsichtigte Sperrung des Bethauses hätte es gelehrt. Das Bethaus zum mindesten hätten die Behörden offen lassen können, selbst wenn sie alles andere sperrten. Die Juden fasteten sechs ganze und wieviel halbe Tage im Jahr – fiel einer dabei um, so ging das keinen an. Beteten sie und schlugen ihnen Ziegelsteine auf den Kopf, so war das ebenfalls nur ihre eigene Sache und keines anderen sonst. Aber man wollte sie anscheinend nicht hier lassen. Sie sollten zurück nach Polen, nach Litauen, nach Rumänien. Mit Scham und Trauer bemerkten sie, daß ein Teil der Jugend in dieser Umwelt lässiger im Glauben geworden war, sich den alten Bräuchen widersetzte und die alten Zeremonien kaum noch mit dem Munde und gar nicht mit dem Herzen übte, und auch diese durch die Aussiedlung aus dem Osten gebrachten Opfer sollten vergeblich gebracht, umsonst gewesen sein? es hieß zurück in jene Länder, die sie verlassen hatten? Nein, freiwillig gaben sie nicht die Gasse auf.

Mit ihnen empörte sich der Mob, Dirnen stießen zu ihnen, Verbrecher, Zuhälter, Abgeglittene und Verunglückte, Mißratene, die Gott geschlagen oder die die Menschen zu Fall gebracht. Ihr Kampf galt der Polizei – sie hatten immer eine Abrechnung mit ihr, sie allein wußten, weshalb, hier sollte ihr die Antwort werden.

Während die Entschlossenen über die Abwehr ratschlagten, zogen die Juden aus den Häusern von Lewkowitz und Joel. Frauen führten ihre Kinder aus dem Tor und hüllten sie in Tücher, sie sollten nicht das Gewitter hören, mit dem im nächsten Augenblick die Häuser zusammenkrachen konnten. Männer hatten alte Frauen um die Schultern hängen oder trugen Greise, die sie unter der Achsel und an den Knien gepackt hatten. Sich erschlagen lassen von den Häusern? Besser auf der Gasse geblieben …

Aus dem Haus von Lewkowitz wurden Möbel geschafft, aus dem Gasthaus Kisten und Koffer. Hunderte von Menschen schufen auf der Gasse ein regelloses Durcheinander. Regen fiel, alles triefte, Kinder bekamen Kapuzen über den Kopf, Frauen schürzten die Röcke auf, Röcke ohne Farbe, ohne Wert, aber wie Kostbarkeiten hochgezogen. Als stünde ein

Peiniger mit der Klopfpeitsche im Rücken, kamen mit Kram und Habe die letzten aus den Unglückshäusern, den Mienen nach gefaßt, den Scheiterhaufen zu betreten, Sterbegesänge nicht auf den Lippen, doch im Blut.

Nachdem sie sich beruhigt und gelagert hatten, zog in sie die Süßigkeit der Ohnmacht, das Gefühl, die Verantwortung habe aufgehört, alles weitere geschah nicht mehr durch sie, nur noch an ihnen. Unirdische Schwermut nahm sie hin.

Die Sorge um ein vergessenes Stück trieb eine Frau in das Haus von Lewkowitz zurück. Voll Angst sah sie aus dem dritten Stock hinab: hatte das Haus sich bereits gesenkt? hing es oben über? Sie gab Zeichen: ich komme, und erinnerte sich ähnlicher Zeichen einer Mutter, die aus einem brennenden Haus ihr Kind hatte holen wollen und im Treppenhaus erstickt war. Unten fand sie das Haustor versperrt – junge Männer hatten die Winke bemerkt und hielten das Tor zu, aus Scherz. «Zurück!» schrien alte Leute, «hat man so was schon gesehen? Prügeln sollte man die Bengels. Versuchen Gott!»

So waren schon am Vormittag beide Häuser leer, obwohl es überhaupt nicht feststand, daß sie zu räumen waren. Die Angst vor dem Zusammenbruch hatte rascher gearbeitet als die Polizei. Sie kam nicht mit.

Während die Leute aus dem Hause zogen, war Lewkowitz angerufen worden von der Gesellschaft für Grundbesitz und Areal, ihr Direktor sei zurück und lasse fragen, was Lewkowitz heute fordere.

«Was ich fordere, das steht doch fest», sagte Lewkowitz mit Mühe, erschlagen von dem Unglück, den Konkurs vor Augen.

Aber er werde zugeben, zwischen damals und heute sei eine Kleinigkeit passiert, das Haus sei halb geräumt.

«Ich würde etwas nachlassen», sagte Lewkowitz schwach.

«Wieviel?»

Nein, er bat lieber um ein Gebot.

«Die Hälfte», sagte der Sekretär.

«Die Hälfte?» stöhnte Lewkowitz.

«Die Hälfte ist vielleicht noch zuviel», erklärte der Sekretär im verbindlichsten Ton.

Wenige Minuten später erwarb Frau Dippe das Haus für ihr Gebot; sie zweifelte nicht daran, daß diese etwas aufgeregten Juden wieder einzogen und alles in die alte Ordnung kam, und im äußersten Fall, wenn es wirklich nicht mehr bewohnbar war, hatte auch ein baufälliges Haus noch mehr Wert als Papiergeld.

Indes Frau Dippe so für die Zukunft vorsorgte, beschäftigte andere der Augenblick. Noch am Vormittag fuhr ein Wagen aus der Gasse. Ein Großgrundbesitzer saß darin, fast völlig blind, daneben seine Frau, und gegenüber, welches Wunder! ein junger Mann, einer, der eingesehen hatte, die Lebensläufe eines vergangenen Jahrhunderts wiederholten sich nicht, hier wurde kein Einwanderer aus Piaseczno mit nichts in der Tasche als drei lumpigen Mark binnen kurzer Zeit zum großen Mann, auch wenn seine Eltern ihn dazu bestimmt hatten. Er wußte, er hieß Frajim und nicht Noah, Feingold und nicht Kirschbaum, Ausnahmen hoben nicht Gesetze auf. So ließ er sich mitnehmen, als Frau Weichselbaum einen Begleiter für den Blinden suchte. Sie wählte den früheren Gefährten des ehrwürdigen Bettlers Abraham Fischmann – nicht auf Zureden Frau Warszawskis, nicht auf Zureden Frau Spaniers, nicht auf das von Seraphim, obwohl alle für ihn eintraten. Sie wählte ihn, weil sie ihn mochte. Fischmann hatte ihn immer als geduldig und ergeben gelobt, ihr Mann würde es ebenso eines Tages tun. Auch hatte Frajim manches gelernt und konnte durch den Umgang mit ihren Kindern die Lücken seiner Bildung ausfüllen; vielleicht gab es dann doch noch einmal einen Aufstieg für ihn – in Polen. Frau Warszawski und Seraphim küßten ihn zum Abschied, Frau Warszawski aufgelöst vor Schmerz, Seraphim untröstlich über den Verlust des Freundes. Noah gab ihm verwandtschaftliche Stöße vor die Brust. Nur Tante Feiga Turkeltaub blieb unerbittlich: «Mach es besser!» sagte sie.

Beim Einsteigen wurde Weichselbaum von allen Bettlern der Gasse angegangen. Alle wollten eine Gabe, eine Abgabe von dem reichen Fremden, der, wie sie meinten oder sich einredeten, wohlgemut davonfuhr, während sie zurückblieben mit ungewisser Zukunft. «Gib ihnen», bat Frau Weichselbaum. Er zog die Geldtasche, und Frajim, selbst nicht mehr als der letzte Bettler, gab von dem Gelde allen. «Der Messias ist gekommen, die Armen, die was selbst nischt haben, verteilen Geld», schrie ein alter Jude, während der Wagen davonrollte.

Schon in der Nacht schlüpften die meisten wieder in die Häuser, zu Freunden. Unten lagen bloß die Wächter des Hausrats, die Besitzer standen an den Fenstern und schielten auf die Habe, auf die Wächter.

Am nächsten Morgen wurde der Gottesdienst schon nicht mehr im Bethaus abgehalten, sondern in den Betschulen; auch in Wohnungen und Schankstuben standen Beter. Unmittelbar nach dem Gottesdienst tauchten allenthalben Scharen von Menschen auf. Wenn am Abend noch unklare Vorstellungen gespukt und junge Burschen nachts von Barrikaden geträumt hatten, so war inzwischen die Vernunft zurückgekehrt – was konnte Gewalt erreichen? Es fanden sich keine Hände, die Kohlenschaufeln lieferten, keine, die Fässer aus den Toren rollten, keine, die Geräte anhäuften. Lediglich Haufen von Menschen ballten sich zusammen und sprachen durcheinander.

Mitten unter die unruhigen Haufen trat jetzt ein untersetzter breiter Mann und zwang die Menge mit einer entschiedenen Bewegung, zu verstummen.

«Haben wir schon jemals was erreicht, wenn wir nicht auf die Polizei gehört haben? Ist sie auf unserer Seite, wie kann es uns da nur gehen? Gut. Ist sie gegen uns, wie kann es uns da nur gehen? Schlecht. Ausweisen will man uns? Schön, soll man uns ausweisen! Unsere Altvordern sind, wie oft, fortgezogen, und mir scheint, wir sind noch am Leben! Und wissen wir, ob sie uns wirklich nicht haben wollen? Ob nicht alles bloß mißverstanden ist? Oder wenn nicht mißverstanden, ob es nicht noch abzuändern geht? Nicht fertige Tatsachen schaffen! Will man uns wohl, dann wird man uns sonst wegen der fertigen Tatsachen nicht mehr wohlwollen. Ruhe! Gott, sein Name sei gepriesen, *hat* uns beigestanden, Gott, sein Name sei gepriesen, *wird* uns beistehen.»

Die Worte waren mit einer an dem Manne fremden Erregung, aber beherrscht gesprochen. Die Juden jubelten ihm zu, vereinzelt weinten Frauen auf, denn was hätte es fast gegeben? Blut und Mord. Selbst auf andere als Juden machte er, der bei seiner Rede geradezu erhaben aussah, Eindruck.

Aber schon stand ein anderer neben Jurkim, ein beweglicher, dauernd zappelnder Mann. «Und das Recht der Gasse?» rief er von einer Tonne herunter, die er irgendwie beschafft hatte.

«Was für ein Recht?» fragte Jurkim, ein wenig zur Seite tretend.

«Das Recht auf Gewalt!»

Der Rabbiner sah ihn lange an, dann an sich herunter, beides auf eine Art, als verstehe er nicht, was dieses verantwortungslose oder irre Wort bedeute.

Aber schon schleuderte der Mann leidenschaftliche Wen-

dungen heraus, berühmte aus Programmen, berüchtigte aus Flugblättern, alles untermischt mit vielen Vorstellungen aus seinem eigenen Hirn. Er sprach so rasch, daß er kaum zu verstehen war. Nach einer Weile ging ihm der Atem aus. Mit verlöschender Stimme rief er: «Von Menschen sind wir gemacht, und Menschen ...»
Die Schöpfung des Menschen, unterbrach ihn der Rabbiner, war von Gott. Er erlaube nicht, daß in seiner Gegenwart Gottes Werke angezweifelt wurden.
«Schöner Gott das, der die Welt so geschaffen hat. Sie scheinen nicht zu wissen, daß es diesen Gott gar nicht gibt!»
Stille, so vernichtende, daß der Mann, übrigens durchaus ein Anführer von eigenen Gnaden, und das erst seit diesem Morgen, sich bewogen fand, von der Tonne herabzusteigen. «Polizei!» war sein letzter Ruf.
In der Tat kamen einige Schutzleute angerückt. Ein paar phantastische junge Leute rechneten für den nächsten Augenblick mit dem Beginn des Sturms.
Doch was war das? Die Polizei kam nicht näher, sie blieb draußen vor der Gasse. Kein Kampf? War man feige, wollte man die Gasse aushungern? Eine Gasse im Zentrum der Stadt ergibt sich nicht vor Hunger, dachten die gleichen jungen Leute, Abenteuergeschichten im Kopf, und erfanden einen nächtlichen Schleichdienst über Höfe weg. Unterdessen fand schon eine Konferenz im nahen Polizeipräsidium statt. Die unteren Beamten bestritten, eine Anordnung ausgegeben zu haben, die einem Räumungsbefehl auch nur von ferne gleichkam; die höheren hatten ihn selbstverständlich nicht erteilt. Man rief den Rabbiner und sagte eindeutig, von einer Sperre der beiden Häuser war nicht die Rede, auch Gottesdienst in dem Bethaus nicht verboten, in Joels Gasthaus waren bauliche Verbesserungen nötig, man hoffte, unbedeutende.

Der Rabbiner berichtete. Die Polizeiposten zogen ab. Die Juden trugen ihre Habe, ihre Kisten und Kasten hinauf – eilends, denn am Abend hob der Sabbat an.

Bei Einbruch der Dunkelheit versammelten sich zum Gottesdienst im Bethaus seine ständigen Besucher, aber dazu viele aus den Betschulen. Die Freude der mehr als tausend, die bis hinaus auf die Gasse standen, hatte keine Grenzen, so wie das Bethaus keine Wände hatte. Sie fühlten deutlich, Gott hatte sie errettet und bettete sie an sein Herz.

Die Nacht begann, man aß, man trank, man feierte in der Erwartung, lange, wenn nicht ewig, was ewig für Menschen heißt, unter dem alten Dach zu leben.

Einer, der viel zur Beruhigung getan, konnte sich nur kurz des Glückes freuen. Frau Spaniers Brüder hatten wenigstens einen Teil des Reisegeldes geschickt, Frau Weichselbaum den anderen Teil ihrem Mann im letzten Augenblicke abgerungen, das nächste Schiff sollte Seraphim nach Haifa führen – allein, seine Freundin blieb zurück.

«Sie haben es gut», sagte man zu Seraphim, «Sie gehen nach Erez!»

«Ja, ich hab's gut, aber Sie haben's auch nicht schlecht.»

«Nein, nischt schlecht, wir leben hier wie die Fürsten.»

«Wie die Fürsten nicht, aber ihr friert hier nicht wie die Leute in den anderen Straßen, sie bleiben sich fremd, ihr könnt euch mit jedem in der Gasse hinstellen. Und ihr habt den Kopf voll von tausend, was sag ich, von zehntausend Geschichten, die uns überliefert sind, ihr hängt ganz eng mit Gott zusammen und glaubt fest an die Zukunft – da soll es jemand geben, der euer Leben armselig findet? Ihr lebt über die Dinge hinaus, die euch umgeben, damit seid ihr größer, als ihr scheint, und vielen überlegen, die sich mehr dünken.»

«Bei dir wird doch alles leer», fragte Feiga Turkeltaub die

Nichte, «der Frajim ist gegangen, der Seraphim ist fort, die Alexandra heirat' nächste Woche, wie lange wird der Noah bleiben?»

«Es werden andere kommen.»

«Schlechte werden kommen, und die, was gut waren, die sind gegangen.»

«Du hast sie doch nicht gemocht», erwiderte Frau Warszawski.

«Ich sie nicht gemocht? Da bleibt einem doch der Verstand stehen ... Wie ist mir? Ich erkenn dich doch gar nischt mehr. Alexandra mein Liebling, Frajim ein goldenes Jüngelchen, Noah mein Verzug, und Seraphim – er red't ein bißchen viel, aber ein prächtiger Mensch. Das mit dem Tee brauchte nicht zu sein, was hat er müssen die Hand hinhalten?»

«Dir bleibt doch Himmelweit.»

«Laß mich mit dem Burschen zufrieden! Er ist lasch geworden, ein altes Stück Gummizeug. Früher hat er keine Pulverchen gebraucht, jetzt kannst du ihm geben soviel Pulverchen, wie du magst, es hilft nischt. Bleib mir weg mit dem Menschen!»

Noch nach Tagen wurde von nichts gesprochen, als von dem Ereignis, das soeben vorübergezogen war. «Sie wissen, wie die Sache gekommen ist?»

«Man sagt ...»

«Wenn man etwas sagt, stimmt es schon nicht.»

«Oder wenn's stimmt, ist es doch noch anders ...»

«Was nicht ist, kann werden», hieß es in einem anderen Kreis. «Alles kann sein und nischt! Es kann morgen Krieg sein und alle Hauptstädte können sein in einer Nacht vernebelt.»

«Vielleicht, aber vielleicht kommt es mit uns schon früher schlecht.»

«Auch das möglich, aber auch gar nicht oder später.»

341

«Nun, so oder anders, wer kann wissen?»
«Die Welt wird doch vernünftiger.»
«Wird sie?»
Tauber, der das Gespräch mit angehört hatte, mischte sich ein: «Was redet ihr? Ich werde euch ein Gleichnis erzählen. Moses, unser Lehrer, fragte Gott, was würdest Du tun, wenn Himmel und Erde auf Deine Frage, ob sie an Dich glauben, antworteten: nein? Ich würde, sprach Gott, ein Tier, das kleinste von allen, eines, das im Meere lebt, so klein, daß keiner weiß, wo es sich aufhält, dieses Tierchen von einem Tier würde ich abschicken, damit es auf einmal beide verschlänge, Himmel und Erde. Aber noch nachdem es beide verschlungen hätte, würde dieses Tierchen von einem Tier kleiner sein als ein weggeworfener Mostrichkern. So groß ist Gott, so klein die Erde, und da müßt *ihr* reden!»

Schatten. Fünf Jahre später wurde ein neues Regiment in Deutschland aufgerichtet. Es nahm an jedem Juden Anstoß. Wie verhaßt mußte erst eine Gasse sein, deren heimlicher Glanz, ja, deren Rausch der Außenstehende nicht fühlte? Die Zeitungen schilderten sie als Sitz lichtscheuen Gesindels, die Betschulen als Schlupfwinkel des Verbrechens. Razzien folgten einander; gleich die erste schilderte der Polizeioffizier, der sie leitete, am Rundfunk in einer Weise, die die Ehrwürdigkeit der Gasse der öffentlichen Verachtung preisgab. Wer einen Verwandten in der Welt hatte, wanderte aus. Nicht wenige aus dieser Gasse verkaufen heute Eis in Buenos Aires, sammeln Lumpen in Adelaide, leeren Zigarettenautomaten in Chicago. Eine Anzahl gelangte nach Tel Aviv, wo das, was diese Gasse im kleinen darstellte, im großen dastand. Aber nicht alle flohen, viele blieben, Juden haben Beharrungsvermögen, vor allem Hoffnung. Zudem, den Polen und Tschechen unter ihnen – was konnte ihnen geschehen? Sie waren durch Staatsverträge geschützt. Also blieben sie, bis jener 29. Oktober 1938 kam, wo 28000 polnische Juden aus ganz Deutschland über die Grenze abgeschoben wurden. Die Razzia, bei der man sie aufgriff, war in dieser Gasse leicht; wo man sich hinwandte, faßte man einen polnischen Juden. Sie kamen zurück nach Polen zu ihren Verwandten; wer keine hatte, kam in ein Auffanglager; und nur eine Anzahl fand wieder zurück.

Aber es gab kein Halten mehr. Die Verordnungen gegen die Juden überstürzten sich. Auch der beständigste mußte sehen: er wurde ausgetrieben. Als am 9. November 1938 die ehrbarsten und angesehensten Juden in ganz Deutschland und in den meisten Orten überhaupt alle jüdischen Männer in Konzentrationslager gesteckt und die Geschäfte zerschlagen wurden, erfolgte auch in der Gasse der völlige Zusammenbruch. Ich habe sie im Juli 1939, wenige Wochen vor dem Ausbruch des Krieges, gesehen, sie war nicht wiederzuerkennen. Es war ein Nachmittag, keine besonders lebhafte Zeit, aber auch keine stille für die Gasse. Wieviel Hunderte standen sonst um diese Zeit in ihr herum! Nun war sie tot! An einem Teil der Geschäfte standen christliche Namen, die meisten zeigten leere Fenster oder geschlossene Rolladen unter den vertrauten Inschriften, die Stände waren verschwunden. Zwei jüdische Geschäftchen bestanden noch, vielleicht waren ihre Inhaber Rumänen oder etwas ähnliches. Der Vorrat im Fenster war so dürftig, daß er nicht den Appetit von Plünderern reizen konnte, und war auch im Innern nicht mehr Ware, so hätte der Umsatz zum Leben nicht einmal für Tage gereicht. Die Inhaberin des einen Ladens saß auf den Stufen des Hauses, eine alte Frau, die vor sich hinsah und sich auf kein Gespräch einließ. Auch als ich ihr sagte, ich wanderte aus, gab sie nicht ihre Vorsicht auf und sagte nur: «Sie haben es gut!»

Die Regierung, hatte ich gelesen, beabsichtigte, Zigeuner in dieser Gasse von Heiligen anzusiedeln, weil sie der Auffassung war, alle Rassen seien wertvoll, auch die orientalischen, beispielsweise die arabische, aber zwei ständen weit unter den anderen: die Zigeuner und die Juden – die Zigeuner wurden vorangestellt, offenbar als die bessere von beiden. Ich weiß nicht viel von Zigeunern; ich hatte mir immer unter ihnen einen Volksstamm vorgestellt, der in Wohnwagen und Zelten lebte, Märkte bezog, mit Herden handelte, eine feurige Musik liebte und gelegentlich durch ein Verbre-

chen aus Leidenschaft von sich reden machte. Sie hatten wenig gemein mit den Juden dieser Gasse, die neben ihrem bescheidenen, irdischen Dasein noch ein zweites, hohes, übersinnliches Leben führten. Zigeuner konnten unter sie nur gesetzt werden, um sie zu demütigen. Ich fragte die Frau nach ihrer Ansiedlung. Statt einer Antwort zeigte sie mit einem Finger ihrer Hand nach links, wo eben aus dem Nebenhaus sechs oder sieben traten. Ich trauerte.
Tauber trat hinzu.
«Sie noch hier?» fragte ich.
«Einer muß doch da sein», sagte die Frau und ging plötzlich aus sich heraus. «Wer soll sonst mit den Leuten reden? Der Rabbiner Jurkim ist lange fort, dem hatten sie zu sehr zugesetzt.»
«Ich red gar nischt so viel, wie sie sagt», erklärte Tauber, «bloß ab und zu habe ich ein Sprüchlein.»
«Und was macht …?»
«Wollen Sie mich nach Leuten fragen, die nicht mehr hier sind? Von jedem, der nicht mehr hier ist, werde ich Ihnen sagen, es geht ihm gut, und sollte es ihm noch so schlecht gehen.»
«Aber vielleicht wollte ich nach jemandem fragen, der noch hier ist?»
«Da brauchen Sie doch nicht zu fragen, dem geht es schlecht», er machte eine Pause, «außer denen, die was gestorben sind, wie meine Frau, denen geht es gut. Sie liegen unter alten Bäumen, und man wird ihnen da nichts tun.»
Und wovon leben Sie, war ich versucht zu fragen. Aber ich sah ihn an. Sein Gesicht war so schmal geworden und so wenig war von ihm übrig, daß ich mir die Antwort selber gab.
«Kann man unsere heiligen Lehren nehmen?» fing Tauber wieder an, als wenn er meinen Blick verstanden hätte. «Sie

sind die beste Speise und der gesündeste Trank. Wenn jene sie gehabt hätten, es wäre zu dem allen nicht gekommen.» «Machen Sie überhaupt nicht so viel her mit dem allen!» fuhr er fort. «Lesen Sie nach, wie oft die Philister in Israel eingefallen sind, von den anderen Nachbarn gar nicht zu reden. Lesen Sie in den Büchern der Könige nach und in Chronik I und II, wie viele Juden in den Kriegen erschlagen worden sind, und dann sehen Sie sich um in der Welt, wie zahlreich wir sind, siebenzehn oder achtzehn Millionen. Was macht es aus, wenn an einer oder an zwei oder an drei Stellen der Welt Juden vertrieben werden, wenn man nur Juden an anderen Stellen der Welt in Ruhe leben läßt. Was es ausmacht?» wiederholte er, «garnischt!», und mit einer Bewegung seiner Hand wischte er alles um sich fort.

Nachruf zu Lebzeiten
von Eike Geisel

So kennen wir das Berlin der zwanziger und frühen dreißiger Jahre, weil wir es so kennen wollen: als moderne, nervöse Großstadt, als vibrierende Metropole. Das Berlin der schnellen Verkehrsmittel, der großen Warenhäuser. Das Nebeneinander von Amüsier- und Mietskaserne, von Stars und Streiks. In der kollektiven Erinnerung haben sich alle Phänomene jener Zeit zu einer schillernden Collage der Großstadt verdichtet, das Gedächtnis hat sie zum rasanten Videoclip montiert: die unscheinbaren Angestellten und die grelle Reklame; die anonymen Massen und die illustre Prominenz; den Elektrokonzern und die Traumfabrik. Die fallenden Kurse, die steigenden Auflagen; Hochstapler, Einbrecher, Dollars und Träume, Profite und Pleiten. Das Fließband, die bewegten Bilder, das Weekend, den Tanz und den Rennsport; die galoppierende Inflation und den rasenden Reporter. Denn so vor allem wollen wir Berlin erinnern: als ein einziges Tempodrom. Als bizarr changierendes «Exerzierfeld der Moderne», wie eine geläufige soziologische Formel jenes Intermezzo zwischen den beiden Weltkriegen heute zusammenfaßt.

Dieses in Wahrheit alte und von zeitgenössischen Autoren aus Vokabeln wie Schwindel, Taumel, Wirbel und anderen Metaphern des Erotischen zusammengesetzte Spiegelbild der Stadt hat sich auf der Netzhaut der Erinnerung festgesetzt. Und wer die Stadt heute anschaut, auf den wirft sie ein Wunschbild zurück: es soll bedeutend zugehen wie damals. Erst recht, nachdem mit dem Abbau der Berlin durchteilenden Mauer der letzte sichtbare Hinweis darauf verschwunden ist, daß die Deutschen den Zweiten Weltkrieg doch nicht gewonnen haben. Dieses Bild ist aktuelle Projektion und historischer Rettungsversuch in einem. Es soll damit die geschichtliche Imagepflege der Stadt besorgt werden: was aus ihr wurde, das gilt als von außen verschuldet, als Überwältigung der Metropole durch die braune Provinz. Kaum ein Bericht, der nicht darauf hinweise, wie schwer sich die Nazis taten, in Berlin überhaupt Fuß zu fassen; kaum ein Rückblick, der nicht erwähnte, wie viele Berliner ihre jüdischen Nachbarn versteckten. Weniger hervorhebenswert indes scheint der Umstand, wie widerstrebend sich die Berliner von der Roten Armee befreien ließen oder wie gut die Juden versteckt worden waren, nämlich so gründlich, daß ihre Wohltäter sie nach Kriegsende nicht wiederfinden konnten.

Der historischen Ehrenrettung zufolge war Berlin dem Zugriff von Fremden, sozusagen von Ausländern erlegen; der Nazismus war also eine Art Besatzungsherrschaft, ein Sieg der rückständigen Provinz über die Moderne gewesen, aus deren Arsenalen er doch in Wahrheit hervorging. Weil die Nazis, ohne sich in der Praxis auch nur einen Deut darum zu scheren, davon gefaselt hatten, daß die Großstadt die Inkarnation des Verderbens, daß also Acker und Asphalt die dem unversöhnlichen Gegensatz von Arier und Jude entsprechende Unvereinbarkeit sei, wird umgekehrt geschlossen, daß etwa Fremdenhaß und Rassenwahn ein von außen injiziertes Element, ein der Metropole selbst fremdes Phänomen, eine eingeschleppte Krankheit gewesen seien. Die niederen Instinkte, von denen dann doch kaum einer getrieben wurde, wenn er, wie alle, seine Pflicht tat, waren also gewissermaßen die höhere Gewalt, die der Großstadt angetan wurde.

Berlin war freilich nicht nur die hektische Metropole, also eine Art zweite «Hauptstadt der Bewegung», sondern vor allen Dingen der Ort, an welchem Bewegung in Organisation, Ideologie in Technik und Terror in Verwaltung umgesetzt wurde. Von hier aus war der Erste Weltkrieg schon dirigiert worden, die Kommandohöhen waren etabliert. Hier gab es keinen frei wütenden Mob in großem Maßstab, sondern vom Arbeitsprozeß diszipliniert Massen, die nach dem Kommando der Stechuhr trotteten, ehe sie im Stechschritt marschierten. Hier lebte das rapid anwachsende Heer der Angestellten, die Angehörigen einer neuen Dienstleistungsklasse, deren Gattungsbezeichnung das bloße Funktionieren ihrer Mitglieder als anstellbare, anschaltbare Einheiten im Namen aufbewahrte. Aus den Eingeweiden dieser avancierten Ordnung, nicht aus einem ortsfremden Implantat erwuchsen die kommenden Verbrechen. Auf der hochindustrialisierten und durchorganisierten Basis der nur als Glitzermetropole wahrgenommenen geschichtlichen Stadt erhob sich die logistische Zentrale des künftigen Kriegs und des Massenmords.

Berlin als Avantgarde, als Tempodrom und Zirkulationsmaschine – mit dieser Erinnerung läßt sich angenehm leben. Weniger angenehm ist der Gedanke, daß es sich bei alledem um die Einübung in die Katastrophe gehandelt hat, daß die Redewendung von den goldenen zwanziger Jahren nur die feuilletonistisch verputzte Phrase von der guten alten Zeit ist, die ja bekanntlich vom Resultat Lügen gestraft wurde. Alles war in Bewegung. Doch ob auf der Tanzfläche oder auf der Straße – alles bewegte sich, um sich zu formieren. Der Jitterbug wie die Demonstrationen endeten im Gleichschritt. Alle strampelten – wie in jener berühmten Radfahrersequenz aus Slatan Dudows *Kuhle Wampe* – dem Abgrund entgegen. Aus Gewerkschaftsmitgliedern wurden Unterstützungsempfänger und schließlich Gefolgschaftsangehörige.
Einer, der bei diesem Wettlauf zum Abgrund vergeblich versucht, am Alexanderplatz Fuß zu fassen, ist Franz Biberkopf,

der Held aus Döblins Großstadtroman. Der Roman wurde ein Bestseller. Doch nur wenige Leser verspürten Lust, dessen Schauplatz genauer kennenzulernen. Einheimische wie Touristen flanierten am Stadtschloß oder am Dom vorbei und gingen dann am Alex einkaufen. Hier stand das riesige Warenhaus Hermann Tietz, oder Hertie, wie man nicht nur in Berlin seit der Arisierung sagte. Doch am geschäftigen Alex hörte jäh die Metropole auf. Dort stieg man in die Stadtbahn. Dahinter lag, zwischen den Markthallen und der Volksbühne, eine Art Feindesland. Gormannstraße, August-, Hirten-, Mulack- und Münzstraße – Namen, die dem Berliner Spießer einen wohligen Schauder bereiteten. Denn dort nistete die Unterwelt; der Schwarzhandel blühte dort, dort gab es Witwenbälle und Nackttänze in Kellerkneipen, billige Absteigen und billigere Mädchen als im halbseidenen Milieu des Berliner Westens. Vor allem aber wehte von dort der Duft von Bürgerkrieg und Revolution herüber, ein Duft, der den Bürger besonders dann betörte, wenn er mit dem Geruch von Pulver und Blut vermischt war. Hier waren die Spartakisten niederkartätscht worden, hier hatten die Freikorps im März 1919 gewütet. Vor allem aber: hier war das Quartier der Ostjuden, hier landete das Strandgut einer Epoche an, die die Minderheiten verjagte – noch verjagte.

Der Weg ins Gelobte Land, Amerika, führte viele zehntausend Juden, die nach dem Ersten Weltkrieg Hunger und Pogromen in Osteuropa zu entkommen suchten, über Berlin. Sie kamen am Schlesischen Bahnhof an, und oftmals war dieser Transitbahnhof auch schon Endstation. Sie ziehen ins abbruchreife Scheunenviertel hinter dem Alexanderplatz und verwandeln die Gegend um die Grenadierstraße in ein Schtetl in der Stadt, in der sie doppelt fremd sind: sie sind deklassiert und sie sind Juden. Der Mehrheit gelten sie als lästige Ausländer, den deutschen Juden bestenfalls als anrüchige Verwandtschaft. Galizien grenzt nun an den Alexanderplatz.

Döblins Biberkopf hat gerade einen Totschlag in Tegel abgesessen und will nun wieder auf die Zirkulationsmaschine aufspringen, unter deren Räder er dann gerät. Bei seiner Rückkehr läuft ihm einer der frommen Juden aus dem Scheunenviertel über den Weg und erzählt ihm eine Geschichte, die den Besinnungslosen für einen flüchtigen Augenblick innehalten läßt. Beradts Roman hat diese kurze Szene auskomponiert. Sein Held ist nicht ein Einzelner in der Großstadt, seine Hauptfigur ist der Mikrokosmos einer Seitenstraße, jenseits derer das «Exil» beginnt.

«Sie waren keine Reisenden, sie waren Auswanderer», schreibt Beradt in Anlehnung an Georg Simmels *Exkurs über den Fremden*. Die Neuankömmlinge wurden nach einer schon damals unerheblichen Unterscheidung in politische und Wirtschaftsflüchtlinge unterteilt. In den Augen aller waren sie zuerst einmal Störenfriede, unfähig zur Gefolgschaft und – wie es heute hieße – nicht integrierbar. Die Ostjuden kämen der liberalen Wirtschaftsordnung wegen in Scharen nach Deutschland und schleppten die Symptome der Krise und der Asozialität (und natürlich den Typhus) ein, übertönten die Antisemiten lautstark die den Massen dämmernde Erkenntnis, daß diese Ordnung sie selbst tendenziell zu überflüssigen Menschen machte.

Die hinter dem Alexanderplatz zusammengedrängten Ostjuden mußten bald nach ihrer Ankunft die Illusion begraben, es gäbe noch andere als ökonomische Gründe für die Wahl ihres Zufluchtsortes. Stilbildend bis in die Gegenwart beschrieb Hitler in der ersten seiner gedruckt vorliegenden Reden nicht nur, mit welchem Erfolg die Ausländer den Einheimischen die Arbeitsplätze wegnähmen, sondern er machte auch deutlich, daß in der Bezeichnung «Wirtschaftsflüchtlinge» die Rechtlosigkeit der Einwanderer, oder – antisemitisch ausgedrückt – deren Ausgrenzung als Fremdkörper mitgedacht wird: «Vergleichen Sie die 1 Million Arbeiter in Berlin vom Jahre 1914 mit dem,

was sie heute sind: Arbeiter wie damals. Was hat sich an ihnen geändert? Sie ... sind arm geworden. Und nun suchen Sie nach jenen 100 000 Ostjuden, die in den ersten Kriegsjahren einwanderten. Sie finden sie heute überhaupt nicht mehr. Der größte Teil von ihnen hat sich ‹gemacht› und sitzt bereits im Auto. Nicht weil sie gescheiter sind, sondern aus dem einfachen Grunde, weil diese 100 000 von vornherein niemals bereit waren, redlich mitzuarbeiten in einem gesunden Volkskörper zu gemeinsamem Gedeihen, sondern im vorhinein den gesamten Volkskörper als nichts weiter ansahen denn als Mistbeet für sich selber.»
1920 wurde der sozialdemokratische Polizeipräsident von Berlin, Ernst, von den Sorgen geplagt, die mutatis mutandis auch seine Nachfolger haben: «Die Ostjudenplage», schrieb er, «wird, da es sich hier nicht nur um lästige, sondern um höchst gefährliche Ausländer handelt, in ihrer jetzigen Duldung und wohlwollenden Behandlung künftighin politisch, wirtschaftlich und gesundheitlich die furchtbarsten Gefahren zeitigen.»
Knapp ein Jahr zuvor war die Gefahr gerade noch abgewehrt worden: die Soldateska hatte Rosa Luxemburg, Leo Jogisches und Eugen Leviné erschlagen – drei Ostjuden. Mit ihrer Ermordung war das Schicksal der Demokratie wie das der Juden entschieden: «Schlagt sie tot, das Weltgericht fragt euch nach den Gründen nicht!» war die Parole der Totschläger gewesen.
Razzien im Scheunenviertel waren damals an der Tagesordnung. «Der Haupttrupp ging peinlich streng von Tür zu Tür», beschreibt Beradt eine dieser Durchsuchungen. «Wände wurden beklopft, Leute gemustert, Papiere verlangt, jeder Name in ein Taschenbuch eingetragen. Die nächste Kammer! ... Nach einigen Stunden verließ das Aufgebot von Schutzleuten das Haus. Ein Kraftwagen war vorgefahren. Von Schutzleuten flankiert, trat eine kleine Zahl von Juden aus dem Tor, stieg in den Wagen, er ruckte an, und bald war er den Blicken der

Wartenden entschwunden.» Abschiebehaft war ein vertrauter Begriff, an einen anderen mußte man sich erst gewöhnen: Konzentrationslager. Spontan drohten dessen Wachmannschaften den internierten Juden an, was später kaltblütiger Verwaltungsvollzug wurde. Anfang der zwanziger Jahre brannte in einem in der Nähe Berlins gelegenen und in der Presse als Konzentrationslager bezeichneten Haftgelände eine mit achtzig Flüchtlingen belegte Baracke ab. «Am folgenden Tag», war in den Zeitungen zu lesen, «wurde den Internierten gedroht, daß sie, falls noch einmal eine Baracke in Brand geraten sollte, nicht mehr herausspringen dürften, sie sollten ruhig verbrennen». Ganz ähnlich mochte fast genau siebzig Jahre später der diensthabende Aufseher eines Berliner Abschiebegefängnisses gedacht haben, der 1983 lieber sechs Ausländer in der Zelle verbrennen als diese entkommen ließ. Inzwischen freilich müssen Ausländer zu diesem Zweck nicht mehr erst inhaftiert werden.

Anfang November 1923 wurde die Frage des sozialdemokratischen Reichstagsabgeordneten Davidsohn «Wann findet – wenn das so weitergeht – zu Berlin oder sonstwo in Deutschland der erste fidele Judenpogrom statt?» beantwortet: der Mob zog prügelnd und plündernd durch das Scheunenviertel. Juden wurden nackt ausgezogen und mit dem Ruf «Schlagt die Juden tot!» durch die Grenadierstraße gejagt. «Der Nazismus stieß seinen ersten Schrei aus», schrieb Döblin damals über die Vorgänge, die in keiner Chronik jener historischen Ereignisse verzeichnet sind, welche die Deutschen vorzugsweise in einem November dieses Jahrhunderts verübt haben. Den Tätern begegnete die Öffentlichkeit mit dem Verständnis von Sozialarbeitern: es habe sich um Hungerrevolten gehandelt, hieß es. Und auch die Propagandalüge, Deutschland sei ein ausländerfreundliches Land, hat eine lange Tradition: «Alle Nachrichten von Judenpogromen in Berlin und Deutschland sind frei erfunden», lautete die offizielle Anweisung zur Image-

pflege, die vom Wolffschen Telegrafenbüro in alle Welt gekabelt wurde.
Zehn Jahre später kamen die hergelaufenen Schläger wieder, diesmal organisiert, in Uniform, in Reih und Glied. Der Pogrom wurde nun zum Programm. Die Ostjuden wohnten nur einen Steinwurf von der Zentrale der KPD entfernt. Das paßte trefflich in die Wahnvorstellung der Nazis: das Scheunenviertel als Hochburg der jüdisch-bolschewistischen Weltverschwörung. «Die Zeit des Ghettos im deutschen Berlin hat sich erfüllt», jubelte der *Völkische Beobachter* nach einer Großrazzia im Scheunenviertel, wenige Tage nach dem antijüdischen Boykott vom April 1933. Der Deutsche Rundfunk hielt diesen «Schlag gegen den Bolschewismus» für so bedeutsam, daß er live von der Razzia berichtete und das tönende Fahndungsprotokoll auf Wachsmatrize pressen ließ:
«Vom Keller bis zum Boden, Wohnung für Wohnung, es wird gesucht nach Waffen, illegalen Druckschriften, nach Vervielfältigungsapparaten, nach Motorrädern, Kraftwagen und ähnlichem ...», ließ sich der Reporter der «Berliner Funkstunde» vom Einsatzleiter erklären. Dann fuhr er fort: «Wir sind jetzt hier mitten in der Grenadierstraße ... Die Aktion ist beendet ... Vor mir stehen zwei große Polizeiwagen. Auf dem einen sind zehn, auf dem anderen nochmal zehn, fünfzehn politische Gefangene.» Diese politischen Gefangenen wurden im *Völkischen Beobachter* abgebildet – verschreckte Gesichter armer Leute, und von der «Funkstunde» vorgeführt – verstörte Ostjuden, die vom Reporter beschimpft wurden: «Sagen Sie, was wolln Se eigentlich in Deutschland hier? ... Sie nehmen dem deutschen Arbeiter das Brot weg ...» Im November 1938 kamen die Lastwagen wieder. Die Juden in der Grenadierstraße und ihrer Umgebung gehörten zu den ersten, die ins Niemandsland zwischen Deutschland und Polen verfrachtet wurden.
Martin Beradt fügte dem abgeschlossenen Roman in der Emigration einen «Schatten» überschriebenen Epilog hinzu, der

von den letzten Tagen der Juden in der Grenadierstraße berichtet. Dieser Nachtrag wird hier erstmals abgedruckt. Aus naheliegenden literarischen Erwägungen war dieser Epilog nicht in die Erstveröffentlichung des Romans aufgenommen worden, denn er war kein dokumentarisches Werk.

Weder die Zeitgeschichte noch die Großstadt sind stoffliche Elemente des Romans. Während etwa Joseph Roths *Juden auf Wanderschaft* das Nebeneinander und die Spannung von «Altkleiderhandel und Propaganda» zum Thema hat, beschränkt sich Beradt auf einen fast hermetisch abgeschlossenen Raum. Beradt setzt die Kenntnis dessen voraus, was das Scheunenviertel räumlich und zeitlich umgibt. Er beschreibt nicht die Juden auf dem Weg von der Alten in die Neue Welt, er beschreibt einen Transitraum ohne Ausgang. Was von draußen kommt, das ist allein die Staatsmacht in Gestalt der Schutz- und Baupolizei. Zwar entfaltet er ein detailliertes soziologisches Bild der verschämten und unverschämten Bewohner der Straße, doch das Viertel bleibt letztlich eine Art Niemandsland, das durch die Erinnerung an vergangenes Unheil und die Ahnung künftiger Schrecken zusammengehalten wird. Auch ohne die Nachgeschichte, deren mörderisches Ausmaß kaum einer und Beradt bestimmt nicht ausdenken konnte, wird die sorgfältig komponierte Mischung von empirischen Details, von Legenden, Geschichten und Witzen zur Beschreibung eines Wartezustandes.
Die Geschichte der beiden gegenüberliegenden Häuser und ihrer Bewohner ist die Geschichte des Wartens auf die Katastrophe, die sich mit dem Gerücht ankündigt, die Bewohner müßten ihre Häuser wegen Baufälligkeit verlassen: «Als stünde ein Peiniger mit der Klopfpeitsche im Rücken», heißt es bei Be-

radt, «kamen mit Kram und Habe die letzten aus den Unglückshäusern, den Mienen nach gefaßt, den Scheiterhaufen zu betreten, Sterbegesänge nicht auf den Lippen, doch im Blut. Nachdem sie sich beruhigt und gelagert hatten, zog in sie die Süßigkeit der Ohnmacht, das Gefühl, die Verantwortung habe aufgehört, alles weitere geschah nicht mehr durch sie, sondern nur noch an ihnen». Mit diesen Sätzen hatte Martin Beradt beschrieben, was Hannah Arendt nach Auschwitz als «Weltverlorenheit» bezeichnete. Seine Verlorenen waren nicht von Gott verlassen, sondern von der Welt – ein Zustand, der durch den Glauben nicht gemindert, sondern verallgemeinert wurde.

Martin Beradt wurde 1881 als Sohn einer strenggläubigen jüdischen Familie in Magdeburg geboren. Die Familie siedelte nach Berlin über, in die Jüdenstraße 51/52 in Berlin-Mitte. Über das Haus, in dem er aufwuchs, schrieb Beradt in der Emigration: «Ich bin in einem sehr berühmten Haus groß geworden. Das heißt, so berühmt, daß Bücher es beschreiben und Schulklassen davor stehen und ein Lehrer den Arm ausstreckt und mit dem Finger auf den zweiten Stock weist, so berühmt ist es erst geworden, als ich es, ach, wie lange schon, verlassen hatte. Stattlich und hochrespektabel aber war es auch zu meiner Zeit. Es lag im Herzen von Berlin, ganz nah an dem Fleck, auf dem das rote Rathaus steht, ja die eine Seite dieses Rathauses lag in unserer Straße». Die autobiographische Skizze trägt den Titel *Söhne aus einem Haus*. 1913 zog die Familie Beradt, wie es sich für aufsteigende jüdische Familien gehörte, in den Westen der Stadt. Auch andere jüdische Familien dieses Patrizierhauses verließen den Ort, der nun zum Wohnsitz der Pfarrersfamilie von St. Nicolai wurde. Bald wußte jedes Kind in

Deutschland, wie der Pfarrerssohn Horst Wessel seine Jugend in diesem Haus verlebt hatte.

Im Nachlaß Beradts befinden sich viele hundert, wegen der dutzendfachen Über- und Umschreibungen nur sehr schwer entzifferbare Manuskriptseiten und Notizen.* Eines dieser Manuskripte enthält eine kurze Passage über die Kindheit Beradts. Mit der «gerechten Ironie», die ihm oft attestiert wurde, berichtete er: «Als ich vier Jahre alt war, schrie ein Junge in unserer Straße mir zu: ‹Jude›. Ich schrie zurück: ‹Selber Jude›. Ich wußte damals nicht, daß es Menschen gab, die Juden waren, und andere, die es nicht waren. Meine Eltern hatten es nicht für nötig befunden, mich so früh mit dieser Tatsache bekannt zu machen; dabei waren sie fromme Leute, und mein Vater lehrte mich Hebräisch lesen, ehe meine Mutter mir die Kenntnis des Deutschen beibrachte.» Weder als Kind noch als Erwachsener machte Beradt jene oft beschriebenen widerlichen Erfahrungen mit Antisemiten, die so häufig wie irreführend zur Illustration der Gewalt des nazistischen Wahns herangezogen werden. Im handschriftlichen Nachlaß finden sich dazu folgende Bemerkungen: «Als Schüler hielt ich mich sehr zurück. Ich war der einzige Schüler, der nicht an gewissen Schulausflügen teilnahm, weil er unterwegs nicht essen konnte, was die anderen aßen, trotzdem erfuhr ich weder Spott noch Ablehnung.» Und an anderer Stelle schreibt er über seine Anwaltstätigkeit und seine vornehmlich nichtjüdische Klientel: «Ich bin bald darauf Anwalt geworden … Haß habe ich nicht erfahren … ich wurde sonderbarerweise fast nie von Juden in Anspruch genommen. Das alles waren karge Erlebnisse auf einem Gebiet, das für mein Leben so entscheidend werden sollte. Aber von 1933 ab waren meine Erlebnisse nicht mehr sparsam. Jetzt wurde der Judenhaß öffentlich gepredigt.» Mit anderen Worten: der administrative Judenhaß war etabliert, der wenig oder gar nichts mit dem Radau-Antisemitismus der Vergangenheit zu tun hatte.

* Der Verfasser dankt Ingrid Kussmaul, Deutsches Literaturarchiv in Marbach, und Frank Mecklenburg, Leo Baeck Institute in New York, dafür, daß sie zahlreiche Materialien aus den Nachlässen von Martin und Charlotte Beradt bereitgestellt haben.

Beradt studierte Jura, löste sich vom orthodoxen Elternhaus, ohne sich deshalb von den Juden zu verabschieden, und begann ein Doppelleben als Anwalt und Schriftsteller. Er war 28 Jahre, als sein erster und überaus erfolgreicher Roman *Go*, die Geschichte einer Pubertät, die mit Selbstmord endet, 1909 im S. Fischer Verlag erschien. Zwei weitere Romane, wieder bei Fischer, erschienen 1910 und 1911: *Eheleute* und *Das Kind*. 1916 schrieb Beradt ein Buch über den Krieg, den er als Armierungssoldat in Frankreich erlebte. Den beabsichtigten Vorabdruck des Romans *Erdarbeiter* unterdrückten die Zensurbehörden damals, er erschien 1919 und stellt in seiner Geschlossenheit von Schauplatz, Charakteren, Geschichten und Porträts ein Gegenstück zum zwei Jahrzehnte später fertiggestellten Roman über *Beide Seiten einer Straße* dar.

Beradt war ein äußerst erfolgreicher, also auch ein vermögender Anwalt. «Nur Literat», schrieb er damals an seine Frau Charlotte, «ich würde verrückt werden.» Sein Tätigkeitsfeld als Anwalt lag hauptsächlich in einer nach dem Krieg rasch expandierenden Branche: er wurde Syndikus des Deutschen Automobilhändlerverbandes und großer Autohandelsfirmen. Gleichzeitig war er einer der Mitbegründer und Syndizi des Schutzverbandes Deutscher Schriftsteller. Seine Tätigkeit am Berliner Kammergericht schlug sich literarisch in einer Studie nieder, deren Titel nachgerade zum Verdikt geworden ist. *Der deutsche Richter* erschien 1930, eine frühe Untersuchung der Neigung zur späteren Selbstgleichschaltung der Justiz.

Mit den ersten antijüdischen Verordnungen verliert Beradt sein Notariat. In der während der Emigration verfaßten Erzählung «Die Robe» wird diese erste Phase nazistischer Willkür beschrieben: «Als ich 1933 mein Notariat verlor, bekam ich genaue Anweisungen, wo und in welcher Frist ich die Bände mit den Urkunden abzuliefern hätte, mein Register, den Gummistempel, das Siegel, die Siegelpresse.» Und über den stufenweisen Fortschritt der Existenzvernichtung kann man in Beradts handschriftlichen Entwürfen für eine autobiographische Erzählung nachlesen: «1933 hatten sie gesagt, es sei unerträglich, wenn er Notar bliebe, aber Rechtsanwalt könne er bleiben; 1938 hatten sie wieder gesagt, er könne nicht mehr Anwalt bleiben, jetzt sei auch das unerträglich. Er wollte sagen, ich bin 52, aber man konnte ihnen nichts erwidern, man bekam einfach einen Brief, in dem stand drin: Sie sind nicht mehr Rechtsanwalt! Er hatte eine Praxis gehabt, er hatte 300 000 Mark erspart. Sie hatten gesagt: das ist zuviel, das hast du alles Deutschen gestohlen; wenn wir dir 3 Prozent davon lassen, ist das sehr anständig und eigentlich sogar zuviel für dich.»

Zu dieser Zeit darf sich Beradt nicht mehr Anwalt nennen, «Konsulent» ist die Bezeichnung, die jüdischen Anwälten verordnet wird, die nur noch jüdische Klienten vertreten dürfen. Noch bis 1939 bleibt Beradt in Deutschland, vornehmlich seiner erblindeten Mutter wegen, aber auch, weil er bis zum Pogrom 1938 die Illusionen vieler anderer Juden teilt: «Es war nicht das Volk», lautet eine Notiz im handschriftlichen Nachlaß, «sagte ich mir, das war ohne Unrecht, es war die Regierung. So ist es ziemlich spät geworden, bis ich aus Deutschland wegging.»

Beradt starb am 26. November 1949 in New York.

Auskunft über die Entstehung des Romans *Beide Seiten einer Straße* gibt ein Brief von Martin Beradt. Im März 1946 schrieb er aus NewYork nach Palästina: «Auch einen jüdischen Roman habe ich fertig, dessen Mittelpunkt nicht eine einzelne Person, sondern die Grenadierstraße zu Berlin mit ihrem Gewimmel von Ostjuden vor Hitlers Zeit ist. Bei den Anfängen des Romans hat mich noch Ihr Vater mit Material versorgt. Später bin ich für ihn in Polen und in der Slowakei gereist. Ich habe ihn oftmals umgeschrieben und ihm 1939-40 in England die endgültige Form gegeben, in der er ungedruckt vergilben wird.» Adressat dieses Briefes war der 1936 nach dem damaligen Palästina emigrierte Sohn des als Sammler und Herausgeber jüdischer Sagen, Legenden und Märchen weit über Berlin hinaus bekanntgewordenen Schriftstellers Micha Josef Bin Gorion. Ein Jahr nach dem Tod dieses zu den Klassikern der hebräischen Literatur zählenden Autors erschien 1922 in einer Literaturzeitschrift ein erster Hinweis darauf, daß das besagte Material bereits Eingang in einen im Entstehen begriffenen Roman gefunden hatte. In einem Rückblick auf Beradts literarische Produktion, die bis zu diesem Zeitpunkt bereits einige Romane und Novellen umfaßte, schrieb damals der Lektor des Rowohlt-Verlags Paul Mayer: «Beradt hat lange geschwiegen. In den letzten Monaten ist nur ein Bruchstück eines Romans bekannt geworden, der unter den nach Berlin eingewanderten Ostjuden spielt.»

Die in den zwanziger Jahren erschienenen Bücher schrieb er, wie seine 1986 in New York verstorbene und vergleichsweise heute weniger vergessene Frau Charlotte Beradt, die Autorin von *Das dritte Reich des Traums* und Büchern über Rosa Luxemburg und Paul Levi, in einem biographischen Essay von 1965 mitteilte, «während er sich in Ferienwochen in München oder Hamburg in ein Hotelzimmer einschloß. Aber an der ‹Straße› arbeitete er sozusagen immer, er reiste nach Polen, in die Ghettos der Großstädte, in die kleinen Landgemeinden, sammelte Legenden, Mythen, Witze, wahre Geschichten für sein Buch.»

1933 war der Roman angeblich fertig. In seinen Erinnerungen an die Zeit bei Rowohlt, wohin Beradt ihn vermittelt hatte, teilte Paul Mayer mit: «1933 verzichtete der Taktvolle auf die Veröffentlichung des Romans in der Befürchtung, einige Stellen könnten tendenziös mißverstanden werden.» Taktvoll, nämlich im Takt der Zeit, war wahrscheinlich eher der Rowohlt-Verlag gewesen, der gerade die Restauflage von Beradts 1929 unter dem Titel *Schipper an der Front* wiederaufgelegtem Antikriegsroman *Erdarbeiter* von 1919 einstampfen ließ, weil die Nazis dieses Buch tendenziös richtig verstanden. Beradt feilte weiter an seinem Manuskript, das, wie er 1939 bei einem letzten Besuch in der Grenadierstraße feststellen mußte, ein Nachruf zu Lebzeiten geworden war. Beradt entkam zwar den Deutschen über London nach New York, nicht jedoch den Vorbehalten gegen sein Buch. In dem bereits erwähnten Brief nach Palästina schrieb er: «Eine hiesige jüdische Buchorganisation wollte ihn nicht veröffentlichen, wie ich unter der Hand erfuhr, weil er antisemitisch sei, das heißt offenbar, daß er nicht aus Marzipan besteht; ich hatte gute und schlechte Juden geschildert und wendete die Mittel des modernen Romans an Stelle der Sentimentalität an, die so viel in ostjüdischen Geschichten zu finden ist. So stehen diese Dinge und man kann dazu nichts sagen.» Ismar Elbogen, früher Professor an der Berliner Hochschule für die Wissenschaft des Judentums und seit 1938 in den USA, hatte Beradt 1942 mitgeteilt, die Jewish Publication Society of America habe eine Veröffentlichung abgelehnt: «Haupteinwand: unsympathische Zeichnung der Ostjuden». Ein anderer Verlag, Viking Press, hatte bereits ein Jahr zuvor abgewinkt. Die Atmosphäre des Romans, so der Ablehnungsbrief vom Februar 1941, könne selbst in einer erstklassigen englischen Übersetzung nicht bewahrt werden. Der Haupteinwand freilich war ein anderer, nämlich die Überlegung, das Buch ließe sich wegen des «gegenwärtigen Desinteresses an Geschichten über jüdisches Leben in Deutschland» schlecht verkaufen. Einige Jahre nach dem Tode Beradts unternahm Charlotte Beradt erneut den Versuch, den Roman herauszubringen. Es lag nahe, daß sie sich an den mit Beradt vor 1933 verbundenen Rowohlt-Verlag wandte. 1957 schrieb sie aus New York an den Verleger: «Martin Beradt hat einen Roman hinterlassen, an dem er – Nachklänge einer frommen Jugend – längst vor 1933 gearbeitet und hier nur abgeschlossen hat … Ich kam mit Paul Mayer, der das Buch gut kennt und für Beradts bestes hält, überein, daß damit eine Zeitlang gewartet werden mußte, mit der Schilderung von Schwarz und Weiß auf beiden Seiten. Das tat ich, so schwer es mir fiel. Aber nun ist es ja nahezu historisch oder besser die Sage von einer Judengasse … Ich versuche, den Namen Martin Beradt wieder etwas lebendig zu machen … Und Sie, verehrter Herr Rowohlt, als der Verleger, den er noch selber gewählt hat, wären mir natürlich am liebsten.» Die Antwort Rowohlts ist aufschlußreich und gleichzeitig ein Dokument der Schäbigkeit westdeutscher Nachkriegskultur. Ungerührt von dem Umstand, daß hier ein ausgebürgerter Hausautor dem Verleger die Ehre gab, antwortete Rowohlt nach Amerika. Ihm lagen, «falls wir uns für das Manuskript entscheiden sollten», erst einmal die Auslandsrechte am Herzen. Daß der Roman schließlich nicht bei Rowohlt erscheinen würde, war einer gefühligen Anmerkung zu entnehmen, die auf den ersten Blick überhaupt nichts mit Beradts Text zu tun zu haben schien. Rowohlt teilte Charlotte Beradt nach New York mit, er habe eine Aufführung des dramatisierten Tagebuchs der Anne Frank gesehen, «es hat mich natürlich auch sehr erschüttert». Diese Art Erschütterung war von Beradts Roman, den keine adretten mittelständischen Mädchen bevölkern, nicht zu erwarten. Er hätte nicht jene Wirkung hervorgerufen, wie sie Adorno einmal von einer Besucherin jener Theateraufführung berichtete: «Ja», habe sie erschüttert ausgerufen, «aber *das* Mädchen hätte man doch wenigstens leben lassen sollen.»

Ein Jahr später wandte sich Charlotte Beradt an den Claassen Verlag, dessen Lektor offenbar der damals besonders ausgeprägten und vorherrschenden Meinung war, die Nazis hätten nur jüdische Nobelpreisträger und jüdische Kammermusiker umgebracht, lauter gute Menschen mit Abitur und Privatbibliothek. Juden mußten so sein, denn sonst wäre der Massenmord in den Augen derer, die ihn bedauerten, nicht so schlimm gewesen. Deshalb lehnte der Verlag eine Veröffentlichung ab: «Hätten wir den Antisemitismus von 1933 bis 1945 nicht in der scheußlichen und unmenschlichen Form gehabt, würde ich keinen Augenblick zögern, diesen Roman zu bringen.» Die volkspädagogische Begründung wurde gleichmitgeliefert: «Ich glaube aber, daß man dem versteckten Antisemitismus, der immer noch vorhanden und aktiv ist, nur neue Nahrung geben würde, wenn man diesen Roman publizierte. Er würde wahrscheinlich mißverstanden und als typisch jiddisch abgelehnt werden.» Diesen verlegerischen Nahrungsentzug konnte der keineswegs versteckte Antisemitismus damals leicht verkraften. Wenig später gab es die erste großflächig organisierte antisemitische Schmierkampagne in der Bundesrepublik.

Allein Karl Otten, bekannt als Herausgeber von Sammelbänden expressionistischer Prosa, setzte sich immer wieder bei verschiedenen Verlagen nachdrücklich für eine Veröffentlichung ein. Nachdem er 1962 ein Kapitel des Romans in seinem Sammelband *Schofar. Lieder und Legenden jüdischer Dichter* publiziert hatte, fand sich drei Jahre später der Verlag Heinrich Scheffler in Frankfurt, der in der Herausgabe des Romans «eine Freude und schöne Aufgabe» sah. Ellen Otten und Charlotte Beradt bereiteten die Druckfassung des Romans vor, der aus buchhändlerischen Gründen einen aus Süßholz gedrechselten Titel verpaßt bekam: *Die Straße der kleinen Ewigkeit*. Nach kurzer Zeit war dieser Roman wieder vergessen, denn Juden wurden noch immer als die edleren deutschen Seelen betrachtet. Von wenigen Ausnahmen abgesehen, konnten die Rezensenten mit Beradts Buch nichts anfangen und verliehen ihrer eigenen Unbeholfenheit Ausdruck, die sie angesichts von Ostjuden überkam, die keine gepflegten Philantropen, sondern arme Schlucker waren, indem sie Beradts Studie zu einem Lebensbrevier und die Menschen aus Galizien zu frommen Wilden veredelten: Von der «Frömmigkeit des Autors» war in den *Stuttgarter Nachrichten* zu lesen, die dem Autor eine kriminelle Gesinnung hätten bescheinigen müssen, hätte er über Mörder geschrieben. Weiter hieß es dort: «Die Frömmigkeit des Autors läßt den Leser immer wieder spüren: Es ist letzten Endes alles auf dieser Welt nach Gottes Ratschluß weise geordnet.» Die *Westfälischen Nachrichten* attestierten dem Buch eine «rührende Menschlichkeit», die Grenadierstraße sei eine «melancholische Metapher allgemein menschlichen Daseins.» Und ein Bibliotheks- und Buchhandelsblatt mit Namen *Bücherwurm* brachte Degout und Anerkennung in einem Satz unter: «Beradt scheut sich nicht, seine Juden der Grenadierstraße in ihrer ganzen Menschlichkeit darzustellen».

Vom Ende der siebziger Jahre datiert die Verwandlung von Geschichte in Heimatkunde. Im Verlauf dieser neuen Aneignung der Vergangenheit wurden auch die Ostjuden neu entdeckt. Seither dienen sie vornehmlich als folkloristische Gegenbilder des deutschen Blicks auf die Juden: statt Nobelpreisträgern nun Proletarier, statt des Physikers Einstein nun Tewje der Milchmann. Doch auch für das neue Bedürfnis nach vorgeblich Unverfälschtem, nach authentisch Jüdischem, gibt Beradts Roman nichts her. Denn dessen Geschichte ist, womit der Autor Philosemiten wie Antisemiten regelmäßig enttäuscht, mit «Mitteln des modernen Romans» erzählt. Da wird die gegenwärtig grassierende Lust, andere ebenfalls als buntes Völkchen, als Stamm oder als Rasse wahrzunehmen, besser bedient durch die kürzlich erfolgte Neuauflage von Adolf Sommerfelds *Das Ghetto von Berlin*. In diesem Buch wird gejüdelt, daß sogar noch die deutschen Liebhaber jüdischer Witze dazulernen können, da gibt es schmierige Devisenschieber, schachernde Mädchenhändler, wulstige Lippen, mühelose Einkommen, polnische Schlamperei, kurz, alles, was das antisemitische Herz begehrt. Die Berliner *taz* lobte im Dezember 1992 die Neuauflage: «Das Verdienst des Romans ist es, die Normalität jüdischen Lebens zu beschreiben.» Das Verdienst der Zeitung wiederum bestand darin, zur Normalität des Klamaukantisemitismus zurückgekehrt zu sein.

Sommerfelds erstmals 1923 erschienene Schmonzette ist in der «Edition Scheunenviertel» eines ehemaligen DDR-Verlags nett aufgelegt worden, der den Namen «Neues Leben» trägt. Dieses soll nun auch aus den Ruinen des Scheunenviertels blühen. Den Ostjuden von einst ist dabei die Rolle zugedacht, als Statisten in einer schäbigen Inszenierung mitzuwirken. Kaum war die Mauer gefallen, da war eine Häuserwand in der Mulackstraße mit großen Fotos tapeziert, die ostjüdische Einwanderer im Scheunenviertel der zwanziger Jahre zeigten. Deren Geschichte bemächtigte sich nun die Szene, die im Viertel wohnt und in Bürgerinitiativen organisiert darum bangt, die instandbesetzten Häuser zu verlieren, womöglich noch an die Nachkommen der einst verjagten Eigentümer. Doch die jüdische Lokalgeschichte, die sie ganz eigennützig für sich reklamieren und in täglichen Führungen Touristen präsentieren, gehört ihnen nicht. Diese frivole Aneignung, deren profaner Zweck darin besteht, die historische Arisierung auf alternative Weise zum Abschluß zu bringen, hat freilich eine ebenso frivole Innenseite. Die «Betroffenen», wie sie sich im Viertel gerne nennen, fühlen sich nach der Wiedervereinigung als die Opfer des Westens, als die neuen Verdammten dieser Erde – als die Nachfahren der Ostjuden. Mit deren Schicksal wird die eigene Niedertracht heute erbaulich aufgeputzt.   1993

Kressmann Taylor
Adressat unbekannt

«Ein widerständiges Dokument von bestechender Kunstfertigkeit.» FAZ

«Adressat unbekannt», erstmals 1938 im New Yorker Story Magazine veröffentlicht, ist ein literarisches Meisterwerk von beklemmender Aktualität. Gestaltet als Briefwechsel zwischen einem Deutschen und einem amerikanischen Juden in den Monaten um Hitlers Machtergreifung, zeichnet dieses kurze Werk in bewegender Schlichtheit die dramatische Entwicklung einer Freundschaft. «Selten wurde das Dritte Reich so exakt mit wenigen Seiten getroffen.» (WDR)

«Vielleicht ist es unter anderem auch das, was den ungeheuren Erfolg dieses kleinen Buches ausmacht: dass wir beim Lesen eine heimliche Erleichterung verspüren darüber, dass einer zurückgeschlagen und gewonnen hat, wie traurig, enttäuscht, verzweifelt und unter welchen Opfern auch immer. Er hat es ihm gezeigt, diesem Nazi Martin Schulse, der sein Feind ist, der das Leben seiner Schwester auf dem Gewissen hat. Und er hat es ihm so subtil und perfide gezeigt, dass nicht einmal Gewalt im Spiel sein musste – Worte genügten. So stark sind Worte? Ja, so stark.» Elke Heidenreich in ihrem Vorwort

3-499-23093-3

Deutschsprachige Literatur bei rororo

Die neuen Klassiker

Elfriede Jelinek
Die Klavierspielerin
Roman. 3-499-15812-4
Einer der meistdiskutierten deutschsprachigen Romane: Der Klavierlehrerin Erika Kohut, von ihrer Mutter zur Pianistin gedrillt, ist es nicht möglich, aus ihrer Isolation heraus eine sexuelle Identität zu finden. Unfähig, sich auf das Leben einzulassen, wird sie zur Voyeurin. Als einer ihrer Schüler mit ihr ein Liebesverhältnis anstrebt, erfährt sie, dass sie nur noch im Leiden und in der Bestrafung Lust empfindet.

Friedrich Christian Delius
Der Königsmacher
Roman. 3-499-23350-9

Peter Rühmkorf
Außer der Liebe nichts
Liebesgedichte. 3-499-23260-X

Helmut Krausser
Schmerznovelle
3-499-23214-6

Peter Schneider
Das Fest der Missverständnisse
Burg erforscht die Medizingeschichte im Nationalsozialismus. Was eher zufällig beginnt, entwickelt sich zu einer zerstörenden Obsession, die auch die Wahrnehmung der Gegenwart zwanghaft überformt.

3-499-22728-2

Wer diesen Bericht liest, wird ihn nie mehr vergessen

Anonyma
Eine Frau in Berlin
Tagebuchaufzeichnungen
vom 20. April bis 22. Juni 1945
Mit einem Nachwort
von Kurt W. Marek
300 Seiten · geb. mit SU
€ 19,90 (D) · sFr 38,–
ISBN 3-8218-4737-9
Erfolgsausgabe
der ANDEREN BIBLIOTHEK

Wer erfahren will, wie es wirklich war, den Siegern ausgeliefert zu sein, wird sich an die Frauen halten müssen. So sieht es die Autorin dieses Buches, die das Ende des Krieges in Berlin erlebt hat. Ihre Aufzeichnungen sind frei von jeder Selbstzensur, illusionslos, unbestechlich reflektiert und mit makabrem Humor.

»In seiner Menschlichkeit und Reife ein erschütterndes und aufbauendes Dokument von Grausamkeit und Schamgefühl, Überlebenswillen und Selbstbehauptung.«
LITERATUREN